불륜 일기

Adultery Diary

불륜 일기

발행일	2016년 9월 30일

지은이	김 혜 나		
펴낸이	손 형 국		
펴낸곳	(주)북랩		
편집인	선일영	편집	이종무, 권유선, 안은찬, 김송이
디자인	이현수, 이정아, 박민하, 한수희	제작	박기성, 황동현, 구성우
마케팅	김회란, 박진관, 오선아		
출판등록	2004. 12. 1(제2012-000051호)		
주소	서울시 금천구 가산디지털 1로 168, 우림라이온스밸리 B동 B113, 114호		
홈페이지	www.book.co.kr		
전화번호	(02)2026-5777	팩스	(02)2026-5747
ISBN	979-11-5987-217-4 03810(종이책)		979-11-5987-218-1 05810(전자책)

이 도서의 국립중앙도서관 출판예정도서목록(CIP)은 서지정보유통지원시스템 홈페이지(http://seoji.nl.go.kr)와
국가자료공동목록시스템(http://www.nl.go.kr/kolisnet)에서 이용하실 수 있습니다.
(CIP제어번호 : CIP2016022825)

(주)북랩 성공출판의 파트너

북랩 홈페이지와 패밀리 사이트에서 다양한 출판 솔루션을 만나 보세요!

홈페이지 book.co.kr   1인출판 플랫폼 해피소드 happisode.kr

블로그 blog.naver.com/essaybook   원고모집 book@book.co.kr

불륜 일기

A Adultery Diary

김혜나 지음

외도에 빠진 두 남녀의 지독한 고통과 쾌락을 생생하게 그려낸 한국판 '실락원'

북랩 book Lab

사랑에는 항상 고통과 즐거움이 따른다.
사랑을 하지 않는 것보다 사랑을 하고 자신의 전부를 잃어버리는 것이 낫다.

- 푸블릴리우스 시루스

자신의 흠이 없다면
남의 흠을 알고 그렇게 기쁘지 않을 것이다.

- 프랑수아 드 라 로슈푸코

눈이 마주치는 순간, 첫눈에 알아볼 수 있었다. 왠지 저 사람일 것 같다는 생각이 강하게 들었다. 아마 상대도 그러했던지 택시에서 내리며 어색하게 고개를 반쯤 숙이는 내게 그는 기분 좋은 웃음을 지으며 다가왔다.

"오래 걸리지 않았어요?"

"사십 분 정도요."

"마침 점심시간이니 우리 밥부터 먹어요. 만나자마자 식사하는 것이 혹시 불편해요?"

"아니, 그렇지는 않아요. 저도 사실 배가 많이 고팠어요."

어색한 만남에서 가장 좋은 방법은 빨리 다른 곳으로 이동해 자리를 잡고 차를 마시거나 밥을 먹거나 하는 일이다. 그는 잠시 회사 근처를 배회하며 어느 음식점으로 가면 좋을지 고민한다. 분위기 좋은 이태리 레스토랑을 가리키며 들어가지 않겠느냐고 묻는 그에게 지금은 따뜻한 밥과 국이 먹고 싶다고 솔직하게 대답했다.

동부이촌동 주변에는 오래전부터 맛집이 많이 생성되어 있었다. 이삼십 년 넘게 한결같이 찾아오는 단골손님들로 항상 북적이는 곳도 있고, 이제 막 생겨나 젊은 사람들의 열렬한 호응과 관심을 받으며 세력을 키워가는 신흥 식당들까지, 이곳 이촌동에는 서울의 맛난 음식점들이 모두 모여 치열한 경쟁을 벌이는 것만 같다. 서울의 이름난 여러 음식점들을 나름 꿰고 있었던 젊은 시절, 먹고 마시며 친구들과 즐거운 시간을 보냈던 추억이 문득 떠오른다.

그는 얼마 전 먹어봤을 때 꽤 만족스러웠다며 한 생태찌개 전문점으로 날 데려갔다. 아침부터 먹은 게 없어 몹시 배가 고팠던 나는 한동안 음식에 시선을 고정한 채, 빨갛게 피어오르는 먹음직스러운 찌개 국물에만 정신이 팔려 있었다. 사실, 난 그때까지도 그와 일을 하고 싶은 생각이 없었던 것 같다.

"어제 전화를 걸었을 때만 해도 크게 기대하지 않았었는데 이제 선생님을 이렇게 만나 뵙게 되니 너무 반갑고 좋네요."

그는 어젯밤, 무려 한 시간이 넘는 통화 끝에 어렵게 나와의 만남을 이끌어내었고, 그의 간곡한 청에 이끌려 난 내키지 않는 발걸음을 하게 되어 지금 이 자리에 조금은 불편하게 앉아 있는 상황이었다. 출강에, 작품 활동에, 큐레이터까지 너무 많은 일들에 허덕이는 내게 또 다른 새로운 일이라니, 전혀 달갑지 않았다. 올봄까지만 정신없이 바쁘게 살고, 이후 조금은 느긋하게, 잠시 한숨 돌리고 싶은 마음으로 이제껏 쉼 없이 달려왔던 내가 아닌가.

일을 할 마음이 전혀 없었으면서도 나는 왜 이 자리에 앉아 있을까 스스로도 의아하게 여겨졌다. 밤늦은 시각, 얼굴 한 번 본 적 없는 낯선 남자와의 길고도 여유로운 통화에서, 나는 오랜만에 누군가와 정말 많은 이야기를 나누며 새롭고 신선한 느낌을 받았다. 그는 통화 내내 아주 공손하고도 예의 바른 태도로 자신과 함께 일을 해볼 것을 권유하고 강요했다. 그 방식은 매우 친절하면서도 좀처럼 거부하기 힘든 불친절함을 동시에 지니고 있었다. 계속해서 거절하는 날 끝까지 포기하지 않는 그의 모습에서 권유를 넘어선 강요가 분명히 느껴졌다.

"무조건 내일 뵈어요. 전 꼭 선생님과 일을 하고 싶어요."

수화기 넘어 들려오는 그의 목소리에서 매우 단호하면서도 강한 힘이 느껴졌다. 그는 마치 아나운서나 성우를 떠올리게 하는 중저음의 매력적인 목소리를 지니고 있었다. 부드럽고 울림이 강한 목소리에 호감이 가며 문득 호기심이 생긴 것도 사실이었다. 그렇게 내 마음속에 궁금증과 호기심 그리고 약간의 불쾌함의 여운조차 남긴 채, 그는 전화를 끊었다.

토털 문화예술 공연과 전시를 기획하는 그가 기업과 시민단체, 공공단체 등을 대상으로 한 새로운 프로젝트를 시작하는 데 있어, 미술에 대한 정통 지식을 갖춘 나는 지금 꼭 필요한 존재였다. 그를 위해, 그의 회사를 위해, 나의 또 다른 커리어를 위해, 조금은 더 힘들지라도 이 일을 시작해볼까? 한동안 말없이 뼈를 추리고 생선살을 발라내며 식사에만 몰두하던 나는 처음으로 고개를 들고 그를 정면으로 응시하며 열심히 귀를 기울였다. 그는 김이 모락모락 나는 생태찌개에는 거의 손도 대지 않고 새로운 문화 트렌드와 예술의 위력, 최근 공연 및 전시의 흐름 등에 대해 끊임없이 말을 늘어놓고 있었다. 마치 예술을 전공한 사람과 다름없이 해박한 이론에 예리한 통찰력을 지니고 있는 그의 말에 나는 식사 내내 열심히 고개를 끄덕이며 강하게 호응을 해 주었다.

늦은 시각, 장시간의 통화 이후 하루 만에 만나서 직접 듣는 그의 목소리는 생각했던 것보다 훨씬 더 매력적이었다. 난 대화 내용보다도 그의 말하는 방식, 목소리의 톤, 표정과 움직임 등에 더 집중했다. 나이를 가늠할 수 없는 그의 외모는 한 회사의 대표라고는 믿어지지 않을 만큼 젊어 보이고, 그의 목소리 역시 매우 젊다. 얼굴과 목소리의 완벽한 매치가 이루어지니 끝없이 이어지는 그의 말이 전혀 지루하지 않고 식상하지 않았다.

그는 웃으면 반달처럼 모양 지어지며 살짝 처지는 선한 눈매를 지니고 있었다. 너무 날렵하지 않게 오뚝한 콧날 아래 보기 좋게 자리한 입술이 매우 두툼해서 조금은 탐욕스러워 보인다. 대화 중간중간 미소를 지으니 오른쪽 뺨에 보조개가 깊이 팬다. 중년 남자가 보조개라니. 하얗고 밝게 빛나는 피부와 반듯한 이마로 늘어진 적당히 숱 많은 갈색 머리칼이 부드럽고 환한 인상을 심어주며 마치 청년 같은 이미지마저 풍겼지만, 둥그스름한 얼굴과 날렵하지 않은 턱선, 눈에 띄지 않게 간간이 보이는 눈가의 주름 등으로 볼 때 그는 분명 젊은 나이는 아니었다. 문득 그가 결혼은 했는지 궁금했다.

"바로 다음 주부터 스타트하는 거 어때요? 첫 번째 프로젝트 안은 벌써 완성되어 있어요. 선생님만 '오케이' 하시면 바로 일은 시작돼요."

머리칼과 똑같이 밝고 환한 갈색 눈이 웃음을 띠며 날 똑바로 바라보고 있었다. 내 눈은 상대방에게 어떻게 보일지 궁금했다. 난 유달리 검은 눈동자를 지니고 있다. 거울을 통해 그 눈을 들여다보면 나조차도 그 속내를 알 수 없을 정도로 어둡고, 음흉하고, 우울하며, 깊은 심연에 잠겨 있었다. 난 항상 내 눈이 너무나도 싫었다. 칠흑처럼 까맣고 음산한 내 눈을 들여다보며 그는 결코 유쾌하지 않은 인상을 받을까?

"네, 사장님과 일해 보도록 할게요. 새로운 일을 시작한다는 것은 언제나 기대되고 흥분되는 일이지요."

"고맙습니다, 선생님! 흔쾌히 승낙해 주시니 너무 기뻐요."

정말 흔쾌히 승낙한 것일까. 그와 마주 보며 환하게 웃는 내 모습이 처음부터 의도했던 것은 절대 아니었다. 너무 많은 일들, 버거운 삶에 난 지금 또 하나의 짐을 올려놓고 있다. 아니, 그와의 새로운 일이 짐이 아니라 즐거운 도전과 모험이라고 생각하자. 일들은 원래 하나씩 기다려주며 차례로 오지 않고 잔인할 정도로 한꺼번에 들이닥치며 바쁘고 힘들게 하는 법이 아닌가.

식사를 마치고 카페로 자리를 옮기게 되었다. 차들이 위험하게 지나다니는 좁은 골목을 조심스레 걷자 그는 가볍게 내 팔을 잡고 친절하게 리드해 주었다. 단화를 신고 배낭을 멘 채 팔을 크게 흔들며 걷는 나를 그는 신기하게 바라보면서 따라왔다.

카페. 정말 오랜만에 오는 것 같다. 그것도 남자와 단둘이서는. 커피 전문점에 밀려 카페는 예전만큼 눈에 띄지 않고, 나 역시 커피를 마시지 않다 보니 더욱이 갈 일이 없었다. 대학 시절, 미팅할 때 상대가 마음에 들면 카푸치노, 그렇지 않으면 아메리카노를 시켰던 친구들과의 추억이 떠오르자 갑자기 웃음이 나왔다. 커피를 좋아하지 않는 내게는 레모네이드와 오렌지주스가 친구들과의 암호였다.

"레모네이드 주문할게요."

"아, 커피는 안 드시나 봐요?"

"네, 원래 잘 안 마셔요."

오랜만에 마시는 레모네이드의 시큼한 향이 너무 강해 얼굴이 찌푸려질 정도다. 어렵게 일을 하기로 결정을 내렸더니 더 이상의 중요한 애기는 없었다. 점심을 얻어먹었으니 찻값은 내가 지불하겠다고 하자 극구 말린다.

"처음 만남에서 남자에게 밥을 얻어먹었으면 찻값은 여자가 내는데요."

"우린 소개팅이 아니잖아요, 하하하."

대학 시절, 소개팅을 하고 남자를 만나던 기억이 마치 어제 일인 것만 같다. 매주 다른 남자를 만나고, 매번 새로운 만남을 하면서도 전혀 질리지 않았다. 이번에는 어떤 남자가 나올까, 어떤 새로운 일이 펼쳐질까, 그렇게 기대도 하고 때로 실망도 하고, 만남과 연애에 언제나 적극적이면서 학창 시절을 짜릿하고도 신나게 보낸 것 같다. 당시, 밥을 먹거나 차를 먹거나 한 번을 남자가 내면 다른 한 번은 여자가 내는 것이 남녀 만남에서 어떤 원칙과도 같은 매너였다. 하지만 상대가 너무 마음에 들지 않으면 찻값조차 내기 싫었다. 비록 좋지 않은 인상을 심어줄지라도 끝까지 내지 않고 버티다가 헤어졌다. 상대도 날 다시 만날 생각을 절대 하지 않길 바라면서, 요즘 말로, 스스로 '된장녀' 또는 '김치녀'가 되어 상대 남자가 거부하길 바라는 꼴이다. 그러나 당시에는 사실 그런 단어조차 없었던 시절이었다.

"차 정도는 제가 사 드려도 되는데요."

"아닙니다, 선생님께서 저와 함께 일을 하기로 해 주신 것만도 너무 감사한데 오늘은 밥이든 차든 제가 다 사는 게 당연하지요."

입꼬리를 올리며 호탕하게 웃는데 오른쪽 뺨의 보조개가 더욱 깊숙이 패며 쏙 들어가는 모습이 보기 좋다. 기분 좋은 웃음. 환하게 웃고 있는 그를 보고 있자니 나도 왠지 덩달아 기분이 좋아진다. 그는 상대를 기분 좋게 만드는 힘을 지녔다. 한 회사의 대표로서 무시 못 할 큰 장점이다.

2013. 4. 10. 수

그를 만나고 처음으로 맡은 일이다. 강원도 홍천에 위치한 한 갤러리에서 기업체 임원들을 대상으로 미팅 겸 프레젠테이션이 예정되어 있었다. 평소 크게 긴장하는 성격은 아니지만 준비 기간이 너무 짧고 경황이 없다 보니 걱정이 많이 되었다. 사장은 처음이니 동행해 주겠다고 자처했다. 물론 진행은 나 혼자서 해야 하지만 뒤쪽에 앉아서 그 자리에 함께해 주겠다며 날 안심시켰다. 전시든 강의든 연주든 모든 이의 앞에서 홀로 나 자신을 드러내야 하는 자리, 그 자리에 내가 아는 누군가가 함께 있어 준다면 그것만으로도 큰 힘이 되는 건 사실이다.

고속도로에서 가까운 한 식당에서 오전 일곱 시 반에 그를 만나기로 했다. 일곱 시쯤 식당 앞에 주차를 하니 이미 도착해서 밥을 먹고 있다는 문자가 온다. 아침을 먹지 않는 나는 그 이른 시각에 식사할 기분이 전혀 아니었다. 그가 밥을 여유 있게 다 먹기를 기다렸다가 지금쯤은 식사를 끝냈을 시간이라는 생각이 들었을 때 이제 막 도착했다고 문자를 보냈다. 식사를 마친 그가 나오고 우린 한 차를 타고 출발했다.

"함께 가주어서 고마워요, 사장님."

"저도 즐겁습니다. 언제 제가 또 선생님 같은 미인이랑 드라이브를 해 보겠어요."

왠지 방금 그가 한 말이 아주 진실하게 들리지는 않았다. 내키지 않는 일을 해 주어서 고맙습니다, 라는 의미로 지금은 이해가 될 뿐이었다. 살면서 '예쁘다, 매력적이다.'는 말을 남자들로부터 들어본 적이 있기는 했다. 하지만 그들의 달콤한 언어 그 뒤편에는 항상 분명한 목적이 있었다. 나의 외모를 칭찬하는 그들의 속내에서 나와 가까워지고, 나를 소유하고

12 불륜 일기

싶어 하는 의도를 여러 번 느꼈다. 때로는 그 방식에서 심한 불쾌함을 느낀 적도 적지 않았다. 남자들은 외모에 대한 칭찬이 어떻게 성폭력이 될 수 있느냐고 항변하지만, 외모를 칭찬한 그 의도가 강압적인 분위기에서 이루어졌으며, 분명히 상대의 감정에 반하는 것이었다면 그 역시 엄연한 성폭력이었다. 물론 사장이 지금 한 말은 확실히 그러한 의도는 아니었다. 어차피 과장이고 인사치레하기를 좋아하는, 이 사람이 사는 방식 중 하나로 난 그렇게 이해를 했다. 문득, 그가 결혼했는지 다시 한 번 궁금해졌다.

이른 아침, 그와 함께 어딘가로 떠나는 듯하는 지금의 이 기분이 참 좋았다. 마치 여행 가는 것 같은 기분 좋은 설렘. 그런데 불과 몇 시간 후에 진행할 미팅을 생각하니 갑자기 마음이 무거워진다. 즐겁고 상쾌한 느낌과 무겁고 두려운 느낌이 교차되는 복잡한 심정이 가는 내내 계속되었다.

일은 무사히 끝이 났다. 매우 성공적이었다고 말하기에는 조금 부족했으나, 첫 미팅치고는 나름 나쁘지 않은 결과였다. 열심히 프레젠테이션을 하는 와중에도 내내 무관심과 비판 어린 시선으로 일관하는 일부 임원들의 반응이 매우 불편했지만, 그러한 유형의 사람들은 이미 자주 보아왔다. 권력의 자리에서만 누릴 수 있는 권위적이고 강압적인 태도가 일상이 된 이런 유형의 인간들은 이미 새로울 것도 없지 않은가. 새로운 일에서의 첫 번째 임무가 무사히 끝이 났으니 이젠 마음의 짐을 내려놓자.

서울로 돌아오는 차 안에서 사장은 오늘의 미팅에 대한 자신의 견해를 솔직하게 말해 주며 나의 일 진행에 있어서의 장단점까지 일일이 짚어 주었다. 누군가 나에 대해, 내 일에 대해 신랄하게 평가하는 것을 직접 듣기는 아마도 처음인 것 같았다. 신선한 경험이었다.

헤어지기 전, 그와 늦은 점심을 하면서 이런저런 이야기를 함께 나누었다. 자신의 회사와 업무 이야기 그리고 지인들과의 소소한 일상들. 그러고 보니 난 그의 회사에 대한 이야기도 거의 처음 듣는 것 같다. 순수예술에서 대중문화까지 망라하는 토털 문화예술 콘텐츠를 다루는 회사라는 것만 들었지, 어떤 일을 하는지 자세한 이력도 모르고 있었다. 아니, 내가 관심조차 없었다는 말이 더 정확한 표현이겠지. 내가 이 회사에 대해 자세히 알아야 할 필요나 있을까? 난 사람이 궁금하지 회사 따윈 궁금하지 않다.

"결혼은 하셨어요?"

그는 숟가락을 든 채 싱긋 웃어 보인다.

"이상하게 그 질문 자주 들어요. 결혼했습니다. 그것도 아주 오래됐어요."

"인상이 마치 청년 같은 이미지를 풍겨서 그럴 거예요. 나이를 가늠할 수 없는 외모를 지니고 계시잖아요."

"칭찬으로 알겠습니다. 선생님은 기혼인 걸로 알고 있는데, 맞죠?"

"네, 잘 알고 계시네요."

"사실은 선생님께 연락을 취하기 전에 미리 이것저것 알아보았습니다. 선생님의 이력이라든지, 평이라든지, 대충의 프로필은 제가 파악을 좀 했지요."

그가 나에 대해 사전 조사를 했다고 말했어도 전혀 기분 나쁘지는 않았다. 내가 회사의 대표였어도 같이 일할 상대에 대해 간단한 신상 조사쯤은 하고 만났을 것이다.

"취미로 연주 활동도 하신다고?"

"맞아요. 일 년에 한 번 이상은 꼭 무대에 서지요."

"미술을 전공한 입장에서 취미라 해도 연주를 하는 것이 쉽지만은 않은 일일 텐데, 어떻게 가능한 일이죠?"

"전 고등학생이 될 때까지도 미술을 전공할지, 음악을 전공할지 고민할 정도로 꾸준히 악기를 연주했어요. 음대를 가지 않은 건 무대에 대한 크나큰 두려움과 공포심이 가장 큰 원인이었지요. 결국 음대 진학을 포기하고 전문 연주자의 꿈을 버렸지만 음악에 대한 미련만은 여전히 남아 있었어요. 나이가 드니 다시 무대에서 연주하고 싶다는 생각이 강하게 들었고요. 그래서 저와 비슷한 생각을 가진 다른 이들과 매년 조인트 리사이틀을 열지요."

"어떤 악기를 연주하시나요?"

"피아노예요."

"피아노라, 감상하는 것은 저도 아주 좋아합니다. 쇼팽, 리스트, 베토벤…."

그는 음악에도 아주 관심이 많았고 나름 일가견이 있었다. 러시아의 전설적인 피아니스트 아르투르 루빈스타인과 첼로의 거장 파블로 카잘스 이야기를 나누다 보니 어느새 오후 시간이 훌쩍 지나가 버린다.

43. **2013. 5. 28. 화**

한 달이 훨씬 넘어 사장에게서 갑작스러운 연락이 왔다. 까맣게 잊고 있었다. 아니, 그동안 계속 생각하고 있었다. 홍천에서의 미팅 그리고 즐거웠던 점심 식사를 한 그날 밤, 우린 피곤함도 잊고 카톡으로 정말 많은 이야기를 나누었다. 그는 첫 번째 일을 성공적으로 치러낸 데에 축하와 감사의 말을 전하며 조만간 술을 꼭 한번 사고 싶다고 말했다. 난 아직은 함께 술 마시기에 그리 친하게 느껴지지 않는다며 거절했다. 왜 꼭 친해져야만 같이 술을 마실 수 있을까? 나 역시 내 대답이 무척 모순되게 느껴졌지만 이제 겨우 두 번을 만나고 술자리를 함께하는 것이 내 입장에서 수긍하기가 어렵다고 스스로 단정 지었던 것 같다. 아니, 사실은 상대가 원하는 것을 쉽게 허락해 주고 싶지 않았다. 그와 술 마시고 싶다는 생각이 들면서도 쉽게 술 마시는 것을 응해주고 싶지 않았다.

그는 매일 밤, 잠잘 무렵이면 카톡으로 말을 걸어왔고, 우린 이런저런 얘기를 주고받으며 일과 삶에 대해 많은 대화를 나눴다. 때로는 예술, 문학에 대한 토론으로 밤을 지새우기도 했다. 그때의 많은 대화 내용들이 지금은 별로 기억나지 않는다. 단지 그와 훨씬 더 가까워지고 친밀해졌다는 느낌을 분명히 받았다는 것뿐.

"술 한번 같이 마셔요. 선생님과 술 마시고 싶다는 생각 정말 많이 했어요."

"원래 그렇게 술을 좋아하세요?"

"전 직업상 사람을 아주 많이 만나잖아요. 그중엔 술 한잔 하고 싶은 사람도 있고, 전혀 그렇지 않은 사람도 있어요. 선생님과는 연령도 비슷하고 공감대도 많아서 같이 술 마시면서 이런저런 얘기 나누고 싶다는 생각이 많이 들었어요."

"나중에 더 친해지면 그땐 술 같이 마셔요. 아직은 아닌 것 같아요."

"술 별로 안 좋아하세요?"

"아니에요, 술 무척 좋아해요. 친구들하고는 자주 마시지요."

"저도 친구잖아요. 우리, 카톡에서 얘기했듯이 사장과 직원이 아닌, 서로 격의 없는 친구처럼 편하게 잘 지내기로 했잖아요."

왜 그렇게 술 한번 먹는 것이 어렵고 두렵게 느껴지는 것일까? 아무리 애원해도 나는 선뜻 그와 단둘이 술 마실 용기가 나지 않았다. 매일 정기적으로 주고받는 카톡이나 전화 통화와는 달리 직접 만나 함께 앉아서 술 마시는 상황은 상상만으로도 불편하고 어색했다. 그러나 단 두 번을 만났을 뿐이었지만, 따뜻하고 친절한 문자 메시지 속에서 많은 이야기를 해 주고 진지하게 들어주는 그는 내게 이미 매우 친근하고 호감 가는 친구 그 이상이었다. 나는 어느새 매일 밤 그의 연락을 기다리고 그의 안부가 궁금해지기까지 이르렀다. 그렇게 하루하루 더욱 그의 존재가 크게 느껴지던 어느 날, 그의 연락이 갑자기 끊어졌다. 매일 밤 오던 카톡도 더이상 없었고, 무엇보다 일 의뢰도 전혀 들어오지 않았다.

난 무척 낙담했고 실망스러웠지만 먼저 그에게 연락하려 하지 않고 그냥 일에 전념하면서 그렇게 하루하루를 보냈다. 4, 5월은 정신없이 바쁜 달이었다. 여름에 있을 콜라보레이션 전시회 준비도 해야 했고 특강에 세미나까지 일들이 너무 많았다. 4월에는 아마추어 앙상블 콘서트 무대에 서기도 했다.

일에 치여 바쁜 와중에도 가끔은 회사와 사장 생각도 났다. 단 한 번, 일을 진행하고 나서 적지 않은 보수를 받은 그 이후, 어떤 일도 의뢰하지 않고 사적인 연락조차 한 번 없는 그가 궁금하기도 하고 무척 서운하기도 했다. 나와 그토록 함께 일하기 원했던 그가 보기에, 내가 했던 첫 번째 일이 전혀 마음에 들지 않고 기대에 못 미쳤던 것일까? 두 번의 기분 좋은 만남, 그리고 늦은 밤 매일 카톡을 주고받고 서로의 안부를 궁금해하고 그 많은 대화를 나누면서 내가 느꼈던 친밀함, 편안함, 마치 친구 같은 따뜻함은 단지 나의 착각이었을 뿐일까? 일이 끝나면 다시는 볼 일 없는 듯이 구는 회사의 냉랭한 태도에도 염증이 났지만, 무엇보다 일방적으로 연락을 끊어버린 그가 원망스러웠다. 궁금함은 점차 분노로 변해 갔고, 그에 대한 생각을 웬만하면 하지 않으려 애쓰며 난 정신없이 일에 매달렸다. 분노가 무관심으로 바뀌고, 회사와 사장에 대한 기억이 거의 희미해질 무렵, 5월의 어느 날 갑작스런 그의 연락을 받았다.

"잘 지냈어요?"

"네, 덕분에요."

나의 냉랭한 목소리에서 차가움이 느껴졌다.

"항상 연락하고 싶었는데 그러질 못했어요. 일거리도 없는데 자꾸 연락하면 안 될 것 같아서요."

"그래서 오늘은 다시 일 의뢰하러 전화하신 거예요?"

"그건 아니에요. 2차 프로젝트는 지금 기획 중이에요. 조만간 다시 일이 생길 것 같아요. 그럼 그때 의뢰할게요. 그보다도, 오늘은 같이 술 마시고 싶어서 전화한 거예요."

"거의 두 달 만에 연락해서 갑자기 술을 마시자니 좀 당황스럽네요."

"알아요, 뜬금없죠. 하지만 선생님 생각이 정말 많이 났고 오늘 함께 술 마시고 싶어요. 그럼 안 돼요?"

"술은 마시지 않겠다고 말씀드렸잖아요."

"그냥 저녁 같이 먹으면서 반주 정도 해요. 저도 과음하는 스타일은 절대 아니에요."

"그래도 오늘은 내키지 않네요."

전화기 너머 잠시 침묵이 흘렀다.

"그래요, 그럼. 나중에 기회 되면 한번 보죠. 나중에 일 진행할 때 그때 연락해서 봐요, 선생님. 건강히 잘 지내세요."

갑자기 정신이 번쩍 들었다. 이건 마지막 인사야. 두 번째 일 의뢰는 없을 것이고 그가 다시 연락할 일도 절대 없을 것이라 생각하니 왠지 가슴이 답답해졌다. 뭐라고, 말을 해야 하는데, 순간 마음이 다급해졌다.

"아니에요, 갈게요. 저녁이나 같이 해요, 사장님."

"정말이죠? 그럼 이촌동에서 뵙도록 해요."

"네, 퇴근 시간에 맞춰 갈게요."

"좋습니다, 그럼 이따 뵙도록 할게요!"

그의 밝아진 목소리만큼이나 나도 한결 안심이 되었다. 왜 그랬을까? 왜 갑작스럽게 마음이 다급해지고 조바심이 났을까. 마치 마지막 인사처럼 들리는 그의 말에, 앞으로 두 번 다시 볼 수 없을 수도 있다는 생각에 나도 모르게 두려움과 불안감이 엄습했던 것일까.

오랜만에 보는 그는 또 다른 모습이었다. 체중도 조금 는 것 같았고 얼굴에 살도 붙은 것 같았다. 만남이 오랜만이어서인지 아니면 처음으로 술을 앞에 두고 함께 마주 보고 있는 이 상황이 어색한 것인지 많은 것들이 낯설게 느껴진다. 조금은 달라 보이는 그의 모습도, 그리고 함께 술을 마시는 이 자리도.

깔끔하고 아담한 일본식 주점. 마음에 든다. 소박하게 놓여 있는 테이블과 의자 그리고 정갈하고 맛난 음식. 사장은 기분이 좋아 보였고, 이런저런 얘기를 늘어놓으며 사케를 마셨다. 편안하고 따뜻한 느낌. 즐거웠다. 마지막 인사를 붙잡아 그를 만난 것이 정말 다행이라는 생각이 들었다. 시간이 지날수록, 술잔이 비워질수록, 그는 더욱더 취하는 모습이었다. 웃음과 술잔이 오고 가고, 주변의 소음은 마치 멀리서 들리는 듯 작아지고, 옆 테이블의 사람들이 조그맣고 희미하게 보이는 것이 마치 꿈결 같고 환상 같다. 내 앞에서 술잔을 기울이는 그의 모습만이 엄청나게 커 보이고 진짜 같다. 그와 더 친해지고 싶고 그를 더 알고 싶다. 그와 함께 일도 하고 싶고 새로운 분야도 배우고 싶다. 그와 누구보다 가까운 사람이 되고 싶었다.

"사장님, 기분이 좋아 보여요."

"맞아요. 선생님하고 같이 있는 지금 너무 즐겁네요. 우린 친한 것 맞죠?"

"친하니까 술 마시죠. 전 아주 친한 사이가 아니면 술 안 마셔요."

우린 정말 친구처럼 농담도 하고, 깔깔대고 웃기도 하고 때로 언성을 높이기도 하면서 한참을 신나게 떠들어댔다.

"사장님과 더 가깝고 친해지고 싶어요. 예술 문화 콘텐츠를 아주 많이 갖고 계시잖아요. 예술계 인맥도 매우 넓으시고. 제게 그 많은 것을 알려주고 가르쳐 주시면 안 돼요? 사람도 많이 소개시켜 주시고요."

"어렵지 않은 일이죠. 그럼 당신은 내게 뭘 해 줄 수 있는데요?"

"전 사장님과 친구가 되어 드릴게요."

"하하하, 우습네요. 당신과 친구하자고 그런 일까지 해야 돼요? 그보다, 내가 당신의 새로운 커리어를 밀어드릴 테니 나와 사귀는 건 어때요? 그게 아니라면, 당신이 나랑 잘 것도 아닌데 내가 대체 왜 그렇게까지 해야 하나요?"

갑자기 화들짝 꿈에서 깨어났다. 주변 소음이 정확하게 들리고 미니어처처럼 조그맣게 보이던 손님들도 정상으로 돌아왔다. 내가 잘못 들은 것일까? 순간 어색하게 입을 다문 그의 얼굴을 보니 분명 잘못 들은 건 아니었다. 그래, 말실수를 한 거겠지. 너무 취해서, 너무 편해서.

술김에 꺼낸 말이기는 했지만 내 말은 분명히 의도적이었다. 그를 통해서 내 일의 영역을 확장하고 싶었고, 더욱 많은 예술계 인사들과 교류하고 싶었으며, 수많은 기업, 공공기관에서 활약하는 명사로 거듭나고 싶었다. 난 너무 빨리 내 속내를 드러낸 것 같다. 그런 내가 사장에게는 너무 가증스럽고 영악해 보였을까? 그래서 다소 충격적이기까지 한 대답으로 내게 무안을 주려 한 것일까? 분명한 건 그는 완전히 취했지만 난 아니라는 사실이다.

주점에서 나와 함께 찻길을 건너려는데 갑자기 그가 내 손을 잡았다. 어떻게 해야 할까? 생각을 하기도 전에 난 본능적으로 뿌리치고 있었다. 그는 아무 말이 없다. 자신의 갑작스러운 행동, 그리고 나의 신경질적인 반응이 그에게 어떤 생각을 불러일으켰는지 나로선 알 수가 없었다. 표정의 변화도 전혀 없었다. 나 역시 아무렇지 않게 보이러 애쓰며 말없는 그의 곁에서 역시 말없이 한참을 걸었다. 계속 바닥을 보며 걷던 그가 갑자기 올려다보며 어색한 침묵을 깨트린다.

"이 집 커피 맛있어요. 굉장히 고급이죠. 여기서 커피 한잔 하고 가요."

따뜻한 느낌을 주는 밝고 환한 조명 아래 다시금 어색하게 마주 앉았다. 난 커피를 마시지 않기 때문에 커피 맛을 잘 모른다. 아무리 비싸고 맛있는 커피라고 해도 내겐 그냥 똑같이 까맣고 향긋한 커피 한 잔일 뿐이다.

"미안해. 오늘 취해서 내가 실수를 몇 번 했다 해도 이해해 줘요."

고급이고 맛있기로 유명하다는 커피를 한 모금 들이켜더니 그가 말한다. 대답할 말이 딱히 생각나지 않아 그가 마시는 커피잔만 빤히 들여다보고 있었다. 이 사람은 정말 커피 맛을 잘 알고 마시는 것일까? 그는 내 앞에 놓인 허브티를 바라보고 난 그의 커피를 바라보고 감미로운 팝송은 귀에 감겨들고 좀 전의 당황스럽고 어색한 분위기는 서서히 잦아들며 다시금 편안하고 따뜻한 느낌이 기분 좋게 반겨준다.

44. 2013. 6. 11. 화

그를 본 지도 한참 된 것 같다. 이 주째 되는 날 아침, 다시 그에게서 만나자는 연락이 왔다. 그동안의 어색함을 단숨에 날려버릴 정도로 너무 반가웠다. 지난 이 주간 그토록 많은 고민과 생각들로 복잡했던 나 자신을 잊어버리고 난 다시 회사로 향하고 있었다. 걱정, 고민, 두려움, 이런 생각들은 잠시 접어두자. 난 나 자신을 컨트롤할 수 있어. 난 이제껏 내가 하고 싶은 대로 해 오며 잘 살아왔고, 인생은 항상 내가 원하는 대로 순조롭게 진행되어 왔으니. 이번에도 내가 원하는 대로 할 거야. 난 그와 선을 넘지 않고 친구처럼 잘 지낼 수 있어. 상대에게 빠지지 않을 자신 있어. 내가 그러길 원하니까.

지난 이 주간 회사와의 일은 계속 진행했다. 그동안 난 대구에도 갔다왔고 춘천과 대전, 부산까지 다녀와야 했다. 일은 매우 순조로웠고 보수는 만족스러웠다. 하지만 사장은 너무 바쁜 탓에 단 한 번도 볼 수 없었다. 아니, 어쩌면 그날 이후 일부러 나를 피하고 있는지도 몰랐다.

회사 앞에서 그가 내 차에 올라탔다.

"잘 지냈어요?"

"네. 사장님은요?"

옆에 앉은 그를 왠지 정면으로 쳐다보기 어색했다. 마치 처음 만난 사이처럼 쑥스럽고 불편하다. 하지만 싫은 느낌은 절대 아니었다.

"우리 정말 오랜만에 보는 것 같아. 한 한 달 넘었나요?"

"이 주 만이에요."

"그렇군. 한 달도 더 넘은 것 같은데! 참, 나 짧게 이발했어요. 어때요?"

사람들을 대하면서 단 한 번도 실패하지 않았던 멘트가 외모에 대한 칭찬이다. 여자건 남자건 외모에 대해 좋게 말해주었을 때 싫어하는 사람은 단 한 명도 없었다. 여자들뿐 아니라 남자들이 외모 발언에 더 민감하게 반응하고 칭찬받길 기대한다. 여자들이야 평소 외모 이야기를 달고 살지만, 남자들은 자신의 외모에 대해 뭐라 말해주는 이가 거의 없기 때문이다. 정말 칭찬할 거리가 없으면 하다못해 넥타이 색상이라도 예쁘다고 말해주면 금세 기분 좋아지고 행복해하는 게 남자들이다. 고개를 돌려 처음으로 옆자리의 그를 똑바로 쳐다보았다.

"멋있어요. 깔끔하고 샤프해 보이세요."

"그래요? 다들 어색하고 이상하다던데."

이미 다수의 의견에서 결론이 난 사항을 왜 물어보는 건지.

"제가 보기엔 멋지기만 한데요."

그가 호탕하게 웃는다. 기분 좋은 웃음. 어색하고 쑥스러운 느낌이 단숨에 사라졌다.

음식점에 들어가 고기와 술을 시켰다. 그는 회사 얘기, 일 얘기를 꽃피우며 고기를 구웠다. 난 달리 할 일도 얘깃거리도 없어 팔짱을 끼고 옆에서 가만히 그를 지켜보고 있었다. 점점 볼수록 더 살이 붙는 것 같다. 처음 만났을 때의 갸름한 턱선은 사라지고 둥그스름한 얼굴과 살짝 처진 눈매, 도톰하게 튀어나온 입술이 오늘은 또 새롭게 보인다. 오른쪽 뺨에 쏙 들어가는 보조개만이 그대로인 것 같다. 그러고 보니, 그의 얼굴을 이렇게 오랫동안 자세히 들여다보는 것도 처음인 것 같다.

고기와 술. 살짝 지면을 적실 정도의 약한 가랑비. 기분 좋게 살랑거리는 바람. 왠지 취할 것 같다. 나 자신을 자제할 수 있다며 굳이 여기까지 와서 또 이렇게 그와 술을 마시는 오늘을 평생 후회할 것만 같다.

옆 테이블에서 한 취객이 다가와 우리가 아주 잘 어울리는 커플이라며 운을 떼우고 간다. 커플. 그래, 지금 함께 술 마시고, 함께 있고 싶은 커플. 틀린 말은 아니다.

저번 일식 주점에서보다 많이 마신 것 같다. 힐을 신고 똑바로 걸어가기가 힘들었다. 보도블록이 평소보다 더 불규칙하게 튀어나와 보였다. 그의 팔을 잡고 걸으면 한결 편할 것 같았지만, 그가 오늘은 손을 잡아주지 않는다.

"내가 평소 잘 가는 벤치가 있어요. 거기 앉아 있으면 정말 시원하고 기분이 좋아요. 갈래요?"

회사 근처에 있는 한 주상복합 아파트의 계단을 올라가 조그만 광장 같은 공간에 덩그러니 놓여 있는 벤치에 나란히 앉아 시원한 바람을 만끽하며 편의점에서 사 온 음료수를 마셨다.

"사실은 선생님이 많이 보고 싶었어요."

"그랬군요."

"예전에 매일 밤 카톡하고 자주 통화하던 때가 가끔 생각났어요. 그때가 벌써 두 달 전이네요."

"맞아요, 그랬었죠. 그리고 갑자기 연락을 끊으셨지요."

"서운했나요?"

"네, 아주 많이요."

서운하고 원망스러웠던 심정을 굳이 감추고 싶지는 않았다.

"정말 미안해요. 하지만 저도 어찌해야 할지를 몰랐어요. 당신에게 일적으로만이 아닌, 그 이상의 감정이 자꾸만 일어나는 것을 감당하기 어려웠어요."

"제가 어떻게 대답을 해야 할지 모르겠네요. 못 들은 걸로 할게요."

"아뇨, 들어줘요. 나, 당신하고 만나고 싶어요. 그러면 안 된다는 거 알면서도 이 생각을 떨치기 힘들어요."

"힘들고 어려워도 애써 떨쳐버리도록 하세요."

"그게 쉽지가 않아요. 이주 전 주점에서 술을 먹었을 때도, 당신에게 그런 말을 했던 것도 실수가 아니었어요. 정말 간절히 생각하고 원했던 말을 내뱉은 거예요. 그리고 또 참아 보려 노력했어요. 일부러 연락하지 않고, 얼굴 보지 않으려고, 피하려고도 했어요. 하지만 보고 싶고 생각났어요. 이젠 피하지 않으려고요."

"그럼, 어떻게 하실 거예요? 둘 다 기혼인 우리가, 사귀자고, 바람이라도 피우자는 말씀이신가요?"

그는 고개를 떨어뜨리고 잠시 바닥을 내려다보았다.

"키스… 하지 않을래요?"

"네?"

하고 싶다고 대답해야 할지 하기 싫다고 말해야 할지…. 그런데 이건 이미 질문과 대답, 선택의 상황이 아니었다. 그의 손은 이미 내 팔을 붙잡고 있었다.

"아, 아니요."

"난 당신과 키스하고 싶어요."

그의 입술이 닿으려는 순간 난 얼굴을 돌렸다. 촉촉이 내리던 가랑비는 어느새 그쳤고 어스름하던 저녁 하늘은 완전히 깜깜해져 있었다. 아까 먹은 맥주와 소주가 뒤섞여 머리를 어지럽히고 배 속은 심하게 울렁거렸다.

"늦었어요. 이만 갈게요."

"차까지 데려다줄게요."

차에 올라타 창문을 내리고 옆에 선 그를 올려다보았다.

"운전할 수 있겠어요?"

운전할 수 없을 것 같았다. 속이 울렁거리고 머리가 너무 아팠다. 내가 이제 뭘 해야 할지도 전혀 알 수 없었다. 머릿속이 완전히 하얗게 빈 것만 같았다. 하지만 지금 여기서 떠나는 것만이 가장 확실한 정답이다.

"갈 수 있어요. 지금 갈게요."

"그래요. 도착하면 문자해요."

그의 얼굴이 열린 창문을 통해 천천히 들어왔다. 핸들을 꽉 붙잡고, 발은 브레이크 페달을 힘껏 밟고서, 난 그 순간 모든 걸 내려놓았다. 눈을 감고 그의 입술을 서서히 받아들였다. 그렇게 그는 차 옆에 서서, 나는 운전석에 앉은 채 오래도록 키스를 나누었다.

45. 2013. 6. 16. 일

마음이 조급하다. 약속 시간에서 사십 분이나 늦었다. 먼저 만나자고 하고, 휴일에 불러냈으면서 시간을 못 지킨 내게 화내고 짜증낼 그의 모습을 상상하니 불안했다.

"왔어요?"

옛골토성에 도착해 주차하는 내게 다가오며 그가 환하게 웃는다. 기분 좋은 웃음. 그 미소가 그리웠다.

"너무 미안해요. 세종로 주차장에서 주차된 차를 못 찾는 바람에…"

"괜찮아요. 배고픈데 우리 빨리 밥이나 먹어요."

오리고기와 술. 평소 과음을 잘 못하는 나지만 이상하게 그와 있으면 항상 술맛이 좋다. 차 걱정만 안 하면 밤새도록 마실 수도 있을 것만 같다. 밤새 그와 술 마시고 함께 있고 싶다.

"사장님, 사실은 나, 오늘 마지막 인사하러 왔어요. 더 이상 사장님과 함께 일하지 않겠어요."

"왜요?"

"그래야 할 것 같아서요."

당신과 사랑에 빠지는 게 두려워서라고 솔직히 얘기하고 싶지만 그 말을 내뱉는 순간 난 사랑에 빠질 것만 같았다.

시원한 바람이 불어오는 초여름 저녁, 과천의 하늘은 더없이 맑고 높다.

"우리, 산책해요. 잘 아는 산책로가 있어요."

서울대공원 쪽으로 차를 몰고 가며 그는 자신의 이야기를 들려준다. 십여 년 전 근무했던 그의 옛 직장은 과천에 있었다. 일이 일찍 끝나면 그는 이곳을 자주 찾았고, 자신만의 산책로를 찾아 혼자서 운동을 하고 종종 거닐었다. 과천에는 그의 젊은 시절의 추억과 그리움이 고스란히 남아 있었다. 누군가가 좋아지게 된다는 건 그 사람이 궁금해지는 것과도 같다. 내가 본 적 없는 그의 젊은 시절이 어떠했을지 문득 궁금해졌다. 십년 전에 이곳을 거닐었을 그를 떠올리며 상상해 보았다. 오랜만에 다시온 탓인지 그도 잠시 길을 잃고 헤매는 듯이 보였다.

"여기가 맞아요?"

"맞는 것 같기도 하고…. 어쨌든 여기 차를 세웁시다."

시동을 끄고 차 문을 열고 나가려던 그가 갑자기 몸을 돌려 나를 안았다. 허리를 힘 있게 감싸 안는 억센 두 팔. 부드러우면서도 무섭게 파고드는 입술. 젊은 시절 이곳에서 청춘을 보낸 그가 지금은 그렇게 나와 함께 다시 여기에 있었다. 다시 그 시절로 돌아갈 수 있다면. 젊은 그와 나, 함께 젊은 시절을 보낼 수 있다면.

"눈 떠 봐요. 우리 산책해야죠."

그가 웃으며 날 일으켜 세웠다. 먼저 차에서 내리더니 내 쪽으로 다가와 차문을 열어 주고, 안아서 내려 주며 내 발이 땅에 닿기도 전에 다시 키스를 퍼붓는다. 낭만적인 분위기. 행복하고 만족스러운 느낌이 온몸을 짜릿하게 감싼다.

초여름 저녁 바람이 꽤 쌀쌀하게 느껴졌다. 두 손을 맞잡으며 살짝 떨자 그가 팔을 벌려 어깨를 감싼다. 넓고 단단한 느낌. 결코 나가고 싶지 않은 따뜻한 품 속. 이제는 기필코 정리하겠다는 핑계를 대고 다시 그를 만나고 만 오늘을 영원히 후회할 것 같다. 이제는 내 마음을 스스로 컨트롤할 수 없을 것 같다. 잡을 수 없는 내 마음이 과천 하늘 저 너머로 날아가 버릴 것 같다.

"여기 좀 봐요. 멋지죠?"

넓고 짙푸른 호수가 눈앞에 펼쳐져 있었다. 절로 탄성이 나오며 가슴이 확 트인다. 차가운 돌다리 위에서 한눈에 보이는 아름다운 호수의 전경이 그와 나를 향해 서 있었다.

"지금 이 광경을 절대 잊지 못할 것 같아요."

뒤에서 살짝 안으며 가볍게 몸을 밀착시키는 그를 돌아보며 말하는 나의 목소리까지 떨린다. 호수의 차가운 맞바람을 맞으며 시선을 고정한 채, 우리는 돌다리의 난간에 오래 기대어 서 있었다.

"이쪽으로 와요. 내가 예전에 자주 산책했던 곳이에요."

그는 참 산책을 좋아하는 것 같다. 나 역시 그렇다. 좋아하는 사람과의 산책은 상대와 모든 걸 함께할 수 있는 또 하나의 소중한 시간이나 마찬가지다. 같은 공기를 마시고 같은 땅을 밟고 같은 풍경을 바라보고. 더불어 같은 생각을 하고.

녹음이 우거진 숲길로 들어서자 갑자기 주위가 어두워졌다. 가로등도 띄엄띄엄 서 있고, 오래된 큰 나무들이 가지를 넓게 드리운 채 하늘을 가리고 서 있는 바람에 갑자기 딴 세상에 들어온 것처럼 오싹하고 묘한 느낌이 엄습했다.

"좀 무섭나요? 낮에 오면 참 좋은데 밤에 오니까 진짜 어두컴컴하네요. 저도 이 시간에 온 건 처음이라…."

한기를 느끼며 그에게 바싹 붙었다. 여름인데도 바닥엔 수명을 다한 잎사귀들이 많이 떨어져있는지 바스락거리며 부딪히는 나뭇잎들의 소리가 귀에 크게 울린다.

"이쯤에 벤치가 하나 있었는데… 아, 여기 있네요."

오래되어 보이는 낡은 돌고래 모양 음수대 옆에 벤치 하나가 놓여 있다. 음수대를 틀어 보았으나 물은 나오지 않았다.

같은 공기, 같은 땅, 같은 풍경, 같은 벤치 그리고 같은 생각.

그가 허리를 감싸며 힘 있게 끌어당긴다. 바닥에 뒹구는 지친 잎사귀처럼 그에게로 끌려갔다. 눈을 감고 있었지만 그의 무릎에 앉아 고개를 젖히고 머리칼을 뒤로 늘어뜨린 내 모습이 보였다. 초여름의 이른 낙엽처럼 힘없이 바닥으로 떨어진 속옷도 느낄 수 있었다.

같은 몸짓, 같은 호흡.

저만치 숲길을 지나가는 또 다른 행인의 발소리가 들린다. 내 안에 있는 그와 불과 몇 미터 떨어지지 않는 곳을 걸어가고 있는 알 수 없는 또 한 사람. 이 어둡고 적막한 숲속 같은 공간에서 우리는 각자 무슨 생각을 하고 있을까?

돌고래 음수대 아래 떨어져 있는 구두를 주워든 그가 벤치에 앉아 있는 내 앞에 무릎을 꿇고 구두를 신겨 준다. 체격이 좋은 그를 항상 올려다보기만 했지 이렇게 내려다보는 건 처음인 것 같다. 고개를 숙이고 있는 그의 숱 많은 머리칼에 마구 입 맞추고 싶은 충동을 억누를 수가 없다.

앞으로 과천에 자주 오게 될 것 같다. 호수 저 건너편 하늘 어딘가에 묻어둔 나의 마음을 찾기 위해서라도.

46. 2013. 6. 24. 월

사랑에 빠진다는 것은 어떤 것일까? 자주 보고 싶고 그리운 마음이 드는 것일까? 서로가 바쁘고 상황이 여의치 않아 자주 만나지 못한다면 죽을 만큼 괴로운 것일까? 그렇다면 나는 아직 사랑에 빠진 건 아닌 게 분명하다. 아직은 살 만하고, 괴로운 심정 따위 느껴본 적 없으니.

맛집으로 소문난 이태리 식당에서 함께 점심을 먹기로 했다. 회사 근처로 가서 그를 차에 태우고 음식점으로 이동하기까지, 예의 그 어색함과 불편함은 여전하다. 옆자리에 앉은 그를 똑바로 쳐다보기가 힘들다. 그도 같은 기분인지, 간혹 눈이 잠깐 마주칠 때면 둘 다 어색한 웃음만 지을 뿐 한동안 서로 말이 없다. 보조개가 살짝 들어가는 기분 좋은 웃음은 여전하다. 그 뺨에 입 맞추고 싶다. 지금 당장.

"잘 지냈어요? 오랜만이에요."

매일 밤 카톡으로 오랜 시간 함께 대화를 나누고 자주 전화 통화를 해왔는데도 이렇게 만나면 또 예의 차리면서 서로 어색해하는 우리의 모습이 신기하고 낯설다.

말쑥한 정장을 입고 레스토랑에 앉아 있는 그가 오늘따라 멋져 보였다. 내가 좋아하는 자잘한 동물 문양이 프린트된 넥타이를 하고 짙은 빛깔의 슈트를 입은 채 다리를 꼬고 비스듬히 앉아 있는 내 앞의 그가 얼마 전 나와 과천에 있었던 바로 그 사람이 맞을까. 더없이 맑고 높았던 여름 밤하늘 아래, 어둡고 적막한 숲속 깊은 곳에서 모든 것을 함께한 그 순간을 그는 기억하고 있을까. 난 지금도 그 생각이 온통 지배하며 머릿속을 떠나지 않는데….

"이번 여름엔 휴가 어디로 가요?"

"제주도요."

"와, 좋겠다. 난 제주도가 정말 좋아. 외국을 많이 다녀봤지만, 우리나라 제주도만큼 좋은 곳은 못 봤어."

"사장님은 어디로 가세요?"

"나? 발리."

몇 년 전 제주도를 갔었다며 그가 휴대폰을 꺼내 사진을 보여주기 위해 내 옆자리로 옮겨 앉았다. 아이폰을 터치하며 여러 장의 사진을 보여주는 그가 내 곁에 가까이 있었다. 사진보단 내 머리칼에 닿을 만큼 가까이 기울인 그의 머리를 보고 싶다. 천천히 사진을 넘기는 그의 두꺼운 손가락을 보고, 동그랗고 깔끔하게 깎여진 핑크색의 손톱을 보고, 힘 있고 단단해 보이는 그의 손등을 바라보았다. 세련된 정장을 입은 넓고 듬직한 어깨가 내 어깨에 살짝 부딪힌다. 구김 하나 없이 잘 다려진 화이트 셔츠가 눈부시다. 반짝반짝하게 잘 닦여진 검은 구두를 보니 그날 밤 벤치 아래서 무릎을 꿇고 내게 구두를 신겨 주던 모습이 떠올랐다.

"이만 들어가 봐야 돼요. 점심시간 너무 오래 끌면 업무가 밀리거든."

식당 건물 지하 주차장으로 가는 엘리베이터를 함께 타며 그는 미안한 표정을 지어 보인다. 둘만 있는 엘리베이터 안에서 내게 갑작스럽게 키스를 하지 않을까 상상하니 나도 모르게 얼굴이 달아올랐다. 그러나 그는 휴대폰을 만지작거리며 뭔가 골똘히 생각하고 있을 뿐 내 쪽은 바라보지도 않는다.

회사 앞에 도착해 차에서 내리며 그가 갑자기 속삭였다.

"이번 주 금요일에 만나요. 과천에서."

집을 나와 과천으로 운전해 오는 내내 마음이 복잡하다. 행복하고 들뜬 마음과 괴롭고 죄책감이 내리누르는 무거운 마음. 하지만 무엇보다 그를 만날 수 있다는 설렘에 가슴이 뛴다. 그를 보고 싶다는 단 한 가지 생각만으로 이렇게 설레며 달려오는 일이 처음인 것 같다. 달력을 보며 금요일이 빨리 오기를 손꼽아 기다리던 며칠이 지나고, 이제 잠시 후면 다시 그를 볼 수 있다고 생각하니 액셀러레이터를 밟은 발에 힘이 들어갔다.

과천의 한 고깃집에서 마주 앉았다. 정말 신기하다. 그는 볼 때마다 다른 사람 같다. 에너지가 주체할 수 없이 넘쳐 보이기도 하고 반대로 한없이 지쳐 보이기도 하고, 어떤 날은 굉장히 다정하게 느껴지는가 하면 또 어떤 날은 냉정하고 차갑게 느껴지기도 한다. 외모도 똑같은 느낌을 받은 적이 한 번도 없다. 그에게서 언제나 변함없는 건 웃을 때마다 살짝 들어가는 매력적인 오른쪽 보조개뿐이다.

"우리 오늘 술 왕창 먹어요. 그리고 저 오늘 당신이랑 잘 거예요."

"그렇다면 술 먹지 말아요, 사장님."

"왜요?"

방금 나온 소주병을 따다 말고 그가 고개를 돌려 나를 바라보며 묻는다.

술. 술은 모든 대소사의 주인공이다. 남녀 연애에서도 술, 비즈니스에서도 술, 친구들과의 우정에서도 술, 끈끈한 가족애에서도 술. 이쯤 되면 삶의 주역은 인간이 아니라 술이라고 해도 반박할 수 없을 것 같다. 술이 없으면 사랑도 어려운 것인가? 술을 마시지 않고도 그가 나를 여전히 원할까? 취했을 때와 취하지 않았을 때, 어느 쪽이 더 진심에 가까울까?

그는 술을 마시고 싶어 하고, 나는 마시지 못하게 말리는 가벼운 실랑이가 오고 가는 우스운 상황이 연출되었다. 결국 내 뜻대로 술잔을 내려놓은 그는 못내 아쉬운 듯 한숨을 크게 내쉬었다.

남녀가 잠자리를 하기까지 가장 큰 역할을 담당하는 일등공신은 아마도 술일 것이다. 쑥스러운 사랑 고백도, 달콤한 전희도, 짜릿하고 강렬한 섹스도 술의 힘을 빌려서 해야만이 비로소 완벽하게 이뤄진 것 같은 착각이 드는 것이다. 하지만 오늘은 술도, 취기도 없다. 차로 돌아온 우리는 어색하게 자리에 앉아 라디오에서 흘러나오는 음악을 잠시 듣고 있었다.

"우리, 어디로 갈까요?"

"인적 없는 주차장으로 가요, 사장님."

과천 서울대공원을 누구보다 잘 알고 있는 그가 장미원 주차장에 차를 세웠다. 한쪽은 레스토랑이 있고, 다른 쪽은 높지 않은 산을 끼고 있는 넓은 주차장에 지금 시간까지 있는 차량은 우리뿐이었다.

술을 먹지 않은 그가 평소와 달리 조금은 당황한 듯이 보인다. 이상한 일이다. 술을 마셨을 때가 오히려 더 평상시 같고 술을 마시지 않은 지금은 이상하게 들떠 내내 어색하고 당황한 태도로 허둥대는 그의 모습이라니. 조금은 우스워진다. 어린아이같이 안절부절못하고 부산을 떠는 그가 왠지 사랑스럽다.

"아까부터 뭘 그렇게 찾으세요?"

"아, 차 키요. 방금까지 여기 두었던 것 같은데."

"그보다 좌석을 좀 눕혀 볼래요?"

"아, 그러죠."

그는 다시 키를 찾는 데 열중한다. 방금 전까지 오늘은 나와 꼭 잘 거라며 다짐하듯이 얘기하던 그에게 지금은 차 키를 찾는 것만큼 중요한 일은 없는 듯이 보였다. 그냥 내버려두면 아마도 밤새도록 찾고만 있을 것 같은 그를 웃음을 띠고 한참을 바라보고 있었다.

"키는 차 안 어딘가에 떨어져 있어요. 그보다 편히 누워 봐요, 사장님."

그의 무릎 위에 앉아 목덜미를 끌어당겼다. 나의 갑작스러운 과감한 태도에 다소 놀란 듯이 바라보는 그의 얼굴에 여느 때보다 더 보조개가 두드러진다. 눈은 휘둥그레 뜨고 있지만 입가엔 감출 수 없는 만족스러운 미소가 살며시 번진다. 그 입술에 키스를 하고, 보조개에 입 맞추고, 입술을 움직이며 목덜미를 쓸어내렸다. 셔츠 단추를 천천히 풀어 헤치니 넓은 어깨와 가슴이 드러났다. 투명한 달빛이 흐르는 깊은 밤, 어두운 차 안에서 하얗게 빛난다. 그는 생각보다 흰 피부를 지녔다. 나보다도 훨씬 하얗다. 반짝이는 은색의 버클도 풀리고 속옷도 차 안 바닥에 소리 없이 떨어졌다. 그는 때때로 가벼운 신음이 섞인 긴 한숨을 내쉬었다. 그 소리가 자극한다. 잠시 후 고개를 들어 올려다보니 내내 나를 내려다보고 있던 그와 눈이 마주쳤다. 눈이 반짝인다는 건 바로 이럴 때 쓰는 말인 것 같다. 어둠 속에서 빛나는 그의 눈이 내 눈 속으로 파고들 것만 같다. 그의 위로 올라갔다. 낮게 깔리는 긴 한숨, 가늘게 떨리는 탄성, 두 가지 신음 소리가 한데 뒤섞이며 한적한 주차장의 적막을 깨트린다. 어스름한 달빛 아래 두 사람의 실루엣이 하나로 겹처지며 길게 그림자를 드리운다.

희미하게 빛나던 달은 구름 뒤로 숨어버리고 하늘엔 별들이 반짝이기 시작했다. 차에서 나와 서로를 껴안은 채, 고개를 한껏 젖혀 하늘을 바라보았다. 수많은 별들이 쏟아질 듯이 가까이 우리 곁에 다가와 있었다.

"너무 아름다워요. 이렇게 많은 별들이 한꺼번에 반짝거리는 건 아주 어렸을 때 이후로 처음 보는 것 같아요."

머리칼을 간질이는 따스한 숨결을 뱉으며 그가 내 귀에 대고 나직이 말한다.

"오늘을 꼭 기억하자. 우리가 함께 별을 올려다본 지금 이 순간을."

48. 2013. 7. 5. 금

날씨가 점점 더워지고 있지만, 여름 저녁 바람은 아직 시원하고 더없이 상쾌하다. 그는 붉게 지는 노을을 등지고 포장마차 테이블 앞에 앉아 미소 띤 얼굴로 맞은편의 나를 물끄러미 바라보고 있었다.

과천 서울대공원 입구에는 몇 개의 포장마차가 있다. 어느 곳이든 그의 추억이 서리지 않은 데가 없고, 젊은 시절 그의 흔적이 남아 있지 않은 곳이 없다. 나는 이미 그의 추억 한가운데에 깊숙이 들어와 있는 기분이 들었다. 지금으로부터 십여 년 전의 기억들은 점점 망각의 저편으로 사라질 테고, 이제는 나와 함께하는 시간들로 채워질 새로운 기억들이 다시금 그의 마음 한편에 자리 잡을 것이다. 일반적으로 기억은 대뇌의 해마에서 관장한다고 하지만 결국 기억의 장소는 그 사람의 마음이다. 우리가 마음을 그 사람의 품성과 본질이라고 본다면 결국 기억 자체가 그 사람의 본질을 이루게 되는 것이다.

그는 내게 회사와 업무 이야기 하는 것을 무척 좋아한다. 직원들에 대한 소소한 이야기에서부터 사장이라는 자리에서 느끼는 책임감과 의무, 지대한 스트레스까지 많은 이야기를 털어놓는다. 끝이 날 것 같지 않은 일 이야기. 다소 지루한 감도 있지만 그 얘기를 하는 상대에게 애정과 관심이 있기에 열심히 들어준다.

"오늘은 다국적 문화예술에 관련된 외국 기업체와의 미팅이 있었어요. 그런데 팀장이 노처녀인데 상당히 미인이야. 볼래요?"

별로 보고 싶지도 않은데 휴대폰으로 한 여성의 카톡 프로필 사진을 보여주며 그는 오늘 있었던 자신의 스케줄까지 줄줄이 늘어놓았다. 휴대폰 안에서 웃고 있는 사진의 주인공은 얼핏 봐도 꽤나 매력적인 여성이다.

불륜 일기

나이도 많은 노처녀라는데 젊고 예뻐 보인다. 왠지 기분이 나빠졌다.

"같이 점심 먹었어. 그런데 어이없게도 나한테 결혼 생활 중 바람피워 본 적 있냐고 갑작스럽게 돌발 질문을 하더라고."

"그래서, 뭐라고 대답했나요?"

"갑자기 그런 곤란한 질문을 하시니 너무 당황스럽네요, 하고 대답했지."

"당신이 그렇게 대답한 건 그 질문에 맞아요, 하고 인정한 거나 마찬가지예요."

바람을 피운다. 우리는 지금 그렇게 하고 있는 것일까? 남들은 우리를 어떻게 볼까? 그 노처녀 팀장은 그에게 왜 그런 질문을 한 것일까? 살면서 남의 일에 관심이라곤 가져 본 적이 없었다. 길을 가는 행인들의 얼굴도 제대로 보지 않고 걷는 성격이다. 남들도 나와 크게 다를 게 없겠지, 라는 생각에 남이 보는 나에 대해 고민해 본 적 역시 한 번도 없었다. 이런 내가, 요즘은 타인의 이목과 시선에 조금씩 신경이 쓰이기 시작한다. 뭐든 하고 싶은 대로, 원하는 대로 하며 살아온 내가, 지금은 간절히 원하고 하고 싶은 일을 할 수가 없다. 그와 함께 나란히 앉아 몸을 밀착시킨 채 바로 가까이에서 서로의 눈을 들여다보며 술 마시고 얘기하고 싶지만 그럴 수 없다. 맞은편에 앉아 술잔을 기울이는 그의 손을 잡고 싶지만 그럴 수 없다. 눈이 마주칠 때마다 부드럽게 미소 짓는 그의 얼굴을 쓰다듬고 싶지만 그럴 수 없다. 숱 많은 그의 머리칼 깊숙이 손을 집어넣고 싶지만 그럴 수 없다.

"우리, 이것만 마시고 차로 가요."

차 뒷좌석에서 원피스의 지퍼를 올려주며 그가 말했다.

"그 노처녀 팀장, 집안이 양조장을 한다는군. 나한테 좋은 술 하나 선물한다던데."

"그 여자, 당신한테 관심 있나 봐요."

"에이, 그럴 리가. 누가 나이 많고 배 나온 중년 아저씨한테 관심이나 있겠어?"

"그 말은 저한테도 자존심 상하는 말이에요. 차라리 당신이 그녀에게 전혀 관심 없다고 말해요."

"나야 이젠 아무리 예쁘고 능력 있는 여자라 해도 절대 관심 없지. 당신이 있잖아요."

잠시 망설이다가 그의 입술에 살며시 키스하며 속삭였다.

"사랑한다고 말해 볼래요?"

그는 아무 말이 없다. 그냥 허리를 가볍게 안아주며 웃기만 한다. 어둠 속에서 그의 눈을 한참 들여다보았지만 반짝이는 두 눈에서는 그 어떤 생각도 읽을 수가 없었다.

$\mathcal{A9}$. 2013. 7. 10. 수

십여 년 만에 오는 모텔. 난 어떻게 이곳까지 발을 들이게 되었을까. 이젠 걷잡을 수 없이 빠져드는 것을 느낀다. 끝이 보이지 않는 깊은 우물과도 같은 구덩이. 한번 빠지게 되면 절대 다시 올라갈 수 없는, 주위엔 온통 차가운 검은 흙과 축축하고 미끄러운 이끼로 뒤덮인 무시무시한 구덩이. 그 깊은 우물의 바닥에는 욕망, 쾌락, 행복, 도취감 등의 찌꺼기가 온갖 부유물로 떠다니는 오래된 늪이 있다. 나는 그 늪의 한가운데에 목까지 빠진 채 버둥거리며 위를 올려다보고 있다. 저 멀리 한 줄기 빛이 들어오는 우물 입구. 하지만 난 아직 그곳으로 나가고 싶지 않다.

방이 유난히 좁고 침대는 이상하게 넓은 광경이 기괴하게 느껴진다. Mignon, 사랑스럽다는 모텔 이름에 어울리지 않게 모든 것이 우스꽝스럽고 어색하게 느껴진다. 무슨 문양인지 알 수 없는 복잡한 무늬의 벽지, 두꺼운 덧문이 달린 작은 창문, 내려앉을 듯 가까이 다가와 있는 각진 천장, 좁은 방에 어울리지 않게 엄청나게 커다란 벽걸이 TV까지, 이곳의 모든 것이 낯설고 불편하다. 그러나 그는 나의 불안과 두려움 따위는 안중에도 없는 듯 억센 팔로 안고서 침대로 몸을 던진다. 끝없이 깊은 우물 바닥 그 늪 한가운데. 그는 마치 오랫동안 이 순간을 기다린 듯 내게 탐닉하고 또 탐닉했다. 살짝 열린 덧문 사이로 오후의 따스한 여름 햇살이 스며들어오고 그 가녀린 빛을 통해 끊임없이 생동하는 그의 모습을 볼 수 있었다.

이곳에 들어와 그는 나를 한 번도 바라보지 않는다. 반면 나는 그에게서 시선을 떼지 않았다. 처음으로 그 어떤 생각도 하지 않고 한 가지에 극도로 몰입해 집중하는 그의 모습을 보는 것 같다. 평소에 그는 언제나 생각이 너무 많아 보인다. 웃으면 매력적으로 살짝 처지는 부드러운 눈매 속 옅은 갈색의 두 눈은 언제나 골똘히 생각에 잠겨 있는 듯이 보이지만 나는 그 생각을 한 번도 읽을 수가 없었다. 하지만 지금은 공허한 그 눈에 어떠한 생각도 담겨 있지 않은 듯이 보인다.

"내가 좋은 거야? 섹스가 좋은 거야?"

긴 한숨을 내쉬고 지친 듯 베개에 머리를 묻으며 천장을 바라보는 그의 어깨에 가볍게 머리를 기대니 처음으로 고개를 돌려 바라보며 그가 물었다.

나는 대답하지 않았다. 뭐라고 말해야 할지 어려웠다. 난 그도 좋고 그와의 격렬한 섹스도 좋다. 왜 둘 중 하나만 선택해야 하는 걸까?

"당신은 어때요?"

"난 당신도 좋고 그대와의 섹스도 좋아."

내 눈 속 깊은 저편까지 꿰뚫어보려는 듯 물끄러미 바라보며 그가 대답한다. 평소처럼 생기 있게 반짝이는 두 눈. 쓸쓸하리만큼 공허한 눈빛은 더 이상 거기에 남아 있지 않았다.

A10. 2013. 7. 16. 화

저번보다 넓고 멋진 모텔이다. 이제는 깊은 우물 안 쾌락의 늪 속에 침잠해 있는 나 자신을 즐기는 것 같은 느낌이 든다. 그와의 두 번째 모텔 출입이 더이상 어색하거나 창피하지 않다. 아니, 오히려 기대가 된다. 이제는 정말 우물 안 개구리처럼 바깥세상이 보이지도, 들리지도 않고, 아무것도 알 수 없고 관심조차 없는 존재처럼 되어 버린 것일까? 방 안으로 들어서자마자 내가 먼저 그에게 키스하고, 셔츠를 벗기고, 버클을 거칠게 끌어내린다.

우리는 구김 하나 없이 잘 정돈되어 다소곳이 씌워져 있는 새하얀 침대 시트가 식사를 마친 테이블 위 냅킨 조각들처럼 구겨지고 마구 일그러질 지경이 되도록 뒹굴고 또 뒹굴었다. 평소 더없이 매너 있고 예의를 차리는 그지만 지금 이 순간 완전히 딴사람 같다. 그가 느닷없이 손을 들어 내 엉덩이를 찰싹 때렸다. 아프지는 않지만 그 소리가 넓은 방에 울리는 이 우습고 어이없는 상황이 나를 더 강하게 자극한다. 문득 그의 손에 피가 묻어났다. 깜짝 놀라 보니 갑작스럽게 흐르는 생리혈이다. 그는 나를 욕실로 끌고 가 계속해서 탐닉했다. 붉은 핏줄기가 하얀 욕조를 타고 흘러내려 욕실 바닥 타일의 라인을 따라 번지는 광경이 공포 영화의 한 장면 같고 그로테스크하다. 기괴함과 공포 그리고 두려움, 거기서 오는 묘한 쾌감과 강렬한 자극이 우리를 더욱더 깊은 늪 속으로 빠뜨린다. 문득 히치콕 영화의 한 장면이 생각났다. 몹시 거슬리는 불협화음이 반복적으로 나오는 섬뜩한 배경음악도 함께. 샤워 커튼을 잡고 피를 흘리며 옆으로 쓰러지는 영화의 여주인공처럼 핏기가 어린 욕실 타일 바닥에 힘없이 주저앉아 버렸다.

"남경호텔. 나 옛날에 여기 와 본 적 있어."

샤워를 마치고 함께 침대에 걸터앉아 맥주를 나눠 마시며 그가 말했다.

"외국인이었어. 금발의 백인 여자."

그가 만난 여자, 섹스를 한 여자는 과연 몇 명일까? 얼마 전 술에 취해 말하기를, 그는 자기가 중학교 2학년 때 첫 성 경험을 했다고 고백했다. 그는 지금 마흔 살이다. 그렇다면 25년 동안 그와 사랑을 나눈 여성은 얼마나 많은 것일까? 그의 생애 첫 여자부터 금발의 백인 여성까지, 그를 스쳐간 알 수 없는 상대 모두에게 어이없게도 질투가 일어난다.

"지금은 나 말고 자는 여자가 또 있나요?"

그는 큰 소리로 웃음을 터뜨리더니 그건 아니라고 대답한다. 관계를 맺는 여자는커녕 친하게 지내는 이성 친구조차 하나 없다고 말한다.

"당신 부인하고는 잠자리를 하나요?"

노골적인 질문을 해 놓고 바로 극심한 후회가 들었다. 세상에서 가장 어리석은 질문이다. 결혼을 한 사람에게 집에서 밥은 먹는지, 잠은 자는지 하는 질문과 이것과 다를 바가 뭐가 있단 말인가.

"글쎄, 할 수도 있고 안 할 수도 있겠지."

그는 일부러 모호한 표정을 지어 보이며 씩 웃었다. 보조개가 평소보다 더 깊이 팬다. 화가 나서 미칠 것만 같다. 내가 좋아하는 오른쪽 뺨의 보조개, 그 매력적인 웃음. 나만 소유하고 싶다.

"나 이번 주 금요일, 발리로 떠나."

"알아요. 여러 번 얘기했잖아요."

비록 4박 5일의 짧은 여름휴가라지만, 너무 그립고 보고 싶으면 어떻게 하나 벌써부터 걱정이 되었다.

"여행 재미있게 즐기고 와요. 당신 없는 동안 단 한 번도 생각 안 할 거예요. 최대한 바쁘고, 정신없이 살래요."

그래야 내가 살 수 있으니까.

A11. 2013. 7. 26. 금

몇 번이나 다짐한 대로, 그가 휴가 여행을 가 있는 동안 최대한 생각하지 않고, 바쁘고 정신없이 지내려고 노력했다. 인도네시아 발리. 마치 헤아릴 수 없이 먼 곳으로 그가 떠나 버린 것 같다. 언제나 그러했지만, 이번엔 더욱 그가 내 손에 닿을 수 없이 멀게만 느껴지고, 그 없이 흐르는 시간들이 너무나도 더디다. 하지만 그 기간은 며칠에 불과한 것이었고, 여행에서 돌아온 그날 오후, 그는 내게 전화를 걸었다. 지난 며칠간, 최대한 그를 떠올리지 않고 그럭저럭 잘 버텨오며 애써 내 마음을 다스렸건만, 그렇게 한 번의 연락으로 그는 다시금 한꺼번에 내 마음속 깊숙이 거센 파도처럼 밀려들어와 힘들게 쌓은 모래성을 단번에 무너뜨린다.

여행에서 돌아온 그 주에 우리는 다시 술을 마시고 있다. 그와는 두 번째로 오는 일본식 주점이다. 그는 발리에서 찍은 휴대폰 사진을 보여주며 여행 이야기로 꽃을 피웠다. 여행은 무척 재미있었고, 숙소와 음식은 더할 나위 없이 훌륭했으며, 유쾌한 사람들과의 만남도 너무 즐거웠다고 이야기를 늘어놓는다. 난 아름답고 한적한 휴양지에서 그가 아내와 잠자리를 했는지가 무엇보다 궁금했지만 차마 물어볼 수는 없었다.

사람들은 왜 여행을 좋아할까? 여행 마니아인 그는 현재의 자신을 내려놓고 잠시 벗어나기 위해 여행을 떠난다고 했다. 나이가 들면 세계 일주도 하고 네팔과 히말라야, 티베트 같은 곳에서 심신을 다스리며 수행 차, 오래 머물고 싶다고도 얘기했다. 나는 자신을 찾기 위해 여행을 떠난다고 생각한다. 일상에서 지치고 정신적, 육체적 방황이 오는 힘든 시기, 여행은 나를 돌아보고, 자신의 정체성을 고심하며 다시금 앞으로 나아갈 수 있는 새로운 자극을 받을 수 있는 계기가 되어 주었던 것 같다. 젊었을 때는 혼자만의 여행도 자주 다녔다. 그 역시 혼자 떠나는 여행의 즐거움에 깊이 공감했다. 업무 때문이든, 휴가 차였든 그는 혼자서 정말 많은 곳을 여행했었고, 그 여행지들은 평소 나도 너무나 가고 싶었던 곳들이다.

이룰 수 없는 꿈이라는 걸 알면서도 그와 함께 떠나는 여행을 상상해 본다. 위용을 뽐내며 우뚝 서 있는 눈 덮인 후지 산, 대자연의 경이로움을 그대로 담은 그랜드 캐니언, 신들의 도시 세도나 그리고 남해의 아름다운 매물도…. 그가 본 곳, 느낀 곳에서 나도 똑같은 것을 보고 똑같은 감정을 느끼고 싶다. 그와 나란히 서서.

평소 술을 많이 마시지 못하고 금세 취하는 나지만 오늘은 왠지 우울한 기분이 들면서 자꾸만 들이켜게 된다. 그윽한 향이 풍기는 사케. 우유 갑보다도 큰 종이팩이 벌써 두 개째 비워진다. 술집 안 노란 불빛 아래 술잔을 기울이는 그가 흔들리고 있다. 내가 몸을 흔들고 있는 건지, 내 시선이 흔들리는 건지, 내 마음이 흔들리는 건지, 나를 둘러싼 주위의 모든 것들이 불안정하고 어지럽게 흔들리고 있었다. 문득 내 앞에 앉은 그의 곁으로 가서 몸을 바싹 붙이고 앉고 싶었다.

"당신, 내 옆으로 와요."

"여긴 회사 근처야. 보는 눈이 많으니 조심하는 게 좋아."

그래, 우린 업무차 만나는 거지. 우린 지금 중요한 미팅 중이고 일이 끝나면 다시 볼 일 없는 거야. 외부의 시선에 몹시 민감해 하는 그. 밖에서 그는 나의 연인이 아니다. 가슴 깊은 곳에서 왠지 모를 폭발할 것 같은 감정이 치밀어 오른다. 참을 수 없는 재채기처럼, 내 안에서 막 튀어나오려고 하는 이 감정을 지금 바로 분출해 버려야만 할 것 같다. 나는 갑자기 앞에 놓인 휴대폰을 집어 들고 그에게 '사랑해요.' 한마디를 써서 메일을 보내 버렸다.

"그만 일어나요. 더는 못 먹겠어요."

"왜, 이건 비우고 가자. 오늘따라 술맛이 좋은데."

아쉬워하는 그를 내버려두고 그대로 자리에서 일어나 주점을 나와 버렸다. 길을 가는 자동차들이 흔들리고, 발밑에 놓인 회색의 보도블록도 흔들린다. 가로등의 환한 불빛이 어지럽게 흔들리고, 늦은 밤, 바쁘게 귀가를 재촉하는 행인들은 춤을 추며 내 곁을 지나간다.

"괜찮은 거야? 많이 취한 것 같은데."

뒤따라 나와 급히 안아 일으키는 그 역시 많이 취한 듯이 보인다. 우리는 서로에게 완전히 기대어 흔들거리는 밤의 거리를 천천히 걸어갔다. 차에 타자마자 나는 그의 머리칼을 세게 붙잡으며 키스를 퍼부었다.

"우리, 모텔로 가요. 지금."

"이 근처에는 없어. 반대편으로 한참을 걸어가야 돼."

"내가 운전할게."

"무슨 소리야. 당신 지금 운전 못 해. 바보야, 넌 취했어."

"바로 요 앞이잖아. 나 할 수 있어요."

그가 나보고 몇 번이나 바보야, 라고 말한다. 잔뜩 취한 목소리로 느릿하게 나직이 말하는 그의 말투가 너무 섹시하다. 굵고 남성적인 느낌이 강하게 어필하는 그의 매력적인 목소리는 언제 들어도 빠져든다. 부드러운 목소리로 '바보야'라고 계속해서 속삭이는 그의 목소리에서 애틋한 감정까지 느껴졌다. 나한테 바보라고 불러주는 사람이 이제껏 있었나? 처음인 것 같다.

취기에 지친 한숨을 내쉬며 옆 좌석에 길게 늘어져 있는 그의 만류에도 불구하고 난 반대편 길가로 천천히 차를 몰았다. 첫 번째로 눈에 띄는 모텔 앞에 주차를 하려는 찰나, 그가 앉은 오른쪽 좌석 옆 바디에서 무참히 긁히는 소리가 난다. 길가에 한 가로등이 쑥 튀어나와 자리 잡고 있었다.

"바보야, 너 차 박은 거야, 지금. 바보야…."

"상관없어. 우리 여기 들어가요."

영빈장. 이름에서부터 왠지 낯설고 어색한 조그마한 모텔이다. 엘리베이터도 눈에 띄지 않고 쿵쿵거리며 계단을 올라갔다. 그와 갔었던 두 번의 다른 모텔보다 훨씬 좁았지만, 생각보다 방은 깨끗하다. 방에 들어서자마자 우리 둘은 그대로 침대로 쓰러져 손가락 하나 까딱할 기력도 없이 기진맥진한 채, 한동안 꼼짝없이 누워 있었다. 얼마나 지났을까? 나는 소스라치게 놀라며 벌떡 일어났다. 나도 모르게 깜빡 잠이 들었던 것 같다. 등골이 오싹할 정도의 공포심에 질려 시계를 들여다보니 새벽 한 시가 되어 가고 있었다. 옆에서는 규칙적인 숨소리와 함께 가볍게 드르렁거리는 코 고는 소리가 들린다. 그가 내 곁에 깊이 잠들어 있었다. 실오라기 하나 걸치지 않은 채 벌거벗은 나신으로 누워 완전히 곯아떨어진 남성의 모습을 처음으로 본다. 한참 동안이나 물끄러미 바라보며 벗은 몸을 살짝 어루만지고 부드럽게 쓰다듬어 본다. 왠지 나 혼자 깨어 있는 이 상황이 그에게 미안하다.

"눈 떠봐요. 어서…."

몇 번이나 그를 가볍게 흔들어 깨웠지만, 전혀 미동도 없다. 너무나도 달게 잠을 자고 있는 그의 곁에 누워, 나도 밤새도록 따뜻한 그 품속에 안긴 채 깊이 잠들고 싶었다. 하지만 그럴 수는 없다. 심한 두통을 느끼며 나는 겨우 옷을 주워 입고 도망치듯 방을 빠져나왔다. 가방을 휘젓고 구두를 끌면서 유난히 삐거덕거리는 계단을 쿵쿵거리며 다시 내려간다. 차는 생각보다 많이 찌그러져 있었다. 두통과 울렁거림에 현기증까지 느끼며 겨우 휴대폰을 꺼내 들었다.

A12. 2013. 7. 27. 토

"**날** 두고 그렇게 가버릴 수가 있는 거야?"

다음 날 아침, 과천 서울대공원 주차장 안 그의 차에서 우린 이야기를 나누고 있다.

"새벽에 눈 떴더니 당신은 사라지고 난 몽땅 벌거벗은 채 민망하게 침대에 누워 있더군. 깨우지도 않고 어떻게 그렇게 혼자만 도망을 치냐."

"미안해요. 여러 번 깨웠는데 당신이 안 일어나기에…"

사케와 일식에 잔뜩 취해 버린 어젯밤, 피곤과 술기운에 지쳐 꾸벅꾸벅 졸고 있는 내게 대리 기사는 집에 도착했다고 말하며 바닥에 떨어진 휴대폰을 주워 건네주었다. 휴대폰? 내 휴대폰은 백 안에 있었다. 바로 그의 것이다. 나와 같은 아이폰. 밤새 그의 휴대폰을 만지작거리며 고민했다. 최대한 빨리 돌려주어야 한다. 현대인들에게 휴대폰은 단 일 초도 떼어놓을 수 없는 분신과도 같은 존재가 되어 버렸다. 중요한 미팅을 하고 있을 때에도, 잠시 커피 타임을 가질 때에도, 심지어 화장실을 갈 때조차도 휴대폰은 반드시 챙겨가야 하는 필수품처럼 되어 버린 것이다. 예전에 휴대폰 없던 시절에는 대체 인간이 어떻게 살았는지 이젠 기억조차 나지 않고 더는 상상할 수도 없다.

회사를 운영하는 그 역시 평소 손에서 휴대폰을 놓지 않으며, 나와 만나고 있는 중에도 끊임없이 문자가 오거나 벨이 울린다. 그런 그도 나와 사랑을 나눌 때면 휴대폰 따위는 안중에도 없고 오직 내게 집중하고 정신없이 빠져든다. 우습게도 그런 데에 감동받고 기분이 좋아지는 것이 여자의 마음인 것이다.

불과 여덟 시간 만에 다시 보는 그의 모습이 몹시 피곤하고 지쳐 보인다. 반바지에 면 티셔츠를 입고 야구 모자를 쓴 채, 하루 만에 거뭇하게 나 있는 수염이 몹시 낯설다. 휴대폰을 돌려받자마자 그는 부재중 전화와 문자부터 확인한다. 새벽 한 시부터 오전 아홉 시 사이에 전화를 걸 사람이 그의 아내 말고 또 있을까?

"당신이 날 버리고 가서 섭섭했어. 밤새 함께 있고 싶었는데."

"그럴 수 없다는 거 잘 알잖아요."

"그런 곳에 혼자 남겨지기 싫어. 다음부턴 머리에 물을 확 뿌려서라도 날 깨워줘."

깊이 잠들어 있는 사람에게 찬물을 끼얹으면 어떤 기분일까? 화들짝 놀라며 벌떡 일어나 욕을 퍼부으며 심술부릴 그를 상상해 보니 웃음이 나왔다. 그는 내게 처음으로 키스를 했을 때, 따귀를 맞을까봐 걱정되었다고 후에 말한 적이 있었다. 상상할 수 없는 일이다. 내 앞에 있는 남자의 뺨을 때릴 정도로 난 용기 있는 사람이 아니다. 남들과 크게 다르지 않고, 평범하기 그지없는, 비교적 평탄한 삶을 살아오면서 처음으로 가장 어렵게 용기를 낸 일은 지금 그와 이 위험하고 아슬아슬한 연애를 하고 있다는 사실이다.

"그런데 우리 어제 섹스했었니?"

"아뇨. 둘 다 너무 취했고 그럴 기력도 없었어요."

"이상하다. 난 완전히 벗고 있었는데."

알 수 없는 일이다. 만취 상태로 방에 들어가 그대로 쓰러진 것까지는 기억나는데 나중에 정신을 차리고 보니 우리 둘 다 실오라기 하나 걸치지 않은 상태였다. 어쩌면 어젯밤, 뜨겁게 사랑을 나눈 기억까지 똑같이 잃어버린 것일까?

"이만 갈게요. 오늘은 남편이 점심때 들어와요."

차 문을 열고 나가려는 내 팔을 그가 갑자기 세게 붙잡는다. 어제의 잃어버린 기억을 되찾으려는 듯 우리는 다시 그렇게 몰두하고 또 몰두한다.

A13. **2013. 8. 5. 월**

가족과 함께 제주도로 휴가를 다녀온 이후 오랜만에 그를 만났다. 약 열흘 만에 보는 반갑고도 그리운 얼굴이다. 제주도에서 일주일을 머물면서 난 처음으로 그가 나에게 깊이 빠져 있음을 느꼈다. 어차피 우린 함께하는 시간보다는 떨어져 있는 시간이 더 많다. 각자의 가정이 있고 다른 삶을 살아가고 있는 우리가 함께할 수 있는 순간은 인생의 아주 많은 시간들 중 극히 짧은 부분에 지나지 않는다. 그가 발리로 떠났을 때, 나는 단 한 번도 연락하지 않고 한동안 그를 잊고 지내려 애써 노력했다. 너무나 그리웠고 목소리가 듣고 싶었지만, 가족과의 즐거운 휴가 시간까지 간섭하고 계속해서 연락을 하는 건 금기된 행동이라 생각했고, 그 역시 발리에 가 있던 오 일간 단 한 번도 나를 찾지 않았다. 그와 나는 지금 뜨거운 연애를 하면서도 서로의 삶은 인정하고 그 영역에 절대 침범하지 않는다는 무언의 룰 같은 것을 가지고 있다. 내가 제주도로 떠날 때도 그 룰은 변하지 않고 지켜질 것이라 생각했다.

"당신이 너무 보고 싶었어."

만나자마자 그가 나를 품에 안고 귓가에 속삭인다. 그가 보고 싶다고 말해주는 것은 처음이었다.

"거리라는 것이 정말 이상해. 멀리 있다고 생각하니, 보고 싶을 때 볼 수 없다고 생각하니 이상하게 미칠 것 같더라고."

제주도에서의 일주일간, 그는 내게 매일 하루에도 몇 번씩 문자를 보냈다. 지금은 어디에 있는지, 밥은 맛있게 먹었는지, 밤에는 무엇을 하고 있는지. 그럴 때면 지금은 중문해수욕장에 있고, 갈치구이를 먹고, TV를 보며 과자를 먹고 있다고 답장을 보내 주었다. 그 모든 시간, 제주도에서의 일주일간 내가 어디에 있든, 무엇을 하든 그는 내 안에 있었다. 중문에서 함께 바다에 빠져들고 싶었고, 생선 조각을 입에 넣어 주고 싶었고, 함께 코미디 영화를 보며 밤새 낄낄대고 싶었다. 제주도의 호텔 방, 밤 11시에 내가 지금 무엇을 하고 있는지 궁금해하며 카톡을 쉴 새 없이 보내는 그에게서 처음으로 일종의 집착 비슷한 감정을 읽으면서 가벼운 소름이 돋는다.

"전 지금 맥주를 마시며 TV를 봐요. 남편은 벌써 잠이 들었고요."

잠든 남편을 옆에 두고 아무렇지 않게 답장을 보내는 대담하고 뻔뻔스러운 나 역시 소름이 돋는다.

얼마 전, 술을 마시며 각자의 부부 관계에 대해 잠시 이야기를 나눈 적이 있었다. 난 그때 지난 7년간 부부 관계가 한 번도 없었다는 이야기를 했었고, 그 역시 아내와는 잠자리를 한 지 매우 오래되었다고 했었다. 이상한 일이다. 우리는 이렇게 섹스를 좋아하고 완전히 빠져들어 있는데 왜 각자의 배우자와는 관계를 맺지 않는 것일까? 외도하는 남자들에게는 모두 성격 나쁜 아내가 존재하고, 부부 관계는 지난 몇 년간 전혀 없었으며, 집에서는 돈이나 벌어오는 기계 취급을 당하고, 반겨주는 이는 강아지 정도일 뿐이다, 라는 우스개 이야기가 그에게도 해당하는 것일까? 그리고 사실은 그 모든 말이 거짓이라는 것도?

사채업자보다 외도하는 남자의 이야기를 더 믿지 말라는 말이 있다. 자신의 결혼 생활에 대해 가끔씩 언급하는 그의 말 어디까지가 진실이고 거짓일까? 우린 만나면서 단 한 번도 자신의 배우자에 대해 험담을 해 본 적이 없었다. 각자의 가정에 대한 이야기를 거의 나누지 않지만, 어쩌다 간혹 말이 나왔을 때도 그는 아내에 대한 좋지 않은 말은 최대한 삼가려고 노력하고 나 역시 그렇다. 상대에게 나의, 내 가정의 흠을 내보일 필요는 전혀 없다. 게다가 우린 둘 다 각자의 배우자에게 매우 성실하게 노력하고 최선을 다하는 삶을 살아가고 있는 듯이 보인다. 성실하고 착실한 결혼 생활을 계속해서 이어간다면, 그 이면에 숨겨진 우리의 끔찍한 일탈 행동은 과연 합리화될 수 있는 것인가?

회사 지하 주차장 한쪽 구석에 세워둔 그의 차가 흔들린다. 멀리 제주도까지 보냈던 자신의 연인이 매우 그리웠다는 것을 증명이라도 하듯 그의 몸이 내 위에서 끊임없이 거칠게 움직인다.

"너무 보고 싶어 견딜 수 없을 때면 당신의 음악을 들으며 겨우 달랬어. 거의 매일 밤 들었지."

뒤에서 가볍게 안은 채 맨 어깨에 살짝 입 맞추며 그가 말했다.

그의 휴대폰에는 내가 보내준 22곡의 음악이 들어 있다. 모두 내가 직접 피아노로 연주하고 녹음해서 보내준 음악이다. 평소 쇼팽을 좋아하고 나의 피아노 연주를 듣고 싶어 하는 그에게 나는 쇼팽의 녹턴, 왈츠 등의 로맨틱한 곡 위주로 녹음해 주었다. 그는 매우 감동하면서 몇 번이나 반복해 나의 연주를 들었고, 나 역시 누군가 단 한 사람을 위해 연주를 한 특별한 경험은 처음이기에 신기하면서도 너무 행복했다.

제주도에서 나 역시 똑같이 휴대폰에 저장되어 있는 나의 연주를 들으며 매일 밤 그를 생각했다. 바다를 건너 멀리 떨어져 있어도 같은 음악을 듣고 같은 생각을 하는 지금 이 순간. 제주도를 떠나기 전날 밤, 나는 그에게서 처음으로 메일을 받았다.

인디언들이 광야를 폭풍같이 질주하다가도 어느 순간 자리에 멈춰서 자기가 달려온 길을 되돌아본다는군.

그건, 미처 따라오지 못했을 수도 있는 내 영혼을 기다리는 시간이라네.

영혼이 충만해지는 제주도의 푸른 밤을 보내길!

"**잠깐** 만나러 이렇게까지 오지 않아도 돼. 내가 너무 미안하 잖아."

그가 내 차에 타며 안쓰러운 표정을 지어 보였다. 지난 한 주 제주도에서 휴가를 보내며 떨어져 있었던 이후, 우리는 서로를 더 자주 찾고 연락하게 된다. 회사에 매여 있는 그를 보기 위해 찾아오는 쪽은 언제나 나였다. 그는 점심시간 동안 짧게 짬을 낼 수밖에 없다며 미안해하지만, 바쁜 업무를 뒤로하고 날 만나러 오게 하는 그에게 나 역시 너무 미안하다. 서로의 미안한 감정, 그리운 감정, 애틋한 감정들이 한데 뒤섞여 만나자마자 격렬한 섹스로 분출이 된다. 현재 공사 중인 한 수영장의 어둡고 캄캄한 지하 주차장에서 우리는 예민한 촉각과 청각에만 의지해 서로를 바라보고 느끼고 소유한다. 그는 예전과 달리 키스에 많은 시간을 할애한다. 그의 입술은 더없이 부드럽고 달콤해서 결코 입에서 떼어 놓고 싶지 않은 욕망의 빵 한 조각 같다. 방금 구워 나온 빵처럼 따뜻하고 소프트한 그의 혀를 단숨에 삼켜버리는 느낌이 짜릿하게 온몸을 휘감는다. 밤새도록 키스에만 몰입하고 또 몰입하고 싶다.

"정말 신기해. 당신하고는 키스만 해도 너무 좋아."

"나도 그래요. 하루 종일 생각나요. 당신 입술, 키스."

"평생 한 것보다 훨씬 더 많은 키스를 그대하고 하는 거야, 나."

나 역시 키스를 많이 해 본 기억이 별로 없다. 키스는 말 그대로 섹스로 가기 위한 짧은 전희에 불과했다. 상대와의 입맞춤, 그 달콤하고 부드러운 느낌에 충분히 빠져들기도 전에 남자들은 바로 바지를 벗고 여성의 속옷을 끌어내리려고 하는 것이다. 하지만 여자들이 사랑받고 있다고 가장 강렬하게 느끼는 것은 사실 섹스에서의 절정의 순간이 아니다. 그 순간에는 사랑의 감정보다는 쾌락의 느낌이 더 크게 지배한다. 연인의 품에 안겨 머리칼을 쓰다듬고, 얼굴을 감싸 안으며 뜨거운 입맞춤을 받을 때 여자는 최고로 사랑받는, 이 세상에서 가장 행복한 순간을 뼈저리게 느끼게 되는 것이다.

"나 정말 행복해요. 진짜, 당신 사랑하는 것 같아요."

그는 나의 뺨과 귓불, 목덜미에 차례로 입 맞추며 아무 대답이 없다.

"사랑해요. 정말이에요. 말해야 할 것 같아요."

어두운 차 안에서 그의 눈을 똑바로 응시하려 애쓰며 가쁜 숨을 몰아쉰 채 다시 말했지만, 이번에도 그는 아무 말을 하지 않았다. 허탈하고 서운한 감정에 더욱더 정신없이 그의 입술을 찾아 파고든다. 술에 잔뜩 취해 '사랑해요.' 한마디를 써서 그에게 메일을 보낸 적이 있었다. 물론 그는 메일을 읽었지만 한 번도 그것에 대해 말한 적이 없다. 그가 요즘 들어 자주 말해 주는 '보고 싶다.'와 내가 방금 말한 '사랑한다.' 이 두 가지 언어 사이에는 얼마나 큰 거리가 있는 것일까?

"우리 요즘 진짜 자주 보는 것 같아. 이번 주 들어 벌써 세 번째지?"

서로가 그립고 보고 싶어 자주 만나게 되는 요즘, 난 그에게서 애틋한 감정과 사랑을 분명히 느낄 수 있지만, 그는 절대로 표현하지 않는다. 마치 사랑이라는 단어 자체를 입 밖에 내는 것을 두려워하는 것 같다.

"많이 보고 싶었어요. 매일 만나도 그리워요."

"나도 그래. 정말 신기해, 이런 기분. 하루 종일 당신 생각이 머릿속에 맴돌아. 업무를 할 때는 일에만 집중하는 스타일인데, 자꾸 문득문득 생각나고 너무 그리워서 일이 손에 안 잡힐 때가 많아. 당신이 무슨 요술을 부리는 것 같아. 마녀 같은 나쁜 여자 같으니."

그가 오른쪽 뺨의 보조개를 깊게 패며 싱긋 웃어 보인다. 부드러운 눈매가 아래로 처지며 눈가에 살짝 잡히는 주름이 사랑스럽다. 어릴 때 읽은 『키다리 아저씨』라는 소설에서 여주인공이 사랑하는 연인의 외모를 묘사하는 장면이 있었다. 눈가와 이마, 입가에 패인 주름이 너무 매력적이라는 부분이었는데 예전에는 그 말뜻을 절대 이해하지 못했다. 주름이 왜 아름답고 매력적일까? 난 늙어가는 부모님의 얼굴에서 주름을 보았고, 날 사랑해 준 외할머니의 얼굴에서 주름을 보았다. 볼 때마다 언제나 안쓰럽고 마음이 아파왔지, 그 주름이 아름답거나 사랑스럽지는 않았다. 그런데 지금 내 앞에 앉아 있는 그를 바라보며 난 이제야 그 말을 완전히 이해한다. 자신보다 훨씬 나이 많은 키다리 아저씨를 사랑하는 소설 속 여주인공처럼.

그는 나보다 세 살이 많다. 대학생인 소설 속 주인공처럼 나는 젊지 않다. 더 이상 젊지도, 어리지도 않은 우리에게 어쩌면 사랑이라는 감정 자체는 어울리지 않는 사치일 수도 있다. 그러한 사치를 누리는 것 자체가 거북하고 불편해서 그는 사랑이라는 단어를 언급하길 꺼리는 것일까?

오랜만에 다시 찾게 된 과천 서울대공원. 우리는 손을 잡고 함께 한적한 숲길을 산책한다. 나와 발을 맞추며 천천히 걷고 있는 그의 얼굴이 달빛을 받아 환하게 빛나고 있다. 나이를 알 수 없을 정도로 오래된 듯 보이는 굵고 키 큰 나무들, 바람에 바스락거리는 나뭇잎 소리, 온갖 새소리, 풀벌레 소리들이 울려 퍼지는 여름밤 숲 속 길이 더할 나위 없이 상쾌하고 신비스럽다. 저 멀리 끝이 보이지 않는 이 숲이 영원히 끝나지 않고 우리 앞에 펼쳐져 있으면 얼마나 좋을까.

"여긴 겨울에 오면 더 좋아. 우리, 눈이 왔을 때 이곳에 꼭 다시 오자."

높게 쌓인 눈길을 함께 터벅터벅 걸어가고 있을 우리를 떠올려본다. 겨울. 추운 시기. 지금은 더운 8월의 한여름. 겨울까지 과연 우리가 만나고 있을까?

한적한 정자가 자리 잡고 있는 곳에 다다랐다. 나무로 만든 아담하고 예쁜 정자. 잘 정돈된 팔각의 지붕 모양이 울창한 나무숲과 잘 어울린다.

"오르막길이라 좀 힘들어요. 잠시 앉았다 가요."

정자의 차가운 마룻바닥에 엉덩이를 붙이고 앉으려는 나를 그가 갑자기 일으켜 세우더니 거칠게 돌려세웠다. 치마를 젖히고 속옷을 끌어내리며 세게 붙잡는다. 그의 거센 손아귀에서 긴 머리카락이 엉키고 목덜미가 채이며 가슴이 움켜잡힌다. 가늘고 연약한 내 허리를 붙잡고 무섭게 움직이는 그의 앞에서 나는 힘없는 노예가 되고 꼼짝없이 지배당한다.

"우린 정말 미쳤어."

나란히 정자에 앉아 시원한 여름밤 바람에 땀이 흐르는 몸을 내맡기며 그가 귓가에 속삭인다. 야간 등산객이 저만치 앞에서 지나가고 있다. 이렇게 캄캄한 야밤에 혼자 등산을 하는 것은 어떤 즐거움이 있을까?

"당신이 미친 거지, 난 아니에요."

"당신도 원했잖아. 그럼 아니라고 말해 봐."

"맞아요, 당신을 원해요. 지금도, 내일도, 항상…."

다시금 억센 팔로 나를 휘감으며 깊게 입 맞추는 그의 머리 위를 올려다보았다. 저 멀리 반짝이는 하늘의 별들이 그의 숱 많은 머리 위에 당장이라도 내려와 앉을 것 같다.

"오늘은 뭐 하고 싶어?"

예전과 달리 그가 내게 자주 묻는 말이다. 그동안 우리의 만남에서 대부분을 주도했던 건 그였다. 고기를 먹자, 술을 마시자, 산책을 하자, 모텔을 가자…. 이젠 내가 뭘 원하는지 뭘 하고 싶어 하는지를 궁금해하고 언제나 들어주기 위해 노력하는 모습이 보인다. 가슴이 뭉클하다. 그는 진짜 날 많이 사랑하고 있는 것일까?

"나, 오늘은 숙대 앞에 가고 싶어요. 말만 들었지, 한 번도 못 가봤어요."

"숙대? 멀진 않지. 숙대 앞에도 안 가보고 뭐 하고 살았어?"

그는 장난기 어린 말투로 그동안 뭐 하고 살았느냐고 놀리듯 묻는 걸 좋아한다. 세계 각지로 여행 다니고, 국내에도 안 가본 곳이 없고, 인생 살면서 별별 여러 가지 경험을 해본 노련한 그. 나는 그가 다닌 곳의 삼분의 일도 못 가봤고 이 나이에 해본 것도 별로 없다. 앞으로 그와 함께 많은 시간을 보내며 안 해본 것 못 해본 것 다하며 즐겁게 살 수 있을까?

"저녁은 뭐 먹고 싶어?"

"떡볶이요. 즉석 떡볶이."

그가 웃으며 그럼 오늘은 숙대 앞으로 가서 떡볶이를 먹자고 한다.

숙대 앞으로 올라가는 오르막길에는 분위기 있는 카페와 맛있어 보이는 음식점들이 늘어서 있다. 예쁘고 발랄한 젊은 여대생들이 거리에 넘쳐난다. 문득 나의 그 시절 모습이 떠올랐다. 어릴 적, 어른들께서 지금이 가장 좋을 때다, 마음껏 누려라, 라고 하신 말씀을 그때는 이해하지 못했다. 난 성적 때문에, 미술 때문에, 부모님 때문에, 남자 친구 때문에 고민도 많고 괴롭기만 한데 어째서 이때가 가장 좋은 것인지. 빨리 사회에 나가 돈도 벌고 결혼도 하고 심리적 경제적으로 안정되면 훨씬 더 행복할 것 같은데. 하지만 지금 생각해 보면 진실로 그때가 가장 행복했다. 순수하고 즐겁고 괴롭고 행복했던 대학생 시절. 그때로 돌아갈 수만 있다면. 이젠 다시 오지 않을 나의 젊은 날의 기억을 떠올리니 갑자기 눈물이 날 것만 같다.

우리가 젊은 시절 만났으면 어땠을까? 그때도 지금처럼 첫눈에 반해 사랑에 빠졌을까? 그가 내게 다가왔고 나는 그를 받아들여 우리는 이렇게 시작했다. 그는 태어나서 단 한 번도 자신이 원하는 사람과 사귀지 못했다고 말한 적이 있었다. 누군가에게 먼저 다가가기에는 용기가 부족했고, 다른 이가 먼저 다가와 주면 냉정하게 거절하지 못했다. 그렇게 언제나 상대가 먼저 시작하는 연애를 해 왔고 결혼도 그렇게 했다.

"나, 더 나이 들기 전에 내가 진정으로 원하는 사람에게 먼저 다가가고 싶었어."

"그럼 그게 나였던 거예요?"

"그래, 맞아. 내가 좋아서 먼저 다가간 건 당신이 처음이야."

"언제였어요? 언제부터 날 사랑했어요?"

"처음 만난 날, 당신이 택시에서 내릴 때부터 알았어. 우리가 이렇게 될 거라는 걸."

이번에도 그는 사랑이라는 단어에서 교묘히 피해간다. 그는 날 많이 사랑해주면서도 정작 사랑이라는 말은 한 번도 들어본 적 없고, 알 수 없는 단어인 듯이 말하고 행동한다.

프라이팬에 바로 끓여서 먹는 즉석 떡볶이도 정말 오랜만에 먹어본다. 주위에는 온통 젊은 커플들 천지다. 중년의 남녀가 분식점에 함께 앉아 후후 불며 맛있게 떡볶이를 먹는 모습이 대학생들 눈에 어떻게 비칠지 궁금하다.

"남들은 우리를 어떻게 볼까요?"

"글쎄, 그냥 아줌마 아저씨?"

"나, 십 년만 젊었어도, 하는 생각 요즘 너무 많이 해요. 우리가 그냥 데이트를 즐기는 평범한 연인들처럼 보였으면 얼마나 좋을까."

사람 많은 대로나 공원에서 그의 손을 잡고, 팔짱을 끼고 하는 행동들이 타인의 눈에 어떻게 비칠지 두렵고 모든 게 조심스럽기만 한 우리는 한적한 장소를 제외하고는 거의 스킨십을 하지 않는다. 특히 그는 그런 부분에서 매우 예민하게 행동한다. 회사 근처라면 더욱.

태어나서 처음으로, 빛나는 젊음을 부러워하고 그 시절을 눈물 나게 그리워해 본다. 나이 든 중년들은 사랑의 감정이 없을 것만 같았고, 스킨십을 하고 싶어 하는 느낌 따윈 절대 없을 것만 같았다. TV에서, 소설에서, 나이 든 중년의 사랑을 논하고 다루는 모든 것들이 너무 우습고 억지스럽게 느껴졌다. 하지만 내가 지금 그 나이가 되었지만 난 이십여 년 전의 젊은 시절과 하나도 다를 바가 없다. 난 지금도 사랑을 하고 싶고, 사랑하는 사람을 안고 싶고, 손잡고 입 맞추고 싶다. 앞으로 이십여 년이 더 흘러도 난 그럴까?

효창 공원 내를 천천히 거닐며 우리는 함께 여름밤 공기를 호흡하고 교감하며 행복한 만족감에 싸여 있었다.

"팔짱 끼고 싶으면 껴도 돼."

갑자기 그가 돌아보며 말한다.

"정말, 그래도 돼요?"

"뭐, 걸리기밖에 더하겠어?"

나는 일종의 경외심마저 느끼면서 그에게 기대며 조심스럽게 팔짱을 끼었다. 그리고 행복한 표정을 띠고 그를 올려다보았다. 그도 웃음이 가득한 눈길로 내려다보며 밝게 웃는다.

"우린 정말 정신이 나간 거야, 그렇지?"

417. **2013. 8. 15. 목**

날씨 좋은 휴일, 그는 내게 뭘 하고 싶은지 묻는다. 난 영화가 보고 싶다고 대답했다. 사실, 예전부터 함께 영화를 보고 싶었다. 같이 영화 보고, 밥 먹고, 공원도 가는 그런 평범한 데이트가 항상 하고 싶다. 그러나 그는 사람 많은 극장에 가서 단둘이 영화 보는 것을 언제나 탐탁지 않게 생각했다.

"영화관은 많은 사람들이 몰리는 곳이야. 누군가 우릴 보면 어쩌려고 그래?"

"뭐, 걸리기밖에 더하겠어요?"

농담처럼 말은 그렇게 해도 사실 항상 걱정이 되는 부분이다. 사랑이라는 핑계 하에 남들이 인정할 수 없는, 도덕적으로 용납될 수 없는 만남을 지속하고 있는 우리에게 언젠가는 위기가 닥쳐올 수 있다. 우리 두 사람 간의 문제라기보다는 타인에 의해 이 만남이 난관에 부딪히고 처참하게 최후를 맞이할 가능성이 크다. 그렇기 때문에 평소 더욱 조심스럽게 행동하는 그. 난 그의 생각에 동의하고 따라갈 수밖에 없다가도 마치 멈출 수 없는 기관차처럼 나의 마음과 행동을 절제할 수가 없다. 길을 가다가도, 밥을 먹다가도, 문득 그의 손을 잡고, 그를 품에 안고, 입 맞추고 싶은 충동에 마구 사로잡힌다.

"우리, 조심하자. 그래서 오래오래 보자."

"그래요. 당신 말이 맞아요."

마음 내키는 대로, 하고 싶은 대로 행동했다가 일찌감치 종지부를 찍기보다는 은밀히, 조심스럽게 오래 만나는 것을 나 역시 원한다. 그가 없는 삶이 갑자기 두렵게 느껴진다. 그 없이 못살 것 같다. 우린 과연 언제까지

 불륜 일기

함께할 수 있을까?

"당신이 그렇게 원하면, 영화 보고 싶으면 오늘 영화 봐."

"정말이에요?"

난 내 귀를 의심했다. 우리는 점점 무언의 룰도 어기고, 공공장소에서 매사 조심스럽게 행동했던 제약의 범주도 넘어서고 있다. 마치 나의 폭주기관차에 함께 탑승한 것처럼, 나보다는 훨씬 이성적이었던 그가 점점 달라지고 있었다. 멈출 수 없이, 위험하게, 예측할 수 없이.

휴일날, 용산 CGV에는 정말 사람이 많다. 젊은 커플, 나이 든 커플, 가족 단위의 관람객들이 여기저기 넘쳐난다. 우리도, 그냥 선후배 또는 직장 동료로서 함께 영화 보는 것처럼 희석되어 보이겠지. 이렇게 많은 인파들 사이에서 우리의 모습이 눈에 띌 가능성은 그리 많지 않아 보인다.

'설국열차'. 봉준호 감독의 신작이다. 나는 영화 자체보다도 내 곁에 나란히 앉아 팝콘과 콜라를 먹으며 영화 관람을 하는 그에게 더 집중했다. 그와 이렇게 함께 영화 보고 데이트할 수 있는 이 순간이 너무 행복하고 감격스럽다. 영화 보는 동안 간간이 귀에 대고 서로 귓속말을 나누는 것도, 간혹 팝콘 컵에 함께 손을 집어넣어 서로의 손등이 살짝 부딪히거나 손가락이 얽히는 느낌도 내 마음을 설레게 한다.

"너무 좋았어요. 앞으로 우리 영화 자주 봐요."

"그래. 당신이 원한다면 그렇게 하도록 해."

저녁도 내가 먹고 싶은 음식을 먹으러 가자고 한다. 오늘은 뭐든 내가 원하는 대로 다 해 주고 싶어 하는 그의 생각이 궁금하다. 너무 운이 좋고 일이 잘 풀리면 설마, 하고 불안한 심정이 문득 떠오르는데 오늘이 그런 날은 아니겠지. 어릴 적 읽었던 현진건의 '운수 좋은 날'이 갑자기 떠올랐다.

곱창을 먹으며 그와 처음으로 막걸리를 마셨다. 우린 그동안 거의 항상 소주 또는 소맥을 먹었던 것 같다. 그는 특히 소맥을 좋아한다. 그가 유리컵에 소주를 약간 따르고 이어서 넘칠 정도로 맥주를 가득 부어서 건네주면 신들의 음료 넥타르를 받아든 보잘 것 없는 인간이라도 된 듯, 황홀한 심정으로 받아 마실 수밖에 없다. 차고 시원한 맥주와 알싸한 소주의 쓴맛이 섞이며 목을 타고 넘어가는 느낌이 짜릿하다.

"막걸리는 별로 먹어본 적 없어요. 크게 맛있는지도 모르겠고요."

"그 나이 되도록 막걸리도 안 먹어 보고 뭐 했어? 자, 오늘 한번 먹어 봐."

달콤하면서도 톡 쏘는 막걸리의 끝 맛이 혀에 와서 감긴다. 부드러우면서도 강렬한 그의 키스와 닮아 있다. 그와 입 맞추고 싶다.

그의 회사 앞으로 돌아와 내 차를 타고 떠나려는 나를 그가 붙잡았다.

"어제 사 둔 아이스크림이 냉장고에 있어. 먹고 가."

일 때문에 회사에 가끔 오긴 했지만 아무도 없는 사무실 내에 그와 단둘이 있기는 처음이다. 그의 책상은 넓고 깔끔하게 정돈되어 있다. 컴퓨터 화면 앞에는 귀여운 딸의 사진이 조그맣게 붙어 있고 메모지와 펜대, 앙증맞은 화분 등이 잘 정돈되어 놓여 있었다. 책상 앞 블라인드에 내가 좋아하는 클림트의 키스 그림이 붙어 있다. 사장의 책상 앞에 붙어 있는 남녀가 입 맞추는 그림이라니, 이해하기 힘들다.

"당신의 책상을 자세히 보긴 처음이에요. 이 자리에서 그 많은 일들을 다 하는 거구나."

"여기 앉아 난 주로 당신 생각을 하지."

그가 내 허리를 감싸 안더니 책상 위에 가볍게 올려놓는다. 난 그의 얼굴을 바라보며 낮게 웃었다. 직원 한 명 없는 늦은 밤의 사무실, 넓고 깨끗한 그의 책상. 우리 두 사람의 생각은 똑같다. 순식간에 책상 위 메모와 서류들이 흐트러지고 펜대와 화분은 옆으로 쓰러졌다. 대형 컴퓨터 모니터마저 뒤로 쓰러지려는 찰나, 그가 아슬아슬하게 붙잡는다. 뾰족한 구두 굽으로 의자를 걷어차니 크고 푹신한 사장 의자가 드르륵 뒤로 굴러간다. 내 앞엔 일하는 사장이 아닌 본능에 충실한 섹시한 사장이 자리하고 있다. 우습지만 묘하게 흥분되는 이 짜릿한 상황을 우리는 마음껏 즐겼다.

"아이스크림은요?"

옷을 입는 그를 돌아보며 난 정말로 중요한 것이라도 잊고 있었던 듯 호들갑을 떨며 물어보았다. 그는 싱긋 웃으며 차갑고 살얼음이 낀 막대 아이스크림을 가져다준다. 실오라기 하나 걸치지 않은 채, 팔걸이가 달린 푹신한 사장 의자에 깊숙이 기대 앉아 힐을 신은 두 발을 책상 위에 꼬아 올리고 천천히 아이스크림을 빨아 먹는 내 모습을 그는 황홀하게 바라보았다. 잠시도 시선을 떼지 못하는 그의 눈길을 충분히 느끼고 즐기며 나는 그렇게 오랫동안 아이스크림을 먹고 있었다.

418. **2013. 8. 21. 수**

오늘은 그와 더불어 많은 사람들과 업무차 미팅을 하게 되었다. 나와 그, 그리고 회사 직원들, 미대와 음대 교수, 방송 및 영화계 관련 인사까지 참여한 대규모 미팅이었다. 많은 인원과 함께 그와 내가 같이 참석한 이 모임에서도 나의 관심사는 오직 그에게 있었다. 모임의 주도자인 그의 프레젠테이션에 집중했고, 그의 말 한마디 한마디에 강하게 공감하고, 감동하며 이야기를 들었다. 그는 예술의 부흥에 아주 관심이 많았고, 지금 당장은 아니어도 언젠가 대중을 위한 예술 문화 트렌드가 활성화될 것으로 기대하고 있었다.

그의 그러한 기대와 열망이 결국 우리를 만나게 했다. 내가 미술을 하는 예술인이었기에, 작품을 만들고 강의하는 일을 계속해 왔기에 우리의 만남은 가능했다. 어떤 이는 "순수 예술의 시대는 갔다." "예술은 더 이상 전망이 없다."는 비판으로 많은 사람들의 가슴을 아프게 하지만 그는 전혀 다른 생각을 하고 있었다. "예술이야말로 영원하며 가장 가치 있는 존재이다." 이는 나의 평소 생각과도 일치했다. 예술이 가치 없는 것이라면, 무의미한 존재라면 이렇게 열심히 붙잡고 살지 않았을 것 같다. 예전과 달리 예술 하는 이들은 너무 많고, 그들이 설 자리는 너무나도 좁다. 정말 뛰어나게 잘하지 못하면 대부분은 도태되고 사장되어 버리는 것이다. 생계와 직결되는 현실적인 문제에서, 예술을 하는 이들의 삶은 그리 녹록하지 않다. 그렇다고 예술의 가치가 떨어지는 것인가? 예술의 존재 가치는 결국 인간에게 아름다움을 느끼게 해 주고 삶을 즐겁고 풍요롭게 만드는 것이라는데 어느 누가 반박할 수 있을까?

회의 내내, 많은 사람들이 있는 곳에서 그의 눈길을 똑바로 받아내기가 왠지 민망했다. 아무도 모르는 우리 관계를 사람들이 눈치챌까 봐, 그 눈빛을 들킬까 봐, 그 눈길에 또다시 흔들릴까 봐 서로 최대한 눈을 오래 마주치지 않고 사무적으로 예의를 차려가며 대화를 나누었다.

미팅이 끝나고 그는 초청인들과 빨리 헤어져 단둘이 만나기를 원했지만 그건 쉽지 않은 일이었다. 그는 직원들과 함께 마무리를 해야 했고, 나 역시 미대 교수들과 동행해야 했다. 둘만 함께 있고 싶은 마음을 뒤로하고, 금세 헤어져야만 하는 일은 가슴 아프기만 하다. 사적인 감정을 감추고 편안히 일에 집중하기는 어렵기만 하다.

무엇보다 내가 그에게 너무나도 깊이 빠져 있어서, 사랑에 눈이 멀어서, 일을 제대로 하고 있는지, 내 역할을 충실히 하고 있는지 도무지 알 수가 없었다. 난 일이고 뭐고 그에게만 집중하고 몰입하고, 내가 원하는 대로, 하고 싶은 대로 마음껏 행동하고 싶다. 그러면 그는 내게 철없고 위험천만한 행동은 당장 그만두라고 얘기할 것이다. 아무리 속내를 숨겨도, 아무렇지 않게 행동해도 다른 이들이 금세 알아챌 정도로 내 마음을 감추기는 이제 쉽지 않은 것일까?

A19. **2013. 8. 28. 수**

오늘은 인천에 위치한 한 기업체에 미팅을 가게 되었다고, 함께 가자고 그가 제의했다.

"저도 오전에는 갤러리에서 일이 있어요."

"미팅 예정된 회사가 거기서 그리 멀지 않으니 내가 그쪽으로 데리러 갈게."

"몇 시에 만나면 될까요?"

"미팅이 3시니 넉넉히 2시에 보자."

오전 내내 일이 손에 잡히지 않으며 머릿속이 그를 만날 생각에 복잡하면서도 기쁘다. 평소 속도를 내지 않고 느긋하게 운전하는 나지만 그와 만날 때는 항상 조바심을 내며 급하게 운전하게 되는 것 역시 마찬가지다. 때론 시간이 빠듯해서, 때론 그가 한시라도 빨리 보고 싶어서.

그리웠던 그의 모습이 일주일 만이다. 미팅 참석을 위해 짙은 감색 정장을 차려입고 환한 빛깔의 넥타이를 매고 반짝이는 커프스 버튼까지 착용한 그가 눈부시게 멋지다. 그러고 보니, 그가 정장을 입을 땐 항상 커프스 버튼을 하고 있다는 것이 문득 생각났다. 액세서리를 거의 할 수 없는 남성에게 있어 몇 안 되는 멋 내기용 주얼리라고 할 수 있는 커프스 버튼. 반듯하고 깔끔한 호남형인 그에게 더할 나위 없이 잘 어울리는 소품이라는 생각이 들었다.

"당신 오늘 정말 멋있어 보여요."

"아무래도 기업체 미팅이다 보니 신경 좀 썼어. 마음에 들어?"

헤어 젤로 빳빳하게 넘겨진 머리와 부드러운 실크 넥타이, 커프스가 달린 하얀 소맷부리를 행여 구겨지지 않을까 조심하며 살짝 쓰다듬어 본다.

불륜 일기

"당신은 언제나 멋있어요."

인천에 위치한 오늘의 미팅 업체는 일본계 광고 회사였다. 한국 지사장이 일본 사람이고 상주 직원 중 일본인도 다수 있다고 했다. 일본 회사라 요구 조건이 까다롭고 미팅이 순조롭게 바로 끝나지 않을 수도 있다고 그는 예상했다.

"생각보다 빨리 끝나지 않을 수도 있어. 차에서 얼마나 기다리게 될지 모르니까 같이 들어갈래?"

"오늘은 제 분야가 아니라 아무것도 할 수 있는 것이 없는데 그래도 괜찮겠어요?"

"그냥 내 옆에 가만히 앉아 있어. 사람들은 비서쯤으로 생각할 거야."

PPT로 화면을 보여주며 프레젠테이션을 하는 그의 모습은 영락없는 회사의 능력 있는 대표였다. 요즘 들어 난 사랑스러운 나의 연인이 꽤 건실한 회사를 운영하는 사장이라는 사실을 자꾸 망각하게 된다. 나와 많은 시간을 함께하고, 내가 원하는 것을 들어주며, 보고 싶다고 자주 투정부리는 그는 이십여 년 전, 내가 많은 남자들과 연애할 때의 숱한 대학생들과 별로 다르게 느껴지지 않는다. 내게 짓궂은 농담을 건네며 장난을 치다가도, 어느새 화가 나서 쏘아붙이는 나의 뿌루퉁한 모습에 금세 당황하며 미안해하는 그의 순수하고도 어린아이 같은 모습에서 나는 천진난만한 소년의 이미지마저 발견한다.

그러나 지금 내 곁에서 자신만만한 목소리로 프레젠테이션을 하고 있는 그는 소년도, 대학생도 아닌 사십 대, 한창 왕성하게 일할 나이의 능력 있고 잘나가는 회사의 대표인 것이다. 그가 소년이든, 대학생이든, 그러한 세월을 모두 뛰어넘어 지금처럼 중년의 사장이든 내겐 별반 차이가 없다. 변함없는 사실은 내가 사랑하는 남자라는 것. 일에 몰두하는 남성의 모습이 가장 멋있다는 광고 카피처럼 지금 이 순간 내 곁에서 일하고 있는 그의 모습을 가까이서 지켜보는 것은 색다르고도 흥미로운 경험이었다.

나신의 모습으로 나를 끌어안고 애무할 때보다도 정장을 차려입고 약간은 긴장된 분위기 속 연단 가운데에 선 그의 모습이 훨씬 섹시하게 느껴졌다.

아쉽게도 미팅의 결과는 별로 좋지 않았다. 회사 측은 미팅 내내 무리한 요구로 일관했고 그와 의견이 맞지 않았다. 나는 의외로 자신의 주장을 강하게 내세우는 그의 모습이 조금은 의아했다. 업체의 요구에 무조건 백 퍼센트 순응하고 맞춰주는 것만이 미덕인 줄 알았는데 그의 업무 스타일은 예상외로 그렇지 않은 듯 보였다.

"내 생각에는 이 회사와는 일을 하지 않는 것이 나을 것 같아. 지사장이라는 일본인, 그 사람 너무 깐깐하네."

내가 생각하는 것보다 훨씬 더 상황을 면밀히 파악하고 있었던 그였지만 자신의 주장이 다소 강했다는 점은 인정했다. 평소 나와 함께할 때는, 그의 고집이나 주장을 단 한 번도 보지 못했던 것 같다. 그는 하고 싶은 것이 있어도 내가 싫어하면 즉시 바꿨고, 언제나 내게 맞춰 주었으며 강압적으로 뭘 요구하거나 그 어떤 것도 시킨 적이 없었다. 그가 날 만나면서 자신만의 의지대로 한 유일한 일은 내게 먼저 다가온 것이었다.

"뭐, 상관없어. 어차피 미팅에서 일이 성사될 확률은 육십 프로 정도야. 오늘 미팅은 완전히 꽝 난 것 같긴 하지만, 난 지금 당신과 함께 있으니 너무 기분 좋고 날아갈 것 같아. 이제 네 시밖에 안 되었어. 야호! 어차피 회사에는 다시 들어가지 않겠다고 했고, 시간이 이렇게 많이 남았는데 우리 이제 뭐 할까?"

능력 있고 위엄 넘치는 대표에서 다시 천진난만한 소년의 모습으로 돌아온 그가 장난기 가득한 얼굴로 내게 묻는다.

"바다 갈래요. 여기서 제부도 가깝잖아요."

"바다라, 좋지. 당신하고 함께 보는 바다, 끝내줄 것 같은데!"

제부도는 대부도에서 물때 시간에 맞춰 썰물이 되고 다리가 열리기를 기다려 안쪽으로 더 들어가야 한다. 가족과, 부모님과, 친구들과 여러 번가 본 제부도와 서해 바다. 하지만 그와 처음으로 가는 이곳이 너무 설레고 기대가 된다. 마침 물때 시간도 바로 맞추게 되어 기다리지 않고 바로 제부도로 들어갈 수 있었다.

넓고 푸른 바다가 바로 눈앞에서 일렁인다. 오후의 여름 햇살이 바다 표면에 내려와 부딪히며 눈부시게 반짝이는 수많은 빛의 움직임을 만들어내고 있었다.

"저기 봐, 물고기도 있어."

떼 지어 헤엄치는 작은 물고기들을 가리키며 우리는 어린아이처럼 마주 보고 웃어댔다. 전망대 난간에 한껏 기대어 물속을 뚫어져라 들여다보는 날 뒤에서 살짝 안아주며 그는 낮게 콧노래를 불렀다. 말로 표현할 수 없는 행복감이 느껴진다. 강렬한 여름 햇살과 짙푸른 바다에 둘러싸인 우리의 시간이 이대로 멈춰 버린 듯, 그렇게 둘은 한동안 몸을 붙이고 바다를 바라보며 꼼짝 않고 서 있었다. 몇몇 낚시꾼들은 방파제에 앉아 낚시를 하고 있다. 다가가 보니 어망에 물고기도 몇 마리 들어 있었다.

"낚시해 본 적 있어?"

"아뇨, 한 번도 없어요. 재미도 없고 고기도 절대 안 잡힐 것 같아서요."

"낚시도 한번 안 해보고 살았단 말이야?"

난 도대체 이제껏 무엇을 하며 살았을까? 평생을 공부와 미술밖에 모르던 내가, 서른일곱 해 살면서 별로 해 본 것도 없이 조용하고 평범하게 살아온 내가 어쩌다 세상에서 가장 위험하고 끔찍한 나쁜 일을 하게 되었을까?

"우린 용서받지 못할 나쁜 짓을 저지르고 있는 건가요?"

"나쁜 짓? 글쎄, 난 우리가 나쁜 일을 한다고는 생각 안 해. 적어도 서로의 배우자가 이 사실을 모른다면 우리 둘만의 일이 죄는 아니야. 진짜 나쁜 일은 살인을 하거나 도둑질을 하거나 사기를 치거나 하는 악질 행동이지."

공감할 수는 없었다. 여전히 어두운 표정으로 올려다보는 나를 가볍게 안아주며 그가 속삭인다.

"우린 지금 너무 행복하고 서로에게 큰 힘과 위안이 되어 주고 있잖아. 누군가를 사랑하고 세상을 살아갈 힘을 준다는 것, 우린 가장 가치 있는 일을 하고 있는 거야."

바다를 바라보며 잠시 뜸을 들이더니 그가 다시 나직이 말했다.

"그래도 남편한테는 잘해 줘. 내가 조금이나마 덜 괴롭게. 죄책감이 조금이나마 덜어질 수 있도록. 나도 그렇게. 우리 만남은 만남이고, 각자의 가정과 가족에게는 최대한 충실하자."

넓게 펼쳐진 제부도의 해안가를 끼고 많은 음식점들이 둘러서 있다. 우리는 그중 가장 전망이 좋아 보이는 한 곳을 골라 들어갔다. 집과 회사에서 멀리 떨어진 이곳, 짙푸른 파도가 바로 옆에서 굽이치고 비릿한 바다 냄새를 풍기며 마치 환각제처럼 우리의 이성과 사고를 마비시킨다. 우리는 주위의 시선 따위는 개의치 않고 스스럼없이 스킨십을 하고 소주를 들이켜고 회를 서로의 입에 넣어 주며 마치 연인인 양 대담하게 행동하며 떠들어댔다. 갑자기 그가 서빙을 하는 아주머니에게 말을 건다.

"우리, 잘 어울려 보여요?"

"당신, 취했나 봐요. 그게 무슨 말…."

아주머니는 커다란 쟁반을 들고 잠시 우물쭈물한다. 아직 훤한 낮, 이 시간에 중년의 두 남녀가 멀리 바닷가까지 와서 술을 마시며 애정 표현을 해대며 노닥거리는 모습이라니.

"좋아 보여요."

테이블에 소주를 내려놓고 돌아서는 아주머니의 등 뒤로 그가 웃으며 속삭인다.

"우리를 부부로 볼 거야."

"부부라면 이런 데 오지도 않죠."

나는 왜 남편과 단둘이 한 번도 이런 데를 오지 않았을까? 십여 년 전, 우린 양가 어른들의 주선 하에 선으로 만나 약 4개월의 짧은 만남 후 결혼식을 올렸다. 반년이 채 못 되는 짧은 연애기간 동안 어떤 뜨거운 연애 감정 따위는 한 번도 느껴본 적이 없었다. 그 당시 남편은 너무 바빠 주말 밖에 볼 수 없었고, 주말의 만남 역시 가족 모임이 대부분이었다. 시부모님, 시동생, 시누이, 거기다 그들의 아이들까지, 항상 시끄럽고 정신없는 분위기와 불편하고 갑갑한 시간들 속에 데이트다운 데이트 기분 한번 느껴보지 못한 나날이었다.

"부인과 연애할 때는 좋은 곳, 분위기 있는 곳 많이 다녀 보았어요?"

"예전 직장 생활을 할 때는 너무 바빴어. 일에 치여 살아서 그럴 시간도 별로 없었지. 지금은 사장이니까 이렇게 낮에도 나올 수 있고 당신도 볼 수 있지, 내가 직장인이었으면 꿈도 못 꿀 일이야. 예전의 나 역시 그랬고."

그가 갑자기 내 어깨에 팔을 두르며 빤히 쳐다보았다.

"내가 사장이니까 좋은 거지?"

"당신이 사장이든 일개 직원이든 상관없어요. 지금처럼 사장이라서 더 좋은 점은 분명히 있지만요."

저녁노을이 지는 서해 바다의 풍광은 언제 봐도 멋지다. 나는 뾰족한 구두 굽이 푹푹 빠지는 모래 위에 발자국을 꾹꾹 만들어 걸으며 아이처럼 웃고 떠들었다. 그런 나를 그는 흐뭇하게 바라보며 천천히 따라왔다.

"오늘을 꼭 기억할래요. 하늘엔 별이 가득하고, 바람은 시원하고, 당신이 내 곁에 있고, 최고로 멋진 밤바다에요."

내 허리를 살며시 감싸 안는 그를 올려다보며 나는 속삭였다.

"사랑한다고 말해 봐요."

그는 웃으며 고개를 저었다.

"날 사랑하잖아요. 맞잖아요. 말해 봐요. 사랑한다고. 지금."

그는 순간 진지한 얼굴로 뭔가 말하려 하다 다시 입을 다물었다.

"날 따라해 봐요. 사랑해."

"사…"

그는 얼버무리며 다시 주저한다. 아기에게 엄마라는 첫 단어를 가르치는 그 순간처럼, 나는 참을성 있게 몇 번이나 얘기하고 되풀이하며 그에게 사랑의 고백을 강요했다. 날 껴안고 내 머리를 쓰다듬으며 그는 사랑의 눈빛을 가득 담아 몇 번이나 바라보았지만 결국 그 말을 하지 않았다.

420. **2013. 9. 3. 화**

"**왜** 내게 사랑한다고 말하지를 않죠?"

나의 가시 돋친 말투에 그는 적잖이 당황하는 눈치였다.

"언어는 그 사람의 본질을 변화시켜. 말한 대로 된다고 하잖아. 우리가 사랑이라는 말을 내뱉는 순간 사태는 걷잡을 수 없이 심각해질 거야."

"난 이미 심각해요. 난 벌써 사랑한다는 말을 몇 번이나 했다고요. 내 말은 우습게 들렸어요?"

"당신은 마치 바람에 깃털을 날리는 것처럼 쉽고 가볍게 사랑을 얘기 해. 그 말은 바람 속을 뚫고 멀리 날아가 버린 자그마한 깃털처럼 순식간 에 사라져 버리지. 물론 당신이 몇 번이나 내뱉은 그 말이 듣기 좋았고 행 복했지만, 난 그게 곧 당신의 진심이라고 생각하진 않아. 어쩌면 그건 당 신의 자기 최면일 수도 있어. 사랑이라고 정의하면 지금의 행동이 조금은 합리화되는 것처럼."

"사랑이 아니면 그럼 뭐죠? 난 매일 당신이 보고 싶고 그립고 하루에도 수십 번씩 생각나는데. 당신도 그렇잖아요."

"맞아, 나도 그래. 그건 사실이야."

"날 싫어하나요?"

"아니."

"싫어하는 감정의 반대니까 날 사랑하는 거 맞네요."

마음대로 정의하고 결론을 내리고 그의 차에서 내려 버렸다. 그가 서둘 러 따라와 팔을 붙잡았다.

"내 마음 알면서 왜 그래. 이런 말도 안 되는 걸로 우리 다투지 말자."

그의 차로 다시 돌아와 나란히 앉아서 우린 차창 앞유리에 흘러내리는 빗물을 한동안 바라보고 있었다.

"당신은 나를 성적 상대로만 생각해요?"

"그렇지 않다는 거 당신이 더 잘 알잖아. 내가 당신을 그렇게 생각한다면 뭐하러 같이 영화를 보고 산책을 하고 업체 미팅에도 데려가고 하겠어? 만나서 욕구만 채우면 그만인 것을."

"날 많이 좋아하죠?"

"그래."

"날 사랑하죠?"

그가 잠시 주저하다가 대답했다.

"그래, 맞아."

"그래요. 당신은 날 사랑해요. 사랑하고 그리워하고 내게 푹 빠져 있으면서도 그 말은 절대 안 하죠. 그 말만 안 하면 지금 당신의 행동이 조금은 합리화될 것처럼요."

"말장난하지 마."

"내가 얼마나 그 말을 원하는지 알면서도 절대 해 주지 않는 당신도 정말 대단하네요. 내가 확실히 말해 두는데 당신은 이번 달 안에 그 말을 하게 될 거예요."

나는 다시 그의 차에서 나와 빗속을 마구 뛰어갔다. 그리고 차의 시동을 켜고 그가 따라올 틈도 주지 않고 바로 출발했다. 그래, 조만간 그는 내게 그 말을 하게 될 거야. 분명히. 그는 날 많이 사랑하니까.

"**여기가** 항상 사람이 많다는 게 정말 신기해."

그와 다시 함께 찾은 이곳은 저녁에는 일본식 주점으로, 점심때는 일식을 먹으려는 사람들로 항상 붐비는 음식점이다. 요리가 정갈하고 맛깔스럽기는 하지만 그렇게 큰 감탄이 나올 정도의 훌륭한 맛집은 아닌데 이곳은 식사 시간에 오면 항상 자리가 없을 정도로 손님이 많다. 오늘은 열두 시 전, 점심시간이 되기 전에 일찌감치 미리 와서 어렵지 않게 자리를 잡을 수 있었다.

"독도다 뭐다 해서 일본에 대해 말도 많고 적대감도 대단하지만 이런 일식집엔 또 와서 먹는 게 정말 아이러니하지?"

"그러는 당신도 여기 오는 걸 좋아하잖아요. 일본에 대해서는 항상 안 좋은 말만 늘어놓으면서."

"그래, 난 이 집의 편안한 분위기를 좋아해. 그리 넓지도 않고 따뜻한 느낌의 목재로 순박하게 인테리어 된 내부도 마음에 들어. 음식도 나쁘지 않고. 여길 즐겨 찾으면서도 이곳이 일식점이라는 생각을 깊이 안 했네."

이곳 사장과 점원은 모두 일본인이다. 조금은 깍쟁이처럼 생긴 여사장은 외모와 어울리지 않게 매우 친절하고 상냥하게 대해 준다. 훤칠하게 키가 크고 호남형의 인상을 주는 일본 청년들은 언제나 손님들로 붐비는 좁은 주점 안을 바쁘게 가로지르며 주문을 받고, 서빙을 하며 변함없이 우직하게 일한다.

"그러고 보니 우리가 여기서 처음으로 함께 술 마셨지?"

"네, 사케. 그거 먹고 많이 취했었죠."

"내가? 당신이?"

"물론 당신이죠. 전 잘 모르는 사람과 처음 술 마실 때는 절대로 과음하지 않아요."

"왜? 혹시 실수할까 봐?"

"아무래도 그렇죠."

"그럼 나와 함께했던 모든 행동들은 취해서, 감정 조절을 못 해서 그랬던 건 아니었군."

"당연하죠. 취했다고 마음에도 없는 행동을 하진 않아요. 당신 만나면서 술 먹고 취한 적도 때때로 있었지만, 당신과 사귀게 된 건 순전히 맑은 정신과 순수한 의도에서 한 거예요. 물론 시작은 당신이 먼저 했지만."

내 입에서 '사귀다'라는 말이 나오자 그는 조금 당황한 표정으로 잠시 주위를 둘러보았다.

"조용히 얘기해. 여긴 회사 근처잖아."

"처음 시작할 때는 그리도 당당하고 거침없더니 막상 제가 당신에게 다가가자 굉장히 몸을 사리고 소심하게 행동하시네요."

"난 몸을 사리는 게 아니야. 조심하는 것뿐이지. 우리가 오랫동안 문제 없이 보려면 매사에 조심하고 언제나 신중해야 되지 않겠어?"

"글쎄요, 우리가 언제까지 만날 수 있을까요?"

그는 8월, 한여름 밤의 서울대공원을 산책하면서 눈이 왔을 때 꼭 다시 오자고 말했다. 우리는 과연 겨울까지 만나고 있을까?

"내 생각에 우린 별일 없으면 십 년은 문제없이 볼 거 같은데?"

"우리 같은 사이가 어떻게 십 년을 봐요? 일 년만 가도 대단한 거예요."

"난 사람 오래 만나. 항상 그래 왔고."

"그래서 나 이전에 오래 만난 애인이라도 있었어요?"

그는 서둘러 젓가락을 놓으며 더 이상 말을 늘어놓지 않았다.

"말해 봐요. 애인이 있었나요? 결혼 후 내가 처음은 아니죠?"

"당신이 처음이고 마지막이야. 나 한 시에 회의 있어서 빨리 들어가야 돼."

"다음에 다시 물어볼 거예요. 당신에 대해서 알고 싶어요. 나 만나기 이전의 당신은 어땠는지. 다 얘기해줄 거죠?"

그가 회사로 들어가기 전, 날 돌아보며 씁쓸한 미소를 지었다.

"당신이 정말로 알고 싶어 하고 내게 물어본다면 난 거짓 없이 다 말해줄 수 있지만, 알고 나면 날 좋아하지 않을지도 몰라."

회사에서는 주말에 가끔 소규모 공연이나 전시가 열린다. 간혹 사장인 그가 나와서 공연 전시 상황을 체크하고, 홀의 뒷정리를 직접 해야 할 때가 있었는데, 오늘이 바로 그러한 날이었다.

3층 홀에서는 팬터마임 자선 공연이 진행 중이었고, 그와 나는 4층에 위치한 또 다른 홀인 공연 겸 강의실에 단둘이 있었다.

"저기 CCTV가 있는데 우리 다 찍히지 않나요?"

나는 가쁜 숨을 몰아쉬며 벽면 모서리에 달린 카메라를 응시했다.

"그래, 우린 한 편의 포르노를 찍고 있는 거지. 어차피 CCTV 영상은 나만 볼 수 있어. 관리자 인증번호를 입력해야 하거든."

강의실 탁자 위에 실오라기 하나 걸치지 않은 채 누워 있는 나의 모습이 영상으로 기록이 남겨질 것을 생각하니 묘하게 흥분되면서 소름 끼쳤다. 옷은 몽땅 벗은 채 양말과 구두만 신은 그도 너무 우스꽝스럽다. 하지만 이렇게 소름 끼치고 우스꽝스러운 이 상황은 격렬하고 열정적인 분위기와 온몸을 무섭게 휘감는 강렬한 느낌 속에 마냥 희석되고, 우린 프로페셔널 포르노 배우들처럼 섹스에 모든 감각과 생각을 집중할 뿐이었다.

"저번엔 사장 자리에서, 이번엔 강의실에서까지. 우린 정말 정신 나간 것 같아요."

"그러게. 내 회사에서 이런 짓을 하리라고는 생각도 못 해봤어. 다음엔 직원 책상에서 할까?"

"그것도 재미있겠네. 누구 책상에서 하지? 참, 사장 자리 옆에 있는 작은 책상은 누구 자리예요? 거기 누가 앉은 건 한 번도 못 봤는데."

"아, 거긴 신입 직원 교육팀장 자리야. 한 달에 한 번 정도만 회사에 나와."

"저번 4월달에 결혼했었다는? 한 달에 한 번만 나와도 월급을 줘요?"

"많이는 아니어도 일한 만큼은 주지."

"난 진짜 많이 줘야 되는 거 아니에요? 일도 하면서 당신이랑 잠도 자잖아."

그는 빙그레 웃으면서 내 얼굴을 들여다보았다.

"왜, 많이 받기를 바라니?"

"네, 다음번엔 페이를 대폭 올려줘요. 화대까지 얹어서."

그가 큰 소리로 웃음을 터뜨리며 내 볼을 살짝 꼬집었다.

"넌 진짜 악녀야."

그날의 자선 공연은 성공적으로 마무리되었고, 그가 연기자들과 인사를 나누고 공연장 뒷정리를 하는 동안 나는 4층에서 기다리고 있었다. 창문 밖으로 보이는 주말 거리의 풍경이 한산하다. 사무실이 밀집된 이곳, 주중에는 그렇게 복잡하고 많은 사람들이 오가더니 오늘은 너무나 한적하고 여유로운 거리의 모습에 이곳이 같은 장소일까 하는 의문마저 불러일으킨다.

"오래 기다렸지? 얘기 좀 나누느라고. 벌써 두 시가 다 되어 가네. 배고프지 않아? 삼각지 쪽에 유명한 맛집이 있어. 평양집이라고, 고기와 곱창, 대창 등을 파는 곳인데 오늘은 거기 가 보자."

허름하고 별로 크지 않은 낡은 음식점 앞에 차들이 빽빽하게 늘어서 있다.

"여기가 유명하다고요? 별로 특이해 보이는 것도 없는 작은 고깃집인데?"

"여긴 항상 손님들로 꽉 차. 음식점 앞에 줄지어 있는 차들을 봐. 이 낡은 음식점 앞에 온갖 외제 차들이 주차하고 잘 차려입은 사장, 임원 같은 사람들이 고기를 먹으러 온다니까."

늦은 점심, 한가로운 주말 오후, 그와 고기를 구우며 소주를 들이켜고 있는 이 시간이 너무 여유롭고 편안하다.

"나, 너와 함께 있는 지금 너무 기분 좋다. 정말 행복한 것 같아."

그가 반쯤 차 있는 소주잔을 들고 나를 바라보며 웃는다. 오랫동안 잔을 들고 그렇게 날 응시하는 그의 모습을 나 역시 말없이 바라보며 이제까지와는 또 다른 느낌의 사랑의 감정이 거세게 밀려오는 것을 느꼈다. 그의 말대로, 나는 들뜨는 기분에 취해, 일시적인 감정에 휩싸여 그렇게 쉽게 사랑을 내뱉었던 건지도 모른다. 하지만 지금 나는 또 다른 색깔의 사랑이 내 가슴속을 파고드는 것을 분명히 알 수 있었다. 이전처럼 강렬하고 생생한, 붉게 타오르는 색깔은 아니어도 편안하고 안정적인 느낌을 주는 파스텔 톤의 부드러운 색깔. 그리고 그 느낌. 감정.

내 앞의 그가 항상 지금처럼 행복했으면 좋겠다. 날 보면서 언제나 지금처럼 부드럽게 웃어주었으면 좋겠다. 그를 소유하고 싶었다. 사랑하는 연인을 더 알고 싶고 더 사랑하고 싶었다.

"당신을 사랑해요. 지금 내 앞에서 행복해하는 당신과 함께할 수 있어서 난 행복하구요."

그는 들고 있던 술잔을 천천히 기울이더니 나직이 말했다.

"그래. 나도 당신 사랑해. 네가 그렇게 듣고 싶었던 말 이렇게 늦게 해서 미안하구나."

뭐라 표현할 수 없는 짜릿한 느낌이 온몸을 감싼다. 그 어떤 섹스에서의 절정도 이보다 황홀할 수는 없을 듯이, 나는 그의 첫 사랑 고백을 들으며 격렬한 감정의 오르가즘에 넋을 잃고 멍해져 버린 채 한동안 조용히 앉아 있었다. 그도 나도 말이 없었고, 손님들로 붐비는 음식점 안의 시끄러운 잡음들만이 귓가에서 윙윙거렸다. 음식점 안에 차오르는 하얀 연기, 지글지글 고기 굽는 소리, 손님들의 말소리, 웃음소리, 내 앞의 고기와 술잔, 그리고 건너편의 그의 모습까지, 이 모든 게 허상 같고 마치 꿈 같다. 난 지금 꿈을 꾸고 있는 것일까? 내 인생에서, 누군가가 다시 날 사랑해 줄 것이라고는 단 한 번도 생각해 보지 않았다. 그런데 중년에 접어든, 사십을 바라보는 내가 누군가에게 사랑받는다. 그가 날 사랑하고 나도 그를 사랑한다. 사랑한다고 고백하고, 그 고백을 받은 지금 이 순간, 말도 안 되는 커다란 행복감이 나를 에워싼다. 각자의 가정이 있는, 다른 남자와 여자의 배우자인 우리에게 사랑이라는 족쇄가 무겁게 채워지며 그 안에 함께 갇혀 버린다. 그 무시무시하고 거대한 족쇄는 타인이 봤을 때는 온갖 톱니와 가시가 나 있어 만지기는커녕 가까이 다가가기도 꺼려질 만큼 무섭고 혐오스러운 불륜의 족쇄이나 정작 그 안에 함께 갇혀 버린 우리는 그 무게도, 가시와 톱니의 아픔도 전혀 느끼지 못한다. 지독한 무게는 함께 짊어지고 있고, 무시무시한 톱니와 가시는 족쇄 바깥쪽으로만 날카롭게 돋아나 있기 때문이다.

　꿈에서 문득 깨어난 듯 정신을 차리고 그에게 말을 걸려던 나는 순간 그의 눈가가 젖어든 것을 보고 깜짝 놀랐다.

　"당신, 우는 거예요? 무슨 일이죠?"

　"아냐, 아무것도. 그냥 온갖 감정들이 밀려와서. 기분이… 좀 이상해."

　"왜, 막상 사랑한다고 얘기하니까 후회가 밀려드나요? 막 손해 보는 느낌이에요?"

　"그런 건 아니야."

　"그런데 왜 우는 거죠? 내게 사랑을 고백한 날이 세상에서 가장 슬픈 날이라도 돼요?"

　"그런 식으로 비꼬지 않았으면 좋겠어."

　그래, 나도 이런 식으로 말하고 싶지는 않았다. 그렇게도 듣고 싶었던 사랑한다는 말 한마디, 그의 입에서 나온 사랑의 고백을 받은 이렇게 행복한 지금, 그에게 가시 돋친 말로 상처 주고 싶지는 않다. 진심으로.

　"사랑한다는 말, 처음 해 봐요? 날 사랑하지도 않는데, 내가 막 강요하고 억지로 시켜서 말하고 나니 너무 억울해 이러는 거 아니에요?"

난 싸움을 걸려고 이러는 게 아닌데, 마음 아프게 하고 싶지 않은데, 그를 정말 사랑하는데, 나의 마음과는 상관없이 자꾸만 그를 톱니와 가시가 나 있는 방향으로 몰아붙이고 있었다.

　"그래, 난 사랑한다는 말을 태어나서 처음으로 해 보는 거야. 아내에게도, 애인에게도 한 번도 해 본 적이 없었어."

　정말일까? 왜 사랑한다는 말을 감추고 숨기고 살았을까? 감정까지 그러했던 것일까? 나는 살면서 적어도 스무 명의 남자에게 사랑한다는 말을 하고 살았던 것 같다. 아니, 바람에 깃털을 날리듯이 쉽고 가볍게 내뱉었던 것 같다.

　"난 이제껏 내가 좋아하는 사람에게 한 번도 다가가 본 적이 없어. 예전에도 얘기했지만, 누군가에게 먼저 다가가기에는 항상 용기가 부족했고, 다른 이가 먼저 다가와 주면 차마 거절하지 못하고 사귀고는 했지. 결혼도, 연애도 언제나 그랬어."

　"알아요. 당신이 누군가에게 끌려 먼저 다가간 건 제가 처음이라고 말해 주었어요."

　"그래, 맞아. 처음 봤을 때부터 난 네게 강하게 끌렸어. 내가 기혼이라는 것도, 네가 유부녀라는 것도 아무것도 생각하지 못한 채, 네게 빠져들고 네 마음을 얻고만 싶었어. 그래서 더 나이가 들기 전에 처음이자 마지막으로 용기를 내서 다가간 거야."

　"그리고 오늘 당신은 내게 사랑한다고 말했고요. 그런데 지금 우는 이유는 대체 뭐예요?"

　그는 조금 멋쩍게 눈시울을 훔치더니 잠시 망설이다 대답했다.

　"내게 그토록 사랑한다는 얘길 듣기 원했던 사람들의 마음이 이제야 이해가 되어서."

　"그게 무슨 말이죠?"

　"난, 상대가 그토록 사랑한다고 말해 달라고 애원하고 요구해도 단 한 번도 그 대답을 해 주지 않았어. 굳이 그런 말을 해야 하나 하는 생각도 들었고, 그 말을 꺼낼 정도로 내 마음을 확신하지도 못했거든. 무엇보다, 난 진정으로 누군가를 사랑해 본 기억이 없어. 상대에게 큰 상처와 슬픔을 주었다고 생각하니 많이 후회가 되고 솔직히 마음 아프기도 해."

"지금 내 앞에서 옛 애인들 때문에 슬프고 눈물 난다는 얘기를 하고 싶은 거예요?"

"아니, 꼭 그런 건 아니야. 단지… 내 젊은 시절, 철없었던 때의 행동들이 생각나고, 온갖 많은 기억들이 마음속을 어지럽혀서…. 분명한 건, 내가 지금 사랑하는 사람은 당신이야. 난 처음으로 누군가를 사랑한다고 말했고, 내가 이 말을 결국 한 건 지금의 내 감정을 분명히 확신하기 때문이야. 네가 아무리 원하고 요구해도 당신을 사랑하지 않으면 내가 말하지 않았겠지."

그의 후회와 슬픔이 애처롭고 마음 아프기는 해도, 지금 나를 사랑한다고 몇 번이나 말해 주어도, 그의 눈가에 흐르는 눈물은 분명 나를 위한 것은 아니라고 생각하니 자꾸만 화가 났다. 난 더 이상 대답하지 않고 조용히 술만 들이켰다.

9월, 맑고 쾌청한 가을의 오후는 술기운도 단숨에 날려버릴 것만 같다. 우린 음식점을 나와 길가를 잠시 걸었다. 그가 저만치 보이는 남산 서울타워를 보더니 갑자기 활기차게 말했다.

"우리, 저기 갈래? 남산에 올라가 보자!"

아까 보았던 한적한 시내 거리에는 없었던 사람들이 모두 여기에 몰린 것만 같다. 서울타워를 올라가는 남산은 입구부터 주말을 즐기려는 사람들로 인산인해였다. 마치 성지를 방문하는 수많은 신도들처럼 많은 이들이 줄을 지어 타워로 향한 계단을 올라가고 있었다.

"우리도 천천히 올라가자. 걸어 올라가기에 아주 힘들지는 않아. 금방이야."

떼 지어 올라가는 수많은 인파들 틈에 끼어 우리는 손을 꼭 잡고 함께 계단을 걸어 올랐다. 시간이 흐를수록, 만남이 계속될수록, 감정이 깊어 질수록 우리는 주위의 시선을 의식하지 않고 말하며 행동하는 때가 잦아 졌다. 지금 이 순간, 이 많은 사람들 속에서 우리 두 사람이 눈에 띌까? 가족 단위의 주말 나들이, 젊은 남녀, 발랄해 보이는 청소년, 학생들이 수 없이 계단을 오르내린다. 우리처럼 손을 잡거나 팔짱을 끼고 다정하게 걷 는 중년 남녀도 많이 보인다. 이 많은 인파 중 불륜 커플은 과연 얼마나 될까?

꼭대기에 도착해 가까이서 바라본 서울타워의 위용은 멋지고 당당하 다. 사람이 너무 많아 전망대에 올라가는 것은 포기하고 그 주변에서 잠 시 산책을 하다 벤치에 앉았다. 그가 옆자리에 앉더니 이내 내 무릎을 베 고 드러눕는다. 땀에 젖은 그의 얼굴을 쓰다듬고 손부채질을 해 주며 난 서울 시내를 내려다보았다.

높은 곳에서는 모든 것이 작고 대단치 않아 보인다. 물론 서울 시내의 전경은 매우 아름다웠지만, 그 각각의 대상은 다 비슷비슷, 고만고만한 점들의 향연일 뿐이었다. 여기서는 아까 평양집 앞에 줄지어 있었던 수많 은 외제 차 중 하나인 벤츠건, 국산 차 소나타건 구분이 가지 않는다. 다 똑같은 자동차일 뿐이다. 그나마 일정한 속도로 움직이고 있어서 자동차 라는 것을 알 수 있을 뿐. 여기서 사람들을 내려다보면 그들이 미남 미녀 인지, 몸매가 좋은지 그렇지 않은지 도무지 알 수 없다. 모두가 찬탄하는 최고의 미녀라 해도 여기서는 느릿느릿 벌레보다 더 느린 속도로 기어가 는 하나의 점일 뿐이다. 똑같이 줄지어 있는 집들이 어느 것이 고급 주택 인지, 몇 평인지 알 수 없다. 여기서 보아도 그러한데, 로켓을 타고 지구 를 떠나 광활한 우주에서 이 자그마한 세상을 바라보면 어떨까? 사람도, 건물도 아무것도 보이지 않고 단지 푸르게 빛나며 떠 있는 둥그런 지구만 이 보이겠지? 끝도 없이 넓은 대우주에서 바라보면 이런 각박한 인생사,

우리의 삶, 다툼, 부와 권력, 권위, 허세 다 필요 없고 아무것도 아닌 것인데. 결코 떳떳하지 못한 우리 두 사람, 우리의 죄, 우리의 사랑도 우주 밖에서 보면 아무것도 아닐까? 나 스스로 우주 밖에서의 시선으로 우리 두 사람을 들여다보면 조금은 마음이 편해질까? 족쇄도, 톱니도, 가시도 아무것도 보이지 않는 한낱 먼지에 불과한 것을.

"나, 예전에 이곳에 가끔 왔어. 워낙 산책하는 것을 좋아해서 양복에 구두 신고도 계단을 잘 올랐지."

"물론, 혼자 온 건 아니겠죠?"

내 무릎에 놓인 그의 두 눈이 날 올려다보았고, 난 고개를 숙인 채 그를 바라보았다. 그는 참 선해 보이는 눈을 가졌다. 연한 갈색이 맴도는 그 눈은 항상 부드러운 웃음을 지니고 있다. 그러다 활짝 웃으면 눈매가 살짝 아래로 처지며 눈가에 주름이 지는 것이다. 그의 반듯한 이마에 입 맞추고 싶었다. 그의 부드러운 머리칼을 쓰다듬고 있는 이 순간이 너무 행복했다.

"혼자 올 때도 있었고, 함께 올 때도 있었지. 널 보고 있으면 정말 거짓말을 못 하겠어. 네가 내 맘속 깊숙이 들여다보는 것 같아서"

"자주 만났었어요?"

"같은 회사에 있었으니 얼굴은 매일 봤지. 데이트는 자주 하지 못했지만"

그의 머리칼을 쓰다듬고 있던 내 손이 갑자기 떨렸다.

"같은… 회사라고요? 지금 당신 회사 말이에요?"

그는 깊은 한숨을 내쉬며 그의 머리에 올려져 있는 내 손을 살며시 잡았다.

"그래, 우리 회사. 직장 내에서 직원과 사귀었어."

"그게… 누군데요?"

목소리까지 떨리며 잘 나오지 않았다.

"네가 물었으니 얘기해 줄게. 충격 받지 마. 바로 신입 직원 교육팀장이야."

"그, 그 팀장이랑 당신이 사귀었다고요?"

직접 만난 적은 한 번도 없었고 개인적으로 아는 사람은 아니었어도 난 그녀가 누군지는 분명히 알고 있었다. 바로 한 달에 한 번 정도 출근하고, 신규 직원 교육을 담당하고 있는 그 팀장이 아니던가. 지난 4월에 결혼했다던. 그의 바로 옆자리에 책상이 놓여 있던.

그러고 보니 우리가 알게 된 지 얼마 되지 않았을 때, 그가 강남의 한 호텔에서 열린 팀장의 결혼식에 참석했다는 얘길 했었다. 그리고 그날, 술을 마신 채 내게 전화했던 기억도 났다. 결혼식장에서 와인 몇 잔 마셨다고만 했지만 평소와 다르게 왠지 가라앉은 그의 목소리에서 조금은 의아해했던 기억도 났다. 한 달에 한 번 나온다는 팀장의 책상이 항상 빈자리인 채 변함없이 그 자리에 있는 것도 이상하게 여겼던 기억이 이제야 났다. 난 그 책상에 앉아 있는 그녀를 본 적도, 아니, 그녀의 얼굴조차 한 번 본 적도 없다. 단지 사진으로만 그녀를 보았을 뿐.

"당신 미쳤어요? 한 직장 안에서 애인을 사귀다니."

"그 여자는 내가 이 회사를 만들기 전부터 알던 사람이었어. 예전 직장의 부하 직원이었지. 난 이 회사를 만들며 그녀를 스카우트해서 데려왔고 여기 와서도 우리 인연은 계속되었어."

"회사가 8년째니 그럼 십 년 가까이?"

"알고 지낸 지가 십 년 정도 되니까 사귄 기간은 그것보단 조금 짧겠지."

"난 당신을 대체 이해할 수가 없어. 어떻게 직원이랑…."

"나와 너도 사장과 직원의 관계야. 당신이 정직원은 아니지만 우리도 일로 만난 사이인 건 맞잖아."

"당신 눈이 어떻게 된 거 아니에요? 심지어 그녀는 예쁘지도 않은데!"

이런 말까지 하는 나 자신이 혐오스러웠다.

"내 눈엔 그래도 예뻐 보였어."

너무 화가 나서 미칠 것만 같았고 온갖 악담과 욕을 퍼부어 주고 싶었지만 무슨 욕을 어떻게 해야 할지도 전혀 생각나지 않았다.

"당신이 제정신이라면 어떻게 옛 애인을 계속 회사에 두고 있을 수가 있죠?"

"그 여자는 과거일 뿐이야. 얼마 전 결혼도 했고, 그보다 훨씬 전에 우린 이미 끝났어. 난 이제 아무 감정도 남아 있지 않고 지금은 널 사랑하고 있잖아."

그가 눈물을 흘린 건 바로 그녀 때문이었을까?

"아무리 감정적으로 끝났다고 해도 계속 직원으로 회사에 남아 있는 건 절대 이해할 수 없어요. 일 핑계로 곁에 두고 싶은 거겠지."

"그럼 어떻게 해? 연인 관계가 끝났다고 해서 일까지 그만두게 해? 넌 나랑 끝나면 일 안 할 거야?"

"일이건 뭐건 지금 이 순간 이후 당신 절대 안 볼 거야."

나는 거칠게 그를 밀어 버리고 벤치에서 일어나 계단을 뛰어 내려갔다.

그는 빠른 걸음으로 쫓아와서 거우 내 팔을 붙잡았다.

"솔직하게, 진실을 털어놓은 대가가 겨우 이거야? 난 내 비밀스러운 사생활 아무에게도 얘기한 적 없어. 내 오랜 친구들도, 가장 가까운 지인도 내 사생활에 대해선 전혀 몰라. 애인이 있다는 거, 바람피운다는 거 얘기해 봤자 내 얼굴에 침 뱉기고 치명적인 흠만 되겠지. 내가 착한 놈은 아니지만 그래도 할 말 안 할 말 구분 정도는 하면서 살아. 하지만 내가 태어나 처음으로 네게는 솔직하게 다 말한 거야. 말 안 할 수도, 거짓말을 할 수도 있었어. 하지만 네게 거짓말하고 싶진 않았어. 널 많이 사랑하니까. 널 계속 내 곁에 두고 오래 만날 거니까. 네가 그렇게 꼬치꼬치 캐묻는데 계속 피할 수만은 없어서 결국 다 이야기한 거야. 그리고 난 지금 떳떳해. 너에 대한 감정이 진심이고, 그건 그냥 한낱 과거일 뿐이야. 아니, 솔직하게 말해서 그건 사랑이 아니었어. 서로의 욕구를 채우기 위해 만났던 것뿐이었어. 지금 너와의 감정하고는 분명히 달라. 제발 내 말을 믿어 줘."

떳떳하다. 아내가 있는 남자가, 애인에게 떳떳하다는 말을 하고 있다. 이게 어울리는 말일까? 물론 그가 과거의 연인에서 완전히 벗어난 것을 의미하고 있다는 것은 안다. 그런데 난 왜 이 순간 그의 아내를 떠올리며 떳떳하다는 말에 몸서리를 치게 되는 것일까? 난 한 번도 그의 아내에 대해 반감을 가진 적도, 질투한 적도 없다. 아내는 성벽과도 같은 존재이다. 너무 견고하고 거대해서 감히 올려다볼 생각도 부딪혀볼 생각도 못한다. 그와 평생을 함께할 사람은 내가 아닌 아내이다. 아프면 병간호해 주고 나중에 죽으면 장례식을 치러줄 사람도 아내이다. 내가 감히 그의 아내에 대해 뭐라 말할 수 있을까? 오히려 아내에게 죽을죄를 저지르고 있는 빌어먹을 나쁜 년은 바로 나인데.

"난, 난 너무 속상하고 충격받았어. 바로 그 사람이 당신 애인이었다니. 그것도 십 년을 함께했다니…"

난 돌계단에 털썩 주저앉아 울음을 터뜨리고 말았다. 의도하지 않게 갑작스레 하염없이 흘러내리는 눈물, 이것이 그의 옛 애인 때문인지, 아내 때문인지 알 수가 없었다. 아니 둘 다였다. 난 십 년의 세월을 보낸 그와의 만남을 정리하고 새 출발을 한 팀장보다도 한심하고, 내가 사랑하는 그를 소유한 아무것도 모르는 아내보다도 한심하다. 나 자신이 너무 비참하고 실망스럽다. 남들이 다 보는 서울타워 길 계단에 주저앉아 울고 있는 중년의 내가 어린아이보다 더 어리석고 바보 같다.

주말의 인파들은 계단에 주저앉아 울고 있는 나를 힐끗힐끗 쳐다보며 피해갔다. 그는 잠시 난감한 표정을 지으며 서 있더니 이내 나를 잡아 일으켰다.

"여기서 이러지 말고 우리 차로 가서 얘기하자. 마음을 가라앉히고, 내 손을 잡고 천천히 내려와."

차로 돌아와서 한참을 앉아 있어도 쉽사리 눈물은 그치지 않았다.

"그 여자가 결혼해서… 나를 만났던 거예요? 외로워서? 갑자기 애인이 떠나 버려서?"

"이미 오래전에 우리의 관계는 완전히 끝났었어. 그래도 그녀가 갑작스레 결혼을 했다는 사실이 한동안 날 힘들게 했던 건 사실이야. 사랑은 아니었어도, 만나고 함께한 십 년이란 세월이 짧은 기간은 아니잖아. 무엇보다 상실감이 컸어. 하지만 그것과 상관없이 난 네게 반했던 거야. 알잖아, 태어나서 처음으로 용기를 내 다가가고픈 여자가 바로 너였다고."

그는 나를 안고 마치 어린아이를 달래듯 등을 토닥여 주었다.

"울 일도 아니고 화낼 일도 아니야. 다 지나간 과거일 뿐이야. 널 사랑하니까 다 털어놓은 거고 그럼에도 불구하고 내 곁에 있어 주길 바라는 거라고."

"왜 계속 그 여자에 대해 좋게 얘기해요?"

"이젠 나와 아무 상관없는 사람이지만 그렇다고 나쁜 감정이 남아 있는 것도 아닌데 그 사람에 대해 안 좋게 얘기할 게 뭐가 있어? 좋은 사람이고, 일도 잘하는 사람이야. 훌륭한 직원이고."

계속해서 그녀에 대해 좋은 말만 늘어놓는 그가 얄밉고 그 여자도 얄미웠다. 현재의 애인 앞에서 옛 애인에 대해 칭찬과 호의적인 말들로 일관하는 그의 속마음은 대체 무엇일까? 그는 나와 헤어져도 나에 대해서 좋은 기억만을 가지고 있을까?

"그 여자 회사에서 내보내요."

그는 한숨을 내쉬며 고개를 가로저었다.

"그렇게는 안 돼. 옛 애인이기 전에 우리 회사 직원인데 이유 없이 어떻게 그럴 수 있어? 오히려 감정이 남아 있다면 그리 해야겠지. 하지만 난 그 어떤 감정도 없고 이제 그녀는 내게 아무 의미가 없는데 뭐하러 그렇게 해?"

"자주 얼굴 봐도, 절대 다시 예전처럼 돌아가지 않을 거라 맹세할 수 있어?"

"당연하지. 난 네가 있잖아. 난 너밖에 없어. 널 이렇게 사랑하는데 왜 그 여자에게 가겠어? 그녀는 이제 남편도 있어. 난 그녀가 새로운 사람과 행복하기만을 바랄 뿐이야."

"나도 남편은 있어요."

그는 씁쓸한 미소를 지었다.

"그래, 그렇지. 난 너도 행복하길 진심으로 원해. 네가 날 더 이상 필요로 하지 않는다면 언제든 나를 떠나도 좋아. 하지만 날 사랑한다면 지금 내 곁에 있고 계속 날 사랑해 주었으면 좋겠어. 내가 먼저 변할 일은 없을 거야. 네가 먼저 떠나지 않는 한, 난 항상 네 곁에 있을 거야. 널 처음 봤을 때 한눈에 반해 버려서 네가 결혼했다는 자각조차 못 하고 죄책감마저 모조리 잊고 네게 다가간 건 내 큰 실수였어. 하지만 지금은 후회하지 않아. 지금은 널 정말 많이 사랑하니까."

그의 입술이 내 입술을 덮으며 속삭였다. 흐르는 눈물이 입속으로 들어오며 찝찔한 맛이 났다. 그토록 듣고 싶었던 사랑의 언어. 오늘 처음 그에게 들으면서 사랑한다는 말을 그가 정말 많이 했다는 생각이 문득 들었다. 내가 살면서 이렇게 사랑한다는 말을 하루 동안 많이 들었던 적이 또 있었을까? 이전에도 이후로도 절대 없을 것 같다. 그래, 오늘은 내 생애 가장 행복한 날이다. 아니, 가장 불행한 날이다. 그의 실망스러운 과거를 차라리 몰랐다면. 그가 차라리 내게 거짓말을 하거나 대답을 회피했었더라면. 난 앞으로 그를 볼 때마다 괴로운 마음에 나 자신을 스스로 옭아매리란 것을 안다. 무거운 족쇄는 점점 더 우리를 강하게 죄어들고 있다.

$\mathcal{A}23.$ **2013. 9. 16. 월**

"이번 주부터 추석 연휴니 또 한동안 얼굴 못 보겠네. 어디 지방에 내려가고 그래?"

"우린 시댁과 친정이 다 서울이라 어디 가지는 않아요. 게다가 차례도 지내지 않아서 주로 명절에는 여행을 가거나 해요."

"좋겠네. 즐거운 여행 되길 바랄게. 남편이랑도 재미있는 시간 보내고."

그는 웃으며 아무렇지도 않게 말하지만, 이상하게 난 마음이 아파 온다.

"그럴게요. 난 항상 남편한테 잘해요. 당신에게 하는 것보다 백배는 더 잘할걸요?"

"그래, 넌 사랑 많이 받을 거야. 착하고 현명한 사람이니. 너처럼 사랑스러운 아내를 둔 남편이 부럽다."

달리 대답할 말이 생각나지 않아 말없이 길가로 눈을 돌렸다. 자동차들이 간간이 지나가며 먼지를 일으킨다. 시끄럽고 먼지 나는 도로 옆에 위치한 포장마차. 과천 서울대공원 역 근처에는 이렇게 길가에 들어서 있는 몇 개의 실내 포장마차가 있다. 그중 이곳은 그가 젊은 시절, 과천에 근무했을 때부터 자주 들렀던 곳이다. 그는 자신의 젊은 시절 직장 생활, 그리고 입사 동기들, 선후배와의 인연 등 갖가지 추억이 어린 이야기들로 꽃을 피웠다. 그에게 과천은 그런 곳이다. 소중한 추억과 행복한 기억이 깃든 이곳에 오는 것을 정말 좋아하고, 올 때마다 옛날이야기를 해 주며 즐거운 표정을 숨기지 않는다. 그의 젊은 시절이 그토록 행복했을까? 그가 예전 직장에서부터 인연을 맺었던 팀장 생각이 다시 나면서 갑자기 괴로워졌다.

"입사 동기인 그 친구는 아직도 장가를 안 갔어. 참 똑똑하고 재미있는 놈인데."

"그런데 또 당신은 결혼을 워낙 빨리 했잖아요."

"그랬지. 내가 결혼 14년 차잖아. 당시 유부남인데도 난 총각인 그 친구와 방탕하게 먹고 마시고 놀러 다녔어. 지금 돌이켜 생각해 보면 내가 왜 그렇게 놀았는지 모르겠어. 만날 새벽까지 술 마시고 여자랑 놀고. 그리고 또 아침 일찍 회사 출근해서 열심히 일하고."

"여자랑 논다면 무슨…?"

"업소지, 뭐겠어. 술집이나 룸살롱 같은."

"그럼, 성매매 이런 것도?"

나도 모르게 찌푸려진 얼굴을 들여다보며 조금 눈치를 살피더니 그가 대답했다.

"그래, 그런 짓도 했었지. 아주 예전에는."

아내도 있고 애인도 있고 업소 여인들과도 즐기는 남자의 삶이 어떤지 전혀 상상이 가지 않았다. 세상의 많은 남자들이 이렇게 사는 것일까? 분명한 건 지금 내 앞에 앉아 있는 그는 한때였다고는 해도 그러한 삶을 살았다. 그렇다고 그가 인생의 귀중한 시간들을 허비하며 실패한 인생을 산 건 아니었다. 그는 젊은 시절, 이른바 신의 직장으로 불리는 훌륭한 회사에서 능력을 인정받으며 성공적인 직장 생활을 해 왔고, 지금은 자신의 회사를 설립해 8년째 건실하게 운영하고 있다.

사회적으로 성공한 남자일수록 외도를 하는 경향이 높다는 기사를 본 적이 있다. 시간적, 경제적으로 여유가 있기 때문에, 권력을 지닌 입장에서는 원하는 것을 소유하기가 어렵지 않기 때문에, 그리고 높은 지위에 오른 남성들일수록 지성, 매력, 사교성, 대화의 기술 등 많은 장점을 가지고 있고, 그 장점을 유감없이 표출할 수 있기에 여성들에게 호감을 얻기도 쉽다는 것이다.

돌이켜 보면 그도 그랬을 것 같다. 지금 생각해 보면 나 역시 그를 처음 만났을 때부터 호감이 있었다. 깔끔한 호남형 외모에 선하고 부드러운 인상, 밝고 쾌활하면서도 항상 깍듯하게 예의와 매너를 차리는 그가 좋았다. 그와 친해지고 싶고 오래오래 좋은 인연으로 이어가고 싶었다. 하지만 깊은 감정이 개입되고 잠자리까지 하게 된 것은 분명 옳지 않았다. 물론 시작은 그가 했고, 그렇게 거침없이 다가오는 그를 거부하지 못한 것은 내 큰 실수였지만, 처음의 좋은 감정으로 친한 친구, 가까운 지인 정도의 친분과 관계를 유지했더라면 얼마나 좋았을까. 그러면 지금처럼 괴롭고 가슴을 짓누르는 죄책감 같은 건 전혀 없이 난 자유롭고 행복했을 텐데.

아니, 전혀 행복하지 않았을 것이다. 오히려 난 지금 그가 내 곁에 있어 행복하다. 그가 날 사랑하고, 내가 그를 사랑하는 이 놀라운 일들이 행복하기만 하다. 시간을 되돌려, 다시 예전으로 돌아갈 수만 있다면 내가 달리 행동할 것인가? 아니, 다시 돌아가도 난 그를 받아들일 것이고 다시 사랑할 것이다.

"많이 취한 것 같은데, 그만 마셔. 너 이러다 진짜 술꾼 되겠어."

"우리, 모텔 가요. 한동안 안 가봤잖아."

그의 몸에 한껏 기대 천천히 걷는 나를 단단히 끌어안으며 그가 웃는다.

"너 진짜 많이 뻔뻔스러워졌다. 네 입으로 모텔 가잔 얘기를 다 하고."

서울대공원 근처에는 모텔을 찾기가 쉽지 않다. 가족, 아이들이 많이 찾는 놀이공원 근처에 모텔이 있으면 그게 더 이상한 건지도 모르겠다. 조금 떨어진 정부종합청사 근처로 나와서 겨우 모텔 하나를 발견할 수 있었다. 그가 회색빛이 감도는 칙칙한 느낌의 데스크에서 계산을 하는 동안 나는 창피하거나 민망한 느낌 따위 개의치 않고 아무 생각 없이 데스크 맞은편에 놓인 낡은 검정 소파에 기대앉아 그와 모텔 주인을 번갈아 바라보고 있었다. 데스크 한편에는 또 다른 남자가 지갑을 들고 엉거주춤 서 있고 여자는 보이지도 않는다.

"왜 항상 모텔비는 남자가 내는 걸까요?"

그는 어이가 없다는 듯 웃음을 터뜨린다.

"왜, 다음엔 그럼 네가 낼래?"

벽면이 온통 붉은색의 꽃무늬 벽지로 둘러싸인 가운데 침대 시트까지 장미색으로 매치된 강렬한 분위기의 방이 갑자기 눈앞에 딴 세상이 펼쳐진 듯하다. 불과 문 하나 열고 들어왔을 뿐인데 딱딱하고 칙칙한 데스크와 어둡고 좁은 복도의 감옥 같은 분위기에서 벗어나 갑자기 장밋빛 세계라니.

창문 밖으로는 늦은 저녁, 환하게 빛나는 가로등 아래 퇴근길 또는 회식 자리를 재촉하는 직장인들의 발걸음이 바쁘게 움직이고, 희미한 조명 아래 붉게 펼쳐진 화려한 침대 시트 위에서는 우리의 움직임이 바쁘고 힘 있게 움직인다.

"당신 오늘 정말 활화산 같은데? 오늘따라 왜 이렇게 거칠게 밀어붙이는 거야?"

그가 내 뺨에 몇 번이나 입을 맞추며 귀에 대고 부드럽게 속삭였다.

"왜, 별로였어요?"

"아니, 너무 좋았어. 좀 당황스럽기는 했지만."

"당신이 만난 여자들 중에 내가 최고로 잘하죠?"

그는 내 목덜미에 입술을 댄 채 낮게 웃었다.

"섹스건 일이건 당신이 최고지."

"그럼 그 여자, 회사에서 내보내고 나를 채용해요."

"또 그 얘기야? 말도 안 되는 소린 이제 그만하고 같이 목욕이나 하자."

"나 똑똑하고 능력 있잖아. 나도 잘할 수 있어요. 내가 교육팀장 할게."

"당신은 미술을 전공했잖아. 분야가 달라. 한 번도 해 보지 못한 완전히 다른 일을 당신이 어떻게 하는데?"

"가르쳐주면 다 할 수 있어. 그리 어려운 일도 아닐 텐데 뭐."

"어렵고 쉽고의 문제가 아니야. 이제 그 얘기 그만하자."

벌떡 일어나 욕실로 향하려던 그를 잡아끌어 다시 침대에 거칠게 눕힌 나는 그의 위에 올라타 앉은 채 눈을 크게 뜨고 내려다보았다.

"빨리 결정해요. 그 여자인지 나인지."

"대체 뭘 결정하라는 거야? 이건 선택이나 결정의 문제가 아니야. 넌 내 애인이고 그 사람은 직원이야. 이게 비교 대상이기나 해?"

"날 사랑하고 내가 당신 애인이면 내 말을 들어야 하잖아."

"내가 할 수 있는 거면 뭐든 다 들어줄게. 하지만 그 문제는 말도 안 되는 얘기야. 너 너무 많이 취했어. 일단 뜨거운 물로 샤워하고 뭐라도 좀 마시면 정신이 들 거야."

"당신이 계속 그런 식으로 그녀를 감싸면 나 당신 안 볼 거예요."

"나 샤워하고 나올 테니까 기다려."

이젠 짜증이 가득 섞인 목소리를 남기고 그는 욕실 문을 쾅 닫아 버렸다.

욕실 안 흐르는 물소리 너머로 나는 소리를 질러댔다.

"내가 그냥 하는 말인 줄 알아? 계속 그렇게 옆에 두면 내가 그 꼴 보고 어떻게 당신 계속 만나? 두고 봐, 많이 사랑한다고, 좋아한다고 못 떠날 것 같아? 이런 식으로 하면 결국 사랑도 다 식어 버리게 되는 거라고!"

세찬 물줄기의 소음은 나의 울먹거리는 소리를 사정없이 묻어 버렸다.

"난, 난, 당신이 계속 그녀를 보는 게 너무 싫어. 볼 때마다 옛날 생각나고 예전 감정이 되살아날까 봐. 당신은 그토록 추억을 소중히 하는 사람인데…"

침대 주변에 떨어져 있는 옷가지들을 주워 입으며 난 계속 흐느꼈다.

"아직도 좋아하면서… 아직도 정리 못 했으면서… 그러면서 날 사랑한다고… 다 거짓말이야."

머리는 헝클어지고 눈물 콧물로 범벅이 된 채 나는 힘없이 모텔 방을 나섰다.

이른 아침부터 그와 나는 고속도로를 달리고 있다. 창문 밖으로 펼쳐지는 가을의 푸른 녹음이 눈부시게 아름답다. 라디오에서 잔잔히 흘러나오는 피아노 선율과 함께 그와 드라이브를 하는 이 순간이 참 소중하고 행복하다. 지금 이 느낌, 이 기분 절대 잊지 말아야지. 왜 그가 그렇게 추억을 소중히 하는지 알겠다. 기뻤던 기억이건 슬프고 우울했던 기억이건 그 기억의 조각들은 아름다운 추억으로 남아 가슴속에 영원히 새겨지게 되는 것이다. 그와 헤어져도, 언젠가 두 번 다시 얼굴 못 본다고 해도, 내가 한때 사랑했던 그는 마음속 추억 한 자리에 언제까지나 남아 있겠지. 아니, 한때가 아니라 평생 사랑하지는 않을까? 사랑의 유효기간은 얼마나 될까?

사랑이라는 감정은 단순히 뇌에서 분비되는 호르몬의 화학적 반응일 뿐이라는 글을 읽은 적이 있다. 인간이 이성에게 호감을 가지게 되고, 성적으로 강하게 끌리고, 사랑의 감정에 빠지고, 애착을 느끼게 되는 이유가 실은 도파민, 옥시토신, 페닐에틸아민, 엔도르핀 등과 같은 호르몬의 작용일 뿐이라는 이야긴데, 그 어떤 호르몬도 2년 이상 유지될 수는 없다고 한다. 그렇다면 과연 사랑의 유효기간은 2년을 넘기기 힘든 것인가?

운전을 하는 그의 옆모습을 한참 동안이나 바라보고 있었다. 가끔씩 얼굴을 돌려 눈이 마주치면 살짝 눈웃음 짓는 그가 너무 사랑스러워 눈이 마주칠 때마다 나도 함께 웃어 주었다. 지금 내 뇌에선 페닐에틸아민이 강하게 분비되고 있는 중일까?

오랜 만에 만난 그는 모텔에서 내가 했던 행동들에 대해 묻거나 책망하지 않았다. 간만에 보니 반가울 뿐이라고, 네가 너무 보고 싶었다고만 되풀이해서 애기할 뿐이다. 나 역시 그가 다시 그 애기를 꺼내지 않는 게 고마울 뿐이다.

추석 연휴 동안, 가족 여행을 가 있으면서도 내내 그의 생각이 났다. 과천에서의 그날, 화가 나고 괴로운 마음에 거친 말과 행동으로 그를 괴롭힌 나였지만 사실 그와 이별한다고 생각하니 상상만 해도 눈물이 났다. 난 과연 내 바람대로 그와의 관계를 정리할 수 있을까? 아니, 난 나의 간절한 바람대로 그와 지금처럼 언제까지나 사랑하며 함께할 수 있을까? 난 하루에도 몇 번씩, 그와 정리하고 싶고, 그와 함께하고 싶다. 과감한 결단과 결코 옳지 않은 만남, 이 갈림길에서 난 여전히 길을 찾지 못하고 헤매고 있을 뿐이다.

연휴 동안, 그는 하루에도 몇 번씩 문자를 보내며 안부를 묻고 그립다는 마음을 전했다. 바로 내 옆에 있는 남편과 멀리 있는 그. 남편과 함께 있는 지금 내 뇌에서 사랑의 호르몬은 분비되지 않지만, 내리누르는 죄책감과 두려움에 괴롭고 우울한 심정은 연인을 사랑하는 감정에 비례해서 점점 더 커져만 갔다. 예전보다 말수가 줄어들고 가끔씩 멍해 있는 내게 남편은 무슨 걱정거리라도 있느냐고 재차 묻지만, 그 걱정 고민을 스스로 해결할 수 없는 이 시점에 그것을 잠시라도 잊을 수 있는 유일한 방법은 그를 만나는 것이다. 사랑하는 연인을 만나면 다시금 뇌에서 호르몬이 세차게 분비되며 일종의 쾌락 상태가 된 채, 모든 것을 잊고 크나큰 행복감에 젖어드는 것이다. 그와 함께 가을 길을 달리는 지금 이 순간처럼.

연휴가 끝난 후 9월의 마지막 금요일, 그는 내게 출장을 함께 가자고 제의했다. 경상남도 의령. 한 번도 가 본 적 없는 먼 곳이다. 그와 먼 길을 떠나 본 적이 없었던 내게 조금은 설레기도 하고 기대도 되는 출장길이다.

"당신은 의령 가 봤어요?"

"난 자주 가 봤지. 우리 아버지가 진주에 계셔. 생각보다 꽤 멀긴 하지만 서둘러 돌아오면 저녁까지는 서울에 도착할 수 있을 거야."

"왜 같이 출장 가자고 했어요?"

"당신과 어디론가 함께 떠나고 싶었어. 당신은 나와 여행을 갈 수 있는 처지가 아니잖아. 이렇게 당일이라도 멀리 한번 다녀오면 당신이나 나나 답답한 마음이 좀 가라앉을까 해서."

그도 나만큼 괴롭고 답답한 것일까?

"나도 언젠가 당신과 여행 한번 가고 싶어요. 크게 욕심 안 부리고 딱 1박 2일만이라도."

"그래, 꼭 한번 가 보자. 당신과 밤새 껴안고 함께 잠들고 싶어. 항상 밤만 되면 날 두고 급하게 떠나버리는 네가 어쩔 땐 원망스럽기도 해. 12시까지 무조건 들어가야 하는 신데렐라도 아니고 말이야. 하지만 어쩔 수 없다는 거 아니까. 꼭 가자, 여행. 언젠가는."

"그래요. 하지만 뭐, 이것도 여행이에요. 숙박을 하진 못하지만 우린 오늘 하루 종일 함께 있을 수 있어요. 그것도 서울에서 몇백 킬로미터나 떨어진 먼 곳에서요."

나는 창문을 완전히 내리고 시원한 가을바람을 맞으며 몇 번이나 심호흡을 했다. 그런 내 모습을 돌아보며 그가 기분 좋게 웃는다.

"최대한 일은 빨리 끝내고 오후에 즐겁게 놀자."

그가 의령의 한 문화연수원에서 회의를 진행하는 동안 나는 근처 정자 아래서 가져온 시집을 읽고 있었다. 몇 번이나 읽었지만, 오늘도 또 생각나 챙겨온 에드거 앨런 포의 시집 '애너벨 리'. 포의 작품은 처음 단편 소설로 접했지만, 나중에 접한 그의 시들은 무섭고 그로테스크한 그의 추리 공포 소설들과는 달리 아름답고 정제된 언어들의 향연이었다. 물론 작가의 불우한 삶과 기구한 인생을 예견이라도 하듯 전반적으로 어둡고 우울한 분위기를 내재하고 있으나, 그 슬픔과 고통 속에 깃든 치명적인 아름다움이 진실로 사람의 마음을 흔드는 것이다. 포는 자신보다 열네 살이나 어린 조카와 결혼했지만, 술과 도박에 찌든 남편의 무관심과 방치

속에 평생을 가난과 질병에 시달리던 아내는 스물셋 젊은 나이에 쓸쓸히 사망하고 말았다. 포의 작품에서 보이는 절절한 사랑과 슬픔의 언어에는 격정적인 사랑에 따르지 못한 자신의 책임에 대한 회한과 후회, 고통의 감정이 여실히 드러나 있다. 나와 그도 언젠가는 감당할 수 없는 후회와 고통의 짐만을 남기고 비극적으로 끝날 것인가? 한 치 앞도 보이지 않는 현재의 사랑에 어떠한 책임도, 의무도 질 수 없는 우리로서는.

"많이 기다렸지? 회의는 잘 끝났어. 우리 회사가 전국구로 일을 확장하다 보니 이런 곳까지 와서 일을 하게 되네. 그리고 나 이 근처 맛집과 유명한 관광 명소 몇 군데 추천받아 왔어. 잘했지?"

마치 칭찬을 받길 바라는 어린아이처럼 들떠서 맛집과 명소가 적힌 종이를 내보이며 그는 기분 좋게 떠들어댄다. 순수하고 천진난만하게 해맑은 웃음을 흘리는 그의 소년 같은 모습에 나 역시 포의 어둡고 음침한 기분에서 단번에 벗어나 소녀의 기분으로 돌아간 채 이제 뭘 할지 한껏 기대에 부풀었다.

"일단, 점심때가 되었으니 밥을 먹으러 가자."

일을 성공적으로 마무리하고 놀러 가는 기분은 정말 환상적이다. 어렵고 길었던 기말고사를 끝내고 이제 막 놀러 나가는 학생들처럼 우리는 들떠서 어쩔 줄을 몰랐다.

"의령은 메밀국수가 유명하대. 그런데 맛집들 이름이 다 메밀, 소바 이런 식으로 비슷비슷해. 음식점을 어떻게 찾을 수가 있지?"

"맛이 다 거기서 거기 아닐까요?"

"그럼 아무 데다 대충 들어가 보자. 마침 저기 메밀국수 집이 하나 있네."

우리는 조금 허름해 보이는 낡은 음식점으로 들어가 앉았다. 할아버지 한 분이 카운터에 앉아 꾸벅꾸벅 졸고 있고 손녀같이 보이는 젊은 아가씨가 주문을 받는다.

김이 모락모락 나는 온 육수에 담겨 나오는 국수는 서울에서 흔히 먹는 메밀국수와 크게 다를 바 없어 보인다. 둘 다 아침 일찍부터 출발했고 이제껏 아무것도 먹지 못했던 터라 젓가락 하나 가득 집어 입에 쑤셔 넣었다.

9월의 가을 날씨는 여전히 덥고 햇볕은 강하다. 식당 안에서는 낡은 선풍기가 천장 위에서 윙윙 소리를 내며 돌아가고 있고, 파리는 좁은 식당 안 몇 개 없는 테이블들을 이리저리 옮겨 다니며 낮게 날아다니고 있었다.

"이거 먹고 우리 구름다리 한번 가 보자. 여기선 거기가 필수 데이트 코스래."

"데이트한다고 했어요?"

"그럴 리가 있겠니? 연수원 직원이 그렇게 말하더라고. 여기서 멀지 않다고 하니, 다 먹으면 거기나 가 보자. 그런데 국수 맛있니?"

"아니요, 정말 맛없는데요."

"나도 그래."

우린 마주 보며 깔깔거리고 웃었다. 이게 몇백 킬로미터를 달려와 겨우 찾아낸 맛집?

좀처럼 웃음을 그치지 않자 커다란 양은 쟁반을 든 채 벽에 기대어 TV를 보고 있던 손녀가 이쪽을 바라본다.

"뭐 이것도 재미지. 인터넷에 꼭 올려. 맛집 이런 거 절대 믿지 말라고."

"당신이 적어온 목록에 있는 식당은 아닌가 봐요. 적어도 여기 사람이라면 잘 알고 있을 텐데."

의령읍에서 가장 유명한 데이트 코스라는 구름다리는 멀리서 봐도 높고 우뚝 솟은 멋진 위용을 자랑하는 모습이었다. 삼각형 구조로 되어 있어 올라가는 입구도 세 군데가 있고, 정중앙에는 높게 솟은 꼭대기에 다리에서 뻗어 올라간 와이어들이 한데 연결되어 있었다. 다리는 콘크리트나 시멘트가 아닌, 철제로 되어 있어 아래가 숭숭 뚫려 다 보이고, 와이어에 의지해 매달려 있는 구조라 걸을 때마다 끊임없이 흔들거린다.

"이거 생각보다 스릴 있네. 혼자 걸을 수 있겠어?"

"난 재미있는데요."

높은 힐을 신고 나는 일부러 바닥을 힘 있게 디디며 구름다리를 마구 흔들리게 하면서 빠른 걸음으로 걸어갔다.

"같이 가, 넌 무섭지도 않니?"

조금은 겁먹은 표정으로 내 팔을 꽉 붙들며 걸음을 늦추는 그의 모습에 웃음이 나온다.

"여기가 정상인가 보다. 삼각형으로 뻗은 세 개의 다리가 집결된 곳이야."

"정상이라기보단 정중앙이겠죠."

정상이라는 그의 말도 틀리진 않은 듯, 구름다리의 정중앙은 삼각뿔의 맨 위 꼭짓점처럼 한결 높은 곳에 위치하고 있었다. 이곳에 서서 까마득히 아래를 흐르는 강과 저 멀리 보이는 울창한 숲을 바라보니 기분이 너무 상쾌하다. 그도 나와 시선을 같이한 채 뒤에서 꼭 끌어안는다.

"왜, 아직도 무서워요?"

"아니. 무섭기는 뭐가 무서워. 그보다 누가 우리를 볼까?"

내 머리칼에 손을 집어넣더니 부드럽게 입맞춤을 한다. 삼각뿔의 꼭짓점. 더 이상 피할 데도 물러설 곳도 없는 좁디좁은 꼭대기. 여기서 떨어지면 차디찬 강물 속 깊은 바닥으로까지 가라앉게 되는 것일까?

우리는 구름다리 위에서 오래도록 키스를 나누었다. 저만치 멀리 다리를 지나가는 사람도 있고, 저 아래 강가에는 물고기를 잡는 몇몇 사람들도 보였지만 우린 크게 개의치 않았다. 어차피 저 멀리서는 꼭짓점에 붙은 두 개의 작은 먼지 조각처럼 보일 것이다. 청명한 가을 하늘에 한결 가까이 닿아 있는 정상에서의 햇볕은 강렬했고 바람은 시원했다. 가을은 그렇다. 뜨거움과 시원함이 공존한다. 우리에게도 늘 행복과 불행이 함께한다.

다리를 내려와 강가에 서서 맑은 물속을 헤엄치는 송사리 떼를 구경하고, 앙증맞게 놓인 돌 징검다리를 건너고, 울창한 숲길을 산책하며 우리는 많은 이야기를 나누었다. 주로 얘기를 하는 쪽은 그이다. 그는 학교를 졸업한 후 처음으로 입사했던 첫 직장, 자신이 들어가려고 했던 회사, 면접 봤던 이야기 등을 해 주었다. 항상 과거 이야기. 과거의 기억과 추억들. 그렇다, 우리에게 미래의 이야기는 없다. 한 치 앞도 바라볼 수, 예측할 수 없는 우리의 앞날에 대해 그 어떤 이야기를 나눌 수 있을까. 현재, 지금 이 순간 많이 사랑하고 함께할 수 있다는 것에 안도할 뿐, 우리에게 미래는 없다.

"그래서 현대는 최종 면접에서 떨어졌어."

"당신도 면접에서 떨어질 때가 있었어요?"

언변과 매너가 뛰어나고 모든 이에게 호감과 좋은 인상을 주는 기운을 지닌 그가 면접에서 떨어진다는 건 상상이 되지 않았다.

그는 내 말이 칭찬이라는 것을 인식한 듯 어깨를 으쓱하며 웃는다.

"물론 거의 그런 일은 없지. 하지만 그땐 분명히 떨어졌어. 같이 면접 본 사람이 엄청나게 준비를 많이 했더라고. 구체적인 포트폴리오를 완벽히 완성해 온 거야. 난 그냥 되면 좋고 아니면 말고 식으로 나갔으니 게임이 될 리 없지."

대기업 직원으로 근무하고 있을 그의 모습을 상상해 본다. 어떤 직장에서건, 직위에서건 그는 잘할 것만 같다. 그 누구와도 친화적으로 잘 지내고, 사회생활도 잘해내며, 일에서도 뛰어난 능력을 발휘하며 성공적인 삶을 살고 있을 것 같다. 그가 어디서 무엇을 하든, 성공적인 행복한 삶을 살기를 다시 한 번 바라본다. 나와 함께하든, 그렇지 않든.

"서울 올라가기 전에 한 곳만 더 들렀다 가자. 그 무슨, 절이 유명하다고 하던데. 거기 가 볼래?"

"일붕사일 거예요. 의령은 일붕사가 유명하다는군요."

나는 스마트 폰으로 검색을 하며 그에게 대답했다.

구름다리에서 가깝지는 않았지만 한적한 시골길을 드라이브하는 기분으로 달리니 금방 도착했다. 일봉사는 우뚝 솟은 기암절벽들이 서너 개의 법당을 병풍처럼 둘러싼 모습이 특이했으나 그 규모는 그리 크지 않았다. 절벽 한쪽에는 폭포가 있어 보기만 해도 시원해 보이는 물줄기를 쏟아 내리고 있었다. 이곳에서의 가장 큰 볼거리는 동굴 속에 위치한 대웅전이었다. 법당에 오르느라 흘린 땀이 시원한 동굴 속으로 들어가자 순식간에 말라 버리는 느낌이었다. 조금은 스산한 기분이 드는 어두운 법당 안, 동굴 벽과 천장에 그려진 무시무시한 십이지신과 용 그림은 보는 이를 압도하는 느낌마저 준다. 그는 맨 안쪽 중앙에 자리한 세 개의 불상 앞에 절을 하더니 시주함에 이만 원을 넣는다.

"우리 둘의 행복을 기원했어."

"당신, 불교예요?"

"아니. 하지만 여기까지 와서 그냥 갈 수는 없잖아."

"천만 원을 넣는다 해도 우린 벌 받을 거야."

법당들 뒤로는 작고 구불구불한 산길이 하나 나 있다.

"이건 뭐지? 여길 올라가면 또 뭐가 나올까?"

"음, 극락전이 나온다는데요?"

나는 절 입구 표지판 옆의 글을 읽었던 것을 떠올리며 대답했다.

"어휴, 산길을 꽤 많이 올라가야 할 것 같은데. 너무 덥지 않을까?"

"그래도 우리 가 봐요. 여기까지 왔는데 다 보고 가야죠."

우리는 손을 잡고 작은 오솔길을 함께 올랐다.

"이 산은 봉황산이래요."

"봉황이 살아서 봉황산인가?"

"아니, 신라시대 최고 군부대 이름이 봉황대여서 그걸 딴 이름이래."

"재미있네. 그런 자잘한 설명도 다 읽고 너 진짜 대단하다."

한참을 걸어 올라갔는데도 좀처럼 뭔가가 나올 기미가 보이지 않는다. 울창하게 드리운 숲과 나무만이 우리를 끝없이 둘러싸고 있을 뿐, 사람 하나 없고 조용한 산길 저편에 뭔가 있을 거라고는 전혀 생각이 들지 않았다.

"덥고 힘들기만 하다. 그만 내려갈까?"

"조금만 더 가 봐요. 지금껏 올라온 게 아깝잖아."

"이대로 가다 지쳐 쓰러져 죽으면 그게 바로 극락이야, 휴…."

긴 한숨과 함께 그가 땀으로 흠뻑 젖은 이마를 훔치며 발을 내딛는 순간 너무 갑작스럽게도 눈앞에 다른 세계가 펼쳐졌다. 산 위에 곱게 깎아 만든 마당과 넓은 잔디밭이 있고 예쁜 꽃들이 피어 있었다. 입구에는 조그만 법당 하나가 있고, 그 주위에는 까만 장독대 옹기들이 죽 늘어서 있다. 안쪽으로 들어가니 예쁜 돌다리와 그 아래를 흐르는 작은 연못이 보인다. 연못 주위에는 보라색이 눈부신 창포 꽃들이 피어 있었다.

"와, 너무 예쁜데요. 아래 대웅전보다 이곳이 훨씬 나아요."

돌다리에 멈춰 서서 연못 아래를 내려다보니 어른 팔뚝만 한 잉어들이 몰려와 입질을 해댄다.

"고기들아, 미안해. 오늘은 줄 것이 아무것도 없네."

연못 뒤 가장 안쪽에는 산을 끼고 아주 작은 암자 하나가 있었다. 암자는 연못 위에 올라온 돌다리를 반석으로 소박하고 아름답게 서 있었다.

"아름다운 절이네. 사람 하나 없고 너무 한적하다. 힘든 산행을 이겨내고 정상에 도착해야만 볼 수 있어서 극락전인가 봐."

암자를 둘러싼 돌다리를 따라 한 바퀴를 돌았다. 암자 뒤편 바로 산과 맞닿은 구석진 자리에서 그가 내 허리에 힘센 팔을 두르더니 갑자기 키스를 퍼붓는다. 곧 지나지 않아 치마는 사정없이 올라가고 하얀색 작은 속옷은 소리 없이 돌바닥에 떨어졌다. 암자와 연못, 돌다리 사이사이로 가쁜 숨과 낮은 신음소리가 오르내린다. 그의 거친 몸짓에 사정없이 흔들리

불륜 일기

며 나는 돌난간을 꽉 움켜쥐고 연못 아래만을 바라보고 있었다. 끊임없이 입질을 해대며 나를 올려다보는 황금색 잉어와 눈이 마주친다.

그가 무릎을 꿇고 하얀 속옷을 집어 들었다. 팬티 바깥 면에 약간의 흙이 묻어 있었다. 최대한 정성들여 털더니 조심스레 입혀 주었다.

"성스러운 절에서 우리 무슨 짓을 한 거죠?"

"괜찮아, 잉어들하고 소금쟁이들, 참새 몇 마리 말곤 우릴 아무도 못 봤어."

"우린 지옥에 갈 거야."

"불교에선 여러 개의 지옥이 있어. 온갖 악질 범행을 저지른 대역 죄인들을 제외하고 우리처럼 비교적 죄질이 가벼운 중생들은 축생을 하게 되지. 죄질이 좋지 않을수록 하등한 동물로 태어나."

"그럼 우린 아까 본 소금쟁이로 태어나겠다."

"맞아. 죄질이 악할수록 벌레나 곤충으로 태어난다고 하더라고."

"연못 위를 노니는 소금쟁이 팔자가 나보다는 훨씬 나을 것 같다는 생각이 드네요."

"왜 그래? 지금 우린 함께 있고 얼마나 행복하니? 난 방금 너무 좋았어. 처음엔 솔직히 생각조차 안 했어. 그런데 사람 없는 암자 뒤편에 너와 단둘이 있으니 갑자기 미칠 것 같더라고. 너를 안고 싶어서."

"우린 정말로 벌 받을 거예요."

"그래, 그럼 함께 받자. 사랑하니까 뭐든 함께해야지."

한 쌍의 소금쟁이들처럼 연못가에 붙어 앉아 우린 땀을 식히며 한동안 산과 암자를 바라보았다. 잠시 후, 암자를 뒤로 하고 산을 다시 내려오는 우리에게 맞은편 저 멀리 또 다른 산이 보였다. 순간 우리 두 사람은 누가 뭐라 할 것 없이 동시에 어이없는 웃음을 터뜨리고 말았다. 두 개의 작은 봉우리가 완전히 맞닿은 형태의 산의 모습은 영락없는 여성의 음부 모양이 아닌가. 두 갈래로 뻗은 산골은 너무 적나라하고 그 주위를 둘러싸며 뻗어나 있는 숲의 나무들은 마치 음모를 연상시킨다. 우리 둘은 산을 바라보고 손가락질을 하며 좀처럼 웃음을 그칠 줄 몰랐다.

"아니, 이런 곳에 어떻게 저렇게 생긴 산이 다 있을까요?"

"그러게, 스님들은 매일 아침 일어나면 바로 저 산부터 볼 텐데, 아침마다 무슨 생각을 하게 될까?"

"성적인 대상을 연상시키는 저런 산을 매일 보고도 대범하게 속내를 다스려야 그게 진짜로 도 닦는 일이 아니겠어요?"

"어쨌든, 스님들은 대단해. 난 성욕을 참고 다스리며 산다는 건 상상조차 못 할 것 같아."

"그러니까 그분들은 중생들이 절대 갈 수 없는 극락에 가게 되는 거겠지요."

웃고 떠들며 손을 맞잡고 산을 내려오는 우리는 어린아이처럼 즐겁기만 했다. 좁은 산길을 중간 정도 내려오던 중, 숲길 저편에 남자 팔뚝만한 굵기에 기다란 뭔가가 둥글게 말려 있는 것이 보였다. 뱀이었다. 난 호기심도 나고 자세히 보고 싶기도 해서 그의 팔을 붙잡고 살금살금 다가갔다.

"저기 좀 봐요."

"뭔데 저게?"

"뱀인가 봐."

"뭐, 뱀?"

그가 화들짝 놀라며 나를 붙잡고 반대편으로 질질 끌고 간다.

"미쳤어? 왜 뱀한테 가까이 가?"

"설마 물까요?"

"당연히 물지. 독이 있을지도 몰라."

"박물관 말고 진짜로 산에서 뱀을 본 건 처음이에요."

"그러니까 정신 못 차리지. 여기가 박물관이냐?"

"앗, 그런데 이쪽에 또 다른 뱀이! 당신 발밑을 봐요."

"으악!"

그답지 않게 하얗게 질린 얼굴로 땀을 뻘뻘 흘리는 모습이 재미있다. 그도, 나도 재미있고, 이 어이없이 우습고 신기한 상황도 재미있다.

우린 발밑에서 꼬물거리는 까만 새끼 뱀을 겨우 뛰어넘고 산길을 마구 달려 내려갔다.

"겁도 없어. 넌 정말."

"나도 사실은 무서웠어요. 당신이 옆에 있어서 용기를 낸 것뿐이지."

"그래도 뱀한테 가까이 갔던 건 정말 멍청한 짓이었어."

산을 내려와 절 입구에 있는 매점에서 맥주를 사서 그 앞 대청에 앉아 땀을 식히며 캔맥주를 함께 마셨다. 절에서 섹스를 하고 절 앞에서 마시는 술이라니.

"정말 즐거운 하루다. 오늘 하루 많은 일들이 있었고 너와 함께한 재미있는 시간들이었지만 그 산은 정말 평생 잊지 못할 것 같다. 고요하고 한적한 암자 바로 앞에 떡하고 버틴 그 산이라니, 하하하."

그래. 그 산. 극락전. 연못. 잉어. 섹스. 뱀. 구름다리. 메밀국수. 의령에서의 하루⋯. 그렇게 나는 그와 또 하나의 잊을 수 없는 추억의 소중한 한 자락을 만들어 버린다.

의령 출장 날, 하루 종일 함께 있었던 우리는 그날 밤, 서로가 그리워 잠을 이루지 못했다. 이상한 일이다. 만나면 만날수록 더 그립고 보고 싶어서 견딜 수가 없다니.

불교의 지옥 중 아귀도가 있다. 동물로 환생하게 되는 축생도보다 좀 더 죄질이 무겁고 특히 탐욕스러운 중생들이 가게 되는 이 아귀도에 떨어지면 밑도 끝도 없는 엄청난 배고픔에 시달리게 되며, 아무리 먹어도 그 배고픔과 갈증은 그치지 않는다고 한다. 우리는 탐욕과 음행을 일삼다 함께 아귀도에 떨어진 것처럼 끝없는 갈증에 시달리고 있다. 그 갈증과 배고픔은 매일 만나도 해결되지 않고, 하루 종일 함께 있어도 없어지지 않는다. 서로에 대한 끝없는 갈증에 목말라 괴로워하는 우리는 현세의 아귀도에 있는 것인가?

"정말 가야 되는 거니? 1시에 샌드아트 공연이 끝나는데, 그럼 오후에 함께 놀러가자. 안 돼?"

"오늘은 정말 안 돼요. 오후에 시댁에 가야 해요."

오전 10시, 그와 난 회사 지하 주차장 한구석에 세워둔 그의 차 안에 함께 있었다. 토요일 오전에는 갤러리에서 도슨트 진행을 하고 있는데, 갑작스레 취소가 되자 그가 또 보고 싶은 갈증에 견딜 수가 없어 한달음에 회사로 달려온 것이다.

"난, 네가 날 두고 이렇게 가 버리면 화가 나. 물론 어쩔 수 없다는 거 알지만…."

"나도 오늘 당신하고 종일 함께 있고 싶은 마음이 간절해요. 시댁 갈 때마다 날 무시하고 차갑게 구는 사람들 쳐다보기도 싫고, 만날 가도 속이 울렁거리고 토할 것 같아. 하지만 어떡해. 난 결혼을 했고, 며느리 입장에서 오라면 가야지. 죽기보다 싫은 일이지만 어쩔 수 없이 평생 짊어지고 가야 할 의무이기도 하고."

"그래, 나도 결혼했지만, 네가 시댁, 며느리 이런 얘기 할 때마다 정말 깜짝깜짝 놀라게 돼. 네가 유부녀인 거 새삼 깨닫게 되니까."

"내가 당신 부인이었으면 어땠을까요?"

난 그의 목덜미에 입술을 묻고 소곤거렸다.

"글쎄, 자나 깨나 너만 바라보고 팔불출로 살지 않을까 싶은데?"

"아니, 당신은 나와 결혼했어도 또 바람피웠을걸?"

"내가 바람피웠으면 넌 용서해 줬을까?"

"절대 용서 안 하지. 나 두고 다른 여자랑 그러는 꼴 난 절대 못 봐요."

그는 대답 대신 내 젖가슴을 물고 살며시 흔든다. 왜 남자들은 어른이 되어서도, 늙어서도 여자의 가슴에 집착하는 것일까? 뭐든 입속에 넣고 물고 빨면서 입술과 점막, 혀에 쾌감을 느끼는 구강기가 아직도 남자들에겐 크게 지배하는 것일까? 사실, 섹스에서 애무는 많은 부분이 입술이나 혀에 의존하는 구강기 행위들이 대부분이다. 그도 나도 사실 나이만 먹었지 아직도 구강기 유아들의 사고와 수준에서 벗어나지 못한 것인가. 유치한 말과 행동, 끊임없이 사랑을 갈구하며 매달리고 집착하는 모습, 욕구와 본능을 이기지 못하는 원초적 행위 그리고 점점 어린아이 같아지는 내 모습에 나도 매번 놀라곤 한다.

"당신은 지금 나를 사랑하고 날 가졌으니까 부인과는 잠자리하지 말아요."

그는 깜짝 놀란 표정으로 눈을 크게 뜬 채 나를 바라보았다.

"왜 그런 말을 하지?"

"예전부터 하고 싶었던 말이야. 당신이 나한테 하는 행동, 다정한 말을 똑같이 부인한테도 한다고 생각하면 참을 수 없어. 이제는 나하고만 섹스해요."

그는 날 안고 다정하게 말했다.

"난 물론 너를 많이 사랑하지. 하지만 지금 한 얘기는 너무 지나친 요구 아닐까?"

"그럼 나와 관계하고 나서 집에 가서 또 만날 하는 거야, 당신은?"

"그런 건 아니야. 요즘은 너와 너무 자주 섹스하고 네게 깊이 빠져 있어서 그럴 생각도 욕구도 전혀 없어. 그래도 넌 욕심이 너무 과해. 우리, 서로에게 일정한 선은 넘지 않기로 했잖아. 가정이나, 사생활 같은 거 관여하거나 간섭 안 하기로."

"이제 그 룰은 깨졌어. 난 당신을 머리끝부터 발끝까지 소유할 거예요. 육체도, 영혼까지도. 부인하고는 이제 절대 하지 마. 한다면 우린 끝이야."

말하면서도 난 확신이 없었다. 그가 집에서 아내와 잠자리를 하는 걸 내가 어떻게 알 수가 있단 말인가? 또, 내가 남편과 섹스를 하고 나서 다음 날 그와 바로 또 몸을 섞는다 해도, 그는 절대 알아차릴 수가 없을 것이다.

"넌, 남편하고 안 할 거야?"

"우린 아주 오래전부터 섹스리스 부부였어요. 말했잖아요."

그건 사실이었다.

"당신, 나 만난 이후로 부인과 잠자리한 적 있어요?"

그는 한숨을 쉬며 대답했다.

"아니, 한 번도 없어."

물론 난 그 말의 진위를 절대 알 수 없다.

"나도 와이프와는 거의 잠자리를 하지 않아. 신혼 초에도 한 달에 한두 번 할까 말까 했지. 널 만나기 전에도 일 년에 두세 번 정도, 마치 연중행사처럼 치르는 부부 관계였어. 그마저도 무미건조했고 의무방어전 같은 행위였지."

"이젠 그 연중행사도 다 생략해요."

그는 말없이 날 바라보며 내 머리를 쓰다듬는다. 그가 부드럽게 머리를 쓰다듬어줄 때 정말 기분이 좋다. 주인한테 한없이 복종하는 충성스러운 강아지가 된 기분이다. 개에게는 주인에게 절대 복종하고 그의 소유물로 평생 살아가는 것이 가장 행복한 것이다. 지금 그가 뭐든지 요구하면 난 다 들어줄 수 있을 것만 같다.

"알겠어. 네가 원하면 그렇게 할게."

승리를 확신한 웃음이 슬며시 나왔다. 절대 깨어지질 않을 맹세까진 아니라도 그에게 약속을 받아낸 것이 아주 만족스럽다. 적어도 그가 내게 거짓을 말하지 않으리라는 걸 안다. 나 역시 그에게 거짓말을 해 본 적은 없었다. 각자의 배우자에게는 크고 작은 거짓말로 일관하는 우리지만.

"그런데 우리 조금만 더 있자, 응? 밥이라도 먹고 가. 나 혼자 점심 먹기 싫어."

"난 지금 가야만 해요. 이따 밤에 문자할게요."

아쉬워하는 그를 뒤로하고 나는 서둘러 집으로 향했다. 아무리 충성스럽고 훈련이 잘된 강아지라도 가끔 반항하고 싶은 때는 있는 법이다.

_426._ 2013. 10. 2. 수

과천의 옛골토성.

불과 넉 달 전, 난 그를 불러내 이곳에서 술을 마시며 이제 얼굴 보지 말자고 마지막 인사를 고했다. 그리고 그날 처음으로 섹스를 했다. 뜨거웠던 6월의 여름. 이젠 제법 선선한 기운이 도는 가을이다. 불과 넉 달 동안 우린 얼마나 많은 감정의 변화를 겪었고, 얼마나 많은 잠자리를 가졌던가. 똑같은 장소에 똑같은 우리가 함께 있지만, 그때와는 너무나도 다른 지금, 서로를 바라보는 눈빛은 한없이 부드럽고 서로를 향한 마음은 한없이 뜨겁기만 하다.

"여기 처음 왔을 때 생각나요?"

난 테이블 밑으로 손을 넣어 그의 탄탄한 허벅지를 어루만졌다.

"다 기억나지. 당신이 몹시 불안해하는 표정으로 그만 만나자고 했던 날."

"그래요, 하지만 당신은 그 말엔 대답하지 않고 단지 산책하자고만 했었죠. 그땐 무슨 생각을 했던 거예요? 분위기 좋은 곳에서 산책하며 날 유혹하려는 생각?"

"글쎄, 난 그냥 당신과 정말로 걷고 싶었던 것뿐이야. 뭘, 어떻게 하려는 생각 따윈 없었어. 당신이 마음의 결정을 내렸다면 그냥 받아들이려고도 했지. 그땐 아직 시작 단계였으니까 당신이 날 원치 않았다면 나 역시 포기할 수 있었을 것 같아."

"그런데 산책 중에 숲속에서 우린 갑작스레 섹스를 하게 됐잖아요."

"그랬지. 지금 생각해도 그건 정말 예상치 못한 일이었어. 당신하고는 정신없이 롤러코스터를 타는 것처럼 한 치 앞도 알 수 없이 모든 상황이 빠르게 전개되고, 무슨 모험이라도 하는 것처럼 함께하는 매 순간, 매 시간이 놀랍고 신기한 경험이야."

그는 불판 위에서 익어가는 오리고기를 뒤집으며 낮게 웃는다. 사람들은 왜 이렇게 오리를 좋아하는 것일까? 이곳도 올 때마다 손님이 넘쳐나고 늦게 오면 자리가 없을 정도로 인기가 많다.

"난 원래 오리고기 별로 안 좋아해요."

"그래? 근데 왜 여기 오자고 했어?"

"예전에 당신하고 왔던 기억이 나서요. 그땐 당신 정말 안 보려고 마음 먹었었지만."

"넌 그때 나랑 헤어졌으면 평생 후회했을걸?"

그가 술잔을 기울이며 자신만만하게 웃는다.

그래, 내가 이렇게 사랑하는 그를 모르고 살았겠지. 그도 나도, 지금 같은 감정을 전혀 모른 채, 누군가에게 빠져들고, 헤어날 수 없는 그 깊이조차 가늠하지 못한 채, 평생을 그렇게 살다 아무것도 모른 채 세상을 떠나 버렸겠지.

난 지금 너무 많은 것을 알아 버렸다. 누군가를 이렇게 좋아할 수 있다는 것도, 매일 만나고 매일 섹스해도 그 한없는 그리움과 갈증에 목말라 미칠 것같이 괴롭다는 것도, 누군가를 머리끝부터 발끝까지 완전히 소유하고 싶어 한다는 것도, 그리고 내 것인 동시에 절대로 가질 수 없다는 것도.

"당신은 내 거야. 그렇죠?"

"난 네 것이 아니야. 어느 누구도 날 소유할 순 없어. 난 그냥 내 것이야."

"아니, 당신은 내 거에요. 난 당신의 몸과 마음을 다 가졌잖아요."

"우린 서로 사랑하잖아. 사랑은 누군가를 배려하고 깊숙이 몰입하는 거야. 사랑은 끊임없이 생동감을 불러일으키고 소생과 생장을 낳지. 하지만 소유란 결국 대상을 구속하고 지배해서 파멸에 이르게 만들어."

"또, 책에서 읽은 내용이나 줄줄 읊어대네요. 철학자들이, 소설가들이 뭘 알아? 당신을 사랑하는 내가 세상에서 제일 잘 안다고. 누가 뭐래도 당신은 내 거야. 나도 당신 거고."

"넌 정말 어린아이 같아. 아이들은 자기 것에 지나칠 정도로 집착하고 잃어버리거나 빼앗기면 막 울잖아. 네가 딱 그래."

"그래, 난 당신이 떠나면 막 울어버릴 거야. 내 것인데, 절대 놓치고 싶지 않아. 내가 이렇게 원하는데, 갖고 싶은데, 사랑하는데."

그는 마치 떼를 부리고 울어대는 어린아이를 대하는 눈빛으로 날 안쓰럽게 바라보며 부드러운 목소리로 달랬다.

"우리, 성숙하게 사랑하자. 서로를 구속하려 하지 말고, 소유하려 하지 말고. 우린 함께해서 행복하고, 힘들고 지친 삶을 살아가는 데 희망과 용기를 주잖아? 넌 내게 그런 존재야. 사랑하고, 사랑받고 있다는 느낌만으로도 세상을 살아가는 데 큰 힘이 되는."

"그래 봤자 우린 불륜이야."

"꼭 그렇게 말해야 되니? 어쨌든 우린 각자의 가정은 깨지 않기로 약속했잖아. 서로의 공간을 지키며 이렇게 내 감정에 충실히, 오랫동안 만나고 사랑하면 되는 거야."

"만나는 걸로는 성에 안 차. 당신 다 갖고 싶어. 밤에도 낮에도 함께 있고 싶고. 나랑 헤어지면 부인한테 조르르 가 버리는 거 정말 짜증 나고 화딱지 난다고."

"그럼 어떡할래? 이혼하고 나랑 살기라도 하려고?"

"쳇, 당신은 남편감으로는 별로야. 바람피우는 남편, 난 정말 싫거든."

그는 계속되는 나의 무차별 공격에도 눈 하나 깜짝하지 않고 웃는다.

"난 바람피우는 남편이 아니라 너의 사랑스러운 애인이야."

A27. 2013. 10. 8. 화

"**자주** 오니까 이젠 이 길도 다 외워 버릴 것 같아요."

과천에서의 산책은 언제나 즐겁다. 요즘처럼 아침저녁으로 선선한 날씨에 기분 좋은 바람이 불어오는 가을의 산책은 누구와도 즐거울 것이다. 아니, 그와의 산책이기에 즐겁고 행복하다. 우린 이제 더 이상 주위의 시선은 개의치 않고 손을 꼭 잡고 걷는다. 가끔 구석진 나무 뒤편에서 뜨거운 키스를 나누기도 한다. 사랑의 감정, 행복에 도취된 호르몬의 왕성한 분비 작용이 마치 마약에 중독된 것처럼 우리의 이성과 사고를 철저히 마비시킨다.

"섹스보다 산책이 더 좋은 것 같아요. 우리, 이제 섹스는 하지 말고 만나면 산책만 해요."

그는 노을이 지는 서쪽 하늘을 등에 진 채 나를 바라보며 웃는다. 그의 등 뒤에서 붉게 타오르는 태양의 마지막 햇살이 눈부시게 강렬하다.

"난 섹스가 더 좋은데? 물론 너와 하는 산책은 그 어떤 시간보다 행복하고 소중하지만."

육체적인 관계가 없다면 우리의 만남이 허용될 수 있을까? 그를 오래도록, 아니 평생토록 만나고 싶은 마음에 난 그와의 섹스를 포기할까 하는 생각도 든다. 섹스, 그까짓 거 아무것도 아니다. 난 7년 동안 단 한 번도 섹스하지 않고도 잘만 살아왔다. 그를 만나 다시금 섹스의 무한한 즐거움과 그 끝없는 쾌락의 늪에 빠져들었다 해도, 난 이제껏 그래왔던 것처럼 다 잊고 예전으로 돌아갈 수 있을 것이다. 육체적인 관계를 배제한 채, 만나서 식사하고, 가끔 술 마시고, 함께 일하고 이런 남녀 관계는 이 세상에 얼마든지 있지 아니한가. 상대를 사랑하고 있는 내 마음? 그걸 우리

Adultery Diary

두 사람 외에 어느 누가 알아챌 수 있단 말인가. 그래, 섹스만 하지 않으면 돼. 그러면 내가 사랑하는 그를 평생 떳떳하게, 다른 이 눈치 보지 않고, 남편을 기만하지 않고 편안한 마음으로 계속해서 볼 수 있어.

1시간 후, 우린 그의 차 안에서 뒹굴고 있었다. 대형 SUV인 그의 차 뒷좌석은 매우 넓고 높이도 적당해 섹스하기에는 최적의 장소이다. 게다가 유리창은 매우 짙은 색으로 선팅이 되어있어 밖에서는 전혀 내부가 보이지 않는다.

"일부러 유리를 이렇게 새카맣게 해 놓은 거예요? 만날 카섹스하려고?"

"무슨 소리야, 나도 이렇게 유리창이 까맣게 나올 줄 몰랐어. 나중에 차를 받고 보니 이렇게 되어 있더라고."

나는 숨을 가쁘게 몰아쉬며 그의 목덜미를 두 손으로 잡아 거칠게 끌어당겼다.

"솔직히 말해 봐요, 나 말고 얼마나 많은 여자들과 차에서 이 짓을 했지?"

"처음이야. 언제나 네가 처음이자 마지막이라고."

거짓말이라는 걸 알면서도 그의 대답에 묘하게 흥분이 되며 낮은 신음 소리가 흘러나온다. 차 뒷좌석, 좁은 공간에서 내 위에 올라앉아 끊임없이 밀어붙이는 그의 모습은 흡사 성난 야수 같다. 그의 거친 움직임에 이끌려 이리저리 휘둘리다 머리가 차 문에 세게 부딪히자 얼른 손으로 받쳐준다. 한 손은 여전히 내 머리를 감싸고, 다른 한 손은 내 허리를 끌어안은 채 마지막 움직임에 몰두하는 그를 올려다보며 나는 그가 온전히 내 것임을 실감한다.

"네가 나와 섹스를 안 하겠다고? 이렇게 좋아하면서?"

그가 내 뒤에서 브래지어의 후크를 채워주며 낮게 웃었다. 내 등에 입맞춤을 하며 두 손으로 허리를 꼭 끌어안고 몸을 밀착시킨다. 부드러운 그의 입술이 따뜻하다.

"넌 나와 잘 수밖에 없어. 남편은 널 거들떠도 보지 않으니 네 그 엄청난 욕구를 전혀 채워주진 못하잖아. 나도 깜짝 놀랐지만 넌 성적 욕구가 매우 강하고, 섹스에 아주 능한 여자야. 너같이 뜨거운 여잔 정말 처음 봤어."

"내가 그렇게 잘해?"

"그럼, 최고야. 특히 그거…"

그답지 않게 조금 쑥스러운 표정으로 씩 웃는다. 오른쪽 뺨의 보조개가 평소보다 더 깊이 팬다.

"어쩔 땐 평소에도 막 생각이 나서 미칠 것 같아. 회사에서 일하다가도, 고객을 만나다가도, 책을 읽다가도 갑자기 그 생각이 나면서 온몸이 짜릿해지지. 그 느낌, 그 감각."

"안타깝네요. 그럴 때 내가 옆에 있어 주지 못해서."

"그러게."

그는 정말 안타까운 표정으로 어깨를 으쓱해 보였다.

"때로, 난 너를 주머니에 넣고 다니고 싶어. 원하면 언제든 만질 수 있고 안을 수 있게. 항상 내 곁에 있을 수 있게. 넌 몸집이 작고 날씬하지. 마치 주머니 안에 쏙 들어갈 것만 같아. 널 항상 내가 가지고 다닐 수 있고, 24시간 휴대할 수 있다면 얼마나 좋을까?"

"난 당신 거야, 그렇지? 당신도 내 거고."

"우리는 서로의 것이 아니야. 그냥 서로 아주 많이 사랑하는 것뿐이야. 자유롭고, 독립적인 네가 되었으면 좋겠어. 내게 종속된 것이 아닌."

"주머니에 넣어 갖고 다니고 싶다며."

"네가 너무 귀엽고 사랑스러워서 하는 말이지, 너를 소유한다는 말은 아니야. 내가 갖고 싶다고 해서 네가 내 것이 되니?"

"당신 것 할게. 말만 해요."

"그럼, 나랑 어디 멀리 떠나기라도 할래?"

그가 갑자기 진지한 얼굴로 날 바라보며 심각하게 묻는다. 순간 숨이 턱 막혔다.

"가긴 어딜 가요. 그냥, 1박 2일로 같이 여행이나 가면 좋겠네."

"난 정말로 네게 묻고 있는 거야. 모든 걸 버리고 나와 함께 떠날 수 있는지."

"장난하지 마."

"장난하는 거 아니야. 넌 항상 날 갖고 싶어 하잖아. 여기선 우리가 절대 이루어질 수 없으니 정말로 날 가지려면 어디 멀리 외국으로 함께 도망이라도 가야 하지 않겠어?"

외국이라… 한 번도 그런 생각을 해 보지 않았다. 내겐 이곳에 소중한 가족과 부모님, 일이 있다. 나의 모든 것을 가진 상태에서 덤으로 그를 가지려고 했었지, 내 손에서 무언가를 내려놓아야만 한다는 생각은 단 한 번도 하지 않았다. 그를 가지고 싶다고, 머리끝부터 발끝까지 소유하고 싶다고 만날 말하면서도 정작 내 것을 포기해야 한다는 생각은 하지 않았다.

"마음에도 없는 말 하지 말아요. 당신, 또 장난치는 거지?"

"마음에 없는 말은 아니야. 정말 그러고 싶어, 진심으로. 단지 실현 가능성이 전혀 없다는 것을 잘 알고 있는 것뿐이지."

그렇다. 실현되지 않는 바람. 이루어질 수 없는 꿈. 우린 그 안에서 허상과 환영을 먹고 산다. 내 앞에 있는 그는 과연 실재하는 것일까? 안타까운 마음에 갑자기 그를 더듬으며 뺨에 얼굴을 갖다 대었다. 그는 이렇게 내 곁에 있는데. 분명히 존재하는데. 엄마 젖꼭지를 찾는 배고픈 아기처럼 정신없이 그의 입술을 찾으며 파고들었다. 얼굴은 차갑고 입술은 따뜻하다. 극도로 우울하고 허탈한 지금의 감정이, 어떤 생각도 하지 않고 오로지 격렬하게 그의 입술과 혀를 물고 빠는 원초적 행위로 표현된다. 그는 내 속옷을 끌어내리며 차 시트에 천천히 눕혔다. 다시금 서서히 움직이기 시작하는 그를 올려다보는 내 눈에 눈물이 고인다. 그 역시 아무 말 하지 않는다. 격렬한 동작에 집중하면서도 내게서 눈을 떼지 않는다. 이번에는 높고 낮은 신음 소리조차 거의 들리지 않는다. 과천의 한적한 숲속 길가 한편에 세워진 그의 차를 때리며 가는 저녁 바람 소리와 멀리서 간간이 들리는 새소리뿐. 차 바닥에 떨어진 옷을 주워 다시 입혀 주며 그가 오랜 침묵을 깨고 다정하게 말했다.

"우리, 캐나다로 가자. 거긴 한적하고 사람도 별로 없대. 캐나다 수도 몬트리올로 가자. 어때?"

"바보, 캐나다의 수도는 오타와예요. 몬트리올이 아니고."

428. 2013. 10. 9. 수

사장인 그는 주로 회사 근처에서 혼자 점심을 먹는다. 직원들과 함께 식사를 하기도 하고, 이따금 고객이 찾아와 점심을 함께 할 때도 있지만 혼자서 식사를 할 때가 더 많았고, 이제 나를 만난 이후로는 일주일에 한 번 이상 우린 꼭 점심을 같이 먹는다. 그의 회사까지 와서 잠깐 점심 먹고 가는 것은 분명 번거로운 일이나, 사랑하는 이와 같이 밥을 먹는다는 것은 즐겁고 행복한 일이다.

"내가 오늘도 당신하고 밥 먹으려고 한 시간을 운전해서 왔잖아요."

"미안하네. 그렇게 차가 많이 막히는 거야?"

"오늘은 사고가 났는지 길에서 차가 꼼짝도 안 하더라고요."

"사고가 났을 때 짜증나는 교통 상황은 나도 잘 알지. 안 그래도 바쁠 텐데 점심 한 끼 먹으려고 일부러 여기까지 오지 마."

그는 정말 안쓰럽고 미안한 표정으로 나를 바라보았다.

"내겐 그냥 점심 한 끼가 아니에요. 당신과 같이 있을 수 있는 짧지만 소중한 시간이잖아요. 오지 말라는 것도 내겐 상처가 되니까 그런 말 하지 말아요. 난 당신이 너무 보고 싶어서 이렇게 오는 거고, 당신은 그 대신 맛있는 거 사 주면 되잖아요."

"네가 싫어서 오지 말라는 거 아닌 거 알잖아. 네가 나와 고작 한 시간 보내려고 왕복 두 시간을 운전해서 오는 게 싫어. 많이 걱정되기도 하고."

"운전은 항상 조심해서 할게요. 당신 오래오래 보려면 매사에 조심 또 조심해야죠."

매사에 신중하고 조심해야 한다고 말하며 나는 아무 생각 없이 그의 팔짱을 끼었다. 무의식적으로 나온 내 행동에 스스로도 흠칫 놀라 팔을 빼면서 그를 올려다보며 웃었다.

"요즘은 정말 생각이 없어져요. 예전처럼 눈치 보거나 신중하게 생각하지도 않고. 여긴 당신 회사 근처인데 말이죠."

이번에는 그가 내 손을 잡고 깍지를 끼었다.

"나도 그래. 이젠 정말 네가 남 같지 않고 너무 편안하면서도 익숙해. 마치 한 몸인 것처럼, 누군가 내 곁에 있다는 생각조차 안 들어. 내가 거리에서 네 손을 잡고 안으면서도 내 행동에 대해 자각 못 할 때도 많지."

"그러는 지금도 당신…."

그는 씩 웃더니 깍지를 풀었다.

"그러게. 여긴 회사 근처니 조심해야 하는 건 맞겠지."

그는 점심을 먹으며 회사 이야기, 일 이야기를 늘어놓는다. 요즘은 나만큼 그의 회사 상황에 대해, 그의 일에 대해 잘 아는 사람이 없을 것만 같다. 난 근래 행해지는 거의 모든 프로젝트들을 알고 있고, 부하 직원들의 성격과 행동을 구체적으로 인지하고 있으며, 그와 자주 접촉하고 일을 진행하는 문화계 인사들을 파악하고 있다. 한 달에 한 번 나온다는 그 빌어먹을 교육팀장까지도.

그는 최근에 회사의 한 남자 직원과의 크고 작은 트러블로 스트레스를 받고 있었다. 그는 사장으로서, 한 회사의 대표로서, 자신의 직원들에게 언제나 무한한 애정을 갖고 있는 듯하다. 한 번도 직원을 험담하거나 비판하는 어조로 말한 적이 없었다. 가끔은, 너무 과도한 칭찬에 오히려 질투가 날 지경이었다.

"새로 들어온 여직원이 아주 적극적이고 매력적인 여성이야. 눈이 반짝반짝하고 항상 생기가 넘쳐. 자기주장이 좀 강하긴 하지만, 잘 설득시키면 굽힐 줄도 알고 이해력도 빠른 편이야. 너도 봤지? 예전에 직원들과 함께 미팅 진행했을 때 말이야."

"나도 눈이 반짝반짝하고 생기 있지 않나요?"

난 일부러 눈을 크게 뜨며 그를 빤히 바라보았다.

그는 사랑스러워 죽겠다는 표정을 지으며 미소를 짓는다.

"네 눈은 항상 색기로 가득 차 있지."

갑자기 짜증이 치밀어 올랐다.

"그래서, 당신은 내가 좋은 거야, 섹스가 좋은 거야?"

"당연히 네가 좋지, 말이라고 해? 난 나를 보기 위해 한 시간 넘게 운전해 오는 너를 사랑하는 거지. 섹스 따윈 중요치 않아."

"쳇, 그래? 다시 얘기하지만, 우리 이제 육체적인 관계는 그만두자고요. 그래도 괜찮지?"

"과연, 네가 그럴 수 있을까?"

나는 대답 대신 화제를 돌렸다.

"그래서, 김 대리는 결국 회사를 그만두겠대요?"

"그래, 한 번은 잡았는데 두 번은 못 잡을 것 같아. 내가 요즘 일이 너무 많아서 그를 심하게 압박했었던 게 결심을 굳히게 된 결정적 계기가 된 것 같아."

"그래도 몇 안 되는 남자 직원 중 꽤 유능한 사람이었는데, 안타깝네요."

"나도 그래. 우리 회사는 정말 성비의 불균형이 심하지. 남자에 비해 여자가 압도적으로 많으니까. 그런 분위기였기에 더욱 있기 싫었는지도 몰라."

"내가 보기에 김 대리는 당신을 많이 좋아해요. 사장님으로서뿐 아니라 좋은 형, 선배로서 정말 당신을 존경하고 따르는 것처럼 보였는데."

"맞아. 형으로서 정말 좋아한다는 얘기도 종종 했었어. 하지만 이번에 다시 의사를 밝힌 만큼, 난 잡지 않을 거야. 난 마음 떠난 사람 두 번 잡지 않아."

그는 내게도 자신에 대한 감정이 식으면 언제든지 말하라고, 더 이상 자신이 필요하지 않으면 언제든 떠나도 좋다고 항상 얘기해 왔다. 지금 이렇게 사랑하고 그리워하는데 이 뜨거운 감정도 언젠가는 식을까? 사랑의 감정은 결국 호르몬의 화학적 반응일 뿐이라고 본다면 그 유효기간은 2년을 넘기기가 힘들다고 하는데, 그렇다면 절대 변치 않을 것 같은 지금의 이 마음도 언젠가는 돌아설 수밖에 없는 것인가.

결혼 이후 처음으로 누군가에게 강하게 끌리고, 그와 헤아릴 수 없이 깊은 감정의 늪에 빠져들면서 난 혼란과 불안의 여정을 계속하고 있다. 그와 함께 있는 것 자체가 행복이고, 불행이며, 매 시간 매 순간 무한한 쾌락과 끔찍한 고통 속에 갈팡질팡하는 나 자신을 발견한다. 반면, 그는 매우 편안해 보인다. 날 만나고 사랑하는 그에게서 어떤 고민이나 갈등 따윈 전혀 느껴지지 않는다. 오히려 나와 함께하는 요즘, 더욱 안정되고 여유 있는 심리 상태로 언제나 즐겁게 일에 몰두하는 그를 본다. 내가 있어 일할 맛이 난다고 버릇처럼 얘기하는 그다.

"당신은 내가 떠나도 잡지 않을 거예요?"

"내가 싫어서 간다는 걸 어떻게 말리니? 그건 잡는다고 잡히지도 않아."

"정말 날 사랑하는 게 맞긴 한 거예요? 많이 사랑하면 내가 떠난다 해도 울면서 매달려야지."

"여자한테 매달려본 적 한 번도 없어. 세상에서 가장 소용없는 짓이란 걸 잘 아니까."

난 내게 울며불며 매달리고 집과 학교로 찾아왔던 수많은 옛 연인들을 떠올렸다. 똑같은 마음으로 감정이 생기고 사랑을 시작했어도 변하는 쪽은 항상 나였다. 순식간에 식어 버리고 변해 버린 나의 감정은 상대에게 결코 이해되지 않았고, 받아들일 수 없는 현실이었다. 마음을 돌리려고, 사랑을 다시 얻기 위해 나의 옛 연인들은 할 수 있는 온갖 노력을 다 했다. 그들은 왜 세상에서 가장 쓸데없는 짓을 했을까? 집 앞에서 꼬박 며칠을 기다리며 내 마음을 갈구했어도 난 그들에게 냉정하고 차갑게 대하기만 했다. 아무리 진심을 다해 내게 호소한들, 감정이 되살아나진 않았다.

감정은 그렇다. 구걸하고 애원한다고 되는 것이 아니다. 이미 떠나 버린 감정, 식어 버린 사랑은 어떤 말로도, 행동으로도 돌이킬 수 없다. 그의 말이 맞다. 잡는다고 잡힐 수 있는 것이 아니다. 사랑은 그 실체가 없기 때문에 물고기를 잡는 것처럼 그물을 칠 수도, 곤충을 잡는 것처럼 잠자리채를 휘두를 수도 없다. 마치 우리 주위를 떠다니는 공기처럼 보이지도 않고 느껴지지도 않는 이 실체를 잡을 수 있는 방법은 전혀 없다. 하지만 공기가 없으면 죽을 수밖에 없는 것처럼, 이 뜨거운 사랑의 감정이 소멸되는 그 순간 우리의 만남도 완전히 끝이 나는 것이다.

"당신은 날 많이 사랑하지 않나 봐요. 정말 많이 사랑한다면 내가 백 번을 떠나도 붙잡아야지, 안 그래?"

"다시 말하지만, 난 널 절대로 붙잡지 않아. 네가 내린 결정을 순전히 지지하고 따를 거야. 내가 널 잡는다면 그 자체가 네게 부담이자 스트레스가 될 거고 독으로 작용할 거야."

"끝까지 매너를 지키는 깔끔한 남자로 남겠다는 얘긴가요? 그래봤자 내가 감동할 것 같아? 나에 대한 당신의 감정이 그 정도밖에 안 되는 거겠지."

만남이 끝이 나고, 완전히 사랑이 식었음에도 끝까지 나를 놓아주지 않았던 첫 애인이 생각났다. 얼마나 많은 행동과 말로 나를 힘들게 하고 지쳐가게 만들었던가. 매일 밤, 집 앞 담벼락 똑같은 구석에 기대어 서서 날 바라보는 그를 뒤로하고 떨리는 손으로 현관문을 걸어 잠그던 기억이 아직도 생생하다. 그의 얼굴 바로 앞에서 내 손에 의해 갈기갈기 찢겨 흩어져 버린 붉은 장미 꽃다발의 짙은 향기가 지금도 나는 것만 같다. 사방에 뿌려진 검붉은 장미꽃의 처참한 잔해는 마치 주위에 온통 피가 뿌려진 것처럼 역겹고 현기증이 났다. 핏빛처럼 붉고 주먹만큼 큰 장미꽃 백 송이, 들지도 못할 정도로 무겁고 거대한 꽃다발. 그것은 내게 더 이상 아름다운 꽃이 아니라 위험한 무기이고 공포의 대상이었다. 바닥에 흩뿌려진 장미를 미친 사람처럼 마구 밟고 차면서 그에게 내뱉었던 말도 분명히 기억난다.

'난 네가 지옥에라도 가 버렸으면 좋겠어!'

온갖 협박과 회유에도 내 마음이 돌아서지 않자 결국은 유서를 쓰고 사라져 버렸으나, 난 그를 찾지 않았다. 지금도 나는 가끔 그때 꿈을 꾼다. 바닥에 흩어진 거대한 장미꽃 더미 위에 우두커니 서서 나를 바라보던 옛날 애인의 모습을.

"내 마음이 돌아서면 당신이 날 잡아줘요. 내 스스로도 내 마음을 잡을 수 없으니 당신이 지켜줘요."

그가 내 손을 꼭 잡고 말한다.

"사랑해. 너만 변하지 않으면 우린 아무 문제 없어."

429. 2013. 10. 15. 화

점심시간을 이용해 함께 밥 먹고 얼굴 보는 것도 즐거운 일이지만 항상 아쉽고 부족하기만 하다. 하루는 그가 말했다.

"밥만 먹고 당신 그냥 보내기 싫어. 내일은 너와 모텔 가고 싶어. 훤한 대낮에 섹스하는 거야. 어때?"

"좋아요, 그런데 당신 시간 낼 수 있어요?"

"최대 두 시간 내 볼게."

"밥은 어떻게 하고? 아예 안 먹을 거야?"

"김밥에 컵라면 어때? 내가 제일 좋아하는 메뉴야."

"제가 준비할게요."

마치 소풍을 가는 기분으로 아침부터 김밥을 싸고, 편의점에 들러 컵라면과 김치를 샀다. 보온병에 뜨거운 물도 담고 나니 모든 준비가 완료된 것 같아 흐뭇하다. 그는 날 만나자마자 다소 상기된 표정으로 모텔을 향해 차를 몰았다. 회사 바로 근처에 위치한 작고 아담한 모텔. 창문 하나를 사이에 두고 직원들은 열심히 일을 하고 있고, 사장은 애인과 함께 침대에서 뒹굴고 있다.

모텔의 넓고 쾌적한 침대에서 시간과 공간의 제약 없이 나누는 섹스는 매우 격렬하면서도 다이내믹하다. 그는 몇 번이나 사정과 발기를 반복하며 나를 무아지경으로 몰고 갔고, 그의 지배하에 나는 철저히 무너지고 타락되었다. 세 번째 관계가 끝난 후에야 그는 완전히 지친 듯 길게 드러누워 내 어깨를 감싸 안고 부드럽게 어루만진다.

"우리 직원들은 외근 나갔다는 사장이 바로 옆 건물에서 이러고 있다는 건 상상도 못 하겠지?"

그는 한숨을 쉬며 읊조렸지만, 장난기 넘치는 표정에서 오히려 즐거워하고 있다는 것을 느낄 수 있었다.

"낮에 이러고 있으니 기분이 정말 이상한걸? 이렇게 훤한 대낮에 모텔에서 섹스하는 것도 대학 다닐 때 이후로는 처음인 것 같은데."

그는 자신의 어깨가 어느새 축축하게 젖어든 것을 알고 깜짝 놀라 돌아본다.

"왜, 왜 우는 거야? 갑자기?"

난 그의 어깨에 기대어 소리 없이 울고 있었다.

"난 당신이 너무 좋아요. 이렇게 함께 있으니 행복해. 그런데…"

"그런데 왜? 행복한데 왜 그렇게 울고 있는 거지?"

"이것 때문에."

난 코를 훌쩍이며 그에게 휴대폰에 저장된 사진을 보여주었다. 바로 며칠 전 일요일, 그가 보내 준 유등 사진들이었다. 그는 주말 동안, 가족과 함께 본가인 진주를 내려갔었고, 마침 그곳에서는 유등 축제가 한창이었다. 그는 남강 유등 축제를 구경하며 내게 사진을 찍어 보내 주었다. 꽃, 나무, 인물, 동물, 집 등 갖가지 형태와 색채를 지닌 아름다운 유등들은 어두운 남강을 배경으로 눈부시게 반짝이며 그 화려한 자태를 뽐내고 있었고, 말 한마디 없이 사진들만 끊임없이 전송하는 그를 생각하며 난 그날 휴대폰을 붙잡고 눈물을 흘렸다. 비록 너와 함께 있진 못하지만 얼마나 네게 이곳을 보여주고 싶고, 지금 이 순간 함께하고 싶은지를. 아름다운 것, 좋은 것을 함께 보고, 공유하고, 같은 생각, 같은 이야기를 나누고. 난 그의 간절한 마음을 느끼며 그 곳에 내내 함께 있었고, 그의 눈을 통해 별빛처럼 아름다운 유등을 감상했다. 보내 준 유등 사진들은 휴대폰에 소중히 간직했다.

"난, 너무 고마웠어요. 당신이 이 사진들을 보내 줘서. 그 순간, 내 생각을 하고 나와 함께 하고 싶어해줘서. 당신이 너무 고맙고, 그립고, 속상해서 그날 정말 많이 울었어요."

"그래, 이젠 예쁜 것, 아름다운 것, 좋은 것을 보게 되면 네 생각부터 먼저 나. 그날도 유등 축제를 거닐며 네 생각 참 많이 했지. 지금 이 순간, 이곳에 너와 함께 와 있다면 얼마나 좋을까 하고."

"하지만 난 절대 그럴 수 없잖아."

허탈하고 우울한 마음에 짜증 섞인 울음마저 터져 나온다.

"왜 절대 그럴 수 없어? 그깟 유등 축제건 연등 축제건 언제든 함께 갈 수 있어. 우린 앞으로 함께할 날이 얼마나 많은데. 그러니까 울지 마."

좀처럼 울음을 그치지 않는 날 달래고 위로하느라 한참을 안고 있던 그가 갑자기 생각난 듯 물어본다.

"참, 김밥에 컵라면은? 진짜 가져왔어?"

"네. 솜씨가 아주 좋진 않지만 나름 열심히 싸 봤어요."

난 김밥을 만들 때 이것저것 재료를 많이 넣지 않는다. 온갖 다양한 재료를 한꺼번에 집어넣은 터질 듯이 뚱뚱하고 푸짐한 김밥은 분식점에서 사 먹으면 그만이다. 내가 만드는 김밥에는 재료가 딱 세 가지만 들어간다. 햄, 단무지 그리고 계란말이. 이 세 가지만 제대로 들어가도 판매용 김밥에 꿀리지 않는 맛있는 김밥을 만들 수 있다. 또 한 가지 비법은 반드시 김밥용 밥에 참기름과 깨소금, 식초로 밑간을 해준다는 것이다. 재료가 많이 들어가지 않으니 꼬마 김밥처럼 김밥의 크기가 작다.

"와, 진짜 맛있는데? 파는 김밥보다 나아."

"정말이에요?"

난 어느새 기분이 좋아져서 계속 되물었다.

"그럼, 정말 최고야! 재료가 많이 들어가지 않아도 햄의 짭짤한 맛, 계란의 고소한 맛, 단무지의 새큼달큼한 맛, 이 세 가지 엑기스가 잘 어울려 김밥 본연의 맛을 충실히 내고 있네. 무엇보다 네가 만든 거라 더 맛있어."

불륜 일기

"마음에 든다면 앞으로도 가끔 김밥 싸 올게요."

"그리고 우린 모텔에서 이러고 있고 말이지?"

그는 낄낄거리고 웃다가 이내 심각한 표정을 짓는다.

"난 나쁜 사장일까? 혼자서 신나게 땡땡이나 치고 있으니 말이야."

"직원들은 가끔 사장이 자리에 없는 게 더 편하고 좋을 거예요. 잠시나마 숨통이 트이는 기분일걸요?"

"그럴지도. 내가 자리에 있으면 직원들을 끊임없이 들들 볶아대는 스타일이거든. 잠시라도 가만두지를 않지. 그들이 제대로 일을 처리하지 않고 허술하게 진행하면 그냥 넘어갈 수가 없으니까."

"사장과 직원의 입장이 같을 수는 없죠. 사장은 회사의 이익과 이윤을 먼저 생각하게 되고, 직원은 자신에게 주어진 일만 하면 되니까."

"그럼 오늘 아예 들어가지 말까? 직원들 오늘 하루 마음 편하게 일하고 원하는 대로 일찍 퇴근할 수 있게."

"그래요, 그렇게 해요. 회사는 내버려두고 나와 하루 종일 놀아요. 영화도 보고, 낮술도 먹으러 가요."

그는 웃으며 고개를 저었다.

"그렇게는 안 돼. 내가 없으면 직원들의 정신 상태가 해이해질 테고, 그럼 일 진행이 제대로 안 될 거야. 그들이 원하건 원하지 않건, 난 사장으로서 자리를 지켜야 해."

그는 침대에 걸터앉은 채, 한꺼번에 두세 개씩 김밥을 입에 집어넣으며 말했다.

"그나저나 모텔에서 먹는 김밥과 컵라면, 정말 꿀맛이다. 이런 경험도 태어나서 처음 해 보는 거야. 너와는 정말 이것저것 신기한 경험을 참 많이 하게 돼. 하하."

"**난** 그날 이후로 네 눈물이 마음에 많이 걸렸어."

회사에 도착하자마자 나를 안아주고 입맞춰주며 그가 다정히 하는 말이다.

매주 그런 것은 아니지만, 주말에는 회사 건물 위층에 있는 홀에서 소규모 공연이 있거나 전시 및 행사가 열리기도 한다. 필요에 따라 그가 직접 나와 공연을 관람하거나 관계자들을 만나고는 하는데 오늘도 그러한 날이었다.

"아직도 마음이 울적하니?"

그가 무릎 위에 날 앉히고 물어본다. 난 그의 목을 감싸 안으며 고개를 저었다.

"나 때문에 울지 마. 내가 뭐라고 네가 눈물까지 흘리고 그러니. 난 그럴 만한 가치도 없는 사람이야. 유등 축제 가보는 게 소원이라면 내가 언제든 데리고 가 줄게."

"올해는 끝났잖아요."

"내년에 함께 가면 되지."

내년. 일 년 후를 기약하는 그의 말이 마치 농담 같다. 하지만 그의 얼굴은 진지하고 전혀 농담할 의도가 아니란 것을 안다. 그는 과연 언제까지 나와 함께할 생각을 하는 것일까? 우리에게 일 년이란 다른 이에게 몇 년의 시간처럼 오랜 기간과도 같고, 기약할 수 없는 먼 미래이다. 우린 이제 만난 지 반년 만에 남들 몇 년 걸려 만들 헤아릴 수 없이 깊은 감정과 수많은 추억을 쌓아 버리고 말았지만, 그럼에도 불구하고 한 치 앞도 모르는 불안한 나날을 보내고 있다. 그런 우리에게 지금부터 일 년 후라니 생각만 해도 꿈같다. 일 년 후, 지금처럼 그가 날 여전히 다정하게 안아주고 사랑한다고 말해 주었으면 좋겠다. 지금처럼 날 거칠게 밀어붙이고 완전히 가졌으면 좋겠다.

회사 건물 꼭대기에 위치한 세미나실의 차가운 책상이 맨살에 닿는 느낌이 소름 끼친다. 내가 살짝 떨자, 그는 자신의 카디건을 내 등 아래 깔아 준다. 바로 아래 4층에서는 열띤 공연이 이루어지고 있고, 이곳 5층에서는 격렬한 섹스가 이루어지고 있다. 각자 다른 일을 하고 있지만, 그 열기와 집중만은 서로 다를 바 없다.

공연이 모두 끝나고 그는 뒷정리 후 나와 함께 회사를 나섰다. 가을의 날씨가 청명하고, 높고 푸른 하늘이 싱그럽다.

"산책하기에는 정말 좋은 날씨야. 우리 오늘은 용산 전쟁기념관으로 가 보자. 그 앞 골목에 허름한 중국집이 하나 있는데 거기가 맛있다고 하더라. 일단 밥부터 먹자."

중국집에는 몇몇 아저씨들이 대낮부터 소주, 고량주를 놓고 떠들썩하게 이야기를 나누며 음식을 먹고 있다.

"고량주, 먹어 볼래?"

"아뇨, 지금은 술 안 먹을래요. 저녁에 마셔요."

황금 같은 주말, 그와 저녁 시간까지 함께 있을 수 있는 것이 꿈만 같다. 주말에 집을 나와 그와 시간을 보내는 것은 내게 너무나도 큰 대가를 치르게 하는 일이다. 아이들과의 소중한 시간도 포기해야 하고, 남편에게는 그 어떤 일일지라도 납득될 수 있는 핑계를 대야만 한다. 아직도 그를 만나기 위해 집을 나서고 차를 몰고 올 때, 아이들 얼굴이 눈앞에 어른거릴 때가 많다. 아이들에게는 언제나 떳떳한 엄마가 되고 싶은데…. 내 아이가 자라서 후에 나와 같은 행동을 한다면…. 때로 너무 괴롭고 고통스러운 심정에 당장 약속을 취소하고 차를 돌려 돌아가고 싶은 생각이 들 때도 많았다. 하지만 결국 나는 이렇게 그에게 다시 오고야 만다. 내게도 나만의 인생이 있는 거야, 자위하며 그렇게 최소한의 양심을 달리는 도로 길바닥 위로 던져 버린다.

탕수육과 짬뽕이 맛있다고 소문난 집인데 우리 입맛엔 그리 맛있지 않았다. 우리의 미각이 대다수의 사람들과는 다른 건지, 그래도 신기한 것은 우리 둘의 생각은 항상 똑같다.

"별로지?"

"내가 이보다 백배는 더 맛있는 중국집 많이 알아요. 저랑 나중에 거기나 가요."

점심을 대충 먹고 용산 전쟁기념관으로 갔다. 처음 가 보는 곳이지만 크게 기대는 되지 않았다. 그는 아이와 함께 와 본 적이 있다고 얘기해 준다. 우스운 일이다. 사랑하는 사이지만 우린 아무렇지 않게 가족과 여행 갔었던 이야기를 하고, 서로의 아이에 대한 대화를 나눈다. 항상 자상하고 가족에게 애정을 쏟는 그의 모습을 상상하기는 어렵지 않다. 그는 언제나 따뜻하고, 함께 있으면 온기를 느낄 수 있는 사람이다. 정말로 사랑받고 있다는 느낌이 들게 해 주며, 그러한 느낌은 마치 세상을 다 가진 듯 행복하게 만들어 준다. 그는 그런 사람이다. 사랑받고, 내가 사랑할 수밖에 없는.

"나 사진 한 장만 찍어줘."

알록달록한 조형물을 배경으로 휴대폰으로 그의 사진을 찍은 후 전송해 주었다.

"잘 나온 것 같아요. 나도 이 사진 간직할래."

"너도 한 장 찍어줄까?"

"아니, 난 싫어."

"네가 사진 찍는 걸 한 번도 본 적이 없어. 왜 그렇게 사진 찍는 걸 싫어하는 거야? 나와 같이 찍는 것도 아닌데."

"사진은 그냥 이미지일 뿐이에요. 모든 건 내 머릿속에 사진보다 더 생생히 저장되어 있어. 난 당신과 나누었던 모든 대화, 모든 행동 그리고 주위의 모든 배경 상황까지 다 기억해요. 그리고 그 모든 장면을 당장이라도 내 머릿속에 떠올릴 수 있어. 그런데 왜 굳이 사진이 필요해요?"

"나 네 사진 한 장도 없어. 갖고 싶단 말이야. 사진 하나만 찍어서 보내 줘."

"미련하게 증거를 남기는 짓 따위 안 하는 게 좋을 것 같아서요."

"증거라…."

그는 한숨을 쉬며 나무 벤치에 앉는다. 화창한 주말, 가족 단위의 입장객들이 많이 보인다. 도심의 지저분한 비둘기 떼가 발밑에 모여들어 먹을거리를 찾으며 우리 주위를 맴돈다.

"예상은 했지만 정말 볼 거 없네요."

"그렇지? 쓸데없이 넓은 공간에 별로 아름답지도 않은 조형물들만 드문드문 서 있고 조경도 그리 예쁘지 않아. 그래도 화창한 가을 날씨에 함께 산책하니까 기분은 좋네. 저쪽으로 가 보자. 뭔가 행사를 하고 있는 것 같은데."

야외 행사장 같은 장소에 많은 사람들이 줄지어 앉아 있고, 그 앞에서는 전통 혼례식이 한창이었다. 하객보다는 호기심에 바깥에 서서 구경하는 행인들이 더 많았다. 몇몇 외국인 관광객들은 신기한 듯 사진을 찍기도 했다.

"전쟁기념관에서 결혼식도 하는구나. 전통 혼례식이라, 재미있을 것 같아."

"보는 사람도 재미없고 하는 사람도 힘들 것 같기만 한데요? 무거운 족두리에 거추장스러운 활옷 좀 봐. 거기다 앉았다 일어났다 절까지 해야 하고. 게다가 이렇게 야외에서 모르는 사람들도 다 보고 있는데 너무 민망할 것 같아. 난 이런 거 싫어."

"한국 사람이면서 왜 전통 혼례식을 그렇게 안 좋게 봐? 다 이런 것도 추억이 되고 소중한 기억으로 남을 것 같은데."

"전통 혼례식은 외국 사람들이나 호기심에서 하는 거예요."

그는 어이없다는 듯 웃으며 한참을 걷느라 땀이 나니 아이스크림이나 먹자고 한다. 10월의 한낮은 아직도 햇살이 강하고 여름 날씨 같다. 언제쯤 무더운 기운이 가실까? 점점 봄, 가을이 짧아지고 여름과 겨울이 길게 느껴진다. 지금은 땀을 뻘뻘 흘리며 제발 더위 좀 가셨으면 하다가도 금세 날씨가 쌀쌀해지고, 지겹고도 긴 추위에 진저리치는 겨울이 성큼 다가오는 것이다.

"난 추운 건 정말 싫어요. 추위에 유난히 민감하기도 하고. 겨울이 오는 게 너무 싫어."

"넌 내가 있어서 올해는 겨울을 따뜻하게 보낼 수 있을 거야."

그래, 올해도, 내년에도, 매년 겨울을 그와 함께 따뜻하게 보낼 수만 있다면.

"너무 많이 걸었더니 또 배가 고파. 우리, 아까 중국집에서도 조금밖에 안 먹었잖아. 고기 먹으러 가지 않을래?"

"저야 고기 너무 좋아하죠. 어디 갈 건데요?"

"삼각지에 차돌박이로 유명한 맛집이 있어. 봉산집이라고 아주 오래되었고 사람들도 많이 오는 곳이야. 거기 가서 차돌박이 먹어 보자."

"그놈의 맛집 타령… 이번엔 진짜 믿어도 돼?"

"글쎄, 고기 맛이 다 거기서 거기지."

거기서 거기인 고기 맛. 그래도 손이 자주 가는 것은 사실이었다. 봉산집의 차돌박이는 얇고, 쫄깃한 식감이 먹을수록 고소하고, 기름진 향이 입맛을 돋운다. 불판 위에서 순식간에 타 버리기 때문에 빨리 집어 먹어야 되니, 뭐든 빠른 것, 일사천리를 좋아하는 한국인의 습성에도 잘 맞는 고기인 것 같다. 그래서인지 식당 안에는 저녁 먹기에 이른 시간임에도 차돌박이를 먹는 손님들로 꽉 차 있었다. 모두들 불판 위를 빠르게 손놀림해가며 고기를 뒤집고 쉴 새 없이 입으로 쑤셔 넣는 모습들이 정신없고 어수선해 보인다. 불에 닿자마자 둥글게 말리며 노릇노릇 익어가는 얇

디앍은 차돌박이들이 그와 몇 마디 나누는 사이 금세 짙은 갈색으로 타 들어 간다. 고기를 먹는 속도가 빠르니 술도 끊임없이 들어간다. 그래, 술과 함께 먹기엔 차돌박이가 정말 딱이구나. 배가 많이 부르지도 않고, 한 템포 빠르게 먹고 마셔댈 수 있으니.

"만족스러운 표정이네. 여긴 맛있나 봐?"

"어차피 고기는 어느 집이나 비슷하지 않나요? 그래도 자꾸 들어가긴 하네요. 술도 그렇고."

맞은편에 앉은 그의 모습이 조금씩 흔들린다. 왜 술은 시야를 흔들리게 만들까? 흔들리는 건 내 눈에 보이는 대상들이 아니라 불안하고 둘 곳 없는 내 마음인 것일까?

"당신은 날 언제까지 볼 거예요?"

"늙어 죽을 때까지, 죽."

"거짓말하지 마. 그럼 그 전에 다른 여자들은 왜 헤어졌는데?"

"그러는 넌 왜 예전 애인들과 헤어졌지?"

"난 그들을 당신만큼 사랑하지 않았어. 내가 이제껏 만난 사람 중 당신을 제일 사랑해요."

그는 고기를 뒤집던 집게를 내려놓고 말없이 술을 들이켰다.

"당신도 그래요? 그동안 만난 여자들 중 내가 가장 좋아? 당신 부인을 포함해서?"

"말했잖아. 사랑한다고 말한 여자는 태어나 네가 처음이야."

"고백은 내게 했어도 다른 사람들을 사랑하지 않은 건 아니었죠? 애인들과는 왜 헤어졌어요? 결혼 후 애인은 대체 몇 명이나 사귀어 본거야?"

그는 긴 한숨을 쉬며 짧게 대답했다.

"두 명."

그는 내게 거짓말을 하지 않는다. 거짓말을 하고 싶어 하지 않고, 굳이 내게 거짓말할 필요성조차 느끼지 않는다. 그런 그가 부인에게는 얼마나 크고 작은 거짓말을 늘어놓았을지 궁금하다.

"솔직히 얘기할게. 난 결혼 후 끊임없이 바람을 피워 왔어. 업소 여자든, 오래 만나고 정을 쌓은 애인이든. 한 번도 혼자인 적은 없었다고 보면 돼."

"소름 끼쳐요. 그런데 어떻게 한 번도 안 걸릴 수가 있지? 얼마나 거짓말을 능숙하게 잘하기에…."

"특별히 거짓말할 필요도 없었어. 크게 관심도 없고, 늦게 들어가거나 심지어 외박을 해도 와이프는 신경 쓰지 않아. 난 직장에 다닐 때도, 사업을 할 때도, 야근을 하거나 밤새워 일하는 일이 다반사였어. 특히 사업을 시작했던 처음 몇 년간은 며칠 밤낮을 집에도 못 들어가고 미친 듯이 일에 매달리곤 했었지."

"회사 시작하며 예전 애인을 데려왔다고 했었잖아. 만날 그녀와 밤새 일하며 함께 있었겠네?"

"아니야."

"일만 했겠어? 밥도 먹고 술도 먹고 섹스도 했겠지. 이거야말로 임도 보고 뽕도 따고 완전 그거네. 정말 역겹다, 회사에서 만날 그 짓이라니."

"전혀 연애하지 않았다고는 말 못 해. 하지만 그렇게 치부하지 마. 내가 회사를 이만큼 키워내는 데 얼마나 많은 시간과 노력을 쏟아부었겠어? 게다가 다른 직원도 있었는데 어떻게 회사에서 연애를 해? 그땐 내가 일중독자에 가까웠고, 관심사는 오로지 내 일에서 성공을 거두고 싶은 욕망뿐이었어. 일이 끝나고 그녀와 함께한 시간도 종종 있었지만 잠깐씩이었어."

"거짓말이야. 십 년, 십 년이라며!"

난 두 손을 얼굴에 파묻으며 울음을 터뜨렸다. 손가락 사이로 눈물이 흘러나오며 이내 테이블 위로 뚝뚝 떨어진다. 이상한 일이다. 사랑하고, 이렇게 나날이 감정이 깊어지기만 하는데 어째서 눈물은 점점 늘어나기만 하는 것일까? 사랑의 감정과 눈물의 양은 비례하는 것인가? 어째서 이토록 화가 나고 슬픔과 억울함을 이기지 못해 나 자신을 주체하지 못하고 비련의 여주인공처럼 눈물바다에 빠져드는 것인가? 내 얼굴 위로, 손 위로, 줄줄 흘러내리는 이 눈물은 연기인가, 진심인가?

"그만해. 과거 얘기는 더 이상 할 필요조차 없어. 왜 스스로를 자꾸 괴롭게 만들어? 나도 너무 괴롭고."

"왜? 옛날 애인 생각나니 너무 괴롭니?"

"괴로워하는 네 모습을 보는 내가 괴롭다."

괴로운 사람들이 많다. 나도, 그도, 옛 애인도, 그의 부인도, 나의 남편도 모두 비극의 주인공들이다. 식당 안에서 술과 고기를 끊임없이 들이켜는 수많은 손님들도 모두 괴로움에 몸서리치고 있는 것처럼 보인다. 얼핏 보면 인생은 희극의 성격을 띠고 있을지라도, 그 본연은 비극이라는 쇼펜하우어의 말이 틀린 말은 아니다. 그렇다. 지금 이렇게 술을 마시고 사랑하는 연인과 함께 있을지라도, 우리의 인생은 결국 죽음을 향해 달려가는 길고 긴 괴로운 여정일 뿐이다. 그와 나의 뜨겁고 달콤한 연애도 결국은 파국을 향해 치닫고 있는 것뿐이다.

"취한 것 같으니 이만 나가자. 바람을 쐬면 기분이 좀 나아질 거야."

가을밤, 선선한 바람이 술기운을 깨우지만 몸이 비틀거려 제대로 걷기가 힘들었다. 그는 좀비처럼 몸을 가누지 못하는 나를 꼭 붙잡고, 내 배낭을 둘러멘다. 체격 좋은 그가 조그만 푸른 배낭을 넓은 양어깨에 억지로 끼우니 끈은 마치 끊어질 것처럼 팽팽하게 당겨지고, 가방은 흡사 푸른 혹처럼 그의 등 위에 볼록 솟아 올라온다.

"딱 한 잔만 더 마셔요. 나 오늘은 엄청 취하고 싶어."

그의 팔을 잡아끌며 나는 혀 꼬부라진 소리로 앵앵거렸다.

"넌 이미 많이 취했어. 시원한 바람이나 맞으며 술 깨는 게 낫겠어."

"싫어, 싫어. 나 더 마시고 싶어. 게다가 당신은 너무 멀쩡하잖아."

길을 걷다 눈에 보이는 호프집으로 그를 무작정 끌고 들어갔다. 주말

저녁, 실내가 매우 넓은 맥줏집에는 젊은 사람들이 인산인해를 이루고 있었다. 이십 대 초반으로 보이는 젊은이들이 눈부신 조명 아래 연신 글라스를 부딪치고 목이 터져라 건배를 외쳐댄다.

"여기서 우리가 가장 나이가 많아 보여요."

"이제 그런 건 신경 쓰지 않기로 했어. 아까 고깃집에서는 펑펑 울어놓고 여기선 왜 또 딴소리야?"

우린 항상 남의 눈을 신경 쓰고, 어떻게 보일지에 전전긍긍한다. 뜨거운 감정과 다정한 분위기를 숨길 수밖에 없는 커플. 그래서 더욱 안타깝고 슬프다. 용서받을 수 없기에 더욱 애틋한 커플.

그러나 그는 지금 내 곁에 앉은 채 내 어깨를 꼭 감싸 안고 있다. 그에게 기대어 조용히 눈을 감았다. 오랫동안 미동도 않고 있는 그를 한참 후 올려다보니 그 역시 눈을 감은 채 깊이 잠들어 있다. 그의 어깨 위의 내 머리, 그 위에 얹어진 잠든 얼굴. 떠들썩한 호프집 안의 정신없는 분위기 속 낭만적인 두 중년 남녀는 한참을 그렇게 한 몸처럼 붙이고 앉아 있었다.

불륜 일기

A31. 2013. 10. 25. 금

　　스타벅스에서 노트북을 펴놓고 업무에 열중하는 그가 멀리서부터 눈에 띄었다. 검은 정장에 검은 트렌치코트를 입은 그의 뒷모습이 너무나도 멋져 보였다. 그래, 이제 쌀쌀함이 제법 느껴지는 완연한 가을이다. 그를 처음 만났던 4월, 꽃샘추위가 채 가시지 않은 봄날, 짙은 푸른색의 점퍼를 입고 환하게 웃으며 내게 다가오던 그의 모습이 아직도 잊히지 않는다. 처음 만난 그 순간부터 사랑에 빠져 버린 것이었다고, 우린 이렇게 될 수밖에 없는 운명이었다고 지금은 믿는다. 물론 그때는 전혀 몰랐지만.

　　10월의 제법 선선한 날씨는 그와 처음 만난 4월, 그때와 거의 흡사하다. 우린 곧 모든 날씨, 모든 계절을 함께 지내게 될 것이고, 곧 일 년이라는 세월이 우리 뒤에 남겨질 것이고, 그만큼, 아니 그 이상의 수많은 추억과 기억들이 우리를 웃고 울게 만들 것이다.

　　뒤로 살짝 다가가 어깨를 툭 치니 그가 돌아보고 웃는다. 반년 전, 내게 지었던 첫 미소, 그대로인 밝고 환한 웃음이 어김없이 나를 반겨준다.

　　"일은 잘 끝났어요?"

　　"응, 평가단 회의는 끝났고 아직 좀 더 처리해야 할 회사 업무가 남았는데 잠시만 기다려 줘."

　　다시금 노트북 화면에 집중하는 그의 옆모습을 뚫어져라 바라보았다. 희고 부드러운 피부, 이마 위로 늘어진 조금은 긴 듯한 앞머리, 일에 몰두할 때면 언제나 깊이 생각에 잠긴 듯한 엷은 갈색 눈이 미치도록 아름다워 당장이라도 그 얼굴에 키스를 퍼붓고 싶다.

　　"당신, 이발해야 할 것 같아요."

"그렇지? 요즘 바빠서 통 머리를 못 잘랐어. 조만간 자르러 가야지."

아직 사귀기 전, 그와 알게 된 지 얼마 되지 않아 만났을 때, 이발했다며, 자기가 어때 보이는지 물어보았던 기억이 난다. 그땐 왜 그런 걸 묻는지 의아했고 이해할 수 없었으나, 지금은 그의 마음을 분명히 안다. 처음본 순간부터 내게 빠져들었고 언제나 잘 보이고 싶었던 그의 솔직한 마음을.

"조금 이르긴 하지만 오늘 일도 여기서 종료해야지. 당신 여기까지 왔는데 즐거운 시간 함께 보내자고. 남대문시장이 바로 요 앞이니 같이 가보자."

대학생 때 친구들과 호기심 삼아 몇 번 와 본 이후 십오 년 만의 남대문시장 구경이다. 세월은 그토록 흐르고 난 이렇게 늙어 버렸는데 시장안의 풍경은 십오 년 전 그날의 기억과 조금도 다를 바가 없다. 문구점 도매 상가들이 늘어선 거리, 한 치의 빈틈도 없이 빽빽하게 매달려 있는 형형색색의 가방들, 크고 작은 식당들이 밀집한 좁은 골목, 일명 도깨비시장이라 불리는 수입상가 건물들, 눈부시게 번쩍거리는 액세서리들이 줄지어 놓은 좌판들까지, 그 긴 세월은 이곳 남대문 시장만 그대로 비껴간것만 같다. 그때와 다른 한 가지는 외국인 관광객들이 엄청나게 많아져서, 똑같은 풍경일지라도 마치 외국 재래시장에 온 것 같이 완전히 다른분위기를 풍긴다는 것이다. 국적조차 알 수 없는 수많은 다양한 외모의외국인들이 물건을 고르고, 가게 주인과 흥정을 하고, 먹을거리를 들고다니며 군것질하는 모습은 불과 십여 년 전만 해도 좀처럼 상상하기 힘든장면이었다.

"외국인들 천지라 오히려 한국 사람인 우리가 눈에 띄겠어."

그가 웃으며 내 손을 붙잡아 자신의 트렌치코트 주머니에 넣는다.

"주머니 속에 들어가 있으면 우리가 손잡은 게 안 보일까요?"

"글쎄, 저 여자의 한쪽 손은 대체 어디 있을까, 굳이 궁금해하는 사람이 있지 않는 한."

주머니 속에서 그와 꼭 맞잡고 있는 손은 따뜻하고 숄더백을 쥐고 있는 다른 쪽 손은 시리다. 내가 그토록 싫어하는 겨울이 어느새 이만큼 다가온 것만 같다. 그의 손은 항상 따뜻하다. 따스한 온기를 지닌 그의 두 손을 감싸 쥐면 따끈따끈한 손난로를 안고 있는 것 같다. 문득, 그의 말대로, 올해 겨울은 춥지 않을 것 같다는 생각이 들었다. 내 손도, 내 마음도.

"신기한 듯이 이것저것 구경하는구나. 뭐 갖고 싶은 거라도 있어?"

"마음에 드는 물건 있으면 사 주려고요?"

"네가 원하면 뭐든지 사 줄게."

순간, 얼마 전 잃어버린 선글라스 생각이 났다. 그와 하루 종일 함께 있었던 지난 주 토요일, 나는 평소 너무나도 아끼던 짙은 갈색 선글라스를 잃어버렸다. 그가 차 안도 샅샅이 살피고, 그날 함께 갔던 식당과 술집까지 다시 들러 물어보았으나 끝내 찾을 수가 없다고 했다. 마침 안경 상가가 밀집된 건물들 옆을 지나가고 있던 참이었다.

"딱히 생각나는 건 없는데요."

나는 안경 상가를 곁눈질하며 대답했다. 이렇게 안경이 많이 있고 수입 상가가 밀집된 곳이라면 잃어버린 것과 똑같은 선글라스를 다시 살 수도 있을 것이다.

"정말 없어? 생각나면 언제든 얘기해."

"내게 뭔가를 사 주고 싶으면 이런 시장이 아니라 백화점에 가서 비싼 걸로 사 줘요."

그는 주머니 속에서 맞잡은 내 손을 살짝 꼬집으며 웃는다.

"넌 정말 악녀야."

악녀. 많이 들었던 얘기다. 영화나 소설에서 흔히 볼 수 있는 치명적인 매력의 나쁜 여자, 팜므 파탈. 그러나 난 엄청난 매력이 있지도, 그렇게 나쁜 사람도 아니다. 적어도 내 생각에는.

'넌 정말 순수하고 솔직해. 착하고 선한 속내와 달리 일부러 왜곡해서 표현하는 방식과 행동은 꼭 악녀 같아.'

남자들에게서 많이 들었던 말이다. 내면은 순수하고 선한데, 외면은 나쁜 여자의 캐릭터가 어떤 건지 전혀 감이 오지 않는다. 하지만 많은 남자들은 분명 내가 그렇다고 말해 주었다. 그도 지금 주머니 속 내 손을 꼭 잡은 채 다정하게 눈을 맞추며 악녀라고 부르고 있다. 내가 과연 일명 '착한 악녀'라면 선한 마음, 나쁜 행동, 어느 쪽이 내 마음속 깊은 곳에서 결국 승리를 거두게 될까?

"예전에 직원들하고 회식했던 곳을 가 보려고 하는데 기억이 잘 안 나네. 무슨 횟집이었는데 나름 유명한 곳이었어."

기억을 더듬어 한참을 돌아다니다 그가 2층의 한 식당을 가리킨다.

"저기야, 막내횟집."

올라가는 계단이 좁고 가팔라서 높은 힐을 신고 오르기가 무서울 정도다. 두 시간 가까이 남대문시장 바닥을 이리저리 쏘다닌 것보다 계단 하나 오르기가 더 힘들게 느껴졌다. 횟집 안에는 손님들이 꽉 차 있었는데, 신기한 것은 여자 손님이 하나도 없는 것이었다. 대부분 아저씨나 연세가 있으신 할아버지들이었다. 미니스커트에 뾰족한 힐을 신고 또각또각 좁은 횟집 안을 들어서며 나는 주위의 시선이 집중됨과 동시에 약간의 불편함을 느꼈다.

"이 집은 왜 유명한 거죠?"

"글쎄, 잘 모르겠지만, 암튼 유명해. 직접 먹어보고 판단해 봐."

"회가 다 거기서 거기겠죠."

광어회와 소주의 궁합은 환상이다. 눈부시게 하얀 색의 깔끔한 생선회에 차갑게 목을 적시는 투명한 소주의 알싸한 향이 하루의 피로를 모두 날려 버릴 것만 같다. 엉덩이를 깔고 앉은 온돌 바닥의 온기가 따뜻하게 올라오는 것도 기분 좋다.

"우린 만날 '처음처럼'만 먹어요, 그렇지?"

"네가 좋아하니까."

"당신이 나와 처음으로 소주 마실 때 '처음처럼'으로 시작해서인지 그것만 먹게 되네요. 우리 항상 처음처럼 그때 그 감정, 설레던 기분 잊지 말아요."

"그래."

"난 아직도 당신 만나면 막 설레고 가슴이 뛰고 그래. 당신도 그래요?"

"음, 솔직히 요즘도 막 설레거나 두근거리거나 하진 않아. 그런 기분은 아주 처음에, 너랑 시작할 단계 때 느껴보긴 했지."

"당신, 감정이 식은 거야?"

그는 테이블 아래로 손을 뻗어 내 허벅지를 살짝 어루만진다.

"아니야. 처음의 설레던 감정, 가벼운 흥분, 이러한 느낌은 더 이상 없어도, 더없이 편안하고 안정적인 기분이 더 크게 다가와서 난 너무 좋아. 이젠 우리의 사랑이 안정기에 접어들었다고 하면 될까? 처음에 화산이 마구 분출되고 용암이 끓어오르던 시기는 지났지만, 휴지기에 접어들고 그 장대하고 거대한 위용을 드러냈을 때의 아름다움은 실로 놀랍잖아? 우리의 사랑도 지금 그런 단계인 거야. 더없이 아름답고 멋진 휴화산처럼."

함께 미소 지으며 술을 들이켜고, 서로의 눈을 깊숙이 들여다보며 그렇게 우린 서로의 마음을 다시금 확인하고 끊임없이 교감한다.

"일본 후지 산 가 봤어? 정말 아름다워. 너와 언제 꼭 한번 가고 싶다."

"후지 산은 더 이상 휴화산이 아니래. 언제든 다시 활동할 수 있는 활화산으로 다시 재분류됐어요. 요즘도 가끔 이상 징후가 발견되곤 한다잖아요."

"그래? 넌 정말 아는 것도 많아."

"우리 사랑도 그렇죠? 휴화산이 아니라 활화산처럼, 언제든 다시 마그

마가 펄펄 끓고 용암과 화산재가 마구 분출될 수 있죠?"

"그럼, 난 지금도 그래. 너랑 지금 자고 싶어 미칠 것 같아."

그가 내 손을 꼭 잡고 말한다.

432. 2013. 10. 29. 화

"저번에 남대문시장이 정말 재미있었어요. 오늘도 또 시장 구경하러 가요. 오늘은 막 길거리 좌판에서 떡볶이, 순대 이런 거 먹어 보자, 응?"

어린아이같이 졸라대는 나를 보며 그는 씩 웃는다.

"그럼 오늘은 광장시장 가 볼까?"

"와, 재미있겠다. 광장시장, 말만 들어봤지, 한 번도 안 가 봤어. 여기서 가깝나요?"

"가깝진 않지만 그래도 못 갈 건 없지."

광장시장 근처에 차를 세우며 그가 이야기해 주었다.

"회사 직원들하고 이곳에 저녁 먹으러 온 적이 있었는데, 여긴 포장마차와 온갖 먹을거리가 많거든. 뭘 먹을지 생각이 안 떠올라 직원들에게 각자 만 원씩 주면서 자기가 먹고 싶은 걸 마음대로 사 오라고 했지."

"그래서요?"

"그래서긴 뭐, 다 모아서 이것저것 배터지게 먹었지. 하하."

시장의 입구를 지나 안쪽으로 들어가자 그 유명한 포장마차 골목이 눈앞에 펼쳐진다. 광장 한가운데 십자형으로 길게 펼쳐진 포장마차 촌에 수많은 상인, 손님들이 뒤섞여 인산인해를 이루고 있고, 김밥, 떡볶이, 순대, 빈대떡, 각종 전 등 보기만 해도 군침이 도는 먹을거리들이 산더미처럼 쌓여 행인들을 유혹한다. 이른 저녁 시간이지만 앉을 자리 하나 찾기가 힘들다. 한참을 빙빙 돌다 겨우 한 자리를 발견해 둘이 꼭 붙어 끼어 앉았다.

"이거 좋네, 자리가 비좁아 어쩔 수 없이 붙어 앉을 수밖에 없는 것같이 보이잖아."

"그럼 이것도요?"

난 팔꿈치를 그의 허벅지에 올려놓았다.

"그렇지. 그리고 이것도."

그의 손이 내 허리를 감싼다.

"저 둘은 회사 동료지만 자리가 너무 좁아서 어쩔 수 없이 저러고 있는 거라고 다들 생각할거야."

눈부시게 환한 야시장의 불빛 아래 수많은 인파와 그 안에서 몸을 밀착시키고 있는 우리. 지금 이 순간 눈앞의 온갖 음식들과 지글거리는 냄새, 자욱한 연기 그 어느 것도 눈에 들어오지 않는다. 정신없이 돌아가는 시장의 풍경, 시끄러운 주변 소리와 분리되어 우리 두 사람만이 멈춰진 시간과 공간 속에 오롯이 있는 것 같다. 마치 둘만의 느리고 정체된 다큐멘터리를 찍는 것 같다.

"마약김밥? 저건 뭐죠? 김밥에 마약이라도 들어 있나요?"

"에이, 설마. 그냥 마약처럼 중독되는 김밥이라는 뜻이겠지."

생긴 건 평범한 꼬마 김밥이고 맛 역시 일반 김밥들과 크게 다를 게 없다. 우린 입안 가득 김밥을 문 채 얼굴을 마주보며 웃었다.

"별로 중독될 것 같진 않군요."

따끈따끈 김이 나는 빈대떡을 크게 잘라 한입에 집어넣으며 그가 말한다.

"맛을 떠나 길거리에서 이런 거 먹는 게 또 재미지."

"그런데 떡볶이는 너무 매워요."

"넌 커피도 못 마시고, 매운 것도 못 먹고 정말 어린아이 같아."

"하지만 술은 잘하잖아요."

"그래, 음주소녀. 넌 항상 유치하고 어린아이 같은 행동을 하지. 너랑 있으면 답답하고 분통 터지면서도 매번 달래주느라 힘들어 죽겠어. 그런데 이상하게 네가 밉지 않아. 화낼 때조차도 넌 예뻐 보이고 매력적이야. 이 귀여운 꼬마 악녀."

삼십 대 후반의 나이에 귀엽다는 말은 너무나 어색하고 불편하지만, 그에게서 듣는 그 말이 내게는 그 어떤 말보다 칭찬과 사랑의 의미로 다가온다. 내가 그를 미치도록 아름다운 사람으로 보는 것만큼 어이없고 정신 나간 짓이다.

"나, 이번 주 일요일에 연주 있어요. 당신 올래요?"

"내가? 내가 거길 어떻게 가니. 가족들이 올 거 아니야."

"이번에는 그냥 게스트 연주라서 가족들 안 와요. 친구들도 아무도 안 불렀어요. 당신 왔으면 좋겠어. 나 연주하는 거 한 번도 못 봤잖아. 메이크업하고 드레스 입고 무대에 선 모습 한 번도 못 봤잖아."

"물론 무대 위의 네 모습 너무 보고 싶어. 하지만 거길 가는 건 정말 아닌 것 같아."

"이번밖에 기회가 없어요. 이번이 처음이자 마지막이에요. 평소 내 연주에 남편이 자주 오는데, 이번 일요일은 중요한 약속이 있어서 끝나고 데리러 올 수 있다고만 했어요. 당신이 제발 와 줘요. 당신 앞에서 딱 한 번만이라도 연주하고 싶어요."

"나, 솔직히 내키지 않아."

"당신이 그렇게 좋아하는 내 연주, 실제로 볼 수 있어요. 그리고 당신은 항상 내가 예쁘다고 말하죠? 그날 공들여 화장하고 한껏 차려입은 모습은 이제껏 본 어떤 내 모습보다 화려하고 예뻐 보일 거예요."

"내 눈엔 네가 화장을 하건 안 하건 언제나 예뻐. 굳이 거기 가서 널 보지 않아도."

"제발, 제발 와 줘요. 이번 한 번뿐이야. 정말이야."

지친 듯한 표정으로 그는 거우 대답했다.

"네가 그렇게 원한다면 가서 볼게."

나는 단 한 장의 음악회 티켓이 들어 있는 봉투를 그의 손에 쥐어 주었다.

"꼭 와야 돼요. 이번 주 일요일 리스트홀 5시.

433. 2013. 11. 3. 일

독주건 협연이건 무대에 서는 일은 매번 떨리는 일이다. 하지만 오늘은 다른 데 온통 관심이 쏠려 있어서 언제나 나를 무섭게 괴롭히는 예의 그 긴장조차 전혀 느끼지 못했다. 그는 오지 않을 것이다. 말로는 오겠다고 했지만 그의 자신 없는 대답, 무심한 말투에서 나는 그가 오지 않을 거라는 걸 알았다.

지난 4월, 그를 처음 만나고 얼마 후 아마추어 앙상블 연주회가 있었을 때, 어이없게도 난 무대 위에서 그를 생각했었다. 그가 와 주었으면, 하다못해 화환이라도 보내 주었으면. 그때는 왜 내게 그런 생각이 들었는지 도무지 알 수 없었다. 왜 연주를 하면서 문득문득 그의 얼굴을 떠올렸는지, 연주가 끝나고 혹시나 그의 얼굴을 볼 수 있을까 한참을 두리번거렸던 이유를 결코 알 수 없었다. 이해할 수 없는 나의 행동과 생각이 어색하고 낯설게만 느껴졌었다. 하지만 지금은, 나 자신도 모르게 이미 사랑에 빠져 있었던 그때의 내 모습이 분명히 보인다. 연주가 끝난 후, 그가 축하 문자라도 보내지 않을까 휴대폰을 몇 번이나 들여다봤던 기억도 난다. 그래, 그때의 내 감정은 지금의 감정과 조금도 다르지 않았다. 단지 깨닫지 못했을 뿐.

4월의 연주회가 끝난 지 얼마 안 되어 전화 통화를 했을 때 그는 내게 물었다.

"연주 준비는 잘돼 가나요?"

"벌써 끝났는데요."

조금은 퉁명스럽게 대답하는 내 말투에 그는 적잖이 당황해했다.

"아, 그랬군요. 물론 잘하셨겠죠."

그때 왜 그렇게 기분 상하고 짜증이 났는지도 이젠 알 수 있다. 당시엔 머리로서도 절대 이해가 안 되던 나의 이상했던 기분들, 불안하고 어지러운 감정들이 이제야 가슴으로 완전히 이해가 되는 것이다. 그래, 난 처음부터 그와 사랑에 빠졌었다. 그가 날 처음 봤던 그 순간부터 반했다는 말을 몇 번이나 들어왔으면서도, 나 역시 마찬가지로 첫눈에 사랑에 빠져버렸다는 부인할 수 없는 진실을 반년이 지난 지금에서야 뒤늦게 깨닫게 된다.

갑자기 휴대폰 문자 알람이 울린다.

'나 여기 와 있어. 너무 배가 고파 근처에 있는 중국집에서 밥 먹고 있어.'

아직 연주 시간까지는 한 시간 정도 남았다. 나는 겨우 마음을 진정시키며 서둘러 식당으로 갔다. 아직 연주용 드레스로 갈아입지는 않았지만 무대 화장을 곱게 하고, 머리를 틀어 올린 채 식당을 활보하는 내 모습을 몇몇 사람들이 이상하게 쳐다본다. 그는 혼자서 자장면을 먹고 있었다.

"왔어요?"

일부러 아무렇지도 않은 척 그의 맞은편에 앉으며 쾌활하게 인사했다. 그가 와 준 게 꿈만 같다. 너무 반갑고 고마워서 당장이라도 눈물이 왈칵 쏟아져 나올 것만 같다.

"와, 정말 화려하게 화장했구나. 머리도 완전 미스코리아 스타일이네. 완전 딴사람같이 보여."

"이상해요?"

나는 왠지 쑥스러워져 눈을 내리깔았다. 두껍게 붙인 인조 속눈썹이 너무 무거워 눈꺼풀이 처질 것만 같다.

"못 보던 모습이라 조금 어색하긴 하지만 예뻐. 내 눈에 네가 뭘 한들 안 예뻐 보이겠어."

"와 줘서 너무 고마워요. 나, 당신 정말 올지 몰랐는데…"

"처음이자 마지막인데 뭘 못 해주겠어. 그런데 나, 집에서부터 자전거 타고 왔다."

그리고 보니 바람막이 점퍼에 스포츠 바지를 입고 선글라스까지 들고 있다.

"자전거 타는 당신, 정말 멋질 것 같아요."

"멋지긴. 그냥 아저씨지. 나 자전거 타는 거 아주 좋아해. 오늘도 운동 삼아 외출한다 생각하고 나왔어."

"내가 보고 싶어 온 거라고 말해요."

"물론 네가 너무 보고 싶었던 게 가장 큰 이유지."

"자장면은 맛있어요?"

"참, 여기 자장면 생각보다 맛있네. 기대 안 하고 들어왔다가 정말 맛있게 먹었어."

"맛있는 자장면이라도 먹고 가니 여기까지 온 게 아깝지는 않네요. 다행이다."

연주 시간이 다가오고 있어서 그와 오래 이야기 나눌 수는 없었다. 다시 무대 뒤 연주자 대기실로 돌아가서 내 차례를 기다려야 했다.

연주는 무사히 끝났다. 밝은 무대 위, 눈부신 조명 아래 서서 나는 눈을 크게 뜨고 객석의 그를 찾아보았지만, 인사를 하는 그 짧은 순간, 어두운 객석 안에 숨겨진 그를 찾는다는 건 불가능했다. 결국 무대 위에서 그를 찾아내지도, 눈을 마주치지도 못한 채, 아쉬운 연주를 해야만 했다. 내 연주가 끝나고 다른 이의 순서가 아직 남아 있어 아직 연주회가 끝난 것이 아니기에 원칙적으로 연주자의 외출은 금지되어 있었지만, 나는 뒷문으로 몰래 빠져 나와서 애타게 그를 찾았다.

그가 연주회장 바깥 로비의 계단 중간쯤에 혼자 서 있었다. 그때 그의 모습은 평생 절대로 잊지 못할 것 같다. 그의 표정은 밝지도, 그렇다고 어둡지도 않은 채, 조금은 모호했다. 그냥 쓸쓸한 미소를 지은 채 홀로 서

불륜 일기

서 저만치 떨어진 연주회장 뒷문 앞에 서 있는 나를 잠시 바라보았다. 한동안 눈이 마주치고, 우리는 이내 서로의 깊은 우울과 허탈함을 발견했다. 곧이어 그는 눈에 거의 띄지 않을 정도로 살짝 손을 흔들고 조용히 돌아섰다. 난 안타까운 탄식을 흘리며 그를 향해 뛰어가려고 했다.

"아직 연주회가 끝나지 않았으니 연주자 대기실로 돌아가 주십시오."

연주회장 직원이 나를 붙들며 강하게 제지를 한다.

"아, 잠시만요. 잠깐만…."

"빨리 돌아가 주세요."

나는 그 자리에 서서 저만치 로비의 계단을 천천히 올라가는 그의 뒷모습을 하염없이 바라보았다. 감정이 폭발하며 나도 모르게 눈물이 흐른다. 왜, 다가갈 수 없는 걸까. 왜, 다가올 수 없는 걸까. 연주가 끝난 후, 아무렇지 않게 꽃다발을 들고 내게 와 주었으면. 밝게 웃고 서로 인사 나누며 그렇게 얘기하고, 함께 사진 찍을 수는 없는 걸까. 혹시나 오게 될 가족, 친구들의 눈에 띌까 봐 잠깐의 연주만 보고 말 한마디 나누지 못하고 그렇게 조용히 떠나가는 그가 안쓰럽고 너무 미안한 마음에 눈물이 좀처럼 그치지 않는다.

여기까지 오게 해서 미안해요. 너무 무리한 요구를 해서. 당신 챙겨주지 못해서. 이렇게까지밖에 해 줄 수 없어서 정말 미안해요. 그리고 사랑해요. 수없이 되뇌고 가슴을 치며 난 그만 자리에 주저앉아 버렸다.

434. 2013. 11. 8. 금

금주와 다음 주 금요일, 연속으로 미팅이 있다. 강원 도내 예술문화계 관련 인사들을 대상으로 진행하는 회의 겸 프레젠테이션이었다. 회사 대표를 직접 만나고 싶어 하는 클라이언트의 요구에 그가 2주 연속 나와 동행하게 되었다. 이른 새벽에 만나 그와 함께 소노펠리체로 향하는 기분이 상쾌하다. 일찍 일어나기 힘들었지만 멋지게 정장을 차려입고 날 데리러 와 준 그의 모습을 보자 피곤함도 금세 가시고, 오늘 하루 함께 보낼 시간에 마냥 기대가 부풀었다. 새벽에 만나 밤늦게까지 같이 있을 수 있다. 우리가 이제껏 만난 이후 이렇게 오랜 시간을 함께 있었던 적이 있었던가? 한 번도 없었던 것 같다.

"멀리까지 같이 가 주고, 너무 고마워요."

"그쪽에서 요구하기도 했지만, 너랑 같이 갈 수 있어서 나 역시 너무 좋아. 내가 하는 일 중에 유일하게 마음에 드는 부분이야. 너와 함께 여기저기 다닐 수 있다는 거."

"하지만 회사를 비워야 되잖아요. 내 걱정 말고, 앞으로는 차차 홀로서기도 하고 그럴게."

"네가 못 미더워서 따라다니는 거 아니야. 나도 답답한 회사에서 빠져나와 너와 이렇게 나올 수 있어서 얼마나 기분 좋은지 몰라. 네게 일거리가 더 많아져야 할 텐데."

"그래요. 그럼 난 돈도 벌 수 있고 말이죠. 나도 이 회사 들어와서 유일하게 마음에 드는 부분이 당신과 함께할 수 있다는 거예요. 당신 아니었다면 진작 그만뒀을 거야."

"만약 네가 일을 그만둔다 해도, 난 널 계속 개인적으로 만날 거야."

대답하진 않았지만 언제나 같은 마음이다. 일과 상관없이 그를 평생토록 만나고, 함께하고 싶다. 우리가 나이를 먹고, 늙어서 더 이상 뜨거운 감정이 생기지 않고, 섹스가 불가능하다 해도 이렇게 친구처럼 언제까지나 함께 잘 지내고 싶다.

일찍 출발한 탓에 예상시간보다 훨씬 빨리 도착할 수 있었다. 우리는 소노펠리체 근처 숲길을 함께 산책하며 이런저런 이야기를 나누었다.

"벌써 날씨가 많이 쌀쌀해졌다, 그렇지?"

"맞아요. 난 추운 날씨 정말 싫어하는데. 여긴 강원도라 그런지 서울보다 더 추운 것 같아요."

아까부터 하얀 진돗개 한 마리가 계속 우리를 따라온다. 먹을 것을 바라는 것도 아닌 것 같은데, 끊임없이 우리 주위를 맴돌며 일정한 거리를 두고 따라다니는 모습이 신기하다.

"저 개가 네가 마음에 드나 봐. 계속 너만 쳐다보고 있어."

"살면서 남자들의 시선은 많이 느껴봤지만, 개한테까지 호감을 사기는 처음이네요."

"대단하네. 그 많은 남자들뿐 아니라 동물한테까지 사랑받고."

그가 웃으며 저만치 앉아 있는 개를 다시 돌아보았다.

"홍천 와 본 적 있어?"

"스키 타러 몇 번 와 보긴 했지만, 그것도 거의 십 년도 더 전의 일이네요."

대학생 때의 즐거웠던 추억들은 벌써 까마득히 오래전 기억들이다. 졸업을 하고 나서는 이상하게도 내게 행복하고 좋은 시간을 보낸 기억들이 별로 없다. 힘들기만 했던 프랑스에서의 유학 생활, 강의에 작품 활동을 하면서 정신없이 바쁘게 살았던 기억, 평범하고 무미건조한 결혼 생활 등에서 즐거웠던 기억을 찾기란 쉽지 않았다. 아니, 그 안에서도 분명 행복했던 순간들은 있었을 텐데. 인간은 망각의 동물이라는 말처럼 지나온 일들은 그렇게 쉽게 잊혀 버리는 것일까. 그렇다면 그와 내가 함께하는 지금 이 순간 행복한 추억도 결국은 망각 속으로 다 사라져 버리게 되는 것일까.

"저번에 연주회 때 와 주어서 너무 고마웠어요."

"그래. 나도 색다른 경험이었어. 사랑하는 이가 무대에서 연주하는 모습을 직접 볼 수 있어서 좋았지. 하지만 이젠 가지 않으려고."

"그래요, 이해해요."

"너의 가족들이 올까 봐, 나의 존재가 드러날까 봐 불편하고 어색한 그 느낌이 너무 싫었어. 역시 내가 갈 자리가 아니었다는 걸 다시 한 번 느꼈어. 네 연주는 지금처럼 녹음해서 나만이 듣게 해 줘."

"알겠어요."

그의 휴대폰에는 내가 직접 연주해서 녹음한 곡들이 30여 곡에 달한다. 때로 그가 듣고 싶다고 요청한 곡도 있고, 내가 평소 즐겨 연주하던 곡도 있다. 단 한 사람만을 위해 곡을 연주하고 녹음해서 주는 것은 처음 있는 일이었다. 그 역시 자신을 위해 직접 연주해 주는 그 누군가는 이전에도, 앞으로도 절대 없을 존재인 것이다. 그래, 우린 서로에게 그 이전에도, 이후에도 다시없을 그런 상대로 남을 것이다. 그만큼 그에게, 나에게 서로는 특별하고 소중하다.

미팅은 성공적으로 마무리되었다. 조금씩 경력이 생길수록, 회의를 진행할수록 좀 더 편안하게 할 수 있다는 자신감이 생긴다. 그런 느낌과 기분에 가장 큰 도움을 주는 건 역시 내 곁에 있는 그라는 든든한 존재이다. 오후 일정까지 다 끝낸 이후, 우리는 서울로 올라오는 길에 한 한적한 숲에 들러 함께 산책했다. 깊어진 가을, 빨갛고 노랗게 물든 단풍과 은행잎이 온통 화려하게 주위를 감싸고, 그 안에서 함께 나란히 걷는 우리에게 이곳은 천국이고 낙원이었다. 아무리 망각의 동물이라 할지라도, 낡고 오래된 일들을 망각해야만 다시금 새로운 기억과 추억을 쌓아가며 살아

불륜 일기

갈 수 있다 할지라도, 지금의 이 기분, 이 느낌은 절대 잊고 싶지 않다.

"나 사진 찍어줘."

짙푸른 소나무 숲을 배경으로 그가 환하게 웃는 모습을 휴대폰으로 찍는다.

"여기 낙엽 길이 너무 아름답다. 벤치에 앉아 봐, 예쁘게 사진 찍어줄게."

난 벤치에 앉아 그를 향해 고개를 돌리고 바라보았다.

"찰칵, 찰칵."

그는 마치 대단한 작품을 찍는 포토그래퍼처럼 매우 진지한 표정으로 몇 번이나 휴대폰의 버튼을 눌러댄다.

"별로 표정이 안 좋네요. 난 왜 항상 사진을 보면 얼굴이 어둡지?"

"사진뿐 아니야. 넌 때로 얼굴에 알 수 없는 그늘이 가끔씩 보여. 처음 봤을 때부터 느꼈고, 그래서 더 호기심이 생겼지. 저 여자는 왜 얼굴에 알 수 없는 슬픔이 깃들어 있을까? 어떤 사연이 있고, 어떤 아픔이 있기에 가끔 저런 표정을 짓고, 우울한 기색이 스쳐 지나갈까?"

"내가 항상 그래요?"

"아니, 그렇진 않아. 넌 날 만나 잘 웃고 얘기도 잘하지. 밝은 표정으로 환하게 웃는 널 보면 나까지 기분이 좋아져. 넌 특이하게도 입을 크게 벌리고 마치 남자처럼 너털웃음을 터뜨리지. 참 귀여워. 그런데 가끔 말없이 입을 다문 채 생각에 잠긴 듯 보일 때 종종 그늘이 느껴져서 왜 그런 건지, 무슨 이유라도 있는지 참 궁금해."

"내가 그러는지 몰랐어요. 이젠 우울한 표정은 짓지 않을게."

"앞으로 나와 함께하면서 네가 많이 웃고 행복했으면 좋겠어. 사람은 누구나 지나온 과거에 숨겨진 슬픔과 아픈 사연들이 있지. 그게 얼굴에도 자연스럽게 나타나는 것 같아. 이젠 네가 점점 밝고 환한 얼굴을 가지게 될걸? 내가 있으니까 말이야."

그는 보기만 해도 기분 좋아지는 웃음을 지으며 날 바라본다. 아름답다. 타는 듯이 붉은 낙엽보다도, 눈이 시리도록 짙푸른 녹음의 향연보다도 훨씬 눈부시게 아름답다.

"그리고 이 사진은 내가 간직할게. 붉은 단풍잎과 노란 은행잎 속의 네 모습. 내가 처음으로 가지게 되는 네 사진이야."

안 된다고, 그럴 수 없다고 대답할 수 없었다. 증거. 내 얼굴이 들어간 부인할 수 없는 확연한 증거. 절대로 사진만은 줄 수 없다고, 증거를 남기는 짓 따위 하지 않겠다고 몇 번이나 다짐했던 내게, 그는 그렇게 또 하나의 원칙을 무너뜨리며 내 안에서 자신만만한 웃음을 짓는다.

435. 2013. 11. 12. 화

"오늘 점심 메뉴는 뭐예요?"

"샌드위치와 모텔."

"환상의 궁합이네요."

우린 점심시간을 이용해 회사 근처에 위치한 모텔에서 짧고도 강렬한 섹스를 가진다. 서로의 몸을 탐닉하는 우리 곁에는 맛있어 보이는 샌드위치와 김이 모락모락 나는 커피가 놓여 있다.

"커피 식을 것 같아요."

조금은 짧은 듯 아쉽게 끝나 버린 섹스. 그러나 이내 다시 불타오르며 내 안으로 재차 들어오는 그를 힘껏 끌어안은 채 나는 가쁜 신음 소리를 내뱉었다.

"커피 따위는 신경 쓰지 마. 난 지금 너와 열 번이라도 할 수 있을 것 같거든."

『삼국지』의 명장 관우가 조조가 권한 술이 식기 전에 적장 화웅의 목을 베고 돌아오겠다는 명언을 남기고, 일기토에서 승리한 후, 채 식지 않은 술을 마셨다는 일화가 문득 생각났다. 아직도 따뜻한 커피. 우리는 과연 식지 않은 커피를 마실 수 있을까? 물론 번개같이 화웅의 목을 벤 관우보다는 훨씬 더 오랜 시간 나와 일기토를 해 주기를 원하지만.

강렬한 전투처럼, 비장한 결투처럼, 그렇게 두 번의 폭풍이 휘몰아치고 우린 침대에 힘없이 기대앉았다.

"커피가 미지근하네. 식어 버렸지만 그래도 먹을 만은 하다."

"내가 화웅보다는 강한 장수였던 거죠. 일기토에 시간이 많이 걸렸어."

"응? 갑자기 무슨 말이야?"

관우와 화웅의 결투, 식지 않은 술 이야기를 들려주자 그는 큰 소리로 웃음을 터뜨린다.

"넌 정말 엉뚱해."

그는 입을 크게 벌리고 샌드위치를 쑤셔 넣었다.

"배가 너무 고팠어. 왜 섹스를 하고 나면 항상 배가 고파지는 걸까?"

그는 먹을 때 정말 맛있게 먹는다. 음식을 앞에 두고는 언제나 원기왕성하고 의욕적으로 보이는 그다. 특히 시장할 때, 나와 밥을 먹는 모습은 술과 고기를 공격적으로 마시고 뜯는 장비의 모습 그 자체이다. 순식간에 샌드위치 하나를 먹어치우고 두 번째 샌드위치를 집어 들며 그는 내게 물었다.

"응? 넌 왜 안 먹는 거야?"

"배고프지도 않고, 무엇보다 손 하나 까딱할 힘조차 없어. 당신 다 먹고 나 먹여줘요."

"이런 어린애 같으니. 알았어. 이거 마저 먹고 먹어줄게."

"그거 알아요? 당신은 정말 뭐든 맛있게, 잘 먹어. 마치 먹기 위해 사는 사람 같아."

"제대로 봤네. 난 그런 사람이야. 먹는 건 삶의 즐거움이자 그 무엇과도 바꿀 수 없는 소중한 낙이지."

"우린 아귀도에 떨어질 거예요. 멈출 수 없는 식탐에서부터 갖가지 음행까지. 우린 너무 너무 탐욕적이야."

"난 음식을 사랑하고 너를 사랑하는 것뿐이야. 이것 때문에 지옥에 떨어진다면 그것 역시 감수해야지."

"당신 만약 한 번만 더 했다면 난 기력이 쇠진해 오늘 집에 가지도 못할 거예요."

"마음 같아선 너와 열 번이라도 하고 싶은데 실제로는 그렇지 않네. 사실 40대 성인 남성이 반복해서 여러 번 쉬지 않고 섹스를 하는 건 불가능

불륜 일기

에 가까워. 난 20대 때도 이런 적이 거의 없었거든. 그런데 너와는 그런 적이 꽤 많았지."

그는 한 손에 테이크아웃 커피잔을 그대로 든 채, 내게 길게 키스한다. 야채와 햄이 뒤섞인 샌드위치 냄새가 그대로 내 입속으로 전해진다.

"키스하니까 나 갑자기 배가 고파졌어요."

침대에 걸터앉은 그의 벗은 허벅지에 머리를 베고 드러누운 채 입을 벌리는 내게 그는 샌드위치를 먹여 주었다.

"여기 샌드위치 꽤 맛있네. 근데 케첩을 좀 뿌리면 더 맛있을 것 같아."

"넌 역시 어린애야. 이런 고급 샌드위치에 어울리지 않게 무슨 케첩이니?"

"아님 마요네즈라도."

"이런, 초딩스러운…."

그는 어이없는 웃음을 지은 채 한없이 사랑스러운 눈길로 바라보며 샌드위치를 한입 먹여주고, 생수를 한 모금 먹여주곤 한다. 난 정말 초등학생보다 더 어린아이처럼 그의 품속에 안겨 우물거렸다.

"정말 맛있었어. 그런데 난 왜 커피 안 줘요?"

"넌 원래 커피 안 마시잖아."

"그래도 그렇지, 샌드위치하고 생수는 너무 안 어울리잖아. 차라리 오렌지 주스를 사 오지."

"다음부턴 꼭 오렌지 주스 사 올게."

"다음에 또 점심시간에 모텔 오려고? 정말 근엄하신 사장님이 만날 이래도 돼요?"

"난 사장님이 아니라 너의 사랑스러운 애인이야."

그가 내 입에서 생수병을 뺏다시피 해서 낚아채더니 다시금 침대에 거칠게 눕힌다.

436. **2013. 11. 15. 금**

지난주에 이어 두 번째로 오는 소노펠리체이다. 그와 2주 연속 같은 시간에 만나, 같은 곳으로 멀리 함께 오니 마치 두 번의 같은 추억이 중복되어 우리의 기억 속에 아로새겨지는 듯하다.

"저번엔 우리 저쪽으로 산책했었잖아. 오늘은 이쪽으로 가 볼래?"

"비록 한 주 만인데 부쩍 추워졌어요. 나 미팅 때문에 미니스커트 입고 와서 오늘은 너무 추워. 그냥 차 안에 있을래요."

"그래, 그럼 시간될 때까지 차에서 기다리자."

"오늘은 그 하얀 개 안 보이네요. 우리한테 무지하게 관심 보이던."

"그러게. 갑자기 궁금해진다. 오늘은 왜 안 나오는 걸까."

그는 갑자기 생각난 듯 차 뒷좌석에서 상자 하나를 꺼내 내게 내밀었다.

"이거 한번 볼래?"

"이게 뭐예요?"

"선글라스야. 너, 저번에 나랑 같이 있다가 선글라스 잃어버렸잖아."

나는 어리둥절한 채 하얀 가죽 상자를 천천히 열었다. 칠흑처럼 까맣고 짙은 심플한 선글라스가 들어 있었다. 눈처럼 새하얀 가죽을 배경으로 눈부시게 번쩍거리는 안경을 무릎 위에 놓고 난 한동안 아무 말 없이 앉아 있었고, 그는 조금은 불안한 표정으로 내 눈치를 살핀다.

"왜, 마음에 안 들어? 마음에 들지 않으면 바꿔줄까?"

"그게 아니라… 나, 이런 거 받기 부담스러워요."

"부담 갖지 마. 나 때문에 안경 잃어버렸잖아. 그래서 주는 것뿐이니 편한 마음으로 가져도 돼."

"그게 왜 당신 때문이야. 내가 놀다가 어디서 흘리고 잃어버린 것뿐인데."

"어쨌든 나와 함께 있다가 없어진 거니 내게도 책임이 있어. 혹시 마음에 안 들어서 그런 거라면 바꿔 올까?"

잠시 머리가 멍해졌다. 날 생각해서 선물해주는 그가 눈물 나게 고마웠다. 사랑스러워 미칠 것만 같다. 동시에 마음이 무거워짐을 느끼며 이루 말할 수 없는 복잡한 감정들이 밀려왔다.

"내가 정말 이런 걸 받아도 되는 거예요?"

"그럼, 당연하지. 우린 서로 사랑하잖아. 선물 같은 거 언제든 주고받을 수 있는 거 아니야?"

"그럼 이런 거 말고 번쩍거리는 걸로 사 줘요. 금이나 보석 같은."

그는 그제야 안심이 되는 듯 환하게 미소 지었다.

"그래, 다음엔 그런 걸로 사 줄 테니 이건 네가 가져."

"정말 마음에 들어요. 난 심플한 스타일을 좋아하거든요."

그의 앞에서 껴보고 거울도 계속해서 들여다보는 날 그는 만족스러운 표정으로 한동안 바라본다.

"잘 어울리네. 돈 많은 귀부인 같아. 지금 막 땅 사러갈 것 같은."

"귀부인이면 손가락에 뭔가 가득 끼워져 있어야지."

나는 양손을 들어 보이며 짐짓 억울한 듯이 대답했다.

"왜, 반지 사 줄까?"

"반지건 목걸이건 귀금속은 모든 여자들의 로망이죠."

"내가 반지 사 주면 넌 하고 다닐 거야?"

"당신 만날 때만 끼고 나갈게."

"쳇, 넌 역시 악녀라니까."

잠시 동안의 침묵이 흐른 후에 난 물었다.

"애인한테 반지 사 준 적 있어요?"

"솔직히 말해야겠지?"

그는 잠시 뜸을 들이다가 이윽고 대답했다.

"넌 분명 또 그녀 이야기를 하고 있는 거겠지. 대답부터 하자면, 준 적 있어."

"역시, 당신은 언제나 그렇듯 날 실망시키는군요."

"그래, 그게 그렇게 실망스럽다면 어쩔 수 없지만 말이야. 변명이랍시고 한다면, 하루는 그녀가 날 억지로 끌고 어딘가로 데려갔지. 꼭 사고 싶은 게 있다면서 말이야. 난 어디로 가는지도 몰랐고, 따라가 보니 그곳은 귀금속 가게였어. 거기서 그녀는 원하는 반지를 요구했고 난 사 주었어. 그게 처음이자 마지막이었어."

"그래도 내겐 당신이 자발적으로 사 주는 거네. 조금은 위안이 되는구나."

"말했잖아, 누군가에게 사랑한다고 말한 것도 처음이고, 요구하지도 않았는데 내 의지로 여자에게 선물하는 것도 처음이야."

"어쨌든, 난 당신한테 반지 같은 건 안 받을래. 이미 다른 사람에게 해 봤던 반지 선물 따윈, 받고 싶지도 않아."

"그래. 어차피 끼지도 않을 반지, 네게 줘 봤자 소용없겠지."

"대신 목걸이나 팔찌로 줘요."

"팔찌나 목걸이가 갖고 싶어?"

"갖고 싶다기보다는, 뭐 그냥, 예쁜 것 화려한 것 하나쯤 더 있어서 나쁠 건 없으니까. 그런데 반지보다 훨씬 금이 많이 들어가는 건 알고 있지?"

"이 악녀야, 그런 것쯤은 나도 알고 있어."

오후 일정이 모두 끝나고 그와 나는 또다시 산책을 하게 되었다. 우린 산책로에서 일부러 멀리 떨어져 나와 한적한 숲길을 골라 다녔다. 딱 한 주 만에 다시 오는 가을의 숲이었지만 그사이 잎은 벌써 거의 다 떨어져 있었다. 빛바랜 낙엽들이 발밑에 덩어리 채 굴러다니고, 울창하던 숲과 나무들은 앙상한 가지들로 인해 휑하고 썰렁해 보였다.

"너무 슬프네요. 이렇게 가을도 다 지나가 버리는 것 같아."

"그러게. 한 주 만에 너무 달라져 있으니까 이상하다."

그리 크지 않은 나무들로 둘러싸인 좁은 오솔길 한편에 선 그의 머리 위로 장난스럽게 나뭇가지를 흔드니 수명이 다한 갈색의 낙엽들이 우수수 떨어지며 그의 머리 위에 수북이 쌓인다. 그런 그를 보며 난 깔깔거리며 웃어댔고, 그는 짐짓 화난 표정을 지으며 내 허리를 거칠게 잡아당겨 안았다. 온통 낙엽들로 둘러싸인 한적한 숲 속에서 사람들의 눈을 피해 그와 나는 짧지만 달콤한 키스를 나눈다. 잎사귀와 낙엽 부스러기가 남아 있는 그의 머리와 옷을 털어주고, 우린 아무렇지도 않게 다시 행인들 틈으로 돌아온다.

서울로 돌아가는 차 안, 나는 새로 선물 받은 선글라스를 낀 채 창밖을 응시하고 있었고, 그는 한 손으로 내 손을 잡은 채 운전을 하고 있었다. 갑자기 내 손을 감싸 쥔 그의 손아귀에 힘이 들어간다.

"우리, 저기 가자."

그는 길에서 저만치 떨어져 서 있는 마치 성처럼 거대한 모텔 하나를 가리켰다. 외곽에 위치한 수많은 모텔들. 많은 불륜 커플들을 위해 도심에서 멀리 떨어져 위치한 일탈과 욕망의 공간에 드디어 우리도 발을 들여놓게 되는 것일까.

"캘리포니아. 이름처럼 화려하고 멋지네요."

주차장으로 들어서는 입구에서부터 온갖 불빛들이 휘황찬란하게 번쩍거리고, 예쁘게 손질된 나무와 화분들이 새로이 방문한 불륜 커플을 반겨준다.

서울에서는 본 적 없는 둥글고 넓은 침대 위에 레이스까지 달린 화려한 커튼이 드리워져 있고, 사방엔 거울이 번쩍거리며 침대와 방 구석구석까지 비춰주는, 이색적이면서도 낯선 분위기를 풍기는 방이다. 그는 들어오자마자 참기 힘들었다는 듯 나를 안고 침대 위로 거칠게 넘어뜨린다. 나 역시 기다렸다는 듯 그의 서츠와 바지를 서둘러 벗기며 키스를 퍼부었다. 우리의 거주지, 회사, 알 만한 사람들, 일에서 모두 벗어나, 멀리 외따로 떨어진 바다 건너 외국, 캘리포니아. 이 먼 곳에서 우리의 감정은 더욱 격해지고 움직임은 더욱 자유로워졌다. 나는 마음껏 소리치고 신음을 내질렀다. 그도 마치 이성을 잃은 듯, 허벅지를 물고 목덜미에 잇자국을 내고, 엉덩이를 찰싹 소리 내어 때리기까지 한다.

"더, 더 아프게 깨물어줘요, 제발…"

그는 내 표정을 한번 살피고는 다시 가슴을 세게 깨물고 힘껏 흡입한다.

"가슴에 상처가 생겨 버렸어. 딱 봐도 멍 자국 같아. 괜찮겠어?"

"괜찮아. 어차피 남편은 내 몸을 절대 보지 않으니까."

천장 위 거울에 비치는 우리의 모습이 에로 영화의 남녀 주인공인 것처럼 낯설고 신기하게 느껴진다. 나신의 두 남녀가 서로를 탐하고 물고 때리고 누르고 밀고 당기고 하는 모습이 로맨틱하고 아름다운 사랑의 광경이 아니라, 마치 지옥에 떨어져 괴로움과 고통에 몸부림치는 불쌍한 인간들의 군상을 보는 듯하다. 내 아랫도리에 고정되어있는 그의 머리를 세게 움켜쥐며 나는 지옥 끝자락까지 떨어진 타락한 영혼의 부르짖음을 힘껏 내지른다.

잠시 후, 그는 지친 듯 잠에 곯아떨어졌다. 고통과 괴로움의 지옥도, 불쌍한 영혼들의 군상도 모두 사라지고, 세상모르게 깊이 잠든 그만이 내 곁에 남아 있다. 더없이 순수하고 나약해 보이는 그의 잠든 모습. 어린아이 같은 그의 얼굴을 오랫동안 쓰다듬고 손을 꼭 붙잡은 채 한없이 바라본다. 그는 자다가 가끔씩 괴로운 듯 얼굴을 찡그리거나 깊은 한숨을 내쉬었다. 방금 내가 느꼈듯이 그 역시 꿈에서 지옥의 광경을 보기라도 하는 것일까? 그 지옥이 내가 사랑하는 이 사람이 가야 할 곳이라면 나도 따라갈 것이다. 그곳이 어디든.

불륜 일기

A37. 2013. 11. 19. 화

"이젠 산책하기에 제법 쌀쌀한 날씨가 돼 버렸어. 그래도 걷는 게 좋긴 하지?"

"저야 항상 당신과 함께 걷는 게 너무 좋죠. 사랑하는 사람과 함께여서 마음이 훈훈해서인지 추운 것도 잘 못 느끼네요."

"오글거리는 말이다. 남자들한테 많이 써먹어 본 작업용 멘트 아니야?"

"난 평생 남자들에게 작업을 걸 필요가 없었어. 항상 그들이 다가왔으니까. 당신처럼."

"그래, 난 네게 그랬지. 분명히."

키가 크고 울창한 과천 서울대공원의 나무들은 변함없이 싱그러운 미소를 지으며 우리를 반겨준다. 한없이 뻗어 있는 나무들의 숲, 드높은 하늘과 짙푸른 강물을 만끽하며 걷는 우리에게 자연은 언제나 감사하고 소중한 존재이다. 격한 운동을 즐겨하기는 했어도, 자연을 느끼고 감상하며 천천히 걷는 산책은 거의 해 보지 않았던 내게 그는 서울대공원이라는 훌륭한 데이트 장소를 알려주었고, 함께 걷고 이야기 나누는 큰 기쁨을 느끼게 해 주었다. 자연을 사랑하고 산책을 즐겼던 예술가, 문학가, 철학자들처럼 우리도 오랜 시간을 걸으며 인생 이야기, 일 이야기, 사람 이야기로 꽃을 피운다.

"산책도 산책이지만 밥도 중요하지. 오늘은 뭐 먹을까?"

"나, 오늘은 밥 먹고 싶어요. 된장찌개에 하얀 쌀밥. 오늘 하루 종일 밥 한 끼 못 먹고 작업실에서 빵이랑 컵라면으로 대충 때웠거든."

"왜 밥도 안 먹고 돌아다니고 그래? 다음부터 그러지 마."

"바쁘기도 했고 마음의 여유도 없었어요."

회사를 경영하는 그와 마찬가지로 나 역시 하루하루 바쁘고 정신없이 산다. 일이 밀려 있고 마음이 조급할 때면 시간이 어떻게 지나가는지조차 모르고 살 때가 많다. TV 프로 한번 제대로 못 보고, 느긋이 앉아 책 한 권 편안히 읽을 여유조차 없이, 일과 가정에 매달려 사는 내게, 그를 만나는 때만큼은 마치 정지된 시간과도 같다. 모든 것이 느리게 돌아가고, 우리를 둘러싼 배경, 주위 상황들이 마치 꿈결처럼 비현실적으로 느껴진다. 그래서 나는 없는 시간을 쪼개어서라도 그토록 기를 쓰고 그를 만나려 하는지 모른다. 그를 만나는 시간 동안만이라도 모든 걸 내려놓고 편안한 마음으로 현재를 즐기고, 온전히 나만을 위한 시간을 가지고, 인생의 즐거움, 여유로움을 느껴보고 싶었다.

"내가 예전에 과천에서 근무했을 때 자주 가던 청국장 집이 하나 있어. 오랜만에 거기나 한번 가 보자."

내가 청국장을 먹은 것은 불과 얼마 되지 않았다. 사실, 먹을 기회가 없었다. 그 특유의 냄새 때문에 어머니는 청국장을 매우 싫어하셨고, 집에서 먹은 기억이 한 번도 없다. 그렇다고 밖에서 친구들과 청국장 집을 찾아가 먹어본 적도 없다. 결혼한 이후, 입맛이 까다로운 남편을 위해 이것저것 해 보다가 의외로 즐겨 먹는다는 것을 알게 되었고, 자주 밥상에 올리게 되었다.

청국장 집에는 손님들이 아주 많았고 대다수는 아저씨들이었다. 나이가 들수록, 토속적이고 전통적인 음식을 더욱 찾게 된다. 어렸을 때, 나는 양갱을 먹는 것을 도무지 이해하지 못했다. 어린이날이나 생일날, 특별히 받게 되는 어린이 과자선물 세트에서도 양갱이 들어 있으면 항상 불평하며 빼놓았다. 까맣고 길쭉한 이상하게 생긴 젤리 같은 덩어리를 도대체 무슨 맛으로 먹는 건지 알 수 없었다. 그런데 어른들은 항상 말씀하셨다. '나이가 들면 팥이 좋아진다고. 양갱이 맛있어진다고.' 부드럽고 하얀 크림빵을 좋아했던 나는 팥빵도 거의 먹지 않았다. 어쩌다 팥빵을 먹게 되면 그 많은 검은 팥을 몰래 골라 빼내었던 기억도 난다. 이제 양갱과 팥빵은 나이를 먹은 내가 가장 좋아하는 군것질거리 중 하나가 되었다. 부드럽고 달착지근한 양갱을 씹고 있으면 기분이 좋아지고, 빵집에 가면 항상 팥빵부터 집어 든다.

누런 청국장이 냄비 안에서 보글보글 끓고 있는 가운데 우린 마주앉아 얘기를 나눈다.

"넌 요리 잘하니?"

"그럼요, 전 뭐든 잘해요. 청국장도 정말 맛있게 끓여요."

나는 말캉한 두부와 함께 구수한 냄새를 풍기는 청국장을 한 숟갈 떠서 입으로 가져갔다.

"음, 나쁘진 않네. 하지만 내가 하면 이보다 백배는 더 맛있게 끓일 수 있어."

"어떻게 하면 맛난 청국장을 끓일 수 있는 건데?"

"맛있는 청국장을 사면 돼요."

"뭐야, 그런 얘기는 나라도 할 수 있겠다."

"하지만 사실이에요. 요리는 재료가 제일 중요한 거거든요."

김치찌개는 김치가 맛있어야 칼칼한 국물 맛이 살아나고, 해물탕은 각종 해물의 신선함이 깊은 맛을 내며, 갈비는 특등급 한우를 사용해야 입에 사르르 녹을 정도로 맛있다는, 너무나 당연한 사실을 그에게 말해 주었다. 훌륭한 재료의 질이 훌륭한 음식 맛을 좌우하는 것처럼, 연애에서도 선남선녀가 만나 사랑에 빠지면 더 아름답고 로맨틱한 연애가 되는 것이다. 남들이 부러워할 외모나 능력의 젊은이들이 사귀면 사람들은 정말 잘 어울리는 커플이라며 부러워하거나 질투를 할지언정, 대부분 아낌없이 축복해 준다. 도덕적으로 용인이 안 되는 남녀의 잘못된 만남과 사랑은 마치 부패한 재료로 만들어진 위험한 음식과도 같다. 잘못 섭취했다가는 식중독을 일으키거나 크게 탈이 날 수 있는 것이다.

"너와 결혼했으면 어떨지 정말 궁금해. 만날 맛있는 요리를 해 주고 섹스를 하고 알콩달콩 즐겁고 행복하게 살았을까?"

"당신과의 결혼 생활, 정말 상상이 안 가요. 당신은 저와 결혼했어도 항상 바쁘고 정신없이 일에 파묻혀 살았겠지요. 많은 여자들과 끊임없이 바람을 피워가며."

"글쎄, 너 같은 성격의 여자를 아내로 맞이했다면 바람피우기가 쉽지 않았을 거야. 넌 굉장히 예민하고 눈치가 빠르잖아. 그리고 매우 직설적이고 거침없이 표현하지. 감히 바람피울 엄두조차 못 냈을 것 같아."

"당신은 외도를 많이 해 왔잖아요. 아내를 사랑하지 않아서 바람을 피우는 건가요?"

"어려운 질문이다. 사랑이라…. 솔직히, 사랑한다고도, 그렇다고 사랑하지 않는다고도 말할 수 없다고 하면 정답이라고 할까? 이해가 될지 모르겠지만, 가정이라는 테두리 안에서 내가 생계를 책임지고 가장의 역할을 하는 데에 사랑이라는 뜨거운 감정까지 굳이 요구된다고 생각하지 않았어. 상대가 원하는 걸 해 주고, 맞춰 주고, 생계를 책임져 주는 등 내 의무를 해내면 그만이라고 생각했지. 그렇다고 믿거나 전혀 감정이 없냐고 묻는다면 그것도 아니야. 그냥 사랑이라는 감정이 우리 부부 사이에 있든 없든, 그게 내겐 어떤 의미가 있는 게 아닌, 아무 상관없는 일처럼 되어 버린 거야. 하지만, 어쩌면… 난 처음부터 이렇게 살지 않았을 수도 있었어. 만약에…."

그는 뭔가를 말하려다가 갑자기 입을 다문다. 그의 눈에 담긴 알 수 없는 공허한 그림자를 읽고 난 더 이상 캐묻지 않았다. 그래, 사람은 누구나 각자의 말 못 할 사정이 있다. 그가 이렇게 된 데에도, 아내와의 사랑이라는 감정의 필요 유무와 상관없는 삶을 살게 된 데에도, 어떠한 계기와 숨겨진 스토리가 있을 것이다. 물론 처음부터 그러한 삶을 꿈꾼 건 아니었을 것이다. 하지만 인생은 우리가 바라는 대로, 계획한 대로 진행되지 않는다. 우리는 그렇게 예기치 못한 방향으로 자꾸만 접어들며 예상할 수 없는 인생을 살아간다. 그도, 나도.

"**나** 어제 과음한 술이 아직도 안 깼어. 해장국 먹으러 가지 않을래?"

얼마나 술을 마셨기에 전날 먹은 술기운이 오후 늦게까지 남아 있다는 걸까? 그는 고객들과, 협력업체 사람들과 잦은 술자리를 가진다. 비즈니스 차원이긴 해도 그가 다른 사람들과 그토록 자주 술을 마시는 상황이 썩 마음에 들지는 않는다. 나와 만날 때 역시 대부분 술이 빠지지 않는데도, 그가 원래 술과 만남을 무척 좋아하는 사람이라는 사실을 분명히 알면서도, 난 그냥 집에 일찍 들어가라고, 술은 많이 마시지 말라고 마치 아내처럼 끊임없이 잔소리를 해댄다. 그는 종종 잔뜩 취해서 내게 문자를 보내고, 난 그가 몇 시쯤 집에 들어가는지, 음주 운전은 하지 않는지, 무사히 귀가는 잘 했는지 등을 끊임없이 묻고 확인한 후에야 안심하고 잠이 드는 것이다. 우스운 사실은, 그가 잘 들어갔는지 확인한 그 집은 내가 아닌, 다른 여자가 있는 그의 가정이다. 나는 언제나 그에게 아내에게 서둘러 가라고 종용하는 꼴이다. 그가 만취해서 집에 들어가 잠들어 있는 아내를 덮친다면? 아내와 밤새도록 뜨거운 사랑을 나눈다면? 상상만 해도 질투가 나고 화가 치밀어 미쳐 버릴 것만 같다. 그래도 매일 밤, 난 그에게 어서 집에 들어가라고, 과음하지 말고 빨리 집에 들어가 쉬라고, 푹 자고 좋은 꿈 꾸라고, 이러한 말밖에 할 수 없다. 결코 그를 내게 오라고 할 수 없으니.

어젯밤 늦게 그는 술을 많이 마셨다고, 취하니까 더 보고 싶다며 카톡을 보냈다. 끊임없이 사랑한다는 말을 보내는 그와, 깊이 잠든 남편 옆에 누운 채 등을 돌리고 '나도 사랑해요'라고 몰래 화답하는 우리 두 사람이 우리 자신에게도 절대 이해되지 않는다.

'내가 너보다 천 배는 더 사랑할 거야. 사랑해, 진심으로.'

순간, 그가 보낸 문자의 글자 하나하나가 살아나서 나를 에워싸는 것만 같았다. 획수 하나하나가 깨어 일어나서 나를 붙들고 늘어져서 거머리처럼 절대 떨어지지 않을 것 같다. 소름이 좍 끼친다. 소름 끼치게 행복하다.

"당신, 어제 나보다 천 배는 더 사랑한다고 말했던 거 알아요?"

그는 정말로 놀란 듯이 되묻는다.

"내가 그런 말을 했단 말이야?"

"정말이라니까. 아, 문자를 다 지워 버려서 보여줄 수가 없네. 아깝다."

우리는 일정 간의 대화 후 문자나 통화 내역을 모조리 삭제하는 것이 일상으로 되어 있다. 그와의 뜨거운 대화 후, 그 모든 사랑의 언어를 지우는 것은 마음 아픈 일이다. 기록으로 남겨지지 않은 채 순식간에 사라져 버린 그 많은 달콤한 대화와 애틋한 사랑의 표현들. 우리의 뜨거운 사랑이 그렇게 손가락 움직임 하나에 소멸되어 버리는 것만 같다. 그는 몇 달 전, 내가 사랑의 고백을 강요한 이후, 나보다 사랑한다는 말을 더 많이 하고 표현에 거침이 없다. 그토록 사랑한다는 말을 꺼리던 그가 맞나 의심스러울 정도이다. 때로 그는 요즘은 자신이 더 사랑한다는 말을 많이 한다며, 너는 좀처럼 하지 않는다며, 너무 억울하다고 투정을 부리기까지 한다.

뼈다귀 해장국 집에는 이른 저녁임에도 많은 손님들로 가득 차 있다. 음식이 나오기 전, 나는 그에게 작은 상자 하나를 내밀었다.

"이거, 풀어 봐요."

"뭔데? 내게 주는 거야?"

"장갑이에요. 요즘 뉴스에서 연일 떠들어대는데 올겨울은 유난히 춥대. 마치 시베리아 한겨울 날씨 같은 혹한이 예상된다나? 시베리아에 있는데 장갑 하나쯤 없으면 되겠어요?"

　　　　　　　　　　　　　　　불륜 일기

그는 짙은 회색의 양모 장갑을 끼고 조금은 어리둥절한 모습으로 양손을 번갈아 바라본다.

"난 원래 장갑을 끼지 않아. 추위를 많이 타지도 않고 항상 손이 따뜻한 편이거든. 하지만 네가 준 거니 열심히 껴 보도록 할게."

"그래요, 손에 땀이 차더라도 꼭 끼도록 해요."

"정말 고마워, 내 생각해 줘서."

선물은 그런 것이다. 꼭 무언가 예쁘고 값비싼 물건이 생긴다는 의미를 떠나 상대가 내 생각을 해 주고, 그 순간 그의 마음속에 내가 온연히 존재한다는 사실이 고맙고 기쁜 것이다. 난 올해 겨울이 유난히 춥다는 뉴스를 듣고 맨 먼저 그를 떠올렸고, 잦은 외근에 고객을 만나느라 항상 바쁘게 다니는 그가 추위를 잊고 따뜻하게 지냈으면 좋겠다는 생각을 했다. 백화점에 들러 한참이나 장갑을 고르고 껴보고 하면서 그가 내 곁에 있어서, 내 마음을 전달할 수 있어서 참 행복하다는 생각을 했다. 선물은 그런 것이다. 받는 것보다 주는 것이 훨씬 더 가치 있고 기쁘게 느껴지는.

"그럼 오늘은 네가 사준 장갑 끼고 같이 산책이나 해 볼까?"

"아직은 장갑 낄 철이 아니에요. 잘 간직했다가 추우면 그때 꺼내서 껴요."

439. 2013. 12. 3. 화

벌써 12월이다. 시간은 덧없이 빠르게 흐르고, 우리가 함께 하는 소중한 시간들도 그렇게 순식간에 지나가 버린다. 우린 밤바람에 차가워진 몸을 서로에게 기댄 채 엘리베이터 안에 서 있었다. 밖이 훤히 보이는 전망용 엘리베이터인 탓에 지하철 역 인근 풍경이 그대로 내려다보인다. 건물 맨 꼭대기에는 모텔이 있고 다른 층에는 분식점, 당구장, 찻집, 병원 등 여러 상가와 지난번 그와 함께 먹었던 청국장 집도 지하에 있었다.

"엘리베이터가 투명해서 모텔로 가는 우리가 다 보이겠네요."

"사람들은 우리가 당구장에 가는 걸로 알 거야."

"다른 사람이 엘리베이터에 같이 타면 당구 얘기나 늘어놔야겠군요."

"당구 칠 줄은 알아?"

"한 번도 쳐 본 적 없어요."

"당구도 한번 안 쳐보고 대체 뭐 하고 살았어?"

"당신 만나기 위해 살아왔나 보죠. 잘 모르나 본데 당구 좋아하는 여자 거의 없어요."

"넌 무슨 운동 좋아해?"

"여러 가지 운동 좋아하지만, 그중에서도 당신과 하는 격렬한 운동, 그거."

그를 올려다보며 몸을 밀착시키자 그는 엘리베이터 바깥 풍경으로 시선을 돌리며 낮게 웃는다.

"너 점점 대담해지는 거 알아? 어쩔 땐 너 때문에 깜짝깜짝 놀라."

평일인데도 방이 하나도 없다는 카운터 직원의 말이 여기까지 들린다. 입구에는 그리 크지 않은 크리스마스트리가 놓여 있고, 난 트리 사이 나뭇가지에 붙어 마치 장식인 양 꼼짝 않고 서 있었다. 그렇게 트리 뒤편에 몸을 숨기고 서 있으면 남의 눈에 띄지 않을 것처럼.

"뭘 그러고 숨어 서 있어? 아까 훤한 투명 엘리베이터 안에서는 바싹 붙어 유혹하더니."

그가 어이없는 웃음을 터뜨리며 내 팔을 잡아끈다.

"일반실이 없대. 딱 하나 남아 있는 특실로 달라고 했어."

"특실은 어떤 걸까요? 기대가 되네요."

"나도 정말 궁금하네."

문을 여니 일반 모텔 방보다 넓고 고급스러운 인테리어와 분위기가 눈에 들어온다. 특이하게 복층으로 되어 있고, 나무 계단을 따라 올라가니 2층에는 넓은 침대와 작은 소파 하나가 놓여 있는, 천장이 낮고 그리 크지 않은 방이 하나 더 있었다.

"와! 무슨 펜션에 온 것 같아요. 여행 온 것처럼 설레고 즐거운데요."

"이런 방에서 하루 숙박하지도 못하고 이따 또 헤어져야 한다는 사실이 너무 아쉽다."

"그러게. 당신과 하룻밤만이라도 함께할 수 있다면 얼마나 좋을까요."

그가 갑자기 나를 끌어안고 진지하게 물었다.

"오늘, 집에 들어가지 말래? 밤새 나랑 같이 있어."

난 아무 대답도 하지 않았다. 그와 연애한 이후 난 한 번도 외박한 적이 없었다. 그것은 나의 철칙이었다. 마음은 그에게 있어도 결국 몸은 가정으로 돌아가야 한다는 바꿀 수도, 변할 수도 없는 사실. 결국 돌아가야 할 곳은 그의 품이 아니라 나의 집이라는 사실을 아직은 인지하고 있다는 사실이 놀랍다. 난 그를 만난 이후, 모든 이성과 합리적 사고가 완전히 무너졌다. 하지만 철저히 감정에 따라 행동하고, 본능에 지배받는 생활을 하고 있는 와중에 신기하게도 귀소본능만큼은 남아 있었다.

"내 마음은 너무나도 그러고 싶어요. 하지만 알잖아. 그럴 수 없다는 거."

그는 확고한 내 생각을 읽고 금세 체념한 듯 방을 둘러보며 웃어 보인다.

"욕조가 정말 크네. 여기서 같이 목욕하자."

1층에 가장 크게 자리 잡고 있는 것은 대형 욕조였다. 흰색의 타원형 욕조가 마치 거대한 코쿤처럼 방 중앙에 떡 자리 잡고 있다. 욕조에 물을 틀어놓고 우린 2층으로 올라갔다. 푸른 시트의 넓은 침대 위에서 그는 날 가지고 나도 그를 가진다. 예전과 달리, 근래에는 섹스를 하는 내내 우린 서로에게서 눈을 거의 떼지 않는다. 그의 안에서 신음하고 전율하는 나를 그는 항상 신기하고 경이로운 듯이 바라보고, 나 역시 애원과 갈망의 눈빛을 가득 담은 채 올려다본다.

"넌 정말 민감하고 예민해. 너처럼 섬세하게 느끼는 여자는 처음 봤어."

그는 손가락 끝으로 목덜미에서 가슴, 배, 허벅지까지 부드럽게 쓰다듬으며 놀라움을 담은 눈길로 나를 한참이나 들여다보았다. 그의 손가락 하나하나 닿는 부분들까지 미세하게 떨리며 전율이 일어남과 동시에 입에서는 가벼운 신음 소리가 흘러나온다.

"혹시, 연기이자, 가식적인 반응이야?"

"난 얼마든지 연기할 수 있어요. 하지만 당신 앞에서 굳이 연기한 적은 없는데."

많은 애인들과 잠자리를 했을 때 수없이 연기했던 기억이 난다. 남자들은 끊임없이 애무를 하고 체위를 바꿔가며 '좋아, 좋아?' 하고 질문했었고, 난 대답 대신 온갖 신음과 섹시한 몸짓을 해대며 의식적으로 반응했다. 그것을 남자들은 강한 긍정의 의미로 받아들이고, 더욱더 극도의 절정감을 느끼게 해주려는 듯 격렬하게 움직이는 것이다. 왜 남자들은 그토록 여자들의 반응에 집착하는 것일까? 섹스에 있어 자신의 느낌보다 상대 여자의 오르가즘이 더 중요한 필수 요소로 생각되는 것일까? 성적인 관점에 있어, 남자들은 태생적으로 여자들의 성적 즐거움을 위해 존재하는 것인가? 그러나 그는 행위 중 거의 내게 섹스의 만족도에 대한 질문을 하지 않는 것이 다른 남자들과 다른 점이었다. 그는 내게서 눈을 떼지 않고, 끊임없이 나의 반응을 살피면서도, 오히려 그 안에서 자신만의 즐거움과 쾌락을 더 깊숙이 찾는 듯이 보였다. 나의 지칠 줄 모르는 민감하고 섬세한 반응이 그로 하여금 더욱 흥분하게 만들고, 거대한 성적 판타지를 심어주는 동시에 그의 성적 능력을 배가시키는 원천으로 보인다.

"나, 20대 때도 이러지 않았는데, 너와 하면서는 여러 번 하게 된다."

"그래요? 젊었을 때는 어땠는데?"

"섹스가 좋긴 했지만 한 번 하고 나면 땡이지. 남자들은 한 번 사정하게 되면 그다음엔 생각 잘 안 나거든. 이미 욕구를 채우기도 했고, 피곤하고 지치기도 하고."

"우린 계속해서 여러 번 할 때도 많았잖아요."

"그러게. 너와는 사정하고 나서도 좀처럼 흥분이 가라앉지 않고 욕구가 여전히 남아 있어. 보면 알잖아."

그는 내 손을 잡아 여전히 흥분 상태인 자신의 아랫도리에 갖다 대었다. 축축하고 미끈거리는 느낌이 묘하게 흥분을 일으키며 심장을 뛰게 만든다.

"대형 욕조에서 목욕 한번 해야겠지? 우리 내려가자."

그와 손을 잡고 좁은 나무 계단을 조심조심 내려오는 느낌이 마치 펜션에 여행 온 듯 재미있고 설렌다. 우리가 언젠가 여행을 함께 갈 수만 있다면. 내 원칙을 깨서라도…

따스한 물이 반쯤 차 있는 타원형 욕조에 마주 보고 함께 들어가 앉았다. 욕조가 워낙 커서 물이 차는 데 시간이 오래 걸린다. 그는 허리까지 올라온 물속에 앉은 채, 날 무릎 위에 앉히고 다시금 움직이기 시작했다. 따뜻한 물이 기분 좋게 찰랑거리고, 물방울이 이리저리 튀며 서로의 얼굴을 간질인다. 우리는 그렇게 흰색의 거대 고치 안에서 하나가 되고, 이제 막 변태를 끝내고 세상에 나오려는 곤충처럼 몸부림쳤다.

"물 안에서 해 보긴 처음이야."

"저도요. 색달랐어요."

이제 욕조의 물은 거의 다 찼고, 난 등을 돌린 채 그에게 편하게 기대앉았다. 그는 양손으로 날 감싸 안은 채 두 손을 꼭 마주 잡고, 난 엉덩이를 그의 다리 사이에 깊숙이 밀어 넣고 그의 어깨에 머리를 늘어뜨렸다.

"따뜻한 물속에 이렇게 같이 있으니 너무 좋다. 이 느낌, 이 기분, 언제까지나 이대로 꼼짝 않고 있었으면 좋겠어."

"당신 몸에 완전히 기대앉으니 너무 편하네요. 마치 소파 같아."

"살이 많아서 그래."

잠이 올 것 같다. 이대로 밤새 잠이라도 잤으면. 하지만 물은 곧 식을 것이고, 우린 추위에 떨며 일어나야 할 것이다.

"머리 감겨 줄게."

그는 자신의 무릎 사이에 내 머리를 가볍게 끼우고 조심조심 물을 부어준다. 나는 긴 머리를 뒤로 한껏 늘어뜨리고 마치 어린아이처럼 가만히 있었다. 샴푸를 덜어 머리카락 전체에 골고루 바르고 비벼 솜씨 좋게 거품을 낸 다음, 마사지하듯 두피와 헤어를 오랫동안 누르고 문질러 준다. 난 눈을 감고 완전히 그에게 몸을 내맡긴 채, 세상 무엇과도 비교할 수 없는 기분 좋은 자극에 취해 있었다. 눈에 들어가지 않게 한 손으로 살짝 이마를 가려주며 물을 붓고 헹구는 솜씨 역시 보통이 아니다.

"정말 대단한데요, 여자들 머리도 많이 감겨줬나 봐요?"

"우리 애를 제외하고 네가 처음이야. 정말로."

많은 여자들이 미장원에서 젊은 남자들이 머리를 감겨 주는 느낌을 좋아한다. 비록 그 남자들은 일로써 하고 있다 하더라도, 여자에게 굉장히 민감하고 소중한 머리라는 부위를 완전히 내맡기고, 부드럽게 씻겨 주고 어루만져 주는 기분 좋은 느낌에 여자들은 편안함과 만족감을 느끼는 것이다. 그러나 지금 이 기분은 그러한 미장원에서 받는 느낌과는 차원이 달랐다. 완벽하게 사랑받고 있는 느낌. 그의 손길 하나하나에 나의 모든 세포가 반응하고, 끊임없이 분열을 일으켜 새로운 세포를 엄청나게 생성하고 있는 느낌. 온몸을 짜릿하게 훑고 지나가는, 섹스에서의 절정감과는 또 다른, 초현실적, 공감각적 오르가즘.

영화 '아웃 오브 아프리카'에서 로버트 레드포드가 메릴 스트립의 머리를 감겨 주는 장면은 영화 내에서는 짧게 스쳐 지나가지만, 보는 이들에게는 매우 인상 깊고 여운이 남는 명장면이었다. 영화 속에서 메릴 스트립 역시 그토록 사랑했던 연인을 결코 가질 수 없었다. 끊임없이 자신을 가지고 싶어 하는 여자에게 "우리는 그 어떤 것도 소유할 수 없다, 단지 스쳐 지나갈 뿐."이라고 대답한 로버트 레드포드의 대사가 기억에 남는다. 나 역시 내가 사랑하는 이를 절대 가질 수 없다. 이토록 가까이서 몸을 붙이고 머리를 감겨주는 그를 이렇게 손만 뻗으면 언제든 잡을 수 있는데도. 내가 만지는 그의 몸은 내 것이 아니고, 온연히 내게 향해 있는 그의 영혼 역시 내 것이 아니다. 우린 그렇게 그리워하고 몰입하면서도 그냥 스쳐 지나가는 것뿐이다. 지금 이 순간은 서로가 가장 가깝게 닿아 스치는 바로 그 타이밍일 뿐이다. 그렇다면 그 스치는 시간이 최대한 더디게만 흘러준다면. 잠시라도 제발 멈추어만 준다면.

그는 인내심을 가지고 몇 번이나 물을 붓고 완전히 헹구어 비눗기를 없앤 다음, 두 손으로 머리를 꼭 짜 주었다.

"목욕물이 더러워졌네요. 어쩌죠?"

나는 거품이 인 욕조 안 물을 가리키며 민망한 표정을 지었다.

"괜찮아. 어차피 샤워할 텐데 뭐."

"저도 머리 감겨 줄게요."

체격이 좋은 그를 받치고 머리를 감기는 것은 쉬운 일이 아니었다. 그는 내게 완전히 무게를 싣는 것이 미안한 듯 엉거주춤 뒤로 기댄 채, 내가 그랬듯이 조용히 몸을 내맡기고 있었다. 눈을 감고 이마를 훤히 드러낸 그의 얼굴이 흐릿한 조명 아래 희미하지만 아름답게 빛난다. 나는 몇 번이고 엷은 속눈썹에, 젖은 이마에, 오뚝한 콧날에 입을 맞추었다.

"사랑해요."

"나도 사랑해."

그는 비누를 집어 들고 나를 돌아본다.

"샤워기로 가자. 씻겨 줄게."

온몸 가득 뒤덮이는 하얀 거품, 강렬한 비누 향이 서로의 뜨거운 손길 안에서 부서지고, 그렇게 우리는 순백색의 몸으로 다시 태어난다.

140. **2013. 12. 5. 목**

"저 아침에 아무것도 못 먹었어요. 맛있는 거 사 줘요."

"뭐 먹고 싶은데?"

"고기요."

"점심부터 고기라, 설마 구워 먹자는 건 아니지?"

"구워 먹건 삶아 먹건 고기 먹고 싶어요."

그는 한 번도 내게 돈을 내게 한 적이 없다. 한 번쯤은 내가 사고 싶다고 졸라대도, 그는 내가 자길 보러 왔기에, 자신이 사장이기에, 오늘은 수입이 좋았으니까, 날 사랑하니까, 항상 자기가 밥을 사고 술을 사야 한다고 주장한다. 그는 내가 어떤 요구를 해도 다 들어줄 것만 같다. 오늘은 낮부터 고기를 먹고 싶다고 졸라댔다.

회사 근처 샤브샤브 집에 가서 마주 앉자마자 그는 새로 구입한 휴대폰을 꺼내 보인다.

"어때? 갤럭시 노트3로 바꿨어."

"왜요, 나랑 같은 아이폰5라 좋았는데."

"난 업무상 통화를 정말 많이 하잖아. 그래서 항상 배터리 용량에 아쉬움이 많았어. 갤럭시가 배터리는 더 오래가는 것 같아서."

난 그처럼 전화를 끼고 사는 생활 패턴이 아니라 휴대폰에 아쉬움을 느낀 적이 거의 없었다. 현대인의 필수품이자 중독물, 스마트폰. 현대의 4대 중독물이 게임, 마약, 술, 도박이라고 하는데 어린아이부터 성인까지 하루 종일 빠져 사는 휴대폰은 왜 없는 걸까. 적어도 술보다는 훨씬 위험하고 폐해가 심각한 것 같은데. 적어도 술에 중독된 어린 아이는 없으니. 식당이나 카페 어디를 가도 두서너 살 정도밖에 안 되어 보이는 유아들조차 부모의 휴대폰에 푹 빠져 있는 경우를 많이 본다. 유아용 동영상을 틀어 놓고 아이가 넋을 잃고 정신없이 들여다보는 사이에 입에 음식을 집어 넣어주거나, 어른들끼리 수다를 떠는 광경은 이제 어디서나 흔히 볼 수 있게 되었다. 사실 유아의 집중력은 5분을 넘기지 못한다. 그런데 스마트폰에 열중해 있을 때는 신기하게도 30분이고 한 시간이고 집중력 있게 잘 버티고 있다. 아니, 이것은 집중력이 아니다. 자극적이고 원초적인 감각에 철저히 마비되어 그 어떤 사고나 이성도 잃고 마냥 넋이 나가 있는 것이다. '우리 아이는 정말 집중력이 대단해. 동영상 보여주면 무섭게 몰입하거든.' 엄마들이 자랑스럽게 말한다. 하지만 그런 자극에 집중 안 하는 아이가 세상에서 더 찾기 어려울 것이다.

성인도 마찬가지이다. 자극적이고 원초적인 감각. 스스로 사고해야 하고, 감각과 상상력을 동원하며 힘들게 책을 읽는 것보다, 스마트폰을 가지고 노는 것이 훨씬 재미있고 중독성 있는 건 당연한 일이다. 내 곁에 항상 있는, 새로울 것이 없는 나의 배우자가 아닌, 낯선 상대와의 뜨거운 외도가 훨씬 짜릿하고 중독되는 것 역시 마찬가지이다. 자극적이고 원초적인 감각에 더 열광하고 집착하는 인간의 본성.

"용량도 용량이지만 너랑 문자 편하게 하려고 바꾼 이유가 더 커. 아이폰은 자판이 작아서 카톡 하기 너무 힘들어."

"맞아요. 저도 느껴요."

"나이가 들었나 봐. 글씨가 작으니 답답하고 알아보기 힘들어. 노안이 온 걸까?"

노안이라…. 그래, 우린 분명히 늙어가고 있다. 그도 나도 결코 젊은 나이는 아니다. 그런데 어째서 우리의 감정은 나이와 세월에 역행해, 더욱더 깊어지고 육체는 뜨겁게 불타오르는 걸까?

"피아노곡들 다시 보내 줘. 내겐 보물과도 같은 네 연주들인데 휴대폰 바꾸면서 다 없어졌어."

"알겠어요."

"난 네 연주의 열렬한 팬이잖아."

"유일무이한 팬이기도 하죠."

난 그에게 작은 상자 두 개를 살며시 내밀었다.

"이거, 당신 주려고 샀어요."

"이게 뭔데? 에이, 이러지 마. 내가 미안하잖아."

말은 그렇게 하면서도 입이 벌어지며 그는 함박웃음을 짓는다.

조심스레 포장을 푼 두 개의 상자에는 커프스 버튼이 한 쌍씩 들어 있었다. 난 평소 그가 셔츠에 항상 커프스 버튼을 하는 것을 눈여겨 두었고, 오래전부터 선물하고 싶었던 마음에 많은 시간을 고심한 후 고급 커프스 버튼을 골랐다. 그는 가격이 상당한 고급 커프스 버튼이라는 것을 한눈에 알아보았고, 조금 당황한 기색이었다.

"이건 명품이잖아. 꽤 비쌌을 텐데, 내가 정말 이런 걸 받아도 돼?"

"당신이 이제껏 나 밥 사 주고 술 사 주고 한 돈에 비하면 아무것도 아니에요. 아주 예전부터 커프스 버튼 선물하고 싶었어요. 앞으로 하나씩 하나씩 사 드릴게요."

"아니, 하지 마. 이걸로 족해."

"내가 그동안 눈여겨보니 당신이 고정적으로 하고 다니는 커프스 버튼이 한 서너 개 정도 되는 것 같더라고요. 물론 그 대부분들은 옛날 애인이 선물한 거겠죠."

그는 조금 쑥스러운 듯 나직이 웃음을 띤 채 말이 없다.

"이제 그것들은 모두 갖다 버리세요. 이제 내가 사 주는 것만 해요. 난 커프스 버튼은 남자에게 허락된 유일한 품격 있는 주얼리라고 생각해요. 당신에겐 명품이 어울리고, 난 커프스 버튼만큼은 최고급으로 선물하고 싶어요."

"그래. 넌 선물조차도 네 멋대로, 네가 원하는 요구를 관철시키며 하는

구나. 난 그런 네가 너무 좋고 사랑스럽다. 네 말대로 할게."

그는 한없이 따뜻하고 사랑스러운 눈길로 나와 선물을 번갈아 바라보았다. 검은 가죽 케이스에 담겨진 푸른색과 크림색의 동그란 보석이 반짝거리며 빛을 발한다. 그것은 평소 나를 애정 넘치는 눈길로 바라봐 주는 그의 눈빛을 닮아 있었다.

A41. 2013. 12. 10. 화

 이번 주 수요일에 지방에서 아마추어 앙상블 연주가 있어 눈코 뜰 새 없이 바쁜 하루하루를 보내던 어느 날, 난 그가 너무 보고 싶고 그리워 견딜 수가 없었다.

 "웬일이야? 연습에 매진한다고, 이번 주 연주 끝나고 보기로 했잖아."

 과천에 위치한 실내 포장마차의 문을 열고 들어오며 그가 말했다.

 "당신이 보고 싶고 목소리 듣고 싶어 견딜 수가 없었어요. 무엇보다, 연주 전에 당신 얼굴 한번 봐야 잘할 수 있을 것 같아서 불러냈어요."

 "너야 물론 잘하겠지. 모든 일에 항상 열심이잖아."

 "요즘 머릿속이 온통 당신 생각으로 가득 차 있어서 연습도, 작업도, 일도 아무것도 안 돼."

 사실 그의 존재가 연주와 작업에 도움이 될 때도 많다. 사랑하는 이를 향한 마음, 로맨틱한 기분과 느낌 등은 예술 작품에서의 감정 표현에 큰 도움이 된다. 뜨거운 사랑의 감정에 휩싸여 걸작을 내놓거나 왕성한 활동을 계속한 예술가, 문학가들은 역사적으로 굉장히 많다. 파블로 피카소도 많은 여인들과 평생을 끊임없이 사랑을 나누며 92살로 사망할 때까지 4만 5천 점에 달하는 엄청난 작품을 남겼고, 엑토르 베를리오즈는 짝사랑하는 여인에 대한 광기 어린 열병과 집착 속에 '환상 교향곡'이라는 낭만주의 최고의 음악을 만들어냈다.

 "그래, 이렇게 보니까 좋아?"

 "네, 연주가 아주 잘 될 것 같아요."

 그와 벌써 몇 번째 오는 포장마차. 주인아주머니는 우리를 알아보고 웃으며 말을 걸고, 마치 오래된 단골처럼 친밀하게 대해 준다. 그녀는 우리가 불륜 커플이라는 것을 눈치챘을까?

"아가씨, 밖에 꽤 춥지? 방금 끓인 따뜻한 보리차 한 잔이라도 마셔."

"고맙습니다, 정말 친절하시네요."

나는 두 손으로 김이 모락모락 나는 물컵을 받아들며 공손히 절을 했다.

"얼굴도 예쁜 언니가 말도 참 예쁘게 하고 맘씨도 곱네."

그와 나는 눈이 마주치며 소리 없이 웃었다.

나는 아가씨도 아니고, 예쁘지도 않을뿐더러 맘씨도 곱지 않다. 나는 다른 사람의 배우자를 내가 사랑한다는 명목하에 만나고 붙잡아 두고 심지어 완전히 소유하고 싶어 하는, 이기적이고 맘씨 고약한 아줌마일 뿐이다.

"주인아주머니가 장사를 잘하시네. 마음에도 없는 말씀을 술술 하시고."

"왜, 날 아가씨로 본 게 그렇게 말이 안 되는 거예요?"

"우린 누가 봐도 처녀 총각이 아니야. 나이를 먹어가는 중년 커플일 뿐이지. 부부로 봐 주면 그나마 다행이고."

"요즘은 워낙에 노처녀, 노총각들도 많잖아. 내 주위에도 아직 결혼 안 한 친구들, 선배들이 수두룩해. 50대가 되어서도 골드미스로 멋지게 살아가고 있고."

"멋지게? 누가 멋지다고 그래? 여자 나이 50대가 되면 아무도 안 봐 줄걸? 일에서야 성공할 수 있겠지만, 남자가 그립거나 섹스가 하고 싶으면 어떻게 할 건데?"

"그 말은 좀 심하다. 남자들은 50대 여자는 여자로 안 보나요?"

"여자로 보긴 하지만, 굳이 다가가고 싶은 매력적인 여자로 보진 않지."

"나이가 많다고, 늙은 미혼 여자가 섹스를 못 할 거란 생각은 하지 말아요. 능력이 있으면 돈으로 성을 사도 되니까. 남자만 성매매를 하란 법은 없잖아."

"여자들도 남자를 불러서 돈을 주고 섹스를 하는 게 일반적인 일인가?"

"그렇지는 않겠지만, 전혀 없진 않겠지. 돈 많은 아줌마들이 젊은 남자

애인 두는 얘기도 가끔 나오잖아."

"그런 건 다 돈의 힘인 거지. 우리처럼 서로가 좋아서, 끌려서, 자연스럽게 만나고 사귀게 되는 경우는 힘들다는 얘기야. 특히 여자 나이 오십이 넘어 버리면."

"그럼 당신은 내가 50대 되면 안 볼 거예요?"

"난 당연히 널 보지. 넌 오래전부터 만났고, 내가 사랑하는 사람이니까. 예전만큼 감정이 뜨겁거나 육체적으로 불타오르지는 않아도 좋은 만남과 친밀한 관계는 유지하겠지. 자주는 아니어도 섹스도 가끔 할 수 있을 거야."

왠지 바람직한 관계라는 생각이 들었다. 그렇게 평생을 보면서 친구처럼, 연인처럼 함께 늙어가는 관계. 그러다 언젠가 성적인 관계가 완전히 끝나게 되면, 그때부터는 다른 이들과 마찬가지로 떳떳하고 마음 편안하게 만날 수 있을 것이다. 언제쯤 그날이 올까?

"남자는 몇 살까지 섹스가 가능할까요?"

"글쎄, 개인차가 크겠지. 난 60대 초반 정도까지 하지 않을까 싶은데."

"요즘은 약의 힘을 빌려서 더 고령의 노인도 가능할걸요?"

"늙어서 약을 복용하면서까지 섹스하고 싶진 않지만 네가 원한다면 그렇게 해야겠지."

그가 술잔을 기울이며 싱긋 웃는다. 늙고 지친 노인이 되어 버린 그의 모습. 좀처럼 상상이 가지 않는다.

12월의 겨울밤, 밖은 차가운 바람이 매섭게 부는데 실내 안은 훈훈하고 우리 바로 옆에 있는 검은 구식 난로는 따스한 열기를 내뿜는다. 흐릿하게 기억 속에서나 남아 있던 석탄 난로가 정겹다. 어릴 적 초등학교 교실에 있었던 그 모습 그대로다. 마치 30년 전으로 돌아간 것만 같다. 운동장 뒤편 창고에서 양동이에 석탄을 가득 담아 낑낑거리며 교실로 들고 들어오던 그때가 마치 어제인 듯 기억이 생생하다. 검은 난로 위에 겹겹이 올라와 빼곡하게 놓인 양철 도시락 통들. 지금 내 앞의 난로에는 노란 양철 주전자가 쉭쉭 소리를 내고 김을 뿜으며 보글보글 끓고 있다.

"옛날 생각이 나네요. 당신도 이런 난로 본 적 있죠?"

"그럼, 할아버지네 집에도 아주 오랫동안 이런 난로가 있었어. 추운 날씨에 그 앞에 누워 담요를 덮고 한숨 자면 기분 최고였지."

"나, 내일 연주인데 술이 자꾸 들어가네요. 큰일 났다."

"마음 편히 마시고 대리운전하고 가. 항상 그래왔던 것처럼 연주는 잘할 거야. 내가 한 번 봤잖아."

연주회장 로비 한구석에 서서 말없이 날 바라보던 그의 모습.

"내 옆으로 올래요?"

그는 술잔을 들고 내 곁으로 다가와 앉아 살며시 허리를 감싼다.

주인아주머니는 주방으로 들어가 버렸는지 아까부터 보이지 않고, 포장마차 안에 손님은 우리 외에 나이 지긋하신 할아버지 두 분이 모퉁이 끝에 앉아 있는 테이블 말고는 텅 비어 있었다. 난 그의 얼굴을 천천히 쓰다듬었다. 그는 막 오르기 시작한 술기운에서인지 내 부드러운 손길을 더욱 느끼기 위해 그러는 건지 살며시 눈을 감는다. 그의 얼굴을 내 쪽으로 돌리고 부드럽게 키스하자 그가 살짝 눈을 뜨며 포장마차 주방 입구 쪽을 돌아본다. 남의 눈을 피해, 공공장소에서 벌이는 스킨십은 더 짜릿하고 흥분이 된다. 우리는 조심스럽게 주위를 살피고 눈치를 보면서 오랫동안 몰래 키스를 나누었다. 석탄과 검은 난로, 노란 양철 주전자 앞에서 우린 그렇게 삼십 년 전 어린 아이들처럼 생각 없고 철없는 행동을 계속하게 된다.

불륜 일기

"연주는 잘했어?"

"그럭저럭요. 날씨가 너무 추워서인지 몸도 손가락도 잘 안 풀리더라고요. 이래서 한겨울의 연주는 너무 싫다니까."

"연주 앞두고 찍은 네 사진 너무 예뻤어."

난 그에게 연주 불과 한 시간 전, 대기실에 앉아 있는 모습을 찍어서 보내 주었고, 그는 사진 속의 내가 예쁘고 자연스럽게 나왔다며 아주 만족해했다.

"그거 사실은 엄청 긴장한 와중에 찍은 거예요."

"매번 해도 그렇게 긴장돼?"

"그럼요. 하면 할수록 떨리고 긴장돼요."

"그런 참을 수 없는 긴장감, 무대공포증 같은 건 어떻게 이겨내?"

"이겨낼 수 있는 방법은 없어요. 그냥 피할 수 없으면 즐겨라, 라고 다들 이야기하는데 즐기는 것도 사실 말이 쉽지 그게 되나요. 무대에 나가면 그 순간은 나 홀로 벌거벗은 듯한 기분으로 사람들 앞에 서 있는 끔찍한 느낌이거든요. 극도의 공포, 긴장감, 이런 상황에서 내게 도움이 되는 건 철저히 준비된 연습밖에 없어요. 완벽한 준비, 철저한 연습이 선행되면 마음에 안정감을 주고 좀 더 편안히 연주에 몰입할 수 있어요."

"맞아. 완벽한 준비. 그게 극도의 긴장감을 이겨낼 수 있는 유일한 해답이네."

사실 완벽한 준비란 것은 없다. 준비를 어떻게 완벽하게 해낼 수 있단 말인가? 준비는 결과물이 아니라, 어떤 결과물을 내기 위해 진행하는 여정이다. 할 수 있는 최선을 다하고, 아낌없이 내 모든 것을 쏟아부으며 좀 더 완벽에 가까워지기 위해 노력하는 과정이다.

"어쨌든 무사히 마친 것을 축하해. 오늘은 편안히 먹고 마시자."

그와 나는 따끈따끈한 순대와 칼칼한 순댓국을 앞에 두고 오랫동안 이야기를 나누었다. 세상사는 이야기. 우리의 삶과 일에 관한 대화. 이렇게 마주 앉아 이런저런 얘기를 하고 교감할 때, 우리는 그 어떤 이보다 더욱 친밀하고 가까운 친구 사이 같다. 나만큼 그에 대해 잘 아는 사람이 없고, 그만큼 나에 대해 잘 아는 사람이 없을 것만 같다.

"아버님이 요즘 많이 아프셔."

그는 최대한 아무렇지도 않게 말을 꺼내지만, 오히려 그 담담한 말투와 표정에서 슬픔과 고민이 묻어나 나의 마음을 아프게 한다.

"암이셨다고 했죠? 완치되었다고 했잖아요."

"그랬지. 그런데 최근 다시 재발되었어. 병원에서도 이번에는 좀 힘들다고 얘기해."

"왜 현대 의학은 아직도 암을 고치지 못할까요?"

"글쎄, 그래도 암이 완전히 치유되고 건강하게 살아가는 사람도 많아. 우리 아버진 운이 나쁜 거겠지."

"주위에 보면 모두 암으로 죽어요. 친구 부모님들도, 하물며 아직 젊은 내 또래 지인들도요. 죽지 않으려면 암만 안 걸리면 되겠구나, 생각이 들 정도라니까요."

"우리 어머니도 암으로 돌아가셨단 얘기했었지?"

"네, 간암으로 3년 전에 돌아가셨다고."

"그래. 난 이제 아버지까지 돌아가시면 천애고아가 되는 건가?"

그는 허탈한 표정을 지으며 쓸쓸한 미소를 지었다.

난 그의 손을 잡고 슬퍼하지 말라고, 내가 곁에 있지 않으냐고, 다정하게 말해주고 싶었지만 차마 그렇게 하지 못했다. 그의 곁엔 언제나 가족들이 있을 것이고, 가족들이 아버님 병간호를 할 것이고, 함께 큰일을 치를 것이며, 위로와 슬픔을 나눌 것이다. 내가 할 수 있는 일이 과연 무엇이 있단 말인가?

순댓국집을 나오다가 그는 갑자기 걸음을 멈추고 하늘을 올려다보았다.

"눈이 온다, 눈이 와."

정말, 하늘에서 하나둘씩 솜털 같은 눈송이가 내리기 시작한다.

"너랑 둘이 있는데 이렇게 갑자기 기적처럼 눈이 내리기 시작하다니. 너무 놀랍고 기쁘다, 정말로."

그는 얼굴이 상기된 채 아이처럼 들떠 눈이 내리는 하늘과 날 번갈아 바라보았다. 썰매를 타기 위해 오랫동안 눈 소식을 기다린 개구쟁이 아이처럼 웃고 떠들며 마치 기뻐서 어쩔 줄 모르겠다는 표정을 짓는 그를 보며 나도 웃을 수밖에 없었다. 그는 행복에 가득 찬 얼굴로 날 잡아끌더니 그대로 끌어안고 길거리 한복판에서 입을 맞추었다. 점점 굵어지기 시작한 눈 속을 지나가는 수많은 인파 속에 그렇게 두 사람이 한동안 뜨겁게 키스를 나누고 있었다. 그 순간 우리가 누군지, 이곳이 어딘지는 전혀 생각나지 않았다. 우리의 머리 위에 소복이 쌓이는 차가운 눈의 느낌과 그의 부드러운 입술이 내 입술 위에서 마음껏 유영하는 느낌만이 가득할 뿐.

"난 너와 꼭 한번 눈을 같이 맞고 싶었어. 올해 벌써 서울에 두 번이나 눈이 왔지만, 그때마다 서로가 떨어져 있었고 함께 있지 못했지. 눈이 온다는 일기 예보가 있으면 일부러 그날 널 만나려고까지 했는데 예보에도 없이 이렇게 함박눈이 내리다니."

정말 그의 말대로 함박눈이 펑펑 내리고 있었다. 길에는 금세 눈이 쌓이고, 사람들은 어기적거리며 바쁜 걸음을 재촉한다.

"도로에도 눈이 많이 쌓일 것 같은데, 집에 갈 때 괜찮겠어?"

"최대한 천천히 거북이 운전하면 돼요. 어차피 큰길은 차가 계속 다니니 눈이 녹을 텐데 뭐."

우린 팔짱을 꼭 낀 채, 머리와 옷에 눈이 하얗게 쌓이는 것도 개의치 않고 한동안 눈이 오는 거리를 함께 걸어 다녔다.

"눈이 잦아들 기미가 안 보여. 더 쌓이기 전에 집에 가는 게 좋겠어. 운전할 수 있겠니?"

"그럼요, 오늘은 술도 안 마셨고, 눈길에서 운전은 많이 해 봤어요."

그는 차가 있는 곳까지 데려다주었다. 차에 올라타 창문을 열고 그를 올려다보았다. 온통 하얗게 눈을 뒤집어쓰고, 전설 속에 나오는 설인 같은 모습을 한 채 그는 내 차 곁에 서 있었다. 하얀 눈송이가 차 안으로까지 날아 들어와 시트 위에, 핸들 위에, 계기판 위에 조금씩 쌓이다 이내 녹아든다.

"빨리 가. 가는 내내 전화 통화해 줄게."

"당신 먼저 가요. 그러다 온통 눈에 파묻히겠어. 왜 그러고 계속 서 있는 거야?"

"널 보내기 싫어서. 네가 먼저 출발해."

"나도 가기 싫어. 당신이 먼저 가요."

그와 첫 키스를 했던 날이 생각난다. 그날도 난 차 운전석에 앉은 채, 그는 창문 옆에 서서 내게 잘 가라고, 도착하면 문자하라고 말해 주었다. 지금처럼 열린 창문 사이로 길고도 뜨거운 키스를 나누었다. 짜릿하고 강렬했던 첫 키스의 추억은 아직도 내 기억 속에 강하게 뿌리 내린 채 자리 잡고 있다. 그때와 다름없이 그는 한결같이 다정하다. 내 입술을 감싸는 그의 부드럽고 달콤한 입술은 여전히 거침이 없다. 하지만 우리의 마음은 그때와 완전히 달라졌다. 이제는 서로가 없이는 하루도 살 수 없게 되었고, 만나지 않고는 한시도 견딜 수 없게 되었다. 서로에게 철저히 중독되었고 지배당하게 되었다.

443. 2013. 12. 20. 금

검은 코트를 입은 채, 하얗게 눈을 뒤집어쓰고 내 차 옆에 오랫동안 서 있었던 그의 모습이 그날 이후에도 계속 생각났다. 사진을 거의 찍지 않고 기록을 남기는 것을 좋아하지 않는 내게 그 순간 눈부시게 아름다웠던 그의 모습만큼은 결코 지워지지 않을 영원한 이미지로 언제까지나 머릿속에 남아 있을 것 같다.

오늘은 화성에 있는 한 갤러리에서 그와 함께 대기업 상대로 중요한 미팅을 주관하는 날이었고, 그는 일찌감치 집 앞으로 날 데리러 와 함께 출발하였다.

"오늘은 일 끝나고 어디 가고 싶어?"

"화성은 온천이 유명하잖아요. 온천 가고 싶어요. 온천텔이요."

"또 모텔 가자는 말이구나. 너, 요즘 모텔 너무 좋아하는 거 아니야?"

"모텔일 수도 있겠지만, 그보다 온천탕 같은 의미예요. 가족 단위로도 많이 온다고요."

일이 끝난 후 우리는 온천텔을 찾아다녔지만, 금요일 오후라 그런지 어느 곳에도 방이 없었다.

"사람들이 온천을 이렇게 좋아하는지 몰랐네."

"나도 온천은 정말 좋아해요. 몸에도 좋고, 기분 전환도 되는 것 같지 않아요?"

"온천보다도, 빨리 어디라도 들어가서 너랑 하고 싶다는 생각뿐이야."

한 군데에서 겨우 방을 구해 들어갈 수 있었다. 그리 크지 않은 방은 일반 모텔과 다름없이 침대와 TV, 테이블 등이 놓인 광경이 다를 바 없고, 대신 넓고 쾌적한 욕실에 대형 스파 욕조가 자리 잡고 있었다.

"둘이 함께 들어가도 넉넉하겠다. 공기방울이 나오며 마사지할 수 있는 기능도 있네."

"얼른 들어가서 온천욕 하고 싶어요."

"난 네가 더 급해."

그는 여러 겹의 옷도 한 번의 손놀림으로 순식간에 제거해 버리는 재주를 지녔다. 정장 원피스, 메리야스, 브라와 팬티 등이 그의 거친 손길 아래 한꺼번에 덩어리째 허물처럼 벗겨져 나가 처참하게 바닥을 뒹군다.

"당신은 로맨틱한 분위기도 몰라요? 이렇게 민망하게 한 번에 끌어내 버리면 어떡해?"

그는 날 안고 침대 위로 몸을 던졌다.

"그럼 어떻게 하는데? 감질나게 하나씩 하나씩 천천히 벗겨내? 난 성질 급해서 그렇게는 못 하겠어."

그의 거친 손길과 뜨거운 입술을 머리에서 발끝까지 맞받아내며 나는 참을 수 없는 가쁜 숨소리를 뱉었다. 온몸의 모공에 난 털들이 한꺼번에 모두 일어서 버린 것같이 소름 끼치고 사시나무처럼 떨린다.

"난 당신 만날 때 항상 예쁜 속옷을 입고 오는데 당신은 그조차도 제대로 본 적 한 번도 없죠?"

"옷을 벗길 땐 항상 마음이 급하고 한 가지 생각밖엔 없으니 속옷 따위 자세히 들여다볼 생각조차 하지 않았어. 예쁜 속옷이라, 넌 날 만날 때 항상 섹스할 생각을 염두에 두긴 하는구나?"

아래위 세트로 갖춰진 예쁘고 섹시한 속옷. 그런 속옷을 입는 것도 정말 오랜만의 일이었다. 결혼 후, 속옷의 모양이나 색상에 전혀 신경 쓰지 않고 무조건 편하고 무난한 것만 골라 입었던 것 같다. 어차피 아무도 봐주지도 않고, 나조차도 무슨 속옷을 입었는지 보지도, 자각하지도 않던 기나긴 세월들. 그와 연애를 시작하고 난 얼마 후, 난 십여 년 만에 패션 속옷을 내 손으로 구입했다. 마트나 매장을 매일 지나면서도 한 번도 눈여겨보지 않았었는데, 이렇게 예쁘고 섹시한 속옷이 많은지도 처음 알았다. 타는 듯이 강렬한 붉은색, 귀여운 분홍색, 시원한 하늘색, 레이스가 많이 달린 화려한 검정색 속옷들을 사면서 나는 마치 태어나 처음으로 남자와 연애를 하는 듯한 설렘과 긴장을 느껴 본다.

"다음부턴 네가 무슨 속옷을 입었는지도 꼭 확인하고 옷을 벗길게. 날 위해 속옷도 예쁘게 입고 온다니 기분 좋은걸?"

"당신 만나러 올 때는 머리부터 발끝까지 나름 신경 쓰고 와요. 예쁘고 멋져 보이고 싶어서."

"넌 아무것도 안 입은 채 이렇게 내 안에 있을 때 가장 예쁘고 멋져."

난 두 다리를 올리고 그의 어깨 위에 걸쳐놓은 채 힘을 주어 그의 목을 허벅지 사이에 끼웠다. 그는 두 손으로 내 골반을 힘 있게 잡고 양쪽 허벅지를 번갈아 물고 빨며 가볍게 잇자국을 낸다. 그는 평소보다 애무에 많은 시간을 할애한다. 내 몸은 활처럼 힘차게 구부러졌다가 다시 길게 내뻗고, 끊임없이 긴장과 이완을 반복했다.

"제발, 제발 지금 해 줘요."

"아직 멀었어. 앞으로 한참은 더 기다려야 할걸?"

"지금 들어와 줘, 제발!"

울먹임이 섞인 애원이 거의 외침에 가까워지고 나서야 그가 나를 단단히 끌어안고 힘차게 돌진했다. 정말 신기한 일이다. 그가 내 안에 들어왔을 때와 들어오지 않았을 때, 그 차이는 말로 표현할 수 없을 정도로 크다. 그가 내 안에 들어오는 그 순간, 그 어떤 생각도 느낌도 떠오르지 않는다. 오직, 나를 완전히 지배하는 단 하나의 감각만이 이 세상에 존재하고 있을 뿐. 전 우주의 에너지와 파장이 단 하나의 블랙홀로 집중된 것처럼, 나의 우주 역시 그 시작과 끝을 알 수 없는 블랙홀 안으로 끝도 없이 빠져든다. 아무것도 보이지 않고 아무 생각도 나지 않는다. 내 앞에 있는 그도 이제는 더 이상 존재하지 않는다. 단지 거대한 감각만이 존재할 뿐.

잠시 후, 우리는 스파 욕조 안에 함께 앉아 있었다. 뜨거운 물방울이 보글보글 거품을 일으키며 온몸을 부드럽게 간질이고, 그는 내 뒤에 앉은 채 허리를 감싸 안고 몸을 바싹 밀착시킨다. 내 뺨에 닿은 그의 얼굴에서 땀이 흘러내린다.

"난 원래 탕 목욕을 좋아해. 집에서도 욕조에 뜨거운 물을 받아 놓고 반신욕을 즐기지."

"반신욕이 좋다는 얘기는 들었어요."

"진짜 그런 것 같아. 반신욕을 꾸준히 하고 나서 컨디션이 좋아졌어. 흰머리도 많이 없어졌다니까."

정말, 반신욕을 많이 해서 흰머리가 없어진 것일까? 숱 많은 그의 머리를 유심히 살펴봐도 흰머리가 거의 눈에 띄지 않는다. 사실 그는 눈에 띄게 젊어 보이는 외모를 지녔다. 희고 맑은 피부에 항상 밝게 웃는 눈매의 선한 인상을 지닌 그는 때로는 젊은 청년 같은, 때로는 순수한 소년 같은 분위기를 풍기기도 한다.

"반신욕을 한다고 해서 흰머리가 사라진다는 얘긴 처음 들어요. 당신은 원래 흰머리가 많이 나지 않는 체질이겠지."

사십에 가까워지면서 젊음과 아름다움을 잃어가는 자신의 외모에 대해 고민하는 친구들을 많이 보게 된다. 나 역시 거울 앞에 앉으면 예전보다 눈에 띄게 탄력을 잃은 피부와 눈가의 주름을 보면서 한숨을 쉬게 된다. 시어도어 로스케의 말대로, 늙는다는 것은 일찍이 입어본 적이 없는 납으로 만든 옷을 입는 것일까? 왜 늙는다는 것은 이토록 두렵고 슬픈 일일까? 하지만 비록 납으로 만든 옷이라 해도, 그 흉측한 옷을 입은 날 바라봐 주고 사랑해 주는 이가 있다면 그렇게 절망할 일은 아닌 것 같다. 적어도 그는 지금 이렇게 내 곁에서 날 어루만지며 많이 사랑한다고 말해 주고 있으니.

오히려 난 젊었을 때의 그보다도, 지금의 그가 더 좋다. 그가 젊었을 때의 사진을 보여준 적이 있었다. 20대 때의 그는 조금 반항아적인 분위기를 풍겼고, 지금처럼 반듯하고 성실한 이미지가 아닌, 조금 날카롭고 예민해 보이는 인상이었다. 잘 놀고, 여자들과도 잘 어울렸을 것 같은, 이른바 날라리 같은 이미지도 지니고 있었다. 세월은 그의 모가 나고 거칠고 뾰족한 면을 둥글게 다듬고 깎아주었던 것일까. 난 지금처럼 부드러운 눈매에 선한 인상의 그가 훨씬 더 좋다. 그가 날카로움과 예민함을 걷어낸 부드럽고 섬세한 중년이라서 좋고, 이젠 대학생이나 회사원이 아닌, 한 회사의 대표라고 불리는 사장의 지위라서 좋다. 달고 쓴 결혼 생활을 다 겪어 보고 인생을 알아 버린 기혼남이라서 좋고, 한 아이의 아버지라서 그 다정다감함과 따뜻한 부성애를 지닌 그가 좋다. 언제나 활화산 같은 열정을 지니고 나와 폭발적인 섹스를 나누는 그가 좋고, 사랑한다고 거침없이 말하고 따뜻하게 바라봐 주는 그가 너무 좋다.

우리는 서로의 머리를 감겨주고, 세심하게 머리부터 발끝까지 정성껏 씻겨 주었다. 바디클렌저의 부드러운 거품을 잔뜩 묻힌 채, 온몸 구석구석 어루만지고 마사지하는 그의 손길에 정신이 희미해질 것만 같다. 그는 가슴과 엉덩이, 성기 부위는 시간을 좀 더 오래 할애했다. 목욕이 아닌, 애무와도 같은 행동에 한참 동안 열중하는 그의 모습을 한동안 바라보다 나는 결국 참지 못하고 그의 얼굴을 들어 올리며 키스를 퍼붓게 된다. 거품으로 범벅이 된 하얀색 두 눈사람이 한데 뒤엉키고, 뜨거운 온천물이 사방으로 튀기며 물보라를 만든다.

"온천물이라서 그런지 몇 번이나 헹궈도 몸이 미끌미끌해."

"정말 그러네요. 왠지 몸이 가벼워지고 피부가 부드러워진 느낌도 나고요."

우리는 온천텔을 나와 롤링힐스 호텔로 향했다.

"우리 어차피 크리스마스 때는 만나지도 못하잖아요. 호텔 바에 가서 칵테일이라도 한잔 마시고 집에 가요. 크리스마스 시즌이라 트리랑 장식까지 정말 예쁘게 꾸며 놨을 거야."

호텔은 외관에서부터 온갖 전구와 반짝거리는 불빛까지 크리스마스 분위기로 한창이었다. 우리는 호텔 이곳저곳을 돌아다니며 구경을 하고, 사진을 찍으며 성탄 분위기를 한껏 즐겼다.

"메리 크리스마스. 우리 그날은 못 보니까 미리 성탄 인사하는 거예요."

"그래, 우리 만난 지가 엊그제 같은데 벌써 겨울이고 크리스마스라니. 정말 세월이 빠른 것 같아."

호텔 바에 들어가서 맥주와 칵테일을 시켰다. 우리 옆에 놓인 크리스마스트리의 환한 불빛에 반사된 그의 모습이 왠지 발갛게 상기되어 보인다.

"예전에 남자들이랑 연애할 때는 술 잘 못 마셔서 자주 칵테일 먹고 그랬는데. 그때 한창 먹었던 칵테일들이 지금 먹는 피나콜라다. 그리고 마가리타, 마티니, 칼루아밀크 등등 많이 마셨었어요."

"넌 가끔씩 얘기할 때 보면 참 많은 남자들과 만난 것 같아. 도대체 이제껏 몇 명이나 만나 본 거야?"

"사귄 사람이 몇 명이냐는 거예요?"

"더 노골적으로, 이제껏 몇 명이나 자 봤어, 넌?"

"난 사귄 사람과 잔 사람이 일치해요. 원나잇 스탠드는 해 본 적 없고, 좋아하는 사람, 사랑하는 사람하고만 잤거든요. 당신과 그랬던 것처럼요."

"좋아, 그럼 이제껏 사귀고, 잔 사람은 모두 몇 명이야?"

"정말로 그게 궁금해요?"

"응, 진짜 궁금해. 도대체 난 몇 번째 남자인지. 그리고 이제껏 만난 사람 중에 날 몇 번째로 사랑하는지."

"솔직히, 이제껏 사귄 사람, 그러니까 잔 사람은 셀 수 없이 많고, 평생을 통털어 가장 사랑하는 사람은 당신이에요."

"슬픈 소식과 동시에 기쁜 소식이네."

"그럼, 당신은 이제껏 잔 여자가 몇 명이에요?"

"사귄 사람은 대여섯 명, 잔 여자는 셀 수 없이 많지."

"왜 그렇게 차이가 나는데요?"

"남자는 애정 없이도 업소에 가서 여자랑 잠을 자니까."

"돈을 지불하고 성을 사는?"

"그렇지."

"역겹네요."

"그걸 역겹다고 생각하면 안 돼. 너무나 많은 남자들이 그러거든. 안 그런 남자 찾아보기가 힘들 정도로. 나도 젊었을 때는 그랬었고."

"당신은 이젠 더 이상 젊지도 않고, 항상 원하면 내가 곁에 있으니 절대 그러지 말아요."

"알았어. 그러니까 이젠 내가 네 인생의 몇 번째 연인인지 말해 봐."

"당신은, 음, 그러니까 결혼 후 처음이에요. 난, 결혼 후, 섹스도, 애정도 없는 무미건조한 삶을 살면서도 단 한 번도 딴 남자에게 눈 돌려본 적은 없었어요."

"나 때문에 나쁜 길로 빠지게 되었구나. 유혹을 받았던 적은?"

"솔직히 몇 번 있었어요. 결혼 전 사귀었던 옛날 애인, 그리고 동창회에서 만난 초등학교 시절 친구, 찜질방에서 만난 어떤 아저씨."

"뭐야, 찜질방에서 만나서 네게 작업을 걸었다는 거야?"

"네, 삼 년 전쯤에. 큰 키에 호감 가는 외모가 눈에 띄긴 했지만 받아주진 않았어요. 한 동네 주민이라는 생각에 끔찍해서."

"재미있군. 초등학교 동창도 널 유혹했나? 뭐라고 했는데?"

"애인이 필요하면 연락하라고요."

십여 년 전, 결혼 초, 초등학교 동창회에 나간 어느 봄날, 많은 친구들이 모인 가운데 떠들썩한 술자리는 밤늦게까지 계속되었다. 그중 어릴 때도 유독 인기가 많았던 한 남자 친구는 그날도 많은 여자들의 관심의 대상이었다. 아직 20대였던 우리는 아직 젊었고, 결혼도 안 한 친구들이 대부분이었기에, 인기가 많았던 이성에게 관심이 쏠리는 것은 당연한 일이었다고 생각이 든다. 여자 아이들은 그에게 술을 따라주고, 말을 건네고, 심지어 취해서 스킨십까지 시도하는 등 정말 천태만상이었다. 유독 인기가 없었고, 말수도 적었던 남자 아이들 몇몇은 구석에 조용히 앉아 자기들끼리 술을 주거니 받거니 하며 외따로 떨어져 이야기하던 기억도 난다. 그 친구는 자신에게만 유독 쏠리는 여자들의 관심이 적지 않게 부담인 듯했다. 별로 반응을 보이지 않고 말없이 연이어 술만 들이켰고, 앞 테이블에 앉은 나와 때때로 눈이 마주치면 씁쓸한 웃음을 짓곤 했다. 무대에 서서 노래를 하고, 스테이지로 나가 춤을 추느라 자리가 조금 비워지고 한산해진 틈을 타 그가 내게 다가와 앉았다.

"재미있니?"

"응, 십 년도 더 넘어 이렇게 친구들 보니까 너무 웃기고 재밌네."

"넌 왜 그렇게 결혼을 빨리 했어?"

"나이 스물일곱에 한 결혼이 뭐가 그렇게 빠르다고."

"요즘은 삼십 넘어도 일하느라 연애하느라 다들 늦게 가잖아."

"신랑이 나이가 많아서 어쩌다보니 그렇게 됐어. 요즘 기준에선 빠른 거겠지."

"몇 살 차이 나는데?"

"열 살."

"그렇구나."

그는 조금 뜸을 들이다 다시 말을 이었다.

"초등학교 때 난 널 많이 좋아했었어. 알고 있었니?"

물론 알고 있었다. 하지만 대답하지 않은 채 그냥 술잔을 입에 가져가며 웃어보였다.

"혹시, 너, 애인이 필요하면 내게 연락해."

"그게 무슨 말이야?"

"말 그대로야. 연락해 줘, 내게. 언제든지."

곧이어 친구들이 우르르 룸으로 다시 밀려 들어오는 바람에 우리의 대화는 중단이 되었다. 물론, 난 그에게 연락하지 않았다. 그 이후로도 모임에선 몇 번 더 그를 봤지만, 그 역시 내게 같은 말을 하지는 않았다. 그는 어릴 적 친구였고, 역시 동기인 친구 여동생과 연인 사이였다. 그가 내게 그런 말을 한 것은 술에 취해서, 어릴 적 짝사랑의 감정을 떠올리다 그만 실수한 것쯤으로 내내 생각해 왔다. 하지만 지금은 그게 아니었다는 걸 믿는다. 남자는 그렇다. 기혼이건 아니건, 동창이건 낯선 이건, 자신이 다가가고픈 사람에게는 그렇게 뻔뻔스럽게 자신의 감정을 노골적으로 표현하고 행동으로 옮기는 것이 남자라는 존재다. 지금의 나의 연인이 그렇게 다가왔고, 그리하여 우리가 사귀게 된 것처럼.

"그래서, 지금은 그 동창 남자애 사귀지 않은 것을 후회해?"

"아니, 전혀 후회하지 않아요. 걔는 어릴 적 친구인걸. 이십 년 전의 옛 추억까지 망치고 싶지 않아요."

"그래, 그런 꼬마 시절 친구보다 내가 백배 낫지. 옛날 애인은 또 뭐야? 요즘도 연락 오는 거야?"

결혼 전, 마지막으로 사귀었던 동갑내기 옛 애인. 그는 이른바 신의 직장으로 불리는 대기업 마케팅 부서에 근무하고 있었고 그렇기에 너무 바빴다. 잦은 야근에, 회식에 너무 바쁘고 정신없이 일하느라 일주일에 한 번 보기도 어려운 처지였고, 연락도 이삼일에 한 번 겨우 하는 것이 고작이었다.

"어제는 왜 연락 안 했어?"

"일이 너무 밀려 있었어. 알잖아, 요즘 대형 프로젝트 때문에 정신없는 거."

"바쁘고 여유가 없어서 연락 안 했다는 건 다 핑계야. 커피 한 잔 마실 시간에 문자 한 통쯤 보낼 수도 있었어. 손가락이 부러지길 했어, 전화기가 고장 나기라도 했어? 출근길에 전화 통화 한번 하는 게 그렇게 어려운 일이야?"

"알았어, 앞으로는 더 자주 연락하고 네게 신경 쓸게. 화내지 마."

"계속 이런 식이면 너 더 이상 안 만나."

하지만 수차례의 경고에도 그의 태도는 달라지지 않았고, 나보다는 일이 좋다며, 하루 종일 일에만 파묻혀 사는 그에게 난 실망감을 느껴 이별을 고하게 되었다. 그는 의외로 순순히 이별을 받아들였고, 그로부터 반년도 안 되어, 결혼을 해 버렸다. 지인을 통해 그의 결혼 소식을 들었을 때, 얼마나 황당하고 배신감이 느껴지던지. 그래, 날 많이 좋아하지 않았던 거겠지. 내가 그를 버렸는데, 그가 먼저 결혼을 해 버린 게 어떻게 보면 맘 편하고 참 다행이다. 부디 그가 행복하게 잘 살았으면, 하고 마음속에서 다 털어 버리고 그를 까맣게 잊고 살았다. 그리고 정확히 석 달 후, 그가 갑작스레 날 찾아왔다. 헤어진 지 약 9개월 만에 보는 그의 모습은 많이 달라져 있었다. 왠지 갑자기 늙어 버린 것 같기도 하고, 수척하고 힘든 기색이 역력한 얼굴이었다.

"너, 얼굴이 왜 그러니? 많이 상했다. 왜, 여전히 회사 일에 치여 사느라 건강 챙길 시간도 없어?"

"난, 네가 너무 많이 그리웠어."

"갑자기 날 찾아와서 그게 무슨 소리니?"

"난 지금 너무 불행하고 괴로워. 내가 사랑했던 사람은 너였는데, 원하지도 않고 애정도 없는 결혼을 해 버렸더니 지금은 온통 후회와 괴로움뿐이야."

"네가 연락했다고 이렇게 뛰쳐나와 널 만나준 내가 잘못이다. 그래도 옛정을 생각해서 궁금하기도 하고, 잘 지내는지 안부 정도 전할 순 있을 거라 생각해서 나왔는데, 넌 뜬금없이 날 찾아와서 지금 그게 할 소리야?"

"미안해…. 난 지금이라도 모든 걸 돌리고 싶은 마음이야."

"내가 널 떠나긴 했지만, 결혼을 먼저 해 버린 건 너야. 그것도 반년도 안 되어 급작스럽게. 원했건 원하지 않았건 누가 억지로 끌고 들어간 것도 아니고 네 발로 결혼식장에 들어간 거잖아. 더 이상 헛소리하지 말고 이제 그만 가."

"난 아직도 너만을 사랑해. 네 곁으로 돌아가고 싶어."

"정말로 내게 돌아오고 싶어? 그러면 이혼하고 오든지."

난 차갑고 냉정하게 쏘아붙이며 그를 밀어냈다. 불같이 화를 내며 거칠게 밀어붙이고, 욕을 하는 나를 두 눈 가득 슬픔을 담고 바라보다 힘없이 돌아서던 그의 모습이 아직도 기억이 난다. 물론 이혼하고 오라는 말은 진심이 아니었다. 그가 이혼을 하건 다시 싱글이 되건, 난 그를 받아줄 마음이 조금도 없었다. 애정은 식었고, 사랑은 소멸된 지 오래였다. 또다시 까마득히 그를 잊어버리고 일에 파묻혀 살았던 어느 겨울날, 그가 다시 날 찾아왔다. 역시 석 달 만의 재회였으니 그의 결혼 후 반년 만에, 우리가 헤어진 지는 정확히 일 년 만이었고 당시 난 결혼을 앞두고 있었다.

"왜 또 찾아왔어? 그래, 이혼이라도 하고 온 거야?"

그는 깊은 한숨을 연달아 쉬며 정말로 괴로움과 수심에 가득 찬 표정이었다.

"왜, 이혼하는 데 시간이 걸리니?"

"아기가… 생겼어…."

"뭐라고?"

"정말, 정말 실수였어. 조심했어야 했는데. 다 끝내고 어서 네게 돌아오고 싶었는데. 난 정말 바보야. 이제 어쩌면 좋지?"

"넌 바보에다 머저리고 미친놈이야. 이혼하고 내게 오지 않아서 천만다행이라고 생각해. 어서 내 눈앞에서 사라져 버려."

난 내 앞에서 눈물을 흘리는 그의 얼굴에 침이라도 뱉어주고 싶었다.

"난 그래도 너만을 사랑해. 널 계속 만나고 싶어."

"뭐야, 네 정부라도 되라는 거야?"

"사랑하는데, 왜 널 만나면 안 되니?"

"난 널 사랑하지 않으니까. 우리가 사귀었던 건 다 지난 일이고, 지금은 좋았던 옛 기억까지 죄다 싫어지고 구역질나려고 해. 제발 부탁이니 이제 그만 내 인생에서 사라져 줘. 연락도 받지 않을게."

그는 그 이후에도 가끔씩 연락이 왔다. 난 일부러 그의 회사와 휴대폰 번호를 저장해 두고 일절 연락을 받지 않았다. 그게 벌써 십 년 전이다. 그리고 그는 아직도 잊을 만하면 내게 연락한다. 물론 난 십 년째 그의 연락을 받지 않고 있지만.

"정말 질긴 놈이네. 끔찍하다. 그런 스토커 같은 자식보다 내가 훨씬 낫다고 생각되지?"

"그럼요. 당신은 그 어느 누구와도 비교할 수 없어요."

결혼한 처지에도 날 찾아와 대놓고 바람피우자고 한 옛날 애인, 그리고 결혼을 한 유부녀인 내게 애인이 되어 주겠다고 한 초등학교 동창. 그들과 현재의 내 애인이 무슨 차이가 있을까? 뻔뻔스럽고 자신이 하고 싶은 대로 말하고 행동하는 것은 다 똑같다. 아니 다르다. 그 둘은 정신 나간 미친놈들이고, 내 애인은 사랑스럽고 멋진 남자이다. 내가 그를 사랑하니까.

"난 당신의 정부예요. 그렇죠?"

난 차갑고 달착지근한 피나콜라다를 마시며 그를 우울하게 바라보았다.

"그렇게 말하면 나도 네 정부야."

"내가 옛날 남자들 욕할 자격이나 될까요? 나도 지금 똑같은 행동을 하고 있으면서."

"그럼 나도 똑같은 나쁜 놈이네."

"그래요. 내가 사랑하는 정말 나쁜 남자죠. 난 당신이 아니었다면 이렇게 살지 않을 수도 있었는데."

"그래서, 많이 후회가 돼? 날 만난 게?"

"아니, 후회하지 않아요. 오히려, 당신을 안 만났더라면 어땠을까 너무 끔찍해요."

　　　　　　　　　　　　　　　　　　　　불륜 일기

"나도 그래. 내가 널 만난 건 정말 행운이고 내 인생에서 대박인 거지."

현재의 달콤한 행복과 대박의 행운이 머잖아 얼마나 큰 불행과 파국으로 닥쳐올지는 그도 나도 알 수가 없다.

"결혼 후에는 그런 일들이 있었고, 어쨌든 결혼 후 만난 남자는 내가 처음이구나. 내가 정말 알고 싶은 건, 이제껏 네 인생에서 몇 명의 남자가 있었냐는 거야. 알려 줄래?"

"너무 많아서 한번 목록을 써 봐야 돼요."

나는 한참을 망설이다 종이에 남자들의 이름을 차례로 써내려갔다. 생애 첫 성관계 후 피를 흘리며 울던 날 꼭 안고 달래주던 첫 남자 친구가 생각났다. 결혼하자며, 내게 작은 다이아몬드가 박힌 반지를 끼워주던 신경외과 레지던트가 생각났다. 만날 때마다 섹스가 하고 싶다고 줄기차게 요구하던 모델이 생각났다. 내가 이제껏 사귀었던 남자를 한꺼번에 떠올리는 것은 처음 있는 일이었다. 스스로 연애를 할 만큼 해 봤고, 남자 경험이 많다고 생각했지만, 이렇게 하나하나 떠올리고 그 모든 이의 목록을 써 보는 것은 엄두에도 못 냈던 일이었던 것이다. 어쩌면, 많은 남자 경험을 떠올리기 두려워서인지도 몰랐다. 너무 많은 남자들과 사귀고 잠자리를 했던 나 자신이 역겹고 창피스러워서인지도 몰랐다. 난 그냥, 내 과거를 떠올리기 싫었던 것이다. 그들 모두를 한때 진정으로 사랑했었다 해도. 하지만 결국 먼 훗날 떠올렸을 때, 내가 가장 사랑하는 지금의 내 애인이 가장 치욕스러운 과거로 남지는 않을까? 적어도 과거의 연인들은 떳떳하기라도 했으니.

"순서대로 다 썼어요. 마지막 남편까지 포함해서 모두 열여섯 명이에요."

"뭐? 정말이야? 생각했던 것보다 훨씬 많네. 난 아무리 많아도 열 명 남짓할까 생각했는데."

대학에 합격한 그해 열아홉 살부터 연애를 시작하고 스물일곱에 결혼을 했으니 8년간 일 년에 두 명의 남자를 사귄 꼴이었다. 나도 이렇게 많을 줄은 미처 생각지 못했다. 하지만 결심하고 명단을 써내려가니 옛 애인들의 이름과 나이, 직업 그리고 얼굴까지 모두 생생히 기억난다는 사실이 놀라울 따름이었다. 심지어 그들과의 잠자리까지도.

그는 내 과거 연인들의 명단을 한번 보길 원했다. 어차피, 이름을 봐도 모를 테니 그에게 종이를 건네주었다. 첫 애인부터 현재의 남편까지 순서대로 남자들의 이름이 적혀 있고 옆에는 생년이 적혀 있었다.

"이런, 다섯 살 어린 남자와도 사귀어 봤니? 요즘 흔히 대세라고 하는 연하남이네."

"네, 그 아이가 다가와서 끈질기게 사귀자고 요구해서 한 일 년 사귀었어요."

그 연하 애인과의 섹스는 내 인생에 최고의 섹스로 기억 속에 남아 있다. 물론 그에게 그 이야기는 하지 않았지만.

"남편이 열여섯 번째, 그럼 난 네 인생의 열일곱 번째 남자이겠군. 앞으로 명단에 몇 명이나 더 채워질까?"

"물론 당신이 마지막이에요. 열일곱 번째이자 마지막 남자예요."

"글쎄, 위기감이 막 닥쳐오는걸."

그와 헤어지고 난 후는 생각해 본 적이 없었다. 사랑하는 연인과 연애를 하고 있는 와중에 미리 이별 후를 생각하는 사람은 없다. 하지만 언젠가는 그날이 온다. 특히 우리처럼 잘못된 만남을 하고 있다면 더더욱 빨리.

"어때요, 이제 궁금증이 풀렸나요?"

"궁금증은 완전히 해결되었지만, 너무 허탈하고 속상한걸? 열일곱 번째라니."

"당신은 그 열여섯 명을 모두 이긴 거예요. 그들 모두 합쳐도 당신을 절대 따라올 수 없어요."

"네 남편보다도 날 더 사랑하니?"

예전에도 그가 같은 질문을 한 적이 있었다. 그때는 차마 대답하지 못

했다. 내 마음을 확신할 수 없었기에, 남편이라고 대답하건, 그라고 대답하건 그 어느 쪽도 거짓말인 것만 같아서, 그를 더 많이 사랑한다고 한다면 씻을 수 없는 죄를 짓는 것 같아서, 그에게 감당할 수 없는 부담을 주기 싫어서. 그러나 이번에는 그를 바라보며 난 진심으로 대답한다.

"내가 가장 사랑하는 사람은 바로 당신이에요."

그는 활짝 웃으며 내 뺨을 부드럽게 어루만진다. 그리고 옛 애인들의 이름이 빼곡히 적힌 종이를 아주 잘게 찢어 빈 맥주병 속으로 집어넣어 버린다.

44. 2013. 12. 27. 금

어제는 회사의 전체 워크숍이 있었다. 나는 외주 직원이었기에 직원 워크숍에는 참석하지 않았다. 충북에 위치한 한 문화연수원에서의 1박 2일 동안 그는 연수원 전경을 촬영해 사진을 보내주고, 자신의 숙소 사진도 찍어 보내주었다. 깔끔하고 정갈한 리조트형 숙소는 싱글 침대가 둘 놓여 있었고, 그는 2인용 방을 혼자 쓰고 있다고 했다.

"정말 혼자 쓰는 것 맞아요? 예쁜 여직원이랑 같이 자는 거 아니야?"

"이상한 상상 좀 그만해. 회사에서 직원이랑 그러다가 무슨 험한 꼴을 당하려고."

"당신, 예전에 부하 직원이랑 사귄 적 있잖아. 참, 그 여자는 워크숍 왔어요? 왔겠지?"

"아냐, 안 왔어."

"듣던 중 반가운 소리네요. 멀리까지 연수 간 데다 옛 생각이라도 나서 불이라도 다시 붙으면 안 되잖아?"

"넌 정말 헛소리만 골라서 하는구나. 이따 다시 전화할게."

그는 자기 전에 다시 전화해 주었다. 그리고 얼마나 내가 보고 싶은지, 지금 혼자 누워 있는 연수원 숙소 침대에 내가 함께 누워 있었으면 하고 얼마나 바라는지를 말해 주었다.

"나 당신 너무 보고 싶어요. 내일 언제 와요?"

"오후 서너 시면 다 끝날 거야. 끝나고 우리 과천에서 만나자. 저녁 시간까지는 충분히 갈 수 있어."

"그래요, 그럼 내일 봐요."

다음 날, 우리는 평소 자주 가는 과천 포장마차에서 만났다. 지난번처

206불륜 일기

럼 검은 석탄 난로 옆에 자리를 잡고, 삼겹살을 구워 먹으며 그는 워크숍을 진행한 이야기를 들려주었다. 힘든 일정이었지만, 나름 보람도 있었고 직원들과도 친밀해지는 소중한 시간이 되었다며 연수 이야기를 늘어놓는 그의 모습은 영락없는 한 회사의 대표였다.

"오늘 초등학교 반창회가 있어. 친구들이 오라고 며칠 전부터 아주 난리였지. 하지만 널 만나기 위해 가볍게 제쳤어."

"고마워요. 나도 대학 동기들 송년회 모임 안 나갔어요."

"네가 빨리 보고 싶어서 샤워도 안 하고 바로 달려왔어. 나 구질구질해 보여?"

"당신은 언제나 멋있어요."

그는 내 얼굴을 빤히 바라보다 갑자기 말을 이었다.

"그런데 넌 나이에 비해 정말 어려 보여. 그리고 흰머리도 하나도 없지."

"집안 유전인 것 같아요. 우리 어머니가 오십 대 후반이 되어서야 흰머리가 하나씩 나기 시작했다고 하셨거든요."

"우리 와이프가 너랑 동갑인데 흰머리가 정말 많아. 그래서 염색했어. 넌 염색 안 하지?"

"어렸을 때 한두 번 컬러 염색을 해 본 것 말고는 염색한 적 한 번도 없어요."

"그래, 좋겠다. 그것도 복이야."

흰머리가 나서 정기적으로 염색하는 친구들이 주위에도 벌써 꽤 있다. 심지어는 성기 주변에도 흰 털이 난다며 너무 슬프다고 하소연하기도 한다. 어차피 나이가 들어서 어쩔 수 없는 신체 현상이자 인생의 무게이다. 어떻게 거스를 수 있겠는가. 지구의 중력에 평생 적응하고 사는 것처럼, 인생의 중력에도 역시 그냥 순응하고 짊어진 채 살아갈 수밖에 없는 것을.

잠시 후, 우리는 투명한 전망용 엘리베이터를 타고 지난번에도 왔던 모텔로 향하고 있었다. 크리스마스가 지났지만 앙증맞은 트리는 여전히 카운터 옆에 서 있고, 오늘은 특실이 없고 일반실만 남아 있다는 직원의 말소리가 들린다.

"지난번에 복층에다 커다란 욕조가 있었던 특실에 묵었잖아. 오늘은 그 방이 없다는군."

"일반실은 좀 더 작고 아담하겠죠."

커다랗고 넓은 침대가 방 중앙에 자리 잡고 있고, 벽 한쪽 전체가 거울로 되어 있는 일반실은 어느 평범한 모텔과 다를 바 없었지만, 좀 더 세련되고 도시적인 분위기를 풍기는 느낌이었다.

"이 모텔이 인테리어가 모던하고 깔끔한 것 같아. 그래서 손님이 많나 봐."

"우리같이 섹스에 굶주린 커플들이 많아서 그래요. 아주 저녁마다 미어터지는 것 같아."

"그래. 과천에는 워낙 모텔이 흔치 않기도 하고."

요즘 젊은이들은 소개팅을 하거나 선을 보거나 해도, 예전처럼 차를 마시거나, 밥을 먹거나, 영화를 보거나 하는 전후 과정 다 생략하고 서로 마음에 들면 바로 모텔로 가서 성관계를 즐긴다는 이야기를 많이 들었다. 어쩌면 그게 더 현명한 것일 수도 있다. 결국 그녀와 또는 그와 자기 위해서 그 많은 시간과 돈을 할애하고, 엄청난 노력을 쏟아붓는 과정과 기간이 다 아깝고 쓸데없이 여겨진다는 것이다. 그만큼 만남과 섹스, 그리고 이별하기까지의 기간이 짧아졌다. 내가 어릴 적, 연애할 때만 해도 처음 상대를 만나서 마음을 열고, 성관계를 하기까지는 적지 않은 시간이 걸렸다. 하지만 난 결국 항상 마음을 열었고, 결과적으로 총 17명의 남자들과 잠자리를 가졌다.

그와 나는 섹스를 하는 내내 거울로 된 한쪽 벽면을 계속 주시했다. 실오라기 하나 걸치지 않은 남녀가 뒤엉켜 끊임없이 포효하는 원초적인 움직임이 보기만 해도 짜릿하다. 긴 머리칼이 온통 흐트러지고 얼굴이 붉게 상기된 채 입술을 벌리고 헐떡이는 거울 속의 내 모습이 너무도 관능적이

불륜 일기

고 자극적이다. 나는 포르노 영화의 주인공이자 동시에 거울 속의 남녀를 주시하는 관람자가 되어 1인 2역을 마음껏 느끼고 즐겼다.

잠시 후, 우린 나란히 누워 함께 천장을 바라보고 있었다. 자잘한 꽃무늬가 프린트된 예쁜 벽지. 예전에 갔던 홍천 인근의 모텔 캘리포니아에서는 천장에 통 거울이 있었다. 이제는 너무 많은 모텔을 다녀봐서 이곳저곳의 분위기와 인테리어를 비교해 보는 지경까지 돼 버렸다.

나는 침대 옆에 놓인 그의 휴대폰을 들고 함께 누워 있는 우리 두 사람의 모습을 찍었다.

"찰칵, 찰칵."

그의 어깨에 입술도 대어보고, 그의 얼굴에 뺨을 붙이기도 하며, 다양한 포즈로 여러 번이나 우리의 사진을 찍는다.

"너, 이래도 되는 거야? 언제는 증거를 남기는 미련한 짓 따위는 안 한다더니."

"난 지금 증거가 아니라 우리의 소중한 추억을 남기는 거예요."

사진 속 벗은 두 남녀의 모습이 너무 섹시하다.

"내가 생각해도 우린 너무 완벽한 한 쌍이에요. 사진 속 당신 너무 멋져 보여."

"너도 정말 어리고 귀엽게 나왔다. 벗은 채 찍으니 완전 소녀 분위기야."

벗은 어깨까지만 나온 다른 사진들과 달리 딱 한 장에 내 가슴이 나온 채 찍혔다. 그는 내가 삭제하지 못하게 얼른 저장하고는 방금 찍은 여러 장의 사진을 계속해서 감상했다. 나도 옆에 드러누운 채 그의 팔을 베고 한참이나 같이 사진을 들여다보고 있었다.

"카톡으로 방금 사진들 보내줘요. 비밀 폴더에 보관해 두고, 당신 생각 날 때마다 가끔씩 들여다보게."

"알았어. 지금 보내줄게."

그가 카톡 여는 것을 옆에서 지켜보고 있는데, 카톡 대화방 목록에 신입 직원 교육팀장의 이름이 보였다. 나는 그가 제지할 틈도 주지 않고 휴대폰을 얼른 빼앗아 들고 대화창을 확인했다. 대화 내용은 단 한 줄이었다.

'흰머리가 너무 많은데 염색 좀 하지 그래?'

나는 침대에 휴대폰을 내던지고 그를 노려보았다.

"지금 이 대화는 대체 뭐야?"

"아무것도 아니야."

"오늘 날짜야. 오전 11시. 아침에 당신은 연수원에서 워크숍 중이었어. 워크숍에 그 여자가 왔었지?"

그는 딱딱한 표정으로 천천히 고개를 끄덕였다.

"나한테 거짓말했구나. 팀장 오지 않았다고 했잖아. 왜 그랬어?"

"단지 직원 워크숍일 뿐이야. 아무것도 아닌 일에 네가 신경 쓰고 화내는 거 싫었다고. 그 여자가 워크숍 왔다고 하면 넌 또 날 들들 볶고 잔소리를 해댔겠지."

"그랬겠지. 하지만 적어도 이렇게 배신감 들지는 않았을 거야."

"거짓말한 건 미안하게 생각해. 직원 단체 연수였을 뿐이야. 알잖아."

"그래, 알아. 워크숍일 뿐이지. 그런데 이 대화 내용은 대체 뭐야? 그 여자가 흰머리가 많든 적든 당신이 무슨 상관인데?"

그는 답답한 표정을 지으며 아무 말이 없었다.

"어서 말해보지 그래? 이 대화에 대해서. 아까 나보고 흰머리가 없다고 했지? 그런 것도 속으로 비교하고 있었니? 옛 애인이랑 현재 애인이랑?"

"그런 거 아니야. 그 문자는, 단지, 오랜만에 보는 그 여자가 너무 머리가 하얗게 세어 있기에 농담 반 진담 반으로 카톡을 보낸 것뿐이야. 별 뜻 없었다고."

"이런 사적이고 친밀한 문자를 보고 별 뜻 없다고 생각할 바보 천치 년은 세상에 없어. 당신 날 아주 우습게 보는구나? 이런 걸 들키고도 내가 그냥 넘어갈 줄 알았니?"

난 바닥에 떨어진 옷들을 서둘러 주워 입으며 마구 소리를 지르고 눈물을 흘렸다. 사실 그가 내게 거짓말한 것보다도, 그녀를 아직도 염려하는 듯한 말투로 보낸 그 문자가 더 싫었다. 이젠, 정말 비즈니스만 남아 있는 관계라고, 감정은 모두 정리된 관계라고 그렇게 주장해 왔는데, 세상에 그 어떤 비즈니스 관계에서 상대의 외모에 대해 걱정하고 흰머리의 많고 적음을 신경 쓰는 사이가 있단 말인가?

"내게 거짓말이나 하고, 아직도 옛 여자한테 감정이 남아 있는 당신을 용서할 수 없어. 지금 이 순간 이후로 우린 끝이야."

모텔 방문을 거의 발로 차다시피 해서 뛰쳐나온 나는 길고 어두운 복도를 단숨에 뛰어나와 버렸다.

며칠을 얼마나 울고 괴로움에 몸서리쳤는지 모른다. 그와 이제는 정말로 이별하려고 결심하니 그동안 참아왔던 감정들이 한꺼번에 밀려들면서 나를 끊임없이 지치고 힘겹게 만들었다. 나는 어쩌면 어떠한 핑계를 대서라도 그와 헤어지려고 의도했었는지도 모른다. 아직 아무에게도 들키지 않았을 때, 아직 가정으로 돌아갈 마음이 남아 있을 때, 아직은 그래도 내 마음속 깊은 곳에 양심과 도덕성이라는 부서지고 찢겨진 조각 파편 하나가 남아 있을 때, 끝내는 것이 옳은 것이다. 불륜을 끝내야 하는 시점은 언제인가? 정답은 항상 지금 이 순간인 것이다.

그는 미안하다는 말과 함께 내가 그렇게 괴로워할 일은 전혀 아니라는 변명을 계속했다. 직원으로서, 지인으로서 그런 말쯤 건네는 것은 아무것도 아니라는 그의 말을 선뜻 믿기가 어려웠다. 물론 나 역시 내 이성 친구들에게, 남자 선배, 동창들에게 그런 말을 할 수 있다. 하지만 과거의 연인이라면 다르다. 옛 애인의 머리에 백발이 가득하건, 주름투성이 얼굴이건, 쇠약해진 몸을 제대로 가누건 말건 그건 내 알 바가 아닌 것이다. 헤어진 연인의 안부 따위를 걱정하기에는 내 감정의 폭이 너무나도 좁다.

그런 시답잖은 문자 내용보다도 날 무엇보다 가장 슬프게 만드는 것은 사랑하는 그와의 이별이라는 사실이었다. 나는 혼자서 우리의 헤어짐을 결단 내리고, 정의하고, 모든 결말까지 마무리 지으며 울고 또 울었다.

"제발 우리가 헤어진다는 얘긴 하지 말아줘. 이런 일로 헤어진다는 건 말도 안 돼. 정말 오해야. 이런 별일 아닌 걸로 헤어진다면 서로에게 상처와 후회만 가득할 거야."

"당신은 내게 거짓말을 했잖아요. 그리고 그 여자에게 아직 감정이 남아 있잖아요."

"왜 그 문자가 감정이 남아 있어서 보낸 거라고 생각해? 친구에게 가볍게 던진 농담 비슷한 말이라고 생각하면 안 되겠니? 그리고 난 네 마음을 편하게 해 주기 위해서라면 크지 않은 거짓말 정도는 할 수 있다고 생각했어. 하지만 그조차도 널 불쾌하게 하고 내게 신뢰감이 가지 않게 한다면 앞으로 절대 하지 않을게."

흐느끼는 내 울음소리가 너무 커서 전화기 속의 그의 목소리를 제대로 듣기가 어려웠다. 그가 날 붙잡고 있었다. 내가 떠나면, 이별을 고하면, 절대로 잡지 않겠다고 몇 번이나 말해온 그가, 떠나려는 날 만류하고 애원하고 있었다. 그의 진심이 느껴져서 울고 또 눈물짓는다. 그의 한결같은 사랑에 감격해서 난 그렇게 울고 웃는다.

"당신, 앞으로 절대로 내게 거짓말하지 말아요. 한 번만 더 그러면 그땐 정말 당신 보지 않을 거야."

"약속할게."

그리고 올해의 마지막 날, 우린 또다시 만났다.

"올 한 해도 다 갔네. 2013년은 너와 함께여서 너무 행복했어."

"저도요. 태어나서 최고의 한 해를 보낸 것 같아요. 미친 듯이 사랑하고, 사랑받고."

"우리, 백화점에 가 보자. 같이 한 번도 안 가봤잖아."

"믿기 어렵겠지만 전 백화점을 굉장히 싫어해요."

여느 여자들과 달리 난 백화점에서 쇼핑하는 것을 즐기지 않는다. 온갖 상품들로 꽉 찬 백화점 안을 하릴없이 빙빙 돌아다니고 있으면 세상에서 가장 쓸데없는 행동을 반복하는 공허한 일처럼 느껴질 뿐이다. 미용실에 꼼짝 않고 몇 시간을 앉아 있는 것도 참을 수 없이 긴 시간으로 느껴져 견디기 힘들고, 여자들이 즐겨보는 잡지 역시 광고와 이미지의 의미 없는 나열로 느껴져 좀처럼 집중해서 보기 힘들다. 그래서 친구들은 내게 그런 이야기를 참 많이 했다. 넌 무늬만 여자이고 본성은 남자라고.

"넌 어쩔 때 보면 여자의 탈을 쓴 남자 같아."

"그런 얘기 많이 들었어요. 우리, 백화점 말고 점심 먹고 산책이나 해요."

"오늘은 백화점에 가서 밥 먹자. 현대 백화점에 맛있는 곳 많아."

우린 압구정 현대백화점 식당가의 한 음식점에 자리를 잡았다.

"밥 다 먹고 액세서리 매장에 한번 가 보자. 네게 선물을 하나 사 주고 싶어."

"반지나 목걸이 같은 거요?"

"응, 그래서 여기 오자고 한 거야. 오늘 2013년 마지막 날인데 뭔가 의미 있는 선물 하나쯤 사 주고 싶어."

"내게 의미 있는 건 당신뿐이에요. 그따위 반지 목걸이 같은 거 갖고 싶지도 않고 필요하지도 않아요. 하고 다니지도 않을 거구요."

"저번에 널 많이 화나게 했으니 너무 미안해서라도 사과의 뜻으로 뭔가 사 주고 싶어서 그래."

"많이 미안해요? 그럼 다시는 내게 거짓말하지 말아요."

"알겠어."

"저번에, 나 모텔에서 나가 버리고, 혼자 집으로 갔었나요?"

"너무 울적하고 우울한 마음에 집에 들어가기 싫어서 반창회 송년회를 갔었어. 그런데 너와 다투고 난 직후였기에 거기 가서도 좀처럼 기분이 풀리거나 나아지지 않았지. 친구들이 다들 너 무슨 일 있냐고 한마디씩 물어봤었어. 초등학교 때 담임선생님까지 나오셨는데 그분마저도 '넌 무슨 세상에 불만이 가득한 사람 같다.'라고 말씀하셨어."

"그게 저 때문이었다는 거죠?"

"그렇지, 당신 때문이었지, 뭐 때문이었겠어? 그날 네가 우린 정말로 끝난 거라며 그렇게 뛰쳐나가 버렸을 때 난 극도의 절망감에 휩싸였지. 내 실수로 인해 사랑하는 널 정말 잃을 수도 있겠구나 하는 생각에, 삼십 년

만에 옛 친구들과 옛 은사를 만났어도 머릿속은 괴로움으로 가득 차 있었어."

"저도 너무 괴로웠어요. 당신이 내게 거짓말하고 옛 애인에게 그런 문자를 보냈다는 사실 자체보다도, 이젠 정말 내가 사랑하는 당신을 못 보겠구나, 하는 생각이 들자 미칠 것만 같았어요."

"그래, 나도 그랬어. 그러니까 두 번 다신 그런 말 하지 마."

"무조건 당신이 나한테 잘하면 돼요."

"알겠어."

모든 것이 제자리로 돌아온 듯, 마음이 편안하고 밝아진다. 어둡고 무거운 먹구름이 걷히며 밝고 따사로운 햇살이 다시금 내리쬐는 느낌에 마냥 행복하고 즐거워진다. 우리는 밥을 먹고, 차를 마시고, 이야기를 나누며 평소처럼 다정하고 화기애애한 오후 시간을 함께 보냈다.

"점심시간을 너무 많이 할애했어. 하지만 오늘은 그믐날이니까, 너와 많은 시간을 보낸 것을 후회하지 않아. 반지를 꼭 선물하고 싶었는데, 네가 굳이 거절하니까 다음 기회로 미룰게."

"내가 얘기했잖아요, 다른 사람이 이미 받은 반지 선물 따위는 절대 받고 싶지 않다고."

그를 회사 앞에 내려 주며 나는 박스 하나를 건넸다.

"꽤 무겁네. 이게 뭐야?"

"홍삼이에요."

"홍삼? 왜 이런 걸 줘?"

"당신 요즘 일에 치여서인지 힘들어 보여서요. 하루 두 팩씩 꼭 복용해요."

"넌 참…"

그는 감동과 놀라움이 섞인 표정으로 한동안 말을 잊지 못한다.

"난 무지 건강하니 이런 거 안 먹어도 돼. 이 귀한 건 남편께나 드려."

"당신 챙겨주는 거 백배 이상으로 남편 챙기니까 그런 걱정은 마세요."

"그러면서 넌 반지 안 받겠다고."

"나중에 진짜 좋은 걸로 사 줘요. 들어가요, 우리 내년에 만나요."

"그래, 내년에. 2014년에."

"응, 내년에도 쭉, 우리 함께."

"그래, 사랑해."

"사랑해요."

12월 31일 밤, 그와 카톡을 하며 함께 새해를 축하했다. 서로의 배우자는 곤히 자고 있고, 애인에게 사랑의 밀어와 새해 인사를 하며 밤을 지새우는 이 상황이 꺼림칙하면서도 너무 짜릿하다.

"오늘 그믐날인데, 자정에 와인이라도 한잔 안 해요?"

저녁을 먹으며 남편에게 물어보았다.

"매일 똑같은 날일 뿐이야. 항상 똑같은 또 하나의 내일일 뿐인데 뭐 그렇게 호들갑을 떨어."

"알겠어요. 피곤하면 주무세요."

그리고 보면, 우리 부부는 새해 인사를 나누며 밤을 새거나, 심지어 분위기 있게 같이 술 마셔 본 일조차 한 번 없었다. 난 평생 술 마신 것보다도 훨씬 더 많은 술을 요근래, 애인과 마시고 있다.

남편은 일찌감치 잠자리에 들고, 난 좀처럼 잠이 오지 않아 책을 든 채 소파에 앉아 있었다. 평소 읽고 싶었던 책이었지만, 내용이 전혀 눈에 들어오지 않았다. 점심때 만났던 그의 생각이 자꾸만 났다. 반지를 사 주겠다며 나를 백화점으로 데려간 그의 모습이 자꾸만 어른거린다. 마주 앉아 함께 차를 마시며 애정 넘치는 눈길로 날 바라봐 주던 그가 벌써부터 그리웠다. 그는 지금 뭘 하고 있을까? 아내와 저물어가는 한 해를 마무리하며 축하 와인이라도 한잔 하고 있을까? 술기운과 분위기에 취해 혹시 아내와 잠자리라도 하지 않을까?

정확히 11시 45분, 그에게서 카톡이 온다. 온 가족이 잠든 밤에, 서재에 앉아 책을 읽다가 내 생각이 나서 문자를 했다고 한다. 우린 자정을 기다리며 이런저런 이야기를 나누었다. 지난 한 해, 그와의 만남, 연애, 다툼

그리고 수많은 감정의 기억들이 하나씩 떠오르며 가슴속 깊은 곳에 추억의 바다를 이룬다. 12시 정각이 되자 창밖에서 펑펑 소리가 나며 불꽃이 터졌다. 근처 가까운 곳에서 신년맞이 불꽃놀이를 하고 있는 듯했다. 창문가에 서서 불꽃놀이 사진을 찍어 그에게 보내 주었다. 하늘 위로 한껏 날아올라 형형색색으로 아름답게 터지며 온통 화려하게 수놓았다가 금세 사그라지는 불꽃. 그 찬란한 아름다움과 허망한 최후가 나의 불안하면서도 행복에 겨운 현재의 복잡한 심정과 너무나도 닮아 있었다. 슬픔과 기쁨이 교차된 묘한 기분을 느끼며 그와 함께 오랫동안 불꽃을 보고 또 바라본다.

"나 요즘 이가 너무 아파. 이젠 도저히 참지 못하겠어."

1월 1일을 건너뛰고 2014년 1월 2일, 우리는 다시 만나 이태리 레스토랑에서 함께 점심을 먹고 있었다.

"그 왼쪽 어금니 뒤편에 나기 시작했다는 사랑니 말이죠? 작년부터 계속 아프다고 했었잖아요."

"그래, 웬만하면 참아보려고 했는데 안 되겠어. 그래서 발치하려고 내일 오전에 치과에 예약해 뒀어."

"사랑니 뽑는 거 그거 굉장히 아픈 건데, 괜찮겠어요?"

"아픈 건 아무것도 아니야. 이 뽑고 당일 회사 업무를 제대로 못 볼까봐 그게 걱정이지."

"하루 종일 피나고 식사도 제대로 못 하고 대화하기도 쉽지 않을걸요. 그냥 하루 휴가 내요."

"그럴까? 내일 회사 땡땡이치고 너랑 어디 가까운 데라도 놀러 갈까?"

"나야 상관없지만, 당신 괜찮겠어요? 많이 아플 텐데."

"뭐, 좀 불편하기밖에 더하겠어?"

"알겠어요. 내일 아침에 회사 근처로 갈게요."

"그래, 네 차는 회사에 세워 놓고 내 차로 같이 병원 갔다가 오후에 외곽으로 나가자. 어디 갈지는 한번 생각해 볼게."

다 늙은 나이에 뒤늦게 사랑니가 난다고 작년부터 많이 놀려댔었다. 십대 후반에서 이십 대 초반, 이성에 대한 호기심이 한창 왕성할 때 나는 치아이고, 치아가 날 때, 특히 사랑의 아픔을 경험하듯이 많이 아프다고 해서 이름 붙여진 사랑니. 그는 요근래 사랑니 통증에 많이 시달린 것처럼 나와의 사랑으로 인해 가슴 아프고 고통스러울까? 난 이미 사랑니가 다 나 버렸지만, 뒤늦게 만나 절대 이루어지지 못할 이 힘겨운 사랑의 아픔에 힘들고 괴롭기만 한데.

"내일 이 뽑고 나서 많이 아플 거예요. 내가 하루 종일 같이 있어 줄게요."

"그래, 고마워."

"내일 봐요."

"그래, 내일 봐."

"새해 복 많이 받아요, 당신."

"그래, 너도 새해 복 많이 받아."

447. 2014. 1. 3. 금

이른 아침부터 그와 치과에 앉아 있었다. 의사가 다섯 명이나 있는 대형 치과 병원의 대기실이 매우 넓고 쾌적하다. 사랑니 발치를 위해 내원한 그를 따라 여기까지 오다니 내가 무슨 보호자라도 된 기분이다. 그만큼 걱정이 되고, 신경이 쓰이는 것 또한 사실이었다.

"나 어제, 네 선물 샀어."

"뭔데요? 반지는 받지 않겠다고 했잖아요."

"반지는 아니야. 내가 좋아하는 건데, 네 마음에 들지 모르겠다."

그는 검정색 리본으로 묶여진 검정색 케이스를 내밀었다. 몽블랑 볼펜이었다. 칠흑처럼 까맣고 날렵한 볼펜에 L&K, H.N.Kim이라고 우리의 성과 내 이름의 이니셜이 적혀 있다.

"맘에 들어?"

그는 내 표정을 살피며 조심스레 물어본다.

"사실 나도 똑같은 볼펜이 하나 있어. 회사 차리면서 하나 마련했지. 벌써 8년째 쓰고 있고. 내 것과 똑같은 쌍둥이 볼펜을 네게 주고 싶었어. 같은 마음으로 같은 물건을 갖고 있고 싶어서."

"너무 마음에 들어요. 이보다 멋진 선물은 본 적이 없어요."

진심이었다.

"다행이네. 여자들은 이런 거 안 좋아할까 봐 조금 걱정했었는데."

"난 무늬만 여자지 내면은 남자잖아요."

"그렇긴 하지. 앞으로 중요한 메모를 하거나 필기를 할 때는 이 볼펜을 쓰도록 해. 내 생각 하면서."

"정말 고마워요. 잘 쓸게요."

"만약에, 내가 싫어서 네가 날 떠난다면…."

그가 잠시 망설이다가 덧붙인다.

"그 볼펜 다시 내게 돌려줘. 내가 가진 것과 한 쌍으로, 평생 간직할 거야."

우린 절대 헤어질 일이 없다고, 당신이 싫어질 일은 앞으로 절대로 없을 거라고 말하려다 난 그냥 순순히 대답했다.

"알겠어요. 당신이 싫어지거나 이별하게 되면 꼭 돌려드릴게요. 하지만 이렇게 내 이니셜까지 새겨진 볼펜을 사용할 순 없을 텐데."

"쓰려는 게 아니야. 잘 숨겨 두고, 평생 간직할 거야. 내가 사랑하는 너 대신."

볼펜을 쥔 손이 살짝 떨리며 눈에 눈물이 고일 것만 같다.

"내가 받아 본 것 중 최고의 선물이에요. 사랑해요."

"그래, 잘 써."

뒤이어 간호사가 그의 이름을 부르는 바람에 곧 진료실로 들어가야 했다.

"잘 참아내고, 이따 봐요."

사랑니 하나 뽑는 시간이 너무도 길게 느껴진다. 나는 새로 받은 볼펜을 쥐고, 매우 흡족해하며 이리저리 살펴보기도 하고, 휴대폰으로 볼펜 사진을 찍고, 메모지에 글을 써 보기도 하며 대기실 소파에 앉아서 한참을 기다렸다. 좀처럼 그가 나오지 않는다. 치아 신경과 가까운 곳에 위치한 사랑니라서 발치가 쉽지 않다는 의사의 얘기는 그로부터 들었다. 나는 문득 걱정이 되어 살금살금 진료실 쪽으로 가 보았다. 문이 반쯤 열린 여러 개의 진료실에 서너 명의 치과 의사들이 진료를 하고 있고, 환자들이 의자에 누워 꼼짝 않고 있는 모습이 보인다. 나 말고는 연세가 아주 많이 드신 할머니 한 분만이 진료실 문가에 서서 아들인 듯한 남성을 눈 한번 떼지 않고 관찰하고 있는 모습이 눈에 띄었다. 나이가 많건 그렇지 않건, 어머니의 눈에 자식은 언제나 어린아이나 마찬가지이다.

마지막 방에 그가 보였다. 깔끔한 캐시미어 검정색 코트와 앞이 뾰족한 검은 구두, 숱 많고 부드러운 그의 머리가 보인다. 난 옆방 앞에 내내 서 있는 할머니와 같은 심정으로, 그의 모습을 바라보며 한동안 기다렸다. 치과 기계들이 돌아가는 소리는 요란하고, 이를 가는 소음은 마치 내게 그 느낌이 생생히 전달되는 듯, 소름 끼친다. 보기만 해도, 소리만 들어도 끔찍한 그 상황에 그는 두 손을 가슴 앞에 가지런히 모으고, 꼼짝 않고 내내 누워 있었다.

다시 자리로 돌아와 소파에 앉아 신문을 읽고 있는데, 드디어 그가 한쪽 볼이 퉁퉁 부은 상태로 나온다.

"아프지 않았어요?"

"음, 별로."

사랑니를 발치한 부위에 거즈를 물고 있어 분명하게 발음하지는 못했지만, 표정만은 밝고 기운 있어 보였다. 우린 처방전에 따라 약국에서 진통제를 구입한 후, 차를 몰고 병원을 나섰다.

"앓던 이가 빠졌다는 말이 이런 거구나. 너무 속 시원하다. 그동안 아파서 고생했는데 진작 뽑을걸."

"통증은 없어요?"

"조금 쑤시긴 하지만 괜찮아. 발치는 아주 잘 됐대. 이제 꿰맨 자리가 잘 아물기만 하면 된다는군."

"지금은 마취가 덜 풀려서 그렇지, 좀 지나면 아플 거예요."

"상관없어. 네가 옆에 있으니까."

그는 얼음주머니를 왼쪽 볼에 대고 차 시트에 비스듬히 기대앉고, 난 운전대를 잡고 그가 알려주는 대로 장흥 쪽으로 출발했다.

"장흥 가 봤어?"

"말만 들어 봤지, 처음이에요."

불륜 일기

"장흥도 안 가 보고 뭐 했니? 대학생 때 많이들 가 보지 않니?"

"그러는 당신은 가 봤어요?"

"나야 많이 가 봤지."

그는 가는 내내 젊은 시절 친구들과 여자들과 함께 장흥을 갔던 이야기를 들려주었다. 영국에서 와서 연세어학당을 다녔던 루시라는 외국인 여자 친구와 장흥에 가서 하루 종일 데이트했던 얘기도 들려준다.

"그래서, 루시와는 잤어요?"

"네 관심사는 항상 그거로구나. 아쉽지만 자지는 않았어. 내 친구들 모두 그걸 궁금해했었는데, 안 잤다고 하니 다들 실망하더라. 금발에 푸른 눈의 전형적인 백인 미녀였는데."

날씨는 쌀쌀하고 바람은 차갑지만, 겨울 햇볕이 따스하게 내리쬐어서 몹시 상쾌하고 날아갈 것만 같은 기분이었다. 이렇게 평일에 시간을 내서 함께 놀러 나갈 수 있는 기회가 언제 또 있을까? 액셀러레이터를 밟은 발에 힘이 들어가며 절로 콧노래가 흘러나오고, 그동안 고생하며 앓던 이를 드디어 빼버린 그의 표정 역시 속 시원해 보인다.

그는 가는 내내 회사에서 온 전화를 받았다. 역시 한 회사의 대표는 아무리 자기 소유라 해도 함부로 자리를 비울 수 없다는 그의 말이 맞았다. 직원들은 그 없이 일 진행을 하기 매우 어려워하고, 작은 일 하나도 시시콜콜 물어보고 그의 결정을 기다린다. 그는 계속해서 전화 통화를 하며 일 처리를 지시하고, 컨펌을 해 준다.

"계속 그렇게 전화만 할 거예요?"

"미안해, 이젠 거의 마무리된 것 같아. 더 이상 전화 안 오겠지. 그보다 배고프지 않아? 아침도 못 먹었는데."

"점심때가 되긴 했네요. 그런데 밥 먹을 수 있겠어요? 아직 피도 나고 있을 것 같은데."

"부드러운 거 위주로 먹으면 괜찮아. 저기 밥집에 들어가 보자."

장흥 근처에 도착해 호수 옆에 자리한 한 식당으로 들어갔다. 호수 한편을 끼고 길게 늘어선 방들은 그 식당의 개별적인 룸이었다. 바닥이 따뜻한 온돌방에 자리를 잡고, 우리 둘은 음식을 시킨 후, 둘만의 자유를 만끽한다. 방에는 호수를 내려다볼 수 있는 창문이 한쪽으로 나 있고, 4인 이상은 앉을 수 있을 법한 테이블이 하나 놓여 있고, 그 밖에 방석, 온풍기 등이 갖추어져 있었다. 벽에는 식당 직원을 호출할 수 있는 벨이 달려 있다.

"식사도 이렇게 비밀스럽게 할 수 있는 곳이 있군요. 이 안에서는 무슨 짓을 해도 모르겠어요."

"그렇지. 벨을 누르기 전까지는 절대 먼저 오지도 않아."

"불륜 커플들을 위한 완벽한 장소인 것 같군요."

식사를 가지고 온 직원은 미닫이문을 똑똑 두드리고 한참을 기다린다. 이 역시 무슨 불륜 커플을 배려해 주는 세심한 매너 같다.

"당신은 오늘 이 뽑았으니까 술은 저만 먹을게요. 대신 이걸 드세요."

나는 아침에 타온 선식을 그에게 내밀었다.

"오늘은 유동식 위주로 먹는 게 좋을 것 같아 이거라도 가져왔어요. 바쁘게 나오느라 비록 죽은 준비 못 했지만."

"고마워, 이걸로 충분해."

그는 선식을 컵에 따라 마시고, 나는 복분자주를 술잔에 따라 마셨다. 부드러운 전, 말랑말랑한 도토리묵 등 그가 먹기에 부담 없을 만한 음식들을 골라 입에 넣어 주었다.

"낮에 이렇게 회사 땡땡이치고 나오니까 정말 좋다. 만날 너와 이렇게 놀았으면 좋겠어."

"제가 학교 나가랴 미술 작업하랴 바쁘게 지내는 걸 천만다행으로 생각하세요. 아님 매일 놀아달라고 귀찮게 졸라댔을 거예요."

"그러게, 노는 것도 하루 이틀이지. 결국 돈 벌자고 다 이러고 사는 건데."

노는 것도 매일 하면 재미없다. 그건 사실이다. 난 어릴 적 뭘 하든 재미있었다. 열심히 공부하고, 그림 그리다 가끔씩 친구들과 신나게 놀 때, 그게 그렇게 재미있었다. 교복을 입은 채 학교 뒷산을 뛰어다니며 술래잡기를 했던 것도, 골판지를 썰매 삼아 언덕에서 지칠 때까지 미끄럼을 탔던 것도, 매점에서 쉬는 시간 십 분 동안 떡볶이와 쫄면을 눈 깜짝할 사이에 먹어치웠던 것도 다 너무 재밌고 소중한 추억들이다. 대학에 입학해서 드디어 마음껏 놀 수 있고, 무한한 자유가 주어졌지만, 이제는 뭘 해도 예전만큼 재미가 없었다. 어른들 몰래 숨어서 가끔씩 맛보던 술도 이젠 그 누구의 눈치도 보지 않고 내 마음대로 먹으니 재미가 없고, 그렇게 해 보고 싶었던 화장을 마음껏 해 봐도 하나도 재미가 없었다. 그렇다, 진정한 재미란 어느 정도의 규율과 통제 하에, 제한된 상황 아래에서 내 마음껏 누리지 못하고 아쉬움과 부족함을 남겨둘 때 더 크게 느껴지는 법이다. 남녀의 잠자리도 그런 것일까. 언제든 할 수 있는, 거리낄 것 하나 없는 부부 사이의 섹스는 더 이상 새롭지 않고 재미도 없고 시시하게만 느껴지는 것이고, 사회가 규제하는, 세상의 이치에 반하는, 용서받지 못할 관계가 더 재미있고 신나는 것일까.

그는 왼쪽 볼의 붓기가 조금씩 가라앉는 듯이 보이지만 통증은 여전히 남아 있는 듯했다. 얼음주머니는 거의 녹아 버렸고, 그는 진통제를 꺼내서 먹었다.

"많이 아파요?"

"생각보다 그렇게 아프지는 않아."

장흥에는 많은 식당과 모텔들이 늘어서 있었다. 이 많은 업소들이 다 장사가 되는지 궁금하다. 마침, 겨울이라 손님들도 거의 눈에 띄지 않는다.

"정말 모텔이 많네. 이게 다 장사가 돼요?"

"가장 안 망하는 업종 1위가 숙박업이라는 거 모르니? 모텔은 한번 차려놓으면 절대 쉽게 안 망해."

"의외네요."

"당연한 거지. 그만큼 모텔을 찾고, 성관계를 하고, 또 외도를 하는 인구가 많다는 거지. 잘 봐 봐. 어디를 가도 모텔은 있어. 시내건, 외곽이건. 그리고 그 모든 모텔들이 다 장사가 되지. 믿기지 않겠지만 이게 현실이야."

그렇다. 불편한 현실. 그와 내가 외도를 한다는 것도, 부부가 아닌 우리가 지금 이 시간, 훤한 대낮에 함께 모텔을 들어가는 것도, 인정하고 싶지 않지만 엄연한 사실로 존재하는 끔찍한 현실.

우린 장흥에 위치한 한 모텔로 들어갔다. 그러고 보니, 밖에서는 지나가는 사람 하나 보이지 않더니 모텔 내에서는 꽤 많은 연인들이 눈에 띈다. 나이 차가 굉장히 많이 나 보이는 커플이 카운터 옆을 지나가 엘리베이터를 타고 올라가고, 아직은 대학생 정도로밖에 보이지 않는 젊은 커플이 복도 내를 걸어가는 모습도 보인다. 모두가 당당하다. 그렇다, 불륜이든, 연인이든, 떳떳하든, 그렇지 않든, 뜨거운 감정과 욕망 그 자체는 죄의식을 갖지 않는다. 나 역시, 그의 팔짱을 끼고 당당하게 방으로 들어간다.

"괜찮겠어요?"

"아픈 건 이빨이지, 몸이 아니야."

그는 여느 때와 다름없이 육체적 만족과 희열감을 안겨준다. 그의 말대로, 이를 뽑은 부위의 통증은 남아 있었다지만, 섹스하고 싶은 욕구와 흥분된 몸의 반응은 전혀 거칠 것이 없었다.

"오히려 섹스를 하고 나니 아픈 게 좀 사라졌어."

"정말이에요?"

"응."

더 큰 자극이 있을 때, 기존의 감각은 사라지거나 한결 무디어지게 된다. 나는 그런 경험을 참 많이 했었다. 어느 날, 집으로 귀가할 때, 지하철을 타기 전부터 머리가 너무나도 아팠다. 가끔씩 편두통이 오기라도 하면 그 통증은 말할 수 없이 괴롭다. 마치 송곳으로 머리 한쪽을 계속해서 찔러대는 것처럼, 끊임없는 아픔에 몸서리치는 것이다. 두 시간째 계속된 두통에 앓는 소리를 내며 머리를 감싸 쥐고 지하철역에서 내려오다가 나는 그만 발을 헛디뎌 계단에서 구르고 말았다. 양 무릎은 콘크리트 바닥에 찍혀 처참하게 깨지고, 손은 심하게 찢기고 말았다. 스타킹을 신은 양 무릎에서 피가 새어 나오고 가방을 쥔 손에서도 역시 피가 줄줄 흘러내렸다. 그런데 그 순간, 나를 그토록 괴롭히던 두통이 감쪽같이 사라졌다. 그때부터는 손과 무릎 상처로 인한 아픔에 신음할 뿐이었다. 통증이라는 것은 감각신경에서 뇌로 신호를 보내면 뇌에서 아픔을 인지하고 느끼게 되는 것인데, 한 번에 많은 감각을 다 인지하고 감지하기에는 뇌의 용량이 충분치 않은 것이다.

사랑의 감정 용량 역시 그렇다. 누군가를 사랑하게 되면, 뇌와 가슴속에 그 사람에 대한 생각만이 가득 차게 되어 더 이상 다른 이에 대한 배려와 사랑, 합리적이고 이성적인 사고 등이 들어갈 자리가 전혀 없게 된다. 아무리 조심하고 내색하지 않으려 해도, 사랑은 숨길 수가 없다. 나역시 남편에 대해 예전보다 훨씬 냉랭하고 무심해진 자신을 느끼게 된다. 나의 변화를 남편도 알고 있을까? 알고 있다면 그는 왜 내색하지 않을까?

창밖이 점점 어두워지고 있었다. 해가 짧은 겨울에는 저녁 5시 반만 되어도 어스름하다. 우리는 모텔을 나와 서울 쪽으로 향했다.

"예전에 루시와 함께 갔었던 예뫼골이라는 카페가 있어. 아직도 있는지 모르겠네."

예뫼골은 있었다. 예전 자리에 그 모습 그대로 있다고 그는 몹시 반가워했다. 이 순간, 그의 마음속에는 오래전 대학생 시절, 함께 데이트했던 루시의 기억으로 가득 차 있을 것만 같다. 갑자기 한 번도 본 적 없는 푸른 눈의 금발머리 백인 소녀에 대해 미칠 듯한 질투심이 끓어올랐다.

어스름한 장흥의 숲이 내려다보이는 창가에 자리 잡고 앉아 차와 커피를 마신다.

"좀 구식이긴 하지만 그래도 분위기가 꽤 괜찮지?"

카페 내의 인테리어와 메뉴 등이 모두 요즘의 트렌드와는 거리가 있다. 오랜만에 보는 대추차, 오미자차, 계피차, 매실차 등의 전통차 메뉴가 왠지 정겹다. 우리 곁에는 구식의 온풍기가 따스한 온기를 뿜어내고 있었다.

"여기 오니까 옛날 생각 많이 나요?"

"당연히 나지. 나의 어릴 적 모습도 기억이 많이 나고."

"난 가끔 어릴 적으로 돌아가고 싶어요. 당신은 안 그래요?"

"별로 그러고 싶진 않아. 과거는 과거일 뿐이야. 돌아간다 해도 내가 뭐 달리 특별하게 살 것 같지도 않아. 여전히 공부하고, 놀고, 여자나 만나고 그러겠지."

"난 어쩔 땐 너무너무 과거가 그립고 돌아가고 싶어요. 어렸을 때는 공부하고, 그림 그리고, 이런 틀에 박힌 삶이 너무 싫었는데, 지금 생각해 보면 그때가 가장 행복했던 것 같아요. 그땐 공부와 미술만 잘하면 모든 게 다 해결됐거든요. 하지만 지금은 그렇지 않아요. 돈 걱정도 해야 되고, 일도 잘해내야 하고, 가족들도 챙겨야 하고, 인간관계도 신경 써야 하고, 골치 아픈 일이 한두 가지가 아니에요. 그리고 그 모든 일들에서 너무 많은 스트레스를 받아요. 차라리 예전처럼 공부만 하고 살았으면 좋겠어요."

"나도 너무 많은 일들에 파묻혀 살아. 때로는 그 수많은 일들의 압박감에 무겁게 짓눌릴 때도 있지. 하지만 모두 내가 짊어지고 가야 할 것들이고, 평생을 책임져야 할 일들이니까 묵묵히 해내는 거지. 아마 많은 사람들이 다 그러고 살 거야."

"한 번쯤은, 현실에서 탈피하고 싶다는 생각 안 해 봤어요?"

"그런 생각 든 적은 있지. 단지 실행에 옮기지 않을 뿐. 너와도 둘이 함께 어디 멀리 떠나 버리고 싶다는 생각 정말 많이 해. 하지만 그건 이상이고, 바람일 뿐이지. 만약 정말 그렇게 해 버린다면, 후폭풍이 엄청나겠지? 그 엄청난 폭풍우를 몰고 오길 바라진 않아."

난 그의 어깨에 기대며 속삭였다.

"우리 사이가 알려진다면 그것만으로도 후폭풍이 상상할 수도 없을 거예요. 난 너무 두려워요."

"두려워하지 말고, 최대한 조심해서 만나면 돼."

"장흥의 한 카페에 앉아 꼭 붙어 있는 우릴 누군가가 볼 수도 있어요."

"그럼 최대한 얼굴이 눈에 띄지 않도록 해야겠네."

그는 내 얼굴을 감싸 쥐고 오래도록 키스를 한다. 창밖으로 장흥의 저녁별이 하나둘씩 반짝인다. 추억의 예뫼골. 밝지 않은 불빛, 어둑한 구석의 카페 한 구석진 자리에서 그는 젊은 날의 추억을 모두 창밖으로 날려보내고 그렇게 현재의 내게로 온다.

"**둘둘**치킨이라고 먹어 봤어?"

"아니요, 둘둘 말려 있는 거예요?"

"아니, 그냥 치킨인데 예전에 진짜 맛있게 먹었던 기억이 나서. 학교 앞에 둘둘치킨이 있었거든."

어렸을 때 먹었던 건 뭐든지 맛있었던 기억으로 남아 있다. 이른바 '추억 팔이'에 먹을거리가 가장 큰 몫을 차지하는 듯하다. 얼마 전 가족들과 주말 나들이를 갔는데 유원지 한쪽 구석에서 한 아저씨가 조그만 천막 아래서 뽑기를 팔고 있었다. 설탕과 식소다의 완벽한 배합으로 이루어진 달콤하면서도 쌉싸름한 맛과 향기. 별, 동그라미, 세모, 네모의 문양들이 찍혀 나오는 뽑기의 모습들이 어릴 적 느꼈던 아련한 감성을 자극한다. 천막 주위에 둥그렇게 서서 한참을 구경하고 사먹는 사람들은 아이들이 아니라 모두 내 또래의 중년 성인들이다.

"당신, 오늘은 치킨이 먹고 싶은가 보네요."

"응, 치맥. 치킨과 맥주."

우리는 둘둘치킨과 캔맥주를 사 들고 모텔에 들어와 자리를 잡았다.

"치킨과 섹스, 뭐부터 원해?"

"전 치킨이요."

"난 그 반대야."

그는 내 허리를 안고 거칠게 침대에 눕혔다. 깔깔거리는 내 웃음소리와 함께 고소하고 기름진 치킨 냄새가 방 안 가득 퍼진다.

잠시 후, 우리는 침대에 걸터앉아 맥주를 마시며 닭고기를 뜯고 있었다.

"아무리 생각해도, 모텔과 치맥은 환상의 궁합이야."

"우리의 섹스도요."

"그렇지, 우리의 궁합 역시 환상이지. 난 네게 삽입할 때 이 세상 끝까지 빨려 들어가는 느낌이 들어. 그리고 그 마지막 끝은 부드럽지만 견고한 절벽에 세게 부딪히는 느낌이야. 그 한없이 거대한 절벽에 대고 나는 내 모든 것을 쏟아내 버리는 거지."

배설. 끝없는 욕망과 무한한 쾌락을 마음껏 사정해 버리는 그때의 기분은 그 무엇과도 비교할 수 없을 것이다. 절정의 순간을 그 어떤 말로 표현할 수 있을까? 그 어떤 생각도, 말도 떠올릴 수 없는 감각과 느낌만이 난무한 그 황홀한 순간을. 난 어쩔 때 남자가 되고 싶다. 극치에 달했을 때 내 안에서 무아지경에 이른 그를 보며 나도 그처럼 사정하는 기분을 실제로 느껴 보고 싶다는 생각을 몇 번이나 했었다.

"치킨은 마음에 들어?"

"전 원래 닭을 정말 좋아해요. 둘둘치킨은 처음 먹어보는데 괜찮긴 하지만 그렇게 감동적인 맛은 아니네요."

"옛날에는 무지 맛있었는데."

어렸을 때의 미각, 감정, 행동, 친구의 기억이 나이가 들수록 더욱 또렷해진다. 어린 시절을 보낸 그곳에 다시 가고 싶고, 함께 놀았던 친구들이 보고 싶다. 그래서 요즘 한창 '추억 팔이'가 유행인지도 모른다. 드라마마다 복고풍이 넘쳐 나고, 친구 찾기 사이트, 동창 모임 등이 그 어느 때보다도 활발하다.

"어렸을 때 동네에 허름한 중국집이 하나 있었어요. 난 초등학교 때도 거길 혼자서 많이 갔었죠. 한참을 꼭 쥐고 있어 땀에 절어 버린 꼬깃꼬깃한 천 원짜리 한 장이면 세상에서 가장 맛있는 음식을 먹을 수 있었어요. 항상 앉는 구석 자리 테이블에 자리 잡으면 시원한 눈매에 키가 아주 큰 멋쟁이 아저씨가 절 반겨 주고 자장면을 내왔어요. 그러고는 내 앞에 앉아 정성껏 자장면을 비벼 주고 내가 맛있게 먹는 모습을 한참이나 흐뭇하게 바라보곤 했지요."

"어렸을 때도 항상 어른들께 귀여움을 받았구나. 내가 널 많이 귀여워하는 것처럼."

그는 중년이 된 나를 마치 어린아이 대하듯 물끄러미 바라보며 뺨을 부드럽게 어루만져 준다. 그 눈빛은 언제나 세상에서 가장 맛있게 자장면을 먹던 어린 여자아이를 바라보고 웃어 주던 중국집 아저씨의 다정한 눈빛과 닮아 있었다.

"네, 용돈이 생기거나 돈을 모으면 항상 그 중국집으로 달려갔어요. 난 그 아저씨가 우리 아빠였으면 하고 간절히 바랐지요."

"왜, 맛있는 자장면을 실컷 먹을 수 있으니까?"

어릴 적, 난 아버지에 대한 기억이 별로 없다. 아버지는 일 때문에 항상 바쁘셨고, 외국 여러 나라를 오가며 오랫동안 집을 비우셨기 때문에 몇 년에 한 번꼴로 보는 것이 고작이었다. 내가 기억하는 아버지에 대한 추억의 대부분은 아버지의 모습 그 자체가 아니라 아버지가 외국에서 보내주신 물건, 편지, 엽서 등이다. 세계 각국의 풍광이 담긴 알록달록한 그림엽서들과 아버지 특유의 힘이 넘치는 필체로 적힌 편지들. 세상에서 널 가장 사랑한다는 내용으로 가득 찬 애정이 넘치는 편지와 엽서들은 세월이 갈수록 쌓여 갔지만, 정작 그렇게 말해줄 수 있는 아버지는 내 곁에 없었다. 미술 전시회, 발표회, 입학식, 졸업식 그 어느 때도 아버지는 딸의 곁에 있어 주지 못했다. 내가 좋아하는 아버지는 멀리서 소식만 전하는 외국의 아버지가 아니라, 언제든 달려가면 볼 수 있고 맛있는 자장면을 내줄 수 있는 중국집 아저씨였다.

"맛있니, 애야?"

"네! 아저씨네 자장면은 언제나 최고예요."

"물도 좀 마셔 가면서 천천히 먹으렴. 단무지 더 갖다 줄까? 자장면 더 먹을래?"

"아니에요. 전 한 그릇만 먹어도 배불러요."

아저씨는 내 앞에 앉아서 공부는 잘하는지, 자장면 말고 좋아하는 음식은 뭐가 있는지 이것저것 물어보고 오랫동안 이야기를 나누곤 했다. 어쩌면 난 어린 시절, 그 어떤 이보다도 많은 대화를 나눈 유일한 어른이 그였는지도 모른다.

"넌 커서 뭐가 되고 싶으니?"

"저도 아저씨처럼 멋진 식당을 차리고 싶어요. 세상에서 가장 맛있는 요리를 손님들에게 대접하고요."

"식당은 좋은 장사이긴 하지만 그다지 재미는 없단다. 넌 그림을 잘 그리니까 이다음에 훌륭한 화가가 되렴."

아버지는 당신의 직업을 따라 내가 기자가 되기를 원하셨지만, 난 중국집 아저씨의 조언대로 화가가 되었다.

"어쩌면, 난 마음속으로 그 아저씨를 진짜 아버지로 생각했는지도 몰라요. 요즘도 가끔 생각나고 보고 싶어."

"넌 아버지가 원망스러워?"

"아니요, 전혀. 아버지도 어쩔 수 없었겠죠. 의무였든, 선택이었든."

지금은 늙고 힘이 없는 아버지를 보면서 비록, 당신만을 위한 인생을 마음껏 누리며 사셨다고 해도, 난 충분히 이해할 수 있다고 생각한다. 지금 나 역시 나만의 인생을 누리며 사랑하는 이와 함께하고 있으니까.

바람은 거세게 불고 겨울 날씨는 스산하고 차갑기만 하다. 춥고 흐린 오늘 같은 날씨에는 따뜻한 쌀국수가 제격이다.

"여자들은 이런 거 좋아하지?"

"아무래도 그렇죠. 남자들은 싫어하나요?"

"남자들은 가끔 꼭 밥을 먹어야 한다고 주장하는 사람도 분명 있어. 하지만 난 국수나 냉면 이런 거 좋아해."

가끔 남자들에게 식사로 냉면을 먹자고 하면 이해하지 못하는 경우를 보아왔다. 냉면이 무슨 식사냐고. 고기나 요리를 잔뜩 먹은 다음 후식으로나 먹지, 냉면 한 그릇을 한 끼 식사로 때우는 것을 도무지 이해할 수 없다는 얘기를 들은 적이 있었다. 남자와 여자가 만날 때, 메뉴나 장소 등으로 잦은 다툼이 있는 경우가 꽤 있다. 한창 연애를 하던 젊은 시절의 나 역시 그랬다. 남자에게 냉면을 먹자고 하는 것은 반지를 사 달라고 하는 것만큼이나 조심스럽고 불편한 말이었다.

따끈하고 매콤한 국물이 기분 좋게 목구멍으로 넘어간다. 그와 나란히 앉아 함께 국수를 먹으며 창밖으로 오가는 인파를 가끔씩 구경하고, 이런저런 얘기를 나눈다.

"이는 좀 어때요?"

"완전히 나았어. 아프지도 않고, 아주 멀쩡해. 뽑기 전엔 조금 망설이기도 했는데, 지금 생각해 보니 정말 잘한 것 같아."

"뭐든 하기 전에는 두려운 법이죠."

치과 의사는 사랑니의 위치가 신경과 가까운 곳에 있어서 생각보다 간단하지 않은 수술이라고 계속해서 겁을 주었고, 그는 그 말에 적지 않게 걱정하고 고민을 했었다. 지금은 앓던 이가 빠진 시원하고 날아갈 듯한 기분에 더없는 만족감을 느끼는 것이다. 우리의 만남도 그러하다. 그와의 연애를 시작하기 전에는 얼마나 망설이고 고민했었는가. 그리고 지금은 또 얼마나 뻔뻔스럽게 즐겁고 행복한 느낌만을 만끽하고 있는가. 뭐든 시작 전에는 두려움이 더 큰 법이다.

"주말에 스키장은 잘 다녀왔어요?"

그는 지난 주말, 가족들과 스키장을 다녀왔고, 리프트 위에서 스키복을 입고 고글까지 쓴 자신의 사진을 찍어 보내주었다. 나 역시 가족과 주말에 종종 나들이를 가고 최대한 많은 시간을 보내려 노력하지만, 이상하게도 그가 주말 가족 여행을 갔다는 사실에 슬프고 우울했다. 난 결코 함께할 수 없는 자리, 그와 떠날 수 없는 여행이 너무 가슴 아프게 다가왔는지도 모른다. 그는 스키를 매우 좋아했고 선수 수준으로 잘 탄다며 자주 이야기했다. 그가 멋지게 스키 타는 모습을 언제 볼 수 있을까. 평생토록 내가 볼 수 있는 그의 모습은 같이 술 마시고 섹스를 하는 모습이 전부일지도 모른다. 내가 본 적 없는, 그의 수많은 다른 모습들이 있을 텐데. 그는 스키, 골프, 등산, 수영 등 각종 운동에 심취한 마니아로서 그 모든 스포츠에서 높은 수준을 지니고 있다고 종종 이야기해 왔다. 상상만으로 떠올릴 수 있는 그의 이 모든 모습, 그리고 밤새도록 내 곁에서 깊게 잠들어 있는 모습.

스키장에 가 있는 주말 동안, 그는 시간마다 내게 카톡을 보내 왔지만 난 일부러 휴대폰을 들여다보지도, 카톡 메시지를 확인하지도 않았다. 난 그가 내 생각은 잠시 접어두고 가족과 함께 온전히 즐거운 시간을 보내고 돌아오기를 바랐다. 멀리 강원도에서 행복한 시간을 보내고 있는 그에게 '보고 싶다'고 문자를 보내 봤자 우리가 무엇을 어떻게 할 수 있단 말인가. 어쩌면, 날 두고 신나게 가족 여행을 가 버린 그가 얄미워서 그랬는지도 몰랐다. 결코 바꿀 수 없는 현실임을, 앞으로도 평생 이런 기분을 느껴야 된다는 것을 누구보다 잘 알고 있으면서도.

일요일 저녁, 휴대폰을 열고 주말 동안 밀린 카톡 메시지를 확인했을 때, 그의 문자는 날 더욱 마음 아프게 했다. 왜 연락을 안 해 주는지, 어째서 메시지 확인조차 안 하는지, 너무 그립고 보고 싶은데 답장 없는 우리의 대화창만 들여다보며 너무 답답하고 우울하다는 내용이었다. 나 역시 그 기분을 너무나도 잘 알고 있었다. 전송한 메시지 옆에 사라지지 않는 1이라는 숫자는 항상 내 마음을 아프게 한다. 그가 연락을 하지 않으면 세상을 잃어버린 듯 슬프고, 그가 반갑게 연락해 주면 한 줄기 햇살이 비처드는 듯, 따스하고 기분 좋은 온기가 온몸에 퍼지며 세상을 다 가진 듯 행복하고 기쁨에 넘쳐나는 것이다.

"알잖아, 네가 연락 안 해 줘서 하나도 즐겁지 않았어."

"가족과 함께 재미있는 시간 보내라고 일부러 연락 안 한 거예요. 내 생각 따위는 완전히 잊고 신나게 놀라고."

"네 생각을 어떻게 안 해? 난 일을 할 때도, 공부할 때도, 술 마실 때도, 친구들 만날 때도, 심지어 가족들과 함께 시간을 보낼 때에도 항상 머리 한구석에는 네 생각이 남아 있어. 어쩌면, 난 무엇을 하든, 어디에 있든 항상 네 생각을 하고 있는지도 몰라. 물론 내가 해야 할 일이 있을 때 잠시 한쪽으로 밀어 놓긴 하지만, 그래도 내 머릿속을 여전히 지배하고 거침없이 헤집고 다니는 건 언제나 너야."

"당신도 내 연락이 없으면 우울하고 슬프고 그래요?"

"당연하지. 네가 너무 그립고 보고 싶은데 연락할 길이 없거나 답장이 없으면 미쳐 버릴 것 같아."

"앞으로는 메시지 확인도 잘하고 답장도 제때 보내고 그럴게요."

"날 마음 아프게 하지 마."

"네, 당신두요."

매끄러운 쌀국수 면발이 입안에서 부드럽게 부서지며 알싸하고 달콤한

향을 남긴다. 날씨가 따뜻해지면 그와 냉면이나 먹으러 가야겠다는 생각
이 든다.

450. 2014. 1. 10. 금

"미팅은 잘 끝났어요?"

"응, 성공적이었어. 준비도 완벽했고 현장 분위기도 아주 좋았거든. 일도 잘 끝냈고 이제 널 만났으니 지금 기분 최고야."

"오늘은 시간 여유가 있으니 외곽으로 나가요."

"그래, 어디로 갈까?"

"가평 쪽으로요. 강변북로 타고 가면 여기서 멀지 않잖아요."

"어디든 떠나 보자고!"

가평은 젊은 시절, 연애할 때 많이 와 봤던 곳이다. 지금 생각해 보면 철이 없었지만, 그때는 차가 있는 남자 친구를 선호했었다. 차가 있어야 이동하기도 편했고, 무엇보다 외곽으로 놀러가기도 쉬웠던 것이다. 친구들에게 과시하기도 좋았다. 우스운 이야기지만, 남자 친구가 있다고 하면 '어디 살아?'와 함께 가장 많이 나오는 질문이 '차가 뭐야?'라는 질문이었다. 도대체 친구 애인의 거주지와 차가 뭐가 그렇게 중요하다는 것일까? 아직은 직장을 구하지 못했고 어떤 사회적 지위도 갖추지 못한 젊고 어리석었던 우리들에게, 상대의 신분을 파악하는 불확실한 조건으로나마 차, 거주지, 학교 등을 중요하게 생각했던 것 같다. 나 역시 차가 있는 남자 친구만 골라 사귀었고 그 결과, 많은 곳을 신나게 돌아다니며 놀 수 있었던 것으로 기억한다.

"가평 많이 와 봤지?"

"남자들이랑 자주 왔었죠. 가평댐, 청평호수, 카페 봉쥬르…"

"많이도 돌아다녔구나. 대학 다닐 때 공부는 안 하고 연애만 했나 보지?"

"그러게요. 남자들이랑 놀기만 하지 말고 성실하게 좀 살걸."

238   불륜 일기

하지만 젊었을 때의 연애 경험은 내게 충분히 인생을 알고, 남자를 알게 해 주었다. 지금도 뜨거운 연애를 하면서 계속 남자를 알아가는 중이라는 점이 아이러니하지만.

차창 밖으로 보이는 아름다운 호수의 수면이 햇빛에 반사되어 눈부시게 반짝거린다. 우리는 한동안 아무 말 없이 달리는 차 안에 앉아 있었다. 각자 아련한 옛 추억의 호수에 깊이 잠겨 있는지도 몰랐다. 가평댐 위를 달리며 음악을 크게 틀어 놓고 내게 사랑한다고 목청껏 외쳤던 누군가가 생각났다. 해 질 녘, 봉쥬르의 붉게 타오르는 모닥불 앞에서 내게 떨리는 입술로 키스했던 그 누군가도 생각난다. 이상한 일이다. 그 모든 사람과 그들의 행동을 지금까지도 정확히 기억하고 그 느낌마저 생생히 떠올릴 수 있다니. 그 많은 남자들을 만나고, 끊임없이 거쳐 왔음에도 지금 이렇게 또 누군가를 절절하게 사랑할 수 있다니.

난 기어에 올려져 있는 그의 손을 조심스럽게 잡는다. 항상 따뜻하고 두툼한 그의 부드러운 손. 그의 손을 잡고 있을 때, 나는 그 무엇과도 비교할 수 없는 안정감과 행복을 느낀다.

"여기, 예전에 와 봤는데 괜찮았어. 조금 이르지만 여기서 저녁 먹자."

우린 거대한 기와집을 개조한 것으로 보이는 한 식당으로 들어갔다. 순두부와 막걸리를 시키고 따뜻한 온돌방에 마주 앉는다.

"그런데 술 마셔도 돼요?"

"어차피 이번 주 월요일에도 치킨이랑 맥주 마셨잖아."

"그땐 반 캔밖에 안 먹었잖아요. 막걸리 먹어도 괜찮겠어?"

"일주일 됐잖아. 의사가 일주일만 조심하면 된다고 했어."

말캉한 두부의 고소한 향과 시큼한 막걸리의 조화가 잘 어울린다.

"참 이상해. 이런 맛집이 서울에도 많은데 굳이 또 이렇게 멀리까지 와서 먹고 마시면 희한하게 더 분위기가 난다는 거지."

"그러게요. 불과 30여 분 달려 왔는데도 복잡하고 정신없는 도심하고는 아주 멀리 떨어져 있는 한적하고 여유로운 느낌이에요. 너무 편안하고 기분 좋아요."

그는 막걸리 잔 너머로 날 바라보며 웃는다. 입가에 떤 부드러운 미소와 더불어 아래로 살짝 처진 매력적인 눈매. 그는 얼굴 전체로 웃는 것 같다. 살짝 벌어진 입술뿐 아니라 웃음을 가득 담은 갈색 눈, 보조개가 깊게 팬 뺨, 오똑한 코, 심지어 숱 많은 검은 눈썹까지도 웃고 있는 것만 같다.

"너랑 자고 싶다. 너 오늘따라 너무 예뻐 보여."

"저도요."

막걸리 한 병을 사이좋게 나눠 마시고 우린 서울 쪽으로 가면서 모텔을 찾았다.

"이상하네. 모텔이 안 보여. 길을 잘못 들어선 건가?"

"가평 쪽에 모텔이 없을 리 없을 텐데 이상하게 도로 쪽에서는 하나도 안 보이네요."

"너 혹시 아는 데 없어?"

"지금 장난하는 거죠? 내가 모텔을 어떻게 알아요?"

"어렸을 때 남자랑 가본 데라도."

"그만해요. 그래봤자 십 년도 넘은 일인데 내가 그런 걸 어떻게 다 기억한다고!"

생각해 보면 젊었을 때는 그렇게 섹스에 집착하지 않았던 것 같다. 대학생 시절에는 모텔보다도 카페, 도서관, 공원, 맛집, 공연 전시장 같은 곳에서 데이트를 즐기거나 시간을 보내지, 섹스 그 자체에 몰두하지 않았던 것이다. 육체적 성행위에만 몰두하기에는 함께하는 시간도 너무 길었고, 할 일도 너무 다양하고 많았다. 그 많은 재밋거리, 놀 거리에서 섹스는 항상 맨 뒤로 밀려났다. 아직은 섹스를 알 나이가 아니었던 것이다. 나이가 든 지금의 우리는, 만나면 항상 섹스부터 생각하게 되었다. 술을 마시고,

드라이브를 하고, 산책을 하고, 영화를 보아도 항상 그 마지막은 섹스를 염두하고 기대하게 된다. 밥을 먹다가도 섹스를 하고 싶고, 길을 걷다가도 섹스가 생각난다.

"이러다가 서울로 들어가 버리겠어. 이상하게 모텔이 눈에 안 떼네."

"억지로 찾으려고 하니 더 안 보여요. 그냥 우리 서울로 가요."

"모텔 안 가려고?"

"가야죠. 내가 예전에 강남에서 잠깐 회사 다녔을 때 지나다니면서 봐둔 모텔이 있어요. 아직도 있는지는 모르겠지만."

30분 후, 우린 역삼동에 있는 CF모텔에 도착했다.

"예전에 이 근처에서 회사를 다녔구나."

"네, 항상 지나가면서 이곳을 한 번쯤 와 보고 싶었어요."

"그런데 왜 안 갔어?"

"그땐 애인이 없었거든요."

"아니, 열여섯 명이나 사귀었으면서 혼자였던 때도 있었단 말이야?"

"믿기지 않겠지만, 저도 잠깐 잠깐씩은 혼자 외로웠던 적도 있었답니다."

"설마."

그는 미심쩍은 자신의 기분을 폭발적인 섹스로 보상받으려는 듯 내게 거칠게 돌진한다. 때로 난 그보다 더 거칠고 매섭게 반응할 때도, 아니면 이제 막 야생의 습성을 깨우친 사나운 새끼 호랑이의 성질을 어미가 받아주는 것처럼 한없이 포용해 줄 때도 있다. 지금은 내가 그보다 더 무서운 수사자였다. 난 끊임없이 높은 신음 소리를 내고 거친 몸동작을 반복하며 그의 위에서 또는 아래에서 끊임없이 공격하고 몰아붙였다.

"머리가 온통 헝클어지고 산발이 돼서 너 정말 사자 같아."

"기왕이면 미스코리아라고 하면 안 돼? 미스코리아들 머리 풀어헤치고 사자머리 하잖아."

"왜, 난 미스코리아보다 맹수가 더 좋은데. 치명적이고 위험하잖아."

그는 포기를 모르는 맹렬한 사냥꾼처럼 쫓아오고, 난 사지에 몰린 맹수처럼 겁 없이 덤벼든다. 잠시 후 우리의 전투는 각자의 패배로 처절히 끝이 났다. 우리는 마치 사냥터에 버려진 시체들처럼 침대에 늘어져 누워 한동안 꼼짝없이 천장만 바라보고 있었다.

"너무 좋았어. 그렇지?"

"그래요, 자기야."

"너 지금 뭐라고 했어?"

"자기야, 라고 했어요."

그는 큰 소리로 웃으며 내 허리를 세게 끌어안는다.

"왜, 싫어요?"

"아니, 너무 좋아. 좋아서 미칠 것 같아."

"당신한테 자기야, 라고 불러주는 사람이 현재 있거나 또 언제 있었어요?"

"아니, 한 번도 없었어. 지금도 없고. 넌?"

"저도 처음으로 이런 말 입에 담아 봐요."

"넌 남편을 뭐라고 부르는데?"

"오빠, 라고 불러요."

"결혼 십 년 차인데도 오빠라니, 우습네."

"아내는 당신을 뭐라고 부르는데요?"

"누구 아빠라고 부르지."

"그럼 난 당신을 자기라고 부를게요. 자기야, 사랑해요."

"그래, 나도 사랑해. 계속 날 그렇게 불러 줘."

거리낌 없이 내뱉는 언어의 유희. 용서받지 못할 말, 금기된 언어들이 우리의 입에서 마음껏 오르내리며 금기된 행동의 불길에 더욱 기름을 퍼붓는다. 세상을 뒤덮을 듯 활활 타오르는 거대한 지옥의 불길에 한층 더 가까이 다가선 우리는 그 뜨거운 열기에 괴로워하기는커녕, 그 끔찍하고 엄청난 광경에 찬양하고 노래하고 춤을 춘다.

451. 2014. 1. 15. 수

"주말은 어떻게 보냈어?"

"당신 생각하면서 보냈지요."

"나도 네 생각 많이 했지. 가족들과는 좋은 시간 보냈고?"

"주중에는 일하느라 아이들과 많은 시간을 보내지 못하니까 최대한 많이 놀아 주려고 하는 편이에요."

"그래, 그게 좋겠지. 나도 주말에는 될 수 있으면 외출 안 하고 집에 있거나 가족과 함께하는 편이야."

주말에는 만나지 않고, 연락도 하지 않는 것이 우리의 원칙이었다. 하지만 그 원칙은 조금씩 깨지고 있다. 만남 초기에는 주말 내내 전화나 문자한 번 없던 그였지만 이제는 시간마다 안부를 전하고, 어디에 있는지, 무엇을 하고 있는지를 묻고, 궁금해한다. 때로, 지금의 내 모습이 너무 보고 싶다며 사진을 찍어 보낼 것을 요구하기도 한다. 물론 그 요구에 한 번도 응해준 적은 없었지만.

"설마, 아이와 함께 있는 모습을 찍어 보내라는 건 아니겠죠?"

"네 아이를 굳이 보려는 건 아니지만, 함께 있는 사진을 보내도 괜찮아."

"그래도 그건 좀 아닌 것 같아요."

"어차피, 네 아이들, 가정을 너와 따로 떼어 놓고 생각할 수는 없지. 그모든 것들은 너의 정체성을 이루는 가장 큰 부분들이고 그걸 부인한다면 내가 사랑하는 네가 아니잖아. 처음엔, 그런 부분들이 어색하고 견디기 힘들었지만, 어차피 내가 사랑하고, 계속 너와 함께 가야 한다면 그 모든 것을 인정하고 현실을 받아들여야지. 네 남편의 존재까지도."

"슬픈 현실이네요. 남편까지 있는 나를 왜 사랑하는 거죠?"

"대답하기 어려워. 그 이유는 나도 모르고, 절대 이해할 수 없으니까. 그러는 넌 유부남인 날 왜 사랑하는 거야?"

"저 역시 대답할 수 없어요. 살면서 내게 이런 일이 생기리라고는 상상조차 하지 못했어요. 절대 해서는 안 될, 세상에서 가장 나쁜 일이라고 생각했거든요. 그런데 여기까지 와 버렸고 이제는 당신 없이는 살 수 없는 지경이 되어 버렸잖아요."

"세상에서 가장 나쁘다, 죄악이다, 벌을 받을 것이다, 이런 말은 이제 그만했으면 좋겠어. 그냥 날 많이 사랑한다고만 말해 줘. 사랑은 죄가 아니잖아."

"사랑하는 감정만으로 끝났으면 죄를 지었다고 이렇게까지 괴로워할 필요가 없었겠죠. 그런데 우린 이미 육체적으로도 함께했으니 분명히 용서받지 못할 선을 넘어 버린 거예요."

"누군가에게 용서를 구하고, 용서받기 전에 여기서 그냥 우리 관계를 끝내 버리면 되는 거야. 그럼 아무 문제 없어. 하지만 지금 우린 어느 누구도 끝낼 마음이 없잖아?"

"그건 그래요. 난 당신하고 못 헤어져요."

"나 역시 그래. 그러니까 이제 죄책감은 일단 접어 둬. 어차피 우리가 평생 섹스를 할 수 있는 것도 아니잖아. 지금은 최대한 조심해서 만나고, 나이가 많아지면 서서히 육체적 관계가 소원해지고, 그럼 그냥 오래된 친구처럼 편하게, 부담 없이 얼굴 보고 만나면 되는 거야."

"알겠어요."

"날 만날 때만이라도 어두운 표정은 짓지 말아 줘. 넌 심경의 변화가 얼굴에 확연히 드러나. 넌 감정을 절대 숨길 수 없는 여자야. 내가 처음에 네게 다가갔을 때도, 너의 얼굴, 표정에서 내게 호감이 있고, 이성적으로 좋아하고 있다는 것을 분명히 느꼈어. 그래서 자신 있었고."

"맞아요, 처음 본 순간부터 당신을 사랑했어요."

"나도 그랬지. 그때도 당신이 좋았지만, 지금은 그때와는 비교할 수 없을 정도로 깊이 빠져 버렸어."

"난 당신 없이 사는 삶이 상상이 안 가요."

"난 상상이 가."

눈을 크게 뜨며 흘겨보는 날 엷은 웃음을 띤 채 바라보며 그가 말을 잇는다.

"너 없이 미칠 듯이 괴로워하며 깊은 절망감에 빠져 사는 내 삶이 상상이 가."

우리의 이별 후 삶은 과연 어떠할까? 결국은 각자의 제자리로 돌아가야 할 우리의 운명. 그러나 난 이제 더 이상 그곳이 내 자리라는 생각조차 들지 않는다. 그와 함께 있는 지금이 원래의 내 자리고, 예전부터 계속 영위해 온 생활인 듯, 마냥 행복하고 편안하기만 하다. 나의 죄스러운 마음을 감추고 용서받지 못할 행위를 보상이라도 하듯, 예전보다 더 성실하게 노력하고, 가족에게도 충실하려는 듯 행동하지만, 그런 때조차도 내 마음속의 안식처는 사랑하는 연인의 따뜻한 품속이라는 생각은 변함이 없었다.

어두운 밤, 침대에 누운 채 곁에 잠든 남편을 두고 사랑하는 그의 생각에 잠 못 이루는 날이 점점 더 많아진다. 7년 넘게 섹스리스 부부로 살았으면서도 이 생활이 전혀 이상하거나 어색하게 느껴지지 않고, 잠결이라도 때로 살짝 스치거나 닿는 남편의 손길에 오히려 가슴이 철렁 내려앉고 소스라치게 놀란다. 마치 외간 남자와 달갑지 않은 스킨십이라도 한 것처럼. 때로는 남편과 한 침대에 누워서 자는 이 상황이 숨 막히도록 갑갑하고 불편하다. 최대한 거리를 두고 넓은 퀸사이즈 침대의 한쪽 끝에 누워 매일 밤 새우잠을 자는 내 모습을 나 역시도 이해할 수가 없다.

나는 남편과 헤어지고 사랑하는 이와 영원히 함께하고 싶은 것인가? 물론 아니다. 그의 가정, 내 가정을 절대 깨고 싶지는 않다. 각자의 가정,

배우자, 가족의 형태를 유지한 채 이렇게 사랑하는 이만 곁에 두고 싶은 것이다. 아니, 완전히 소유하고 싶은 것이다. 욕심은 끝이 없는 것인가? 가정과 애인을 모두 가진 현재의 나는 그렇다면 행복한가? 행복하면서도 불행하다. 둘 다 가졌으면서도 둘 다 완전한 내 것이 아니다. 하나를 가지려면 하나를 온전히 버려야 하기 때문이다. 모래를 퍼 올리려면 양손을 모아 받쳐야만 가질 수 있다. 눈부시게 빛나는 고운 모래를 양손에 꼭 쥐고 손가락 사이로 줄줄 흘러내리는 것을 느끼면서도 난 절대 손을 펴서 놓을 수가 없다. 언젠가 내 손에서 그 많던 모래는 다 빠져나가고 흔적만이 남게 될 것이다. 그때는 양손을 활짝 펴고 툭툭 털어 버릴 수 있을까.

오늘은 오전 일찍부터 화성에 있는 한 갤러리에서 대규모 미팅이 있는 날이다. 이른 새벽부터 날 데리러 온 그와 함께 새벽 달빛을 맞으며 기분 좋게 출발했다.

"달이 우리를 따라와요."

"유아적인 표현이야. 아이들이 그런 말을 자주 하지. 달이 따라와요, 해가 따라와요. 결국 우린 달과 태양의 그늘에서 벗어나지 못하고 맴돌고 있는 것뿐인데 말이지."

"우리 아이도 그런 말 많이 했었어요. 달님이 계속 자길 따라온다고요. 그럼 너를 너무 좋아해서 친구가 되고 싶어서 따라오는 거야, 라고 말해 주었지요."

"좋은 엄마네."

"지금의 달은 우리를 감시하고 있는 것 같아요. 이른 새벽, 아무도 볼 수 없는 지금 이 순간마저도 저 보름달만은 모든 걸 알고 우릴 추격해 오는 것 같아요."

"달이건 태양이건, 우리 사이를 아는 사람은 이 세상에 아무도 없어."

"정말 그렇게 확신해요?"

"적어도 그렇게 믿고 싶네."

새벽의 어스름한 보름달은 몇 번이나 검은 구름에 가려지면서도 끈질기게 우리를 따라와 비추었다. 드디어 도착한 갤러리의 칠흑 같은 전경이 달빛 아래 차갑고 을씨년스러워 보인다.

"아직 아무도 나오지 않은 것 같아."

"난방이 되려면 한참 걸릴 것 같아요. 난 추운 건 절대 못 참는데."

한참이 지나서야 담당자가 뒤늦게 출근하고, 그는 회의 준비가 늦어진 데 대해 불만 섞인 항의를 거세게 토로한다. 이럴 때 가끔은 그의 다른 면을 보는 듯하다. 내게 항상 변함없이 다정하고 따뜻하게 대해 주는 그의 내면에도 차갑고 냉정한 면이 숨어 있을까? 내가 아는 그의 모습은 극히 일부분일 뿐일까? 세세히 알고 싶지 않고, 보고 싶지도 않지만, 가끔은 궁금증이 일기도 한다. 하지만 판도라의 상자를 연 그 순간 후회와 두려움만이 남을 것이라면, 그냥 상자의 아름답고 화려한 외형만 보고 즐기리라. 내가 알고 있는 그의 모습만 보기를 원한다.

예정 시각보다 조금 늦게 회의가 진행되고, 정시에 끝마쳤다. 마치 어려운 시험을 치르고 나온 아이를 엄마가 반겨주듯, 매번 미팅을 끝내고 나오는 날 다정하게 반겨주고 격려해 주는 그가 너무 고맙다.

"오늘도 수고 많았어. 반응이 아주 좋으니 이번에도 대박 예감이야. 이제 오후 내내 마음 편하게 놀자."

"당신이 와 줘서 고맙긴 하지만, 오늘은 굳이 안 와도 됐잖아요. 이젠 저도 슬슬 홀로서기를 해야죠. 언제까지나 당신이랑 같이 다닐 수는 없잖아요."

"왜, 싫어?"

"아니에요, 난 정말 좋아요. 하지만 하루 종일 회사를 비우거나 바쁜 스케줄을 뒤로하고 날 따라다니는 당신에게 너무 미안해서요."

"무리가 되면 나도 오고 싶어도 못 와. 여유가 되면 너랑 최대한 같이 다니고 싶어. 그래도, 내 직업 중에 그나마 마음에 드는 부분이야. 당신하고 이렇게 일 핑계로 같이 다닐 수 있는 거."

"고마워요. 정말."

"아침도 안 먹고 나왔더니 배가 고프네. 밥이나 먹으러 가자."

갤러리 근처에 누룽지 백숙이라고 쓰인 기와집처럼 생긴 식당으로 들어갔다. 점심 먹기엔 조금 이른 시간이라 그런지 손님은 아무도 없고 화장을 짙게 한 중년 여인이 TV를 보며 앉아 있다.

"너와 함께 마시는 낮술은 진짜 기가 막혀."

그가 소주를 연달아 들이켜며 말한다. 여유로운 주말, 외곽으로 나와서 인지, 마음이 편안해서인지 평소보다 빨리 마시는 것 같고 더 빨리 취하는 것 같다.

"당신, 괜찮겠어요? 많이 취한 것처럼 보여."

"이제 겨우 12시야. 뭐가 문제니? 난 오늘 너와 자정까지 있을 건데."

넓은 그릇에 가득 담겨져 나온 백숙은 생각보다 맛이 없었다.

"우리 어머니는 백숙을 참 잘 만드셨어. 어머니가 해 준 백숙이 생각나네."

"당신은 막내라서 부모님의 사랑을 많이 받았겠죠?"

"그랬지. 말썽을 피워도, 공부를 안 해도 난 항상 용서가 됐었어. 어머닌 무서운 분이셨는데 그래도 유난히 날 귀여워해 주셨던 기억이 많이 남아 있네."

술에 취해 살짝 붉어진 눈가에 눈물이 맺힌다.

"요즘은 아버지가 아프시니까 어머니 생각이 더 자주 나. 그래도 어머니는 아버지의 보살핌을 받으며 돌아가셨으니 행복하셨을 것 같아."

"아버님한테 더 잘하면 되죠."

"마음은 그런데, 그게 생각보다 쉬운 일이 아니잖아. 일에 치이고, 사람에 치이고. 돈도 벌어야지, 가족도 챙겨야지, 사랑하는 너도 만나야지."

"아버님은 괜찮으실 거예요."

그는 눈물을 흘리며 고개를 가로젓는다.

"몇 달 안 남은 것 같아. 암이 뼈까지 다 전이됐어. 병원에서도 더 이상 해 줄 것이 없다고 하고, 집 근처 가까운 요양병원에라도 모시고 자주 들여다보고 싶지만, 당최 고향에서 올라오려고 하질 않으셔."

요양병원. 연로한 노인들에게 요양병원은 말 그대로 죽으러 가는 병원으로 느껴지는 것일까. 하지만 일을 하고, 각자의 삶에 바쁜 자식들이 환자를 집에 모시고 병간호하는 일은 현실적으로 어려운 것이 사실이다.

고기는 전혀 손도 대지 않고, 연신 술만 들이켜며 울먹이는 그를 바라보며 난 착잡한 심정으로 앉아 있었다. 한 번도 본 적 없지만, 내가 사랑하는 이의 아버님이 많이 아프고 죽음을 앞두고 있다는 사실이 마음 아프다. 그동안 참고 참아왔던 고통과 회한의 눈물을 한꺼번에 터뜨리며 사랑하는 이 앞에서 한없이 나약해지는 모습을 보이고 마는 그가 너무나도 가엾다.

"마음을 굳게 먹어요. 당장 무슨 일이 생기지는 않을 거예요. 하지만 서서히 준비를 하는 것은 맞는 것 같아요. 사람은 누구나 내 곁을 떠나잖아요."

"넌 날 떠나지 않을 거지?"

"몹쓸 병에 걸리지만 않는다면요."

식당 근처에 있는 모텔에 가서 우리는 눈물을 흘리며 함께 뒹굴고, 고통과 환희가 뒤섞인 시간을 보낸다.

"내가 네 앞에서 벌써 두 번이나 울었네."

"짜증 나요. 두 번 다 날 위해 울어준 건 아니잖아."

"내가 널 위해 울어줄 일이 뭐가 있니. 넌 내 곁에 있고, 난 언제나 네 곁에 있을 거고, 우린 언제까지나 지금처럼 많이 사랑할 건데."

"내가 가차 없이 당신을 떠나도 당신이 눈물 한 방울 흘리지 않을 건지 두고 봐요."

그는 대답 대신 무섭게 파고들며 내 입에서 처참한 비명 소리를 내게 만들었다.

난 분명히 알고 있다. 누가 먼저 떠나든, 내가 훨씬 더 가슴 아프고 많은 눈물을 흘리게 될 것이라는 사실을. 상상만 해도 그 고통과 괴로움의 깊이가 가늠이 되지 않는 무서운 이별. 그러한 현실을 항상 안고 사는 지금이 너무 두려워서, 괴로워서, 난 그에게 더욱더 광적으로 집착하고 매달린다.

서울로 돌아오는 길에 우린 예쁜 찻집에 들렀다. 길가에 보이는 아담한 별장 분위기의 카페가 갑자기 마음에 들어서 그에게 들렀다 가자고 졸랐던 것이다.

"우리, 카페나 찻집은 별로 안 와 봤지? 그런데 여긴 왜 그렇게 오자고 한 거야?"

"우린 만날 술 아니면 밥, 섹스잖아요. 순수한 마음으로 돌아가 당신하고 차 한잔 하고 싶어서요."

"순수한 마음이라니, 하하, 그럼 평소엔 순수하지 않았단 거야?"

"우린 항상 음란하고 비도덕적이죠."

밖에서 봤을 때는 유럽풍 별장 같은 분위기였는데 찻집 내부로 들어오니 대들보에 서까래까지 받쳐진 전통 한옥이다. 우린 매끄러운 마루를 지나 미닫이문을 열어 창가로 나 있는 방에 자리를 잡았다. '차 마시는 뜰'이라는 카페 이름에 어울리게 창가 너머로 보이는 자그마한 뜰이 참 정겹고 예쁘다.

"봄에 오면 꽃이 피어 있고 나무가 우거져서 더 예쁠 것 같아요."

"응, 그런데 아기자기하고 참 예쁜 곳인데 손님이 하나도 없네."

"우리만 있으니까 더 좋잖아요. 이 찻집이 마치 우리 거 같아. 당신이랑 나이 들어 교외에 이런 예쁜 카페 하나 했으면 좋겠다. 텃밭도 가꾸고 서빙도 하고, 후후."

결코 이루어지지 않을 헛된 상상이라는 걸 알면서도 생각만 해도 마음이 따스해지고 기분 좋아진다.

그는 연꽃차를, 나는 국화차를 시켜서 거름망이 있는 투명한 찻주전자에 우려내어 그 향기를 음미하며 조금씩 마셨다. 원목으로 된 테이블과 창호지가 발린 미닫이문, 색동천으로 누빈 방석과 쿠션 등, 이곳의 모든 인테리어와 소품이 다 마음에 든다.

　그는 미닫이문을 살며시 닫고 내 곁으로 다가왔다. 내 무릎을 베고 누운 채, 눈을 감고 내 이야기를 조용히 듣고 있는 그를 바라보고 쓰다듬으며 나는 세상에서 다시없는 행복한 순간을 경험한다. 온돌로 된 방바닥은 뜨끈뜨끈하고 내 무릎 위에 가만히 누워 있는 그의 얼굴과 손 역시 따뜻하다. 나는 몇 번이나 허리를 굽혀 그에게 입을 맞췄다. 언제까지나 바라보고만 있어도 설레는 그의 아름답고 환한 얼굴.

　"새벽에 봤던 그 보름달이 저기 또 있어요."

　내 자리에서도 창가를 통해 환하게 빛나는 달을 분명히 볼 수 있었다. 새벽의 어스름한 달보다 훨씬 더 아름답고 투명하게 빛을 발하는 매혹적인 보름달.

　"아직도 우릴 감시하고 있나?"

　"아니, 지금은 우릴 환하게 비춰 주며 축복해 주고 있어요."

453. 2014. 1. 20. 월

"**여긴** 내가 젊었을 때부터 자주 왔던 곳이야."

"아주 오래되었나 보죠?"

"과천에서 이 식당은 꽤 됐지. 직원들하고 회식할 때 많이 왔었어."

매콤한 버섯샤브 해물칼국수가 입맛을 자극한다.

"적당히 매콤하고 색달라서 맛있네요. 그런데 술이 더 당기는 것 같아요."

"당기면 마셔야지. 오늘은 내가 안 마실 테니 먹고 싶은 대로 마셔."

나는 그에게 술을 따를 생각도 전혀 하지 않고 혼자서 계속 술잔을 들이켰다.

술로 배가 차니 더 이상 그 맛있는 음식이 들어가지 않는다. 고기와 야채를 다 먹은 후, 빨갛게 끓어오르는 칼국수가 너무 맛깔스러워 보였지만 아쉽게도 몇 젓가락밖에 손댈 수가 없었다. 대신 술은 끝도 없이 들어간다. 이상한 일이다. 배가 부를 대로 불러서 음식은 더 이상 손도 댈 수 없는데 왜 술은 계속 마실 수 있는 것일까? 흔히 술꾼들이 이야기하는 것처럼, 술배와 밥배가 진짜 따로 있는 것일까? 그렇다면 아마 술배가 밥배보다 곱절은 더 클 것이다.

그는 평소보다 과음하는 날 걱정스러운 눈빛으로 바라본다.

"왜 그래? 무슨 일이라도 있어?"

순간 그가 미칠 것같이 미워졌다. 난 지금 이렇게 힘들고 괴로운데 무슨 일이라도 있느냐는 질문이라니. 그를 너무 사랑하고 그리워하고 함께 하는 것과 동시에 날 끊임없이 따라다니는 이 엄청난 죄책감과 온몸을 내리누르는 죄의식 때문에 하루하루 살 수가 없을 지경인데 아무것도 모르는 듯 물어보는 저 뻔뻔스러운 얼굴이라니.

Adultery Diary

"당신 때문에 너무 힘들어. 너무 괴로워서 살 수가 없어."

"내가 뭘?"

"왜 날 이렇게 만들었어? 왜 아무 일 없이 잘 살고 있는 날 유혹해서 시작하고 끌어들였냐고?"

"널 사랑해서 그랬어. 네가 너무 좋아서 다가간 거라고 몇 번이나 말했잖아."

"거짓말! 당신은 너무 외로웠던 거야. 평생을 바람피워 온 당신은, 그 당시 애인이 없으니까 외로워서 미칠 지경이었다고. 만약 내가 아니었어도 어떤 여자였어도 당신은 접근해서 사귀었을걸?"

"그렇지 않아. 난 여자한테 먼저 다가간 게 처음이었어. 자랑은 아니지만, 항상 많은 여자들의 관심을 받아왔고, 그중 내게 적극적으로 대시해 오는 여자 몇 명과 사귄 적도 있었어. 결혼 전에도, 결혼 후에도."

"그럼 또 여자가 다가오길 기다리지 왜 그 사이를 못 참고 날 꼬인 거야?"

"널 놓치고 싶지 않았어. 가만있으면 평생 후회할 것 같았지. 그래서 시작했고, 지금은 후회 안 해. 아니, 내 평생 가장 잘한 행동이라고 생각해."

"당신의 그 잘난 행동 때문에 내 마음속은 엉망이 되어 버렸다고!"

난 술잔을 탁 내려놓으며 울음을 터뜨리고 말았다. 요즘의 내 머릿속과 마음속은 그야말로 쓰레기로 뒤덮인 엉망진창 같다. 그 거대한 쓰레기더미 안에 빛나는 보석이 굴러다닌다 해도, 그곳이 쓰레기장인 것은 변함없다. 난 그 쓰레기장 안에서 악취에 고통스러워하고 몸부림치면서도, 그곳이 내 고향이고 안식처인 양 떠나지 못하고 마냥 눌러앉아 있다. 오히려, 쓰레기더미 속으로 점점 더 깊숙이 파고 들어가 아무도 날 찾지 못하게 숨어 버리길 원하는 것 같다. 마치 하나라도 더 발견될지 모르는 보석을 찾을 수도 있을 것처럼.

"네 마음속은 엉망일지라도 네 인생이 엉망이 된 건 아니잖아. 오히려 우린 즐겁고 행복한 인생을 살고 있어. 우린 서로 아주 많이 사랑하잖아.

사랑하는 이의 존재는 행복감과 편안함을 줘."

"헛소리야! 난 즐겁고 행복하기는커녕 너무너무 슬프고 불행해. 사랑? 이따위 감정 시작하지도 않는 것이 나을 뻔했어. 만날수록, 빠져들수록 더 괴롭고 고통스럽기만 한데 이게 무슨 행복이야?"

"난 너와 함께 있는 시간이 그 무엇보다 소중하고 즐거워. 너도 그렇지? 주위의 상황에, 지금 우리가 처한 현실 때문에 자꾸 괴로워하고 죄책감에 빠져들지 마. 그냥 나만 바라봐. 처음에 널 유혹한 건 미안하게 생각해. 하지만 널 불행하게 만들었다고는 생각하지 않아. 넌 지금이라도 결단을 내리면 날 두 번 다시 안 볼 수 있어. 항상 얘기해 왔지만, 네가 떠나면 난 절대 널 잡지 않을 거야. 사랑하기 때문에 보내 준다는 말, 한 번도 안 믿었지만, 이번만큼은 내게도 해당이 된다고 생각해. 널 아주 많이 사랑하기 때문에 네가 원하면 미련 없이 보내줄 거야."

끝도 없이 들이켰던 술이 모두 눈물이 되어 다시 나오려는 듯, 두 눈에서 끊임없이 줄줄 흘러내렸다.

"하지만…."

그는 내 손을 부드럽게 잡고 말을 이었다.

"난 네가 내 곁에 있어 주었으면 좋겠어. 너도 내가 필요하잖아. 너도 내가 널 사랑하는 것만큼이나 날 많이 사랑하잖아. 난 분명 그걸 알고 있어."

"당신, 말이 맞아…. 너무 사랑해…. 그래서 괴롭고 슬퍼. 차라리 이런 감정 몰랐더라면…."

처음 만남부터 9개월이 다 되어 가는 지금까지, 우리의 감정은 한 번도 식거나 정체되지 않고 끝도 없이 달려왔다. 그리고 지금은 그 버거움에 힘들다. 사랑의 감정의 끝은 어디까지인가? 우리의 감정은 어디까지 진행하고 더 깊어질 것인가?

"요즘은 하루 이틀을 못 참고 일주일에 두 번, 많게는 세 번까지 당신을 만나지. 그런데도 참기 힘들어. 아이들에게도 소홀해지는 것 같고, 이젠 아무리 일 핑계를 댄다고 해도 남편 눈치가 보여. 종종 술에 취해 귀가하는 것도 미안하고. 무엇보다 남편 말고 다른 남자와 잠자리를 하는 내가 용서가 안 돼."

"그럴 생각이었다면 처음부터 시작하지 말았어야지. 네 죄책감을 조금은 덜어줄 얘기 하나 해 줄까? 잔인하게 들리겠지만, 네 남편에게도 이미 다른 여자가 있을 거야."

"그 입 다물어, 듣기 싫어."

"아니, 듣기 싫어도 들어. 남편과 섹스를 한 게 7년도 넘었다고 했지? 40대 남자가 7년 넘게 한 번도 하지 않고 견딜 수 있을 것 같아?"

"그냥, 섹스에 관심이 없다고만 생각했어."

"너와의 섹스에 관심이 없는 거겠지. 남자는 밥숟가락 들 힘만 있어도 섹스를 한다고들 해. 7년이 넘게 섹스리스 부부로 살았다는 건 남편이 다른 데서 욕구를 충족시키고 있다는 얘기야. 남편이 친구들과 자주 카드를 치며 밤을 새워 논다고 했었지? 새벽 6시, 7시까지 과연 카드만 칠까? 골프 여행을 자주 간다고 했지? 해외에 골프 치러 갈 때 여자들은 완전히 배제하고 놀러갈 것 같아?"

돌이켜 보니 난 한 번도 그것에 대해 생각해 본 적이 없었다. 친구들과 밤새도록 카드를 치고 아침에나 해장국을 먹고 들어와도, 골프 여행으로 며칠이나 집을 비워도, 난 당연히 그럴 수 있는 일이라고만 생각했지, 남편에게 다른 여자가 있다거나 바람을 피운다는 생각은 하지 못했다. 늦은 밤 가끔씩 울리는 카톡 알람 소리, 침대에 돌아누운 채 종종 문자를 보내는 남편의 뒷모습을 보고도 단 한 번도 누구냐고, 무슨 일이냐고 묻지 않았다.

"모든 남자가 당신하고 똑같다고 생각하지 마."

"아니, 남자는 다 똑같아. 머릿속엔 항상 세 가지 생각이 공존하지. 일, 가정 그리고 섹스. 나 역시 그렇거든. 일, 가정 그리고 너."

그래도 그 세 가지를 균등하게 배분해서 밸런스를 잘 유지하는 남자는 능력 있는 남자라는 생각이 문득 들었다.

"내가 당신 인생의 삼 분의 일밖에 차지하지 않는다는 사실이 화가 나고 참을 수 없어."

"마음만으로는 내 삶의 전부라고 할 수 있어."

그는 한층 누그러진 말투로 나를 달랬다.

"그러니까 더 이상 괴로워하지 말고 슬퍼하지 말고 쓸데없이 자학하는 행동은 그만하라는 얘기야. 네 남편이 물론 여자가 없을 수도 있어. 대부분의 남자들이 그렇긴 하지만 예외라는 건 항상 있을 수 있으니까. 어찌 됐건 많은 기혼자들은 바람을 피워. 여자든 남자든. 너만 세상에서 가장 몹쓸 일을 저지르고 있는 건 아니라는 얘기야."

친한 동창 중에 끊임없이 애인을 만드는 한 친구가 떠올랐다. 눈에 띄는 외모와 거침없는 언변으로 어렸을 때부터 여자들에게 항상 인기가 많았고, 결혼 12년 차임에도 여전히 여자들과 연애하느라 바쁜 모습이었다. 물론 그는 드러내 놓고 자랑하거나 떠벌린 적은 없었지만, 오랜 친구인 내 눈에는 분명히 보였다. 젊은 처녀, 이혼녀 심지어 기혼녀들에게도 끊임없이 구애를 받는 그가 신기하면서도 이해가 가지 않았지만, 그런 일이 그렇게 놀라운 일이 아니었다는 것은 최근에야 알게 되었다. 하루는 그 친구가 이런 얘기를 한 적이 있다. 선배 중에 성욕 감퇴와 발기 부전으로 오랫동안 고생한 친한 형이 있었다고. 병원을 찾아가고 약을 써 보고 온갖 노력을 해 보았지만 크게 나아지지 않아 거의 포기했을 즈음, 사정상 아내와 아이가 외국으로 유학을 가게 되었고, 선배는 기러기 아빠가 되었던 것이다. 기러기 아빠가 되자마자 그의 성 능력은 회복되었다. 아내가 아닌 다른 여자들을 만나며 그는 성욕이 충만함을 느꼈고, 잠자리에서도 아무 문제 없이 능력을 발휘했던 것이다. 외도를 하자마자 그의 병은 치유가 되었던 것이었다.

나 역시 그랬다. 남편과의 잠자리에서 한 번도 만족한 적이 없었고, 성행위는 우리 부부에게 결코 즐겁고 재미있는 유희가 아니었다. 젊었을 때는 괜찮았다가 오히려 결혼을 한 후 불감증에 걸린 것은 아닐까 심각하게 고민도 해 보았다. 남편 역시 똑같은 심정이었는지 우리 부부는 결혼 십여 년간 관계를 가진 횟수가 스무 번도 채 안 되었던 것 같다. 그 잠자리 역시 대부분은 아이를 갖기 위해 마음에도 없이 억지로 치른 행위들이었다. 난 이제 섹스를 위한 섹스를 한다. 섹스의 즐거움을 다시금 느끼고, 그 쾌락과 자극에 몸서리칠 정도로 즐겁고 행복하다. 단 그 상대가 남편이 아니라는 것일 뿐.

"너무 취했어. 이제 그만 일어나자. 바람을 쐬면 좀 술이 깨려나. 평소처럼 함께 산책하자."

난 여전히 눈물을 찔끔거리고 콧물을 훌쩍이며 식당에서 일어나 그의 뒤를 따랐다. 술에 잔뜩 취한 몸을 좀처럼 가누기 힘들다. 그의 손을 잡고 우린 평소처럼 서울대공원을 산책했다. 오늘 새벽 내린 눈으로 사방은 온통 눈으로 쌓여 있고, 겨울 밤바람은 매섭게 부는데 이상하게도 추위가 전혀 느껴지지 않는다. 뜨거웠던 작년 8월의 여름밤, 그와 산책하면서 이곳에 눈이 오면 꼭 다시 오자고 약속했던 일이 생각나니 문득 눈물이 날 것만 같다. 정말로 우린 눈 덮인 과천을 지금 이 순간 함께 걷고 있다.

"신기하네요, 하나도 춥지 않아요."

난 그의 손을 놓고 바닥에 그대로 누워 버렸다. 아무도 밟지 않은 숲길에 높이 쌓인 눈 속에 그대로 푹 파묻히고 만다.

"와, 폭신폭신해. 기분 좋다. 난 하나도 안 추워."

바닥에 쓰러진 채 깔깔거리고 웃는 날 그는 두 손으로 힘껏 안아 일으켰다.

"왜 바닥에 눕고 그러는 거야. 너 오늘 밍크코트 입었어. 비싼 옷 다 망가져도 좋니?"

불륜 일기

"이따위 밍크 필요 없어. 난 하나도 춥지 않아."

성질 부리며 코트를 벗으려는 날 억지로 붙들고 그가 옷깃을 단단히 여며 준다.

"그래도 벗으면 추우니까 지금은 입고 있자, 응?"

산책 내내 난 그를 끌고 다니며 바닥에 몇 번이나 드러눕기도 하고, 눈이 곱게 덮인 수풀을 발로 힘껏 차며 눈발을 흩날리기도 하고, 눈이 잔뜩 쌓인 나뭇가지를 세게 흔들어 그에게 눈 폭탄을 뒤집어씌우기도 했다. 그럴 때마다 그는 참을성 있게 몇 번이나 날 일으켜 세우고, 내 옷과 머리에 묻은 눈을 털어 주고, 다시 손을 잡고 걸음을 재촉해 주었다.

차에 돌아와 시트에 앉아 있는데 몸이 덜덜 떨리며 이가 딱딱 부딪혔다. 추위는 전혀 못 느끼는데 왜 몸은 이렇게 반응하는 것일까. 그가 히터를 틀어 주자 점점 따스해지는 온기에 몸이 노곤해지며 술기운이 한층 강하게 올라온다. 옆에 앉은 그를 계속해서 잡아끌었다. 그가 내 위로 올라오며 내 얼굴을 붙잡고 부드럽게 키스했다.

"눈 좀 떠봐. 일어나 보라고."

"응?"

난 반짝 눈을 뜨고 주위를 둘러보았다. 여전히 따뜻하게 히터가 틀어진 그의 차 안이다.

"무슨 일 있었어요?"

"아무 일 없어. 우리가 섹스했다는 사실을 제외하고는."

"우리가, 했다고요?"

전혀 기억이 나지 않았다. 마지막으로 기억나는 건 조금 전에 튼 히터처럼 따스한 입김을 내뿜으며 내 입술을 찾던 그의 입술이다.

"응, 차 안에서. 넌 평소보다 더 흥분하고 마구 소리를 지르더라고."

"내가?"

난 고개를 갸우뚱했다. 내 옷은 그대로 고이 입혀져 있었고, 그 역시 단정히 정장을 갖춰 입은 채 내 곁에 앉아 날 물끄러미 바라보고 있다.

"음, 난 기억이 안 나요. 그런데 정신없는 날 덮친 거 이건 강간 아니야?"

"그러는 넌 마구 내 셔츠 단추를 풀고 잡아당기느라 옷이 찢어질 뻔한 건 아니?"

기억에도 없는 섹스. 하지만 격렬하고 불타는 듯 격정적이었던 순간.

"그래서 좋았어요?"

"물론 너무 좋았지. 한참 하고 있는데 갑자기 등골이 서늘하면서 추운 거야. 뒤를 돌아봤더니 네가 발로 버튼을 눌러서 창문이 활짝 열린 거 있지. 그 상태로 한참을 하고 있었더라고. 뒤늦게 창문을 급히 올렸는데 눈발이 꽤 차 안으로 날려 들어왔다."

그는 잠시 말을 끊었다가 웃음을 터뜨렸다.

"네가 질러댄 소리가 과천 온 하늘에 울려 퍼졌어, 하하."

어이가 없었지만 내가 한 행동의 실체를 스스로 기억하지 못하니 부끄럽지도 않았다.

"옷은 당신이 다시 다 입힌 건가요?"

"응, 끝나자마자 넌 외마디 비명을 지르고는 잠에 곯아떨어졌지. 옷 입히느라 좀 힘들었어. 스타킹은 왜 이리 안 올라가는 거야."

"고탄력 스타킹은 입히기가 그리 쉬운 일이 아니에요. 내가 입을 때도 팔짝팔짝 뛰며 입기도 한다고요."

그는 폴짝거리며 스타킹을 신는 내 모습을 상상했는지 킬킬거리고 웃는다.

"내가 오래 잠들었나요?"

"아니, 한 20분쯤? 더 깊이 잠들면 집에 못 들어가겠다 싶어 깨운 거야. 아쉽지만 들어가야지. 난 언제쯤 너와 함께 밤을 보낼 수 있을까?"

"언젠가는. 그날이 하루 빨리 왔으면 좋겠어요."

"그래, 나도."

불륜 일기

그는 대리운전을 불러 주었다. 대리기사에게 대리비를 건네며 몇 번이나 말하는 그의 목소리가 들렸다.

"잘 부탁드립니다. 조심히 잘 모셔다 주세요."

혼자 차 안에 앉아 그가 하는 소리를 들으며 기분 좋은 웃음을 지었다. 진심으로 걱정하고 날 위하는 그의 마음이 느껴져서 흐뭇하다.

"조심히 들어가. 집에 도착하면 문자 보내고."

454. **2014. 1. 22. 수**

    새벽까지 그와 연락이 되지 않아 뜬눈으로 밤을 지새웠다. 이상한 일이었다. 아무리 늦게 집에 들어가거나 과음을 해도 집에 도착하면 잘 들어왔다고, 이제 잠자리에 든다며 꼬박꼬박 문자를 보내주던 그인데, 어젯밤 11시쯤, 술을 많이 마시고 있다고, 엄청 취했다며 보고 싶다고 문자를 보낸 후로 더 이상 연락이 없었다. 걱정 반, 분노 반으로 밤새 침대에서 뒤척이고 있는데 새벽 4시가 조금 안 되었을 무렵, 그에게서 문자가 왔다.

  "많이 보고 싶다. 사랑해."

  난 순간 직감했다. 그는 집에 들어가지 않았다. 이 시간까지 밖에 있었던 것이다. 그리고 오전 8시, 전화가 왔다. 평소 그는 출근해서 이 시간쯤, 아침 안부 인사를 전한다. 오늘도 어느 때와 다름없다. 하지만 난 설명하기는 어렵지만, 왠지 모를 직감으로 그가 외박을 했다는 사실을 눈치채고 있었다.

  "어제 어디서 잤어요?"

  "너무 많이 취해서…"

  "기업체 임원들과 식사한 건 알고 있었어요. 접대해야 하는 상황이었죠. 어제 11시쯤 술을 많이 마시고 있다고 카톡을 보낸 이후 연락이 끊겼고, 오늘 새벽에 다시 문자가 왔어요. 평소라면 새벽 4시는 당신이 깨어 있을 시간이 절대 아니에요. 집에 들어가지 않았죠? 외박한 거죠?"

  마치 미리 적어 놓은 것처럼 조목조목 따지며 쏘아붙이자 그는 한숨을 쉬며 대답했다.

  "그래, 집에는 들어가지 않았어."

"그럼 어디서 잔 거예요?"

"친구 집에서…"

"이 나이에 누가 친구를 자기 집에 재워 줘요? 다 결혼하고 가정이 있는데 술 취한 친구를 집에 들인다고요? 똑바로 말해요. 어제 술 마시고 마지막에 어디로 간 거예요?"

"대답하고 싶지 않아."

"당신은 거짓말을 하면 다 티가 나고 서투르기 짝이 없어. 솔직히 말해요. 여자 나오는 곳에 간 거죠? 성매매업소 이런 곳에."

"…"

"안마방인가요?"

"그래."

순간 머리가 멍해지며 참을 수 없는 분노와 배신감이 머리끝까지 치밀어 올랐다. 난 아무 말 없이 전화를 뚝 끊어 버렸다. 잠시 후 다시 전화벨이 울린다. 받지 않았다. 터질 듯한 가슴을 애써 진정시키며 가쁜 숨을 몰아쉬며 휴대폰만 쏘아보고 있었다. 벨이 울렸다 끊어졌다 반복하며 세 번째 그가 전화를 걸었을 때, 나는 마음을 가라앉히고 전화를 들었다.

"여보세요? 전화 끊지 마. 그런 곳에 간 건 내 실수고 변명할 여지조차 없는 명백한 내 잘못이지만 네가 생각하는 그런 짓은 절대 하지 않았어. 정말이야."

부인도 아닌 한낱 애인에게 절박하게 변명하고 용서를 구하는 그가 안쓰럽기까지 하다.

"업소 여성과 잠자리는 하지 않았다, 그 말이지? 내가 그 말을 어떻게 믿을 수 있는데?"

"네가 믿지 않으면 어쩔 수 없지만, 맹세코 난 섹스를 하지 않았어. 접대해야 하는 클라이언트가 술자리 마지막에 안마방에 가길 원해서 마지못해 가긴 했지만, 난 안마만 받고 그냥 잠에 곯아떨어졌다고."

"여자가 안마를 해 주고 성관계를 맺는 거잖아. 지금 우물에 가서 물은 한 방울도 안 마셨다고 뻔히 보이는 거짓말을 할 셈이야?"

"어제 접대 자리에 함께한 나와 기업체 임원 셋 이렇게 네 명은 이미 술에 잔뜩 취해 있었던 상황이었어. 그 자리의 중심인물이 되는 사람이 안마방에 가길 원했고, 나와 나머지 사람들은 어쩔 수 없이 가게 되었지. 맹인 안마사가 들어와서 안마를 해 주고 여자를 불러드릴까요 하고 물었어. 난 너무 졸렸고 피곤한 상태였기 때문에 거절하고 침대에서 그냥 잠이 들었어. 너도 알겠지만, 남자는 정신 못 차릴 정도로 잔뜩 취하면 섹스에 대한 욕구도 사라져. 무엇보다 난 언제든 원하면 할 수 있는 사랑하는 네가 있는데 왜 그런 곳에 가서 업소 여성과 잠자리를 하겠니. 새벽에 눈을 뜨자마자 어제 연락 못 한 게 마음에 걸려 네게 문자를 보낸 거였어. 하지만 지금 생각하면 그 문자를 보낸 게 오히려 화근이 되었네."

"당신이 이런 짓을 하지 않았다면 화근이 되지도 않았겠지. 이따 오후에 회사 앞으로 갈 테니 전화하면 나와요."

대답도 기다리지 않고 난 거칠게 전화를 끊어 버렸다.

하루 종일 일도, 작업도 손에 잡히지 않았다. 안마방까지 가서 잠자리를 하지 않았다는 그의 말을 믿을 수 있을까? 사실, 여자를 좋아하고 섹스를 좋아하는 그가 그곳까지 가서 성관계를 거부했다는 사실이 믿기지 않는다. 그래, 그는 분명히 거짓말을 하고 있다. 나와의 약속을 저버리고 다른 여자를 품에 안은 그를 용서할 수가 없었다.

평소보다 다소 초췌하고 피곤한 기색이 역력한 그가 내 차에 올라탔다. 난 그에게 눈길 한번 주지 않고 싸늘하게 물었다.

"식사는요?"

"이제껏 아무것도 못 먹었어. 속이 너무 울렁거리고 배도 고파."

회사에서 그리 멀지 않은 근처 콩나물국밥 집에 가서 그와 마주 앉았다. 하루 동안 면도조차 하지 못한 그의 푸석푸석한 얼굴이 안쓰럽다. 그는 미안함과 죄책감이 가득한 눈빛으로 내내 날 바라보고 딱딱하게 굳은 내 표정을 살피고 있었다. 한동안 말없이 우린 콩나물 국밥을 천천히 떠먹었다. 역시 밥 먹을 기분이 아니다. 그 역시 반 정도 뜨고는 숟가락을 내려놓는다.

"다 드셨어요?"

"응, 속이 안 좋아서 그런지 많이 못 먹겠네."

"우리 어디 가서 얘기 좀 해요."

"아까 말한 그대로야. 맹세코 잠자리는 갖지 않았어."

"시끄러워요. 일단 여기서 나가요."

잠시 후 우린 회사 지하 주차장에 차를 세우고 나란히 앉아 있었다. 난 그에게 작은 쇼핑백을 내밀었다.

"이게 뭐야?"

"당신이 선물했던 몽블랑 볼펜이에요. 헤어지게 되면 다시 돌려달라고 했잖아요."

"지금, 넌 나와 헤어지겠다는 거니?"

"네, 그래요."

"헤어지려고 결심한 이유가 뭔데?"

"나와 사귀는 동안 어느 여자와도 하지 않겠다고 약속했잖아요. 부인이든, 업소 여성이든. 그런데 당신은 그 약속을 저버렸어요. 우습지만 바람을 피운 거라고요."

"바람의 바람을 피운 건가, 그럼?"

침착한 어조로 낮게 읊조리는 그의 목소리가 심하게 거슬리며 화가 치밀어 오른다.

"이건 가져가고요, 우린 이제 끝내요."

"다시 한 번 말하지만, 난 너와의 약속을 저버리지 않았어. 내 모든 것을 걸고 맹세코 솔직하게 다시 얘기할게. 맹인 안마사가 안마를 해 준 이후, 여자를 부를 시간이 되었지. 젊었을 때 난 그런 곳에 가 본 적이 종종 있었어. 아내가 있음에도 업소 여성들과 잠자리하는 것에 대해 전혀 죄책감을 느끼지 않았지. 그걸 바람이라고 생각하지 않았으니까. 아니, 난 결혼 후 애인이 있었음에도 죄책감 느껴본 적은 한 번도 없었어. 네가 날 나쁜 놈이라고 생각해도 어쩔 수 없다. 결혼 14년 동안, 아내는 그 모든 일에 전혀 신경 쓰지 않았지. 이미 다 알고 있으면서도 몇 번이나 눈감아 준 정황들이 수없이 많았고, 대놓고 걸리지 않는 한에서 네 마음대로 하라고 선언한 적도 있었어."

난 조용히 듣고 있었다. 그의 입에서 나오는 아내, 부부의 이야기를 자세히 들어보기는 처음이었다. 나와는 다른 가정, 나로선 도무지 이해할 수 없는 그의 아내의 행동.

"와이프는 나가서 술 먹고 늦게 다니지 마라, 외박하지 마라, 다른 여자와 잠자리하지 마라, 나만 바라봐 주고 사랑해 달라, 이런 말을 한 적이 한 번도 없었지. 아내에게서도 들어본 적이 없는 말을 난 너로부터 처음 들었어. 내게 아내와도 잠자리를 하지 말라니, 처음엔 정말 어이가 없었지."

"그랬었죠. 그 약속을 어기면 우린 바로 끝이라고 했고요."

"그래, 애인인 너와의 약속을 지키기 위해 난 아내와 잠자리를 해서도 안 되었고, 물론 업소 여성과 관계를 해서도 안 되었지. 너를 만난 이제껏 그 약속은 잘 지켜져 왔어. 너도 알다시피, 너를 만나는 일 말고 그동안 내게 회사 일 외에 특별한 일은 거의 없었지. 모임도 거의 안 나가고, 친구들도 아주 가끔 만났어. 무엇보다 널 만나는 일에 할애를 하다 보니 다른 약속을 잡을 기회가 현저히 줄어들었지. 매일 밤 네게 내가 어디 있는지, 무얼 하는지를 알려줬고, 집에 들어갈 땐 항상 연락해 줬었지. 그건 내가 평생 아내에게도 단 한 번도 해 본 적 없는 행동들이었어."

"태어나서 처음으로 내게 그렇게 한 건가요?"

"그래, 아내는 내가 밖에서 무얼 하는지, 누굴 만나는지 묻지도 않고 알려고 한 적도 없어. 외박을 밥 먹듯 해도 그러려니 했고. 물론 사실은 일때문에 집에 못 들어간 적이 훨씬 많았지만 말이야. 회사 설립 초기에는 일이 너무 많아 며칠을 회사에 붙어 일해야 했던 적도 있었어. 아내 역시 일을 핑계로 새벽 늦게까지 안 들어오는 날이 매우 잦고, 술에 취해 들어온 적이 나만큼이나 많지만, 나 역시 그런 것에 대해 절대로 간섭하거나 제재하지 않지.

"난, 이해가 가지 않네요."

"사람마다, 집마다, 각자 다른 삶을 살아. 모든 사람이 다 너와 똑같이 사는 건 아니야. 넌 요즘도 늦게 들어갈 때는 남편에게 항상 전화를 하지? 물론 나를 만난다는 얘기는 쏙 빼지만. 일하는 여자들 중에 남편에게 그렇게까지 하는 아내들은 생각보다 많지 않아."

"그동안 내 생각해줘서 매일 연락해 주고, 다 이야기해 준 것은 고맙게 생각해요. 하지만 그래도 난 어제 일이 용서가 안 돼요."

"남자들은 일 때문에, 사업 때문에 업소를 갈 때가 간혹 있어. 그런 곳에 환장하는 남자들이 분명 꼭 있으니까. 접대 자리에서 혼자만 그런 곳에 안 간다고 하면 말 그대로 혼자 고고하고 잘난 척하는 이기적인 못난 놈이 되는 거야. 때로는 상대 분위기에 맞춰줄 줄도 알아야 해. 어제처럼, 예전에도 기업체 고위 간부를 접대했던 때가 있었어. 그 임원은 60대 초반이었는데, 고급 룸살롱에 가서 딸보다 어린 젊은 여자들을 안고 스킨십을 해댔지. 그 상황에 내가 어떻게 했는지 알아? 나도 똑같은 행동을 할 수밖에 없었어. 나보다 훨씬 연배가 높은 어르신이 그렇게 행동하고, 즐거워하는데 내가 그 자리에서 그 분위기에 맞춰 주지 않으면 그분이 뭐가 되겠니? 결국 나도 그처럼 여자를 만지고, 내내 웃고 떠들었어. 결코 원하지 않았는데도. 그 상황에 선택은 존재하지 않아. 하지만 거기까지 가서 정작 여자와 관계를 갖는 건 선택의 문제지. 어제, 그렇게 술이 잔뜩 취한 상태에서도, 내게 다른 여자와는 절대 섹스하지 말라고 당부하고, 약속한, 유일한 여자인 네가 제일 먼저 생각났어. 그 약속을 지키고 싶었고, 난 지킬 수 있었어. 널 아주 많이 사랑하니까. 이게 진실이야."

길고 긴 그의 말들은 내 머릿속에서 뒤죽박죽이 되고 하나도 들어오지 않았지만, 마지막 말 한마디만큼은 내 마음속으로 깊이 들어왔다. 날 아주 많이 사랑한다는 진실. 그의 솔직한 마음.

어제 무슨 일이 있었건, 그의 이 모든 말이 다 거짓이라 해도, 난 그렇게 그를 믿어주고, 이해하고, 용서하고, 받아들여주기로 했다. 어쩌면, 나는 이번 일을 이유 삼아 그와 헤어질 핑곗거리를 또다시 만들려고 했는지도 모른다. 하지만 결국 그의 말 한마디에 다시금 무너져 버리고 만다. 그와 헤어질 정도의 핑계가 될 수 있는 크나큰 일은 무엇이 있을까? 아니, 어쩌면, 나는 처음부터 그와 헤어질 마음이 전혀 없었는지도 모르겠다.

그가 차 시트를 눕히며 나의 옷을 천천히 벗기기 시작한다.

"내가 어제 정말로 아무 일도 없었다는 걸 몸으로 보여줄게. 내 말은 믿지 못해도, 네게만 다가가고 열렬히 반응하는 내 솔직한 몸을 느끼면 다 믿을 수 있을 거야."

불륜 일기

"**나** 오늘, 당신하고 먹으려고 얼마 전 선물 받은 와인을 갖고 왔어요."

"저번에 네가 말했던 골드와인이네. 정말 술병 안에 금가루가 둥둥 떠다니는군."

"그런데 이걸 어디서 먹죠?"

"일단 음식점으로 들어가 보자."

화로구이 고깃집에 들어가 손님 하나 없이 드넓은 마루 한구석에 자리를 잡고 고기와 술을 주문했다. 소주병이 거의 다 비워질 무렵, 그가 카운터에 앉아 있는 주인으로 보이는 중년 남자에게 정중하게 말했다.

"선물 받은 와인이 있어서 그러는데요, 실례가 안 된다면 여기서 먹어도 될까요?"

키가 크고 비쩍 마른 주인아저씨는 심술궂은 표정을 지어 보이며 안 된다고 딱 잘라 말한다. 우린 실망한 표정으로 잠시 마주 보고는, 남은 고기를 얼른 집어 먹었다.

"너무하네요. 손님도 한 명 없는데 굳이 안 된다고 할 것까지야."

"안 될 거라 생각했어. 이런 데 술을 갖고 들어오는 걸 어느 음식점인들 좋아하겠어."

"그래도 내가 주인이라면 흔쾌히 승낙하겠어요."

"그건 너만의 생각이야."

"저렇게 심술궂게 구니까 손님이 하나도 없는 거예요."

"어쨌든 빨리 먹고 여기서 나가자."

우린 와인 상자를 들고 한참을 걸어 다녔다.

"날씨가 너무 추운데 밖에서 이걸 먹을 수는 없잖아요."

"그럼 차에서 먹을까?"

"그냥 모텔로 가요. 거기서 안주 펴 놓고 먹으면 되잖아."

"뭐? 안주도 가져왔니?"

"별것 아니에요. 치즈, 비스킷, 과일 조금."

난 가방을 열어 보였다.

"많이도 가져왔네. 그냥 차에 가서 먹자."

"싫어요. 모텔에 가서 테이블 위에 몽땅 다 올려놓고 편안하게 먹을래. 와인 파티처럼 분위기내고 싶단 말이야."

그는 길게 한숨을 쉬더니 알았다고 대답한다. 오늘따라 그는 왠지 모텔에 가는 걸 내키지 않아 하는 듯이 보인다.

과천의 모텔에는 벌써 세 번째다. 작년 12월, 이곳에 처음으로 왔을 때는 특실밖에 남아 있지 않았다. 마치 펜션 같은 복층 구조에 커다란 욕조가 있었던 그곳에서 우린 뜨겁게 사랑을 나누었고, 그는 영화의 한 장면처럼 내 머리를 감겨 주었다.

테이블 위에 와인과 안주들을 올려놓고 우리는 침대에 걸터앉아 천천히 마셨다. 상자 안에 함께 들어 있던 두 개의 크고 둥근 와인 잔에 술을 반쯤 따르고, 온통 황금빛으로 번쩍거리는 빛깔과 향기를 음미하며 기분 좋게 들이켰다.

"이 금가루가 진짜 순금이라는 거지?"

"그런가 봐요. 그런데 금을 먹는 게 정말 몸에도 좋은 거예요?"

"나도 잘 모르겠어. 일식집 같은 데서도 가끔 회에 금가루가 묻혀서 나오기는 하던데. 금을 식용으로 하는 경우를 간혹 보긴 했지만 어떤 이로운 작용을 하는지는 모르겠네."

"네이버 지식인에서 검색해 봐야겠다. 참, 그거 알아요? 요즘은 초등학생들이 선생님께 뭘 물어봐도 지식인에다 물어봐, 이런대요."

"에이, 설마 선생님이 그러기야 하겠어? 어쩌다 그런 교사가 한둘 있었나 보지."

"나 같아도 전혀 모르고 들어본 적도 없는 것에 대해 갑자기 물으면 말문이 막힐 것 같아."

"그럼 너라면 그런 상황에서 어떻게 할 건데?"

"선생님도 잘 모르니까 우리 같이 지식인에서 검색해 볼래? 이러죠 뭐."

"역시 너답다, 하하."

골드 와인은 일반적인 포도주라기보다 샴페인에 가까운 맛이었고, 새콤달콤한 과일 향이 강하게 났다. 모텔 방의 조명에 반사된 아름다운 황금색과 영롱한 빛을 충분히 감상하기도 전에, 얇고 길쭉한 병 속의 금술은 금세 없어져 버렸다. 와인이 비워지자, 그는 날 안고 침대에 눕혔다. 슬슬 취기가 돌기 시작한 나는 몸에 꽉 끼는 스키니진 바지를 한 번에 끌어내리려고 안간힘을 쓰는 그를 올려다보며 깔깔거리고 웃어댔다.

"이래서 난 겨울이 싫다니까. 벗겨야 할 옷가지가 너무 많아."

"내가 추위에 유난히 약하다는 걸 알잖아요. 지금도 다 벗으니까 너무 추워."

"그럼 내가 따뜻하게 해 줄게."

그는 이불을 머리끝까지 덮어씌우며 내게 돌진했다. 잠시 후, 이불은 침대 밑으로 완전히 떨어지고, 우린 실오라기 하나 걸치지 않은 채 침대 위에서 한참을 뒹굴었지만, 이제 더 이상 내게 추위는 느껴지지 않았다. 이상한 일이다. 섹스를 할 때, 그가 내 안에 있는 느낌, 내 속을 가득 채운 그 단단한 느낌, 터질 듯한 희열과 미칠 것 같이 아찔한 쾌락의 기분 외에 그 어떤 다른 감각도 전혀 느낄 수가 없다. 두통이 심하다가도, 마른기침이 멈추지 않다가도, 섹스를 하는 그 순간 증세는 다 사라진다. 심한 몸살 기운도, 지독한 독감도 치유할 수 있는 섹스의 놀라운 힘이다.

"이젠 하나도 안 추워요. 우린 북극에서도 섹스할 수 있을 거 같아. 하얀 눈 위에서 하면 어떨까?"

"바로 동상에 걸리거나 그다음 날 감기에 걸려 다 죽어간다고 난리 칠걸?"

"아니, 우린 북극에서도 남극에서도 섹스할 수 있을 것 같아."

쾌락의 순간이 지나가고 온몸을 지배하던 아찔한 감각이 사라지자 다시금 추위가 엄습한다. 이를 부딪치며 몸을 살짝 떨자 그가 침대 밑에서 이불을 주워 올려 목에서부터 발끝까지 꼭꼭 덮어 준다.

"그런데 당신, 오늘 여기 오기 싫었어요?"

"왜 그렇게 생각했어?"

"그냥, 그런 기분이 들어서요. 내가 억지로 끌고 온 듯한 느낌."

"넌 정말 예리해. 역시 네 눈은 못 속이겠어."

"정말이야? 마지못해 억지로 모텔에 온 거야?"

"아니야. 그건."

그는 내 표정을 살피며 얼른 대답했다.

"난 하기 싫은 걸 억지로 하는 사람은 절대 아니야. 알잖아? 그런데 오늘은 회사에서 엄청 많은 업무를 마치고 몸 컨디션이 너무 안 좋아서인지 평소처럼 모텔에 흔쾌히 갈 기분이 아니었어. 더 솔직히 말하면 오늘은 관계를 피하고 싶었지."

"그래서 자꾸 모텔 가지 말고 차에서 와인을 먹자고 했구나."

"맞아. 하지만 넌 굳이 모텔에 가서 파티하는 것처럼 편안하게 마시자고 하고, 난 갈 기분이 아니었고, 조금 난감했지. 하지만 네가 원하니 또 이렇게 오게 되었고."

"그런데 와인을 마시고 난 후에 당신은 평소처럼 내게 원했잖아요."

"그래, 네가 하고 싶어 하는 걸 아니까, 느껴지니까 또 이렇게 하게 된 거야."

"할 기분도 아니었는데 내가 원하니까 억지로 했다는 거예요?"

"섹스를 어떻게 억지로 하니? 섹스는 하고자 하는 욕구가 없으면 절대로 못 해. 비아그라 같은 약물도 성욕이 앞서지 않으면 아무리 먹어도 약효과를 발휘하지 못하는 거 몰라? 여기 와서 또 침대에 앉아 있는 널 보니 나도 갑자기 하고 싶어진 거야. 오늘 몸 상태가 안 좋은 건 사실이었지만, 결국 너의 섹시함에 없던 성욕이 문득 생긴 거지."

친한 언니가 2년째 섹스리스 부부로 살고 있다. 자신을 거들떠도 보지 않는 남편과 잠자리를 시도하기 위해 하루는 비아그라를 몰래 구입해 갈아서 주스에 타 넣은 후, 남편에게 마시게 했다. 하지만 그 결과는? 계속 옆에서 유혹하는 언니를 밀어내고 남편은 그냥 잠자리에 들었을 뿐이었다. 그리고 그 어떤 반응 역시 절대로 없었다. 그렇다, 섹스는 성욕, 하고자 하는 욕구 즉 리비도가 없으면 절대로 할 수가 없다. 약물은 넘치는 성욕에 따르지 못하는 늙은 신체를 도와주는 하나의 도구일 뿐이다.

"남자도 섹스하기 싫을 때가 있어요?"

"당연한 거 아니니? 그럼 항상 하고 싶을 거라고 생각해?"

"대부분은 그렇지 않나?"

"아니지. 일에 치여서 몸이 힘들고 지치면 섹스 따위 생각 안 나. 남자라고 언제나, 아무하고나 항상 섹스하고 싶은 건 절대 아니야. 또 예를 들어, 네가 아닌 다른 여자, 게다가 결코 매력적이지도 않고, 섹시하지도 않은 평범하기 그지없는 여자가 앞에 있으면, 아무리 그녀가 유혹하고 원해도 하고 싶을까? 아무리 남자가 섹스에 열광한다 해도 아무하고나 하지는 않아, 절대로. 난 이제 너하고만 하고 싶다. 너처럼 예쁘고 섹시한 여자가 내 곁에 있는데 뭐하러 다른 여자와 하겠니."

"그거 알아요? 섹시하다는 건 얼굴이나 몸매에서 오는 것만은 아니래."

"그럼?"

"외모보다 더 중요한 건, 하고자 하는 굳은 의지에서 나오는 아우라래. 그 아우라가 그 사람의 섹시함을 나타내는 가장 중요한 요소가 된다는 거예요."

"섹스하고자 하는 의지?"

"그렇죠."

"그럼 넌 내게 최고로 섹시한 여자겠군. 넌 항상 나와 하고 싶다는 의지
가 충만하니까. 흠, 진짜 맞는 얘기인 듯하다. 난 널 볼 때마다 넘치는 섹
시함에 정신이 아주 몽롱할 지경이거든."

"그런데 난 어디가나 섹시하다는 얘기를 자주 듣고 다니는데, 이건
뭐죠?"

"설마 너, 다른 남자에게도 그런 의지를 품고 다니는 거야?"

"그럴 리가 있겠어요? 내가 하고 싶은 사람은 세상에서 당신 하나뿐
인데."

그는 내 머리칼에 입 맞추고 뺨을 살짝 꼬집으며 사뭇 무서운 말투로
말한다.

"네가 무척이나 섹시하다는 사실엔 절대 반박할 순 없지만, 그 섹시함
을 아무에게나 보여주면 아주 혼날 줄 알아."

"응, 의지 충만은 당신에게만."

정말 그 이론대로라면, 남편은 세상에서 나를 가장 섹시하지 않은 여자
로 볼 것이다. 남편에게는 단 한 번도 의지를 품은 적이 없었으니까.

$\Delta 56.$ **2014. 1. 29. 수**

　　"**요즘** 회사 일 때문에 머리가 아파. 얼마 전 뽑은 새 직원을 일주일 만에 내보냈어. 빨리 새로운 인물을 구해야 하는데 적당한 사람이 구해지지가 않아."

　"그 전문대 나왔다는 스물두 살짜리 여자아이 말이죠? 내가 처음부터 말했잖아요. 너무 어리고 경험이 없다고."

　"그래도 눈빛이 선하고 밝고 명랑한 느낌이 좋아서 뽑은 거였거든. 그런데 그 친구 때문에 다들 선임자들이 피해를 너무 많이 보고 있다고 하소연을 하더라고. 업무를 가르쳐주는데 도무지 이해를 하지 못하고 일에 좀처럼 적응하지를 못한다는 거야."

　"그 친구 하나 때문에 많은 이들이 피해를 입는다면 내보내는 게 낫죠. 이런 말 하기 그렇지만, 학벌은 좀 보고 뽑아요. 확실히 좋은 학교에서 많이 배운 사람은 달라도 뭐가 달라."

　"네가 좋은 대학을 나왔다고 그런 식으로 말하면 안 되지. 전문대건 4년제 학교건 개개인의 역량 차이지 꼭 스펙이 그 사람의 능력을 설명해주지는 못해."

　"아니던데. 공부를 많이 한 사람은 확실히 이해가 빠르고 업무 능력이 뛰어나요. 물론 집안 사정이 어려워서 학업을 계속하지 못한 사람도 있겠지만, 대부분은 자신이 공부를 안 해서 좋은 대학을 못 간 경우죠. 그런 아이들은 사회에 나와서도 열심히 하려고 하지를 않아. 악착같이 뭘 배우려는 의지도 없고 대충대충, 건성으로 시간만 때우다가 월급이나 받아먹기를 바라지. 그런 직원을 데리고 있으면 결국 나만 손해라고요."

　"네가 사장이었으면 정말 볼 만했겠다. 그럼 넌 사람을 뽑을 때 학벌을 우선으로 보고 채용할거야?"

"우선이라기보단, 꽤 많은 비중을 두겠죠. 공부 많이 한 아이들은 결국 실망시키지 않더라고요."

"하지만 너도 알다시피 우리 회사가 무슨 대기업도 아니고 급여가 엄청 많은 회사도 아니기 때문에 학벌이 아주 좋은 사람이 올 일은 사실 드물어. 나도 원칙적으로 4년제 이상을 채용하는 걸 공시해 놓긴 했는데, 솔직히 전문대 출신이든 아니든, 괜찮은 사람이 좀 들어오기만 했으면 좋겠어. 지금 몇 안 되는 인력으로 넘치는 업무를 커버하려니 정말 힘들어 죽겠네."

그와 점심을 먹으며 이런 이야기를 나누고 있을 때, 우리는 연인이라기보단 동료이고 친구 같다. 회사 대표임에도 그는 사회 경험이 훨씬 적은 내게 많은 이야기를 들려주고, 때로는 조언을 구한다. 진지하게 내 의견을 들어주고 때로는 반론을, 때로는 동의를 하는 그를 보며 난 세상에서 가장 즐거운 대화의 시간을 경험한다. 이런 시간을 가져 본 적이 내게 얼마나 있었던가? 살면서 남편에게 가장 듣기 싫었던 말 중 하나가 '네가 뭘 알아?' 또는 '네게 말해 봤자지.'라는 말이었다. 분야가 전혀 다르긴 해도, 내가 아는 게 별로 없기는 해도, 적어도 들어줄 수는 있는데, 아니 사실은 너무 듣고 싶은데, 그 기회를 좀처럼 주지 않았다. 하루 종일 밖에서 일하고 들어온 남편의 피곤함과 짜증을 모르는 것은 아니었다. 그래도 아내는 함께 이야기하고 싶고, 항상 궁금한 것도 많고 물어보고 싶은 것도 너무 많다. 그러나 우리 부부의 대화는 그리 원활하게 이루어지지 않았다. 남편은 나와 이야기 나누는 것보다는 TV에 몰두하기를 원했고, 그의 말대로 '아는 것 하나 없으면서' 이것저것 물어보고 참견하는 것에 대해 별로 달갑지 않은 반응을 보였다. 결혼 십여 년 동안, 나는 그렇게 점점 말수를 잃어가고 입을 닫아 버렸다. 내가 들어야 할 말, 남편의 요구에 응해야 할 때 필요한 최소한의 귀만 열어 두면 되었다. 무엇보다, 닫혀 버린 말문과 함께 마음의 문 역시 굳게 닫힌 채, 자물쇠가 단단히 걸리고 그 열쇠는 이미 오래전에 사라져 버렸다.

"당신은 아내에게도 이런 이야기를 자주 하나요?"

"아니, 집에 가서는 회사 얘기 안 하지."

"남자들은 왜 그런 거죠?"

"집에서까지 그런 얘기를 할 필요가 있나? 대부분의 부인들은 남편이 돈이나 잘 내놓으면 되지, 일 얘기하는 거 싫어해."

"그건 남자들이 잘못 생각하는 거일 수도 있어요. 당신은 내게 회사 이야기, 일 이야기 만날 하잖아요."

"넌 애인이니까. 넌 내 얘기를 듣는 걸 아주 좋아하고 우린 이런 대화가 잘 통하지. 우리 사이에 돈 얘기할 필요도 없고, 게다가 난 너를 먹여 살릴 필요도 없잖아?"

당연한 말이었지만 마지막 한마디가 은근히 거슬린다.

"애인 만나면서 돈 안 들어 좋겠어요. 내가 업소 여자였으면 당신은 그동안 화대로 엄청나게 많은 돈을 날렸을 거야."

그는 밥을 먹다 말고 웃음을 터뜨린다.

"왜 꼭 화대를 생각해서 내가 돈이 안 든다고 생각하니? 그래, 난 네게 돈 한 푼 안 주고 공짜로 섹스를 엄청나게 많이 하고 있지. 하지만 꼭 돈만이 내가 지불해야 할 귀한 비용으로만 봐야 할까? 생각해 봐, 난 널 만나면서 정말 많은 시간을 투자해. 매일 전화하고 문자하고 게다가 일주일에 두 번 이상은 꼭 보지. 그런 시간들은 내겐 너무 소중하고 귀한 비용들이야. 물론, 널 만나는 시간이 아깝다는 건 절대 아니지만, 그냥 시간 낭비 없이 업소에 가서 돈 몇 푼 주고 성관계를 하는 것보다 나는 훨씬 더 많은 비용을 치르고 있다는 얘기야. 게다가 넌 화가 나면 내게 자주 짜증부리고 툴툴거리기도 하지. 난 그런 너를 위해 달래고 화를 풀어 주고, 이런 시간과 노력, 모든 것들이 다 내겐 비용적인 측면이야. 적어도 업소 여자는 그런 데 시간과 노력을 투입할 필요가 전혀 없잖아."

"하긴, 나 만나면서 당신이 이래저래 신경 쓰는 일이 많기는 하네요. 무엇보다 만나면 대부분 당신이 돈을 내고요. 그 돈 아깝다는 생각은 안 들어요?"

"전혀. 밥을 먹건 술을 먹건 선물을 사 주건 사랑하는 사람에게 쓰는 돈이 아깝다는 생각이 왜 들겠니. 오히려 젊고 철없었을 때, 업소에 가서 의미 없는 섹스를 하고 나서 돈 아깝다는 생각을 한 적은 있어."

"성을 사고판다는 것은 정말이지 역겨워."

"하지만 분명 많은 남자들이 그렇게 하지. 그 여자들은 일이기 때문에 열심히 일을 할 뿐이고, 남자들은 그에 따른 정당한 대가를 지불하는 거야. 하지만 너도 알겠지만 사랑 없이, 욕망을 채우기 위해 하는 섹스는 무의미해. 욕구는 어느 정도 해소가 되겠지만, 마음은 절대 채워지지 않아."

"그래도 남자들은 또 가서 하잖아요."

"그렇지. 내가 재미있는 얘기 하나 해 줄까? 어릴 적부터 잘 아는 친한 친구 놈이 하나 있는데 이 녀석이 대학생 때 인터넷 채팅으로 여자를 한 명 만났어. 그 여자는 7만 원이면 함께 자 줄 수 있다고 제의했고 친구는 그 즉시 여자를 만났지."

"온라인으로 성매매를 하는 거 말이죠?"

"맞아, 그런데 실제로 만나 보니 그 여자는 본인의 말처럼 그리 예쁘지도 않았고, 나이도 밝힌 것보다 훨씬 많아 보였다는 거야. 그래도 섹스가 하고 싶으니 어느 허름한 모텔에 들어가서 잠자리를 가졌지. 섹스도 정말 별로였나 봐. 지루하고 의미 없는 섹스가 끝나고 여자가 샤워를 하러 욕실로 들어갔는데 내 친구가 어떻게 했는지 알아?"

"설마, 돈도 지불하지 않고?"

그는 바로 맞혔다는 듯 고개를 크게 끄덕이며 웃었다.

"맞아, 한마디로 튀었지. 옷만 챙겨 입고 몰래 나온 거야."

"저런, 그 여자 완전히 재수 없는 날이었네요."

"똥 밟았다고 생각했겠지."

"그래도 그렇지. 돈 7만 원 그냥 줘 버리지. 아무리 어리고 철이 없었다고 해도 정말 너무하네."

"한마디로 생각이 없었던 거지. 이제 갓 20대 접어든 어린놈이 뭘 알겠어. 호기심에, 넘치는 성욕에 일을 저질렀다가 후회도 되고, 돈도 아깝고 해서 냉큼 도망간 거지."

"그런 사람이 당신 친구라니…."

"그 친구는 그 이후 공부도 열심히 하고 성실히 커리어를 밟아 지금 대학교수가 되었어."

"진짜? 정말 희한한 세상이네요."

"어릴 때 그런 부끄러운 짓을 한 번 저질렀다는 거지, 참 착하고 좋은 친구야. 마음도 넓고 생각도 무지 깊지."

"인생의 치명적인 실수를 한 번 저지르고 나서 인간이 달라졌군요."

"글쎄, 그런가?"

"잠깐. 그런데 지금 이 얘기 당신 이야기 아닌가요?"

그의 눈이 젓가락으로 막 집어 먹으려던 둥근 감자알보다 더 크게 떠졌다.

"너 정말 진심으로 묻는 거야? 내가 그럴 인간으로 보여?"

"응."

"저런! 대체 넌 날 그동안 만나면서 어떻게 본 건지 모르겠다. 난 적어도 돈에 있어서 인색하게 굴지는 않아. 정말 형편없는 섹스였다 해도, 나와 함께 시간을 보내준 여자에게 고마워서 라도 몇만 원 더 얹어줬을걸."

"자랑이다."

"자랑이 아니라 나 같으면 그렇게 했을 거라는 거지."

"그나저나 참, 돈 7만 원에 양심을 팔아 버리다니, 충격이다 충격, 그 교수."

"황당한 이야기 한 가지 더 해 줄까? 우리가 모르는 온갖 천태만상에 대해서."

"어디 해 봐요. 기대가 되네. 역시 당신 친구?"

"예전에 다녔던 직장 선배 이야기지. 그 선배는 총각이었는데, 역시 인터넷으로 여자를 만나서 성매매를 자주 했었어. 하루는 자신이 유부녀라고 밝히는 여자를 만났다나 봐."

"기혼녀가 성매매도 하는군요."

"그렇지. 용돈벌이 겸 심심풀이 겸 성매매를 하는 유부녀들이 꽤 있다고 하더라고. 모텔에서 둘이 만났는데 선배가 황당하기 그지없었던 것이, 성매매를 하기로 한 여자가 아이를 데리고 온 거야."

"뭐? 자신의 아이를?"

"응, 두 돌도 채 안 되어 보이는 어린 남자아이를 데리고 여자가 모텔 방에 들어온 거지. 선배는 너무 어이가 없어서 이게 대체 무슨 일이냐고 물었고, 여자는 걱정하지 말라며, 예전에도 이런 일이 몇 번 있었다면서 새우깡 하나면 된다고 하더래."

"새우깡?"

"여자가 TV를 틀고 새우깡을 아이에게 건네주자 남자애는 과자를 들고 TV 앞에 가서 앉더래. 그리고 꼼짝을 않고 있는 거지."

"도저히 믿어지지가 않네요. 그래서 선배는 그 여자와 성관계를 했대요?"

"여자 옷을 벗기려다가 순간 이건 아니다 싶어 모텔 방에서 빠져나왔다나 봐. 여자는 뒤에서 욕을 욕을 하고."

"어이가 없어서 정말 말이 안 나오네요."

"그런 자리에 자신의 아이를 데리고 오는 여자는 대체 무슨 생각일까? 아무리 아이가 어려서 상황 판단을 못 한다고 해도, 그 앞에서 다른 남자와 섹스를 하는 정신 나간 여자의 뇌 구조는 어떤 건지 정말 궁금해."

아이를 데려오지 않는다는 것뿐이지, 나도 크게 다를 바 없는 정신 나간 여자인 건 맞다. 다른 남자와 몸을 섞고, 사랑한다고 말하고, 그와의 달콤한 밀회에 온통 정신이 나가 있는. 난 앞으로 새우깡을 볼 때마다 구역질이 나고 두통이 밀려올 것만 같다. 우리 아이들이 새우깡을 먹고 있으면 그 바삭거리는 소리만 들어도 몸서리가 쳐질 것만 같다. 난생처음 들어보는 충격적이고 희한한 이야기. 우리가 모르는, 하지만 우리도 겪고 있는 불쾌하고 역겨운 온갖 천태만상의 끔찍한 현실.

그는 갑자기 우울해진 내 얼굴을 보더니 화제를 바꿨다.

"내일부터 설날 연휴잖아. 너희는 차례를 지내지 않는다고 했지?"

"네, 시댁이 기독교라서 제사를 지내지 않아요. 명절에도 그냥 예배를 보고 함께 식사를 하거나 소박하게 모임을 갖거나 하지요. 그리고 연휴 동안은 주로 여행을 가요."

"연휴 때 여행 가면 정말 좋겠다. 우린 차례를 지내니 명절에 여행 갈 생각은 꿈도 못 꿔."

"여행하는 동안 잊지 않고 당신에게 문자 보낼게요."

"그래, 꼭."

며칠 동안의 이별이지만 그래도 헤어짐은 마음이 아프다. 그를 만난 이후, 가족 여행을 간 적이 몇 번 있었지만, 그때에도 항상 나는 그를 생각하고 그리워했다. 살아생전에 그와 함께 단둘이 1박 2일이라도 어디론가 여행을 떠나고 싶다. 내가 끝도 없이 욕심을 부리는 것일까. 그와 여행을 다녀온 이후에는 또 무엇을 바라게 되고 더 욕심내게 될까. 나도 언젠가는 새우깡 여자처럼 정신 나간 행동까지 하게 될는지도 모른다.

457. 2014. 2. 4. 화

"여행은 잘 다녀왔어?"

"네, 즐거웠어요. 당신 생각이 너무 많이 나서 속으로는 많이 힘들었지만."

"힘들긴, 얼굴 보니 좋아 보이기만 하는데?"

그의 말이 맞다. 즐겁고 행복한 가족 여행이었다. 아이들도 너무 즐거워했고, 원래 여행을 좋아하는 남편은 3일 내내 만족한 표정으로 기분이 아주 좋았다. 바쁘고 지친 일상에서 벗어나 사랑하는 가족과 함께 떠나는 여행은 세상 무엇과도 바꿀 수 없는 큰 행복이다. 그러나 난 그 행복의 한가운데서도 언제나 그를 생각했다. 아름다운 자연, 편안하고 고급스러운 리조트, 맛있고 푸짐한 음식 그 어느 것을 보고 느껴도 그의 생각이 났다. 특히 깊은 밤, 하루의 여행 일과를 마치고 지친 몸으로 침대에 누우면 그의 생각이 맨 먼저 떠올랐다. 차가운 이성과 논리가 머릿속을 지배하는 환한 낮의 시간이 지나고, 로맨틱하고 감성적인 기분이 따스하게 잦아드는 밤의 깊은 공간 속에서 내 머릿속의 작은 나비는 항상 그를 향해 날아갔다. 그의 얼굴 위에 앉고, 그의 손끝에서 맴돌며 한시라도 더 함께 있고 싶어 하고, 느끼고 싶어 했다. 깊은 밤, 그와 문자를 주고받으며 우리는 서로를 많이 그리워하고 안타까워했다.

"나 많이 보고 싶었어요?"

"그럼. 항상 보고 싶었지."

"명절은 잘 보냈겠지요?"

"응, 온 가족이 진주로 내려가 다 모였고, 아버지와 함께 시간을 보냈어."

"아버님이 좋아하셨겠네요."

"아마도 이번 명절이 아버지를 모시고 함께하는 마지막 명절이 될 것 같아. 건강이 나날이 안 좋아지셔서."

"그래요. 남은 시간 동안이라도 최선을 다해 잘해 드리세요."

"마음 같아서는 서울에 모셔서 목숨을 연장시키는 수준이라 할지라도, 치료를 받게 해 드리고 싶어. 하지만 아버지가 너무나 완강하셔. 얼마 전에도 아산병원에 입원했다가 링거고 뭐고 다 빼고 마구 소리를 지르며 행패를 부리셔서 어쩔 수 없이 다시 내려가게 된 거 말했지?"

"네, 아버님께서 꼭 고향에 있길 원하신다고."

"그래, 하지만 진주라는 곳이 얼마나 머니. 다들 서울이 터전이고 바쁘게 일을 하고 사는데 거기까지 몇 번이나 내려가 보겠어. 멀리 계시면 그만큼 다들 불안하고 마음만 아픈 거지, 실제로 해 드릴 수 있는 일이 별로 없잖아."

"자식들도 힘들겠네요."

"왜 나이가 들면 고집불통이 되는 것일까? 난 나이 들어서 절대 우리 아버지처럼 하진 말아야지, 생각하다가도 나도 늙어서 저렇게 될까 봐 두려워. 자식들 말은 절대로 안 들으시고, 곧 죽어도 내가 하고 싶은 대로 해야만 한다는 그 아집이 정말 이해가 안 돼."

"자식은 절대로 부모의 마음을 이해하지 못하는 법이에요. 내가 부모가 되어서 아이를 키우면서도 날 키워준 부모님 마음을 헤아릴 수 없는 거거든요. 또, 내 자식이 날 이해해 주길 바라지도 않아요. 평생을 부모님을 이해하지 못하고, 부모님의 은혜에 보답하지 못하고, 그렇게 살며 내 자식에게 부모 역할을 하고, 사랑을 대물림해 주고, 인생을 바치고, 그렇게 살다 가는 거죠. 내 자식은 또 그 자식들에게 그렇게 할 거구요."

"그래도 우리 아버지는 너무 심해. 난, 아버지가 서울에 계시기만 해도 좋겠어."

"아버님 생각에는 고향에 남아 있는 것이 자식들에게 짐이 안 된다고 생각하고 계신 거겠죠."

"떨어져 있으면 짐이 안 되는 건가? 마음은 훨씬 더 무겁고 괴롭기만 한데."

"조만간 어떻게 해서라도 아버님을 설득시켜 서울로 올라오게 하세요."

"응, 그렇게 하려고."

가족도 아닌 내게 아버지에 대한 이야기로 심각하게 고민을 털어놓는 그가 안쓰럽게 느껴진다. 도대체 난 그와 왜 이런 이야기까지 나눠야 하는 걸까? 하지만 내가 사랑하는 이의 고통과 슬픔은 이미 내 것과 마찬가지이다. 나 역시 항상 궁금해하고, 그 역시 모든 걸 털어놓고 진정으로 위로받기를 원한다. 가족보다도 더 가깝게 느껴지는, 아무에게도 말할 수 없는 속 깊은 이야기와 고민까지도 모조리 나눌 수 있는 이상한 관계.

"요즘은 회사 일에 집안일까지 너무 힘들기만 해. 네가 없었으면 난 견딜 수 없었을 거야."

"나란 존재가 당신에게 위로가 많이 되나요?"

"그럼. 내 영혼의 안식처 같은 느낌이야."

나 역시 그렇다. 그를 만나면서 진정한 치유가 무엇인지를 경험한다. 괴롭고 슬프고 힘들다가고 그를 만나면 그 모든 고통이 사라지고, 행복감과 편안한 느낌만이 기분 좋게 감싼다. 일주일에 한 번, 또는 두 번, 그를 만나는 날만 기다리며 하루하루를 견디며 살아간다. 하루 일과를 마무리하며 잠자리에 들 때, 그를 생각하면 기분 좋게 잠이 들 수 있고, 아침에 눈뜰 때 맨 먼저 떠오르는 그의 생각에 다시금 기운 내며 하루를 시작할 수 있다.

"당신은 왜 나를 사랑해요?"

"글쎄, 넌 예전에도 그런 질문을 한 적이 있었지. 그런데 몇 번을 물어도 난 대답하지 못하겠어. 널 사랑하는 감정이 나도 설명이 잘 안 되거든. 처음 본 순간부터 좋아한 건 맞지만, 그때의 감정을 사랑이라고 하기

　　　　　　　　　　　　　　　　　　불륜 일기

엔 무리가 있지. 처음엔 그냥 막연한 호감, 저 여자와 사귀고 싶다는 생각에서 시작해서, 만남을 계속해 오면서 이젠 통제하기 힘든 감정에 깊이 빠진 것 같아. 왜 사랑하냐고? 그건 나도 모르겠어. 그냥 많이 사랑하니까, 널 사랑한다고 말해줄 수 있을 뿐이야."

사랑하니까 사랑한다. 가장 무책임한 정답이다. 이유 같지도 않은 이유가 가장 확실한 이유를 만들어 준다. 감정은 억지로 끌어내거나 조작하려고 해서 생길 수 있는 성질이 아닌 것이다. 자연스럽게 형성되는 감정과 기분. 그 이끌림에 어쩔 수 없이 따라갈 수 밖에 없는 것이다.

"그러는 넌 날 왜 사랑하지?"

"사랑받는 기분이 들게 해 주니까요."

"사랑받는 기분? 넌 열여섯 명의 남자를 사귀어 봤잖아. 그런데도 사랑받는 기분이 드는 것이 새로운 일이야?"

"항상 새로운 남자를 만나면 그 사랑의 감정은 새롭죠. 기존의 사랑이 연장되어 계속 이어지는 것이 아니라, 옛것은 소멸되고 완전히 새로운 사랑이 태어나는 거잖아요. 그래요, 당신도 알다시피 난 남자를 많이 사귀어 봤어요. 사랑도 많이 받아 봤죠. 하지만 지금 생각해 보면 난 그들의 사랑에 많이 둔감했었던 것 같아요. 상대가 얼마나 날 사랑하는지는 크게 중요치 않게 생각했어요. 그들은, 내가 생각했던 것보다 훨씬 더 많이 날 사랑했는지도 몰라요. 하지만 난 그 사랑의 크기를 알지도 못했고, 그래서 당연히 그만큼 받아들이지도 못했어요. 무엇보다 그럴 마음도 없었죠. 그런데 이번에는 당신의 사랑이 그 크기 그대로 온전히 느껴지고, 그 마음을 완전히 받아들이고 있어요. 아, 이런 게 사랑받는 기분이구나, 남자가 사랑할 때는 이렇게 해 주는구나, 이런 사랑의 방식과 느낌을 완전히 새롭게 배우고 있는 중이라니까요."

"어쩔 때 내가 널 많이 사랑한다는 느낌이 들어?"

"음, 나와 많은 얘기를 나누고 싶어 할 때. 그리고 내가 화내고 짜증 부려도 다 받아줄 때."

"네가 화내고 신경질 내면 사실 난 많이 힘들고 괴로워."

"무엇보다…."

평소처럼 화난 내 모습을 다시 상상이라도 하듯 그의 얼굴이 조금 우울해지며 표정이 어두워지는 것을 보며 나는 덧붙였다.

"당신이 나와 뜨겁게 사랑을 나눌 때."

그와 나누는 섹스는 마치 우리 사랑의 척도 같다. 그의 열정적인 키스와 애무 그리고 거침없는 삽입까지, 그 일련의 행위들은 우리에게 어떤 사랑의 고백보다도 진실하고 애절하게 다가온다. 백 마디 사랑한다는 말보다 단 한 번의 몸짓이 더 진정성을 띠고 있는 것처럼 느껴지는 것이다.

"난 요즘도 당신과 사랑을 나누는 상상만 해도 마구 설레요. 웃기죠. 그렇게 많이 잤는데도."

"나도 그래. 이제 너 외에 그 어떤 여자와도 섹스가 가능할까, 의문이 들 정도로 네게만 향하는 내 생각과 몸이 신기하기만 해."

"옛날에는 남자가 내게 섹스를 요구하면 싫었어요. 넌 나를 성적 상대로만 생각하니? 하고 따지고 거부하기도 했죠. 사랑에 있어서 섹스는 선택적인 부분이지 필수 요소가 아니라고 생각했거든요. 너무 잠자리를 자주 요구해서 헤어진 적도 있었고요."

"넌 많은 남자를 사귀어 봤잖아. 그럼 섹스도 정말 많이 하지 않았겠어?"

"아니, 생각보다 그렇지 않아요. 어렸을 때에는 섹스에 별로 관심이 없었거든요. 한 열 번 요구하면 한번 해 줄까 말까. 만날 '날 성적 상대로 생각하지 마.'라는 말을 달고 살았으니까요. 그때는, 애인들이 그토록 섹스를 요구하는 것은 단지 욕구 충족을 원해서일 뿐, 날 사랑하는 것과는 별개의 문제로 생각했으니까요."

"그렇지 않아. 남자들은 사랑에서 섹스를 떼어 놓고 생각할 수 없거든.

사랑하면 무조건 섹스 해야 하고, 정기적으로 잠자리를 하길 원하지. 네가 그토록 섹스를 거부하고 살았다면 네 옛 애인들은 스트레스 많이 받았겠다.”

“그럴지도. 사랑하는데 왜 안 자니? 이런 말 정말 많이 들었거든요. 그럼 오히려 전 반문했어요. 그렇게 사랑하는데 그거 하나 못 참아?”

“너무 잔인한데. 왜 여자들은 사랑이라는 핑계로 모든 걸 자기한테 합리화시키려고만 할까?”

“그땐 섹스가 사랑의 깊이를 나타내 줄 수 없다라고만 생각했거든요. 이젠 저도 그렇게 생각하지 않지만요. 그런데 대부분의 여자들은 사랑해야만 섹스가 가능한데, 남자들도 그런가요?”

“물론 많이 사랑하는 만큼 더 자주 섹스하고 관계가 깊어지는 건 맞아. 하지만 남자는 사랑 없이도 섹스가 가능한 건 사실이지. 내가 대학교 갓 입학해서 이런 경험이 있었어. 굉장히 멋지고 매력적인 여자 선배가 있었지. 모든 동기들이 다 좋아했어. 나 역시 관심 있었고. 그녀와 어찌하다 보니 많이 친해졌고, 하루는 단둘이 술까지 거하게 마셨어. 우린 모텔에 갔고, 난 그녀의 옷을 모두 벗기고 드디어 그녀를 가지려던 참이었어. 꿈에도 그리던 순간이었지. 흥분이 극에 달하고 막 삽입을 하려고 하는데 선배가 갑자기 내 얼굴을 두 손으로 감싸 쥐더니 묻는 거야. ‘넌 날 사랑하니?’ 하고.”

“그 선배 마음 충분히 이해가 가네요. 그래서 뭐라고 했어요?”

“원래는 ‘당연히 사랑하지요.’ 하고 대답하고 관계를 가져야 그게 남자 입장에선 가장 바람직한 결과인데 난 그때 너무 어리고 순진해서 도저히 대답을 못 하겠더라. 아무 말 못 했어.”

“흠, 그래서?”

“대답을 기다리는 그녀에게 원하는 대답을 해 주지 못한 채 도저히 관계를 가질 수가 없더라고. 난 분명히 그녀를 사랑하는 건 아니었으니까,

거짓말을 할 순 없잖아. 그녀를 사랑하지 않는다는 걸 알고 그 자리에서 바로 옷을 주워 입고 모텔을 빠져나왔어."

"사랑한다고 말했으면 바로 할 수 있었을 텐데."

"아니, 대답하지 않았어도 할 수 있었을 거야. 그녀가 날 간절히 원하는 눈빛을 느꼈거든."

"우리가 처음 돌발적으로 관계를 가졌을 때 우린 그런 얘기를 나누지 않았죠?"

"그래. 그때는 지금처럼 많이 사랑한 건 아니었지, 분명히. 좋아하는 마음, 강한 호감 정도였어. 하지만 우린 서로가 많이 원하고 있다는 걸 느꼈고, 우발적이긴 했지만 강렬하게 관계를 갖게 되었지. 그 상황에서 사랑하느냐, 하지 않느냐는 구구절절한 사전 설명은 우리 사이에 필요치 않았어."

"난 그때도 당신을 사랑하고 있었을 거야. 여자는 그래. 사랑하는 사람하고만 섹스할 수 있거든."

"나도 널 사랑하고 있었나 봐. 지금은 그때와 비교할 수 없을 정도로 많이 사랑하지만."

"확실히 나 자신이 예전과 많이 달라졌다는 걸 느끼는 것이, 이젠 사랑, 연애에서 섹스를 따로 떼어 놓고 생각할 수가 없게 됐어요. 사랑에서 섹스가 가장 큰 부분이고, 절대 배제할 수 없는 필수 요소라는 것을 이제야 알게 된 거죠. 당신과 만나면 무조건 섹스해야 할 것 같고, 또 내가 너무나도 간절히 원하고, 당신이 나와 하지 않으면 사랑이 식은 것 같고 내게서 멀어진 것만 같아."

"나도 요즘 네가 섹스에 점점 빠져드는 게 느껴져. 지난번 만났을 때도 네가 원하는 걸 알기에 크게 내키지 않은 상태에서도 한 거고."

"내가 당신과의 섹스에 몰두하는 게 싫어요?"

"그렇지는 않아. 그만큼 날 깊이 사랑하게 되었다는 뜻이기도 하니까.

불륜 일기

단지, 내가 지금보다 성적 능력이 감퇴되면 네가 날 계속 만나줄지가 조금 걱정이 되네.”

“당신이 나이 들고 쇠약해지면 나도 그렇게 되겠지. 같이 늙어가기로 했잖아.”

“그래, 그때까지는 뜨겁게 사랑을 나누도록 하자. 그런데 어쩌지? 오늘도 점심시간이 빡빡해서 이렇게 밥만 먹고 들어가야겠네.”

“괜찮아요. 당신과의 섹스가 좋긴 하지만 난 그보다 당신이 좋아서 잠시라도 얼굴 보러 온 거니까.”

“그래, 나도 섹스가 좋지만 이렇게 너와 함께 밥 먹고 얼굴 보는 게 훨씬 더 좋아.”

그가 회사로 돌아가며 손을 살짝 들어 흔들어 보인다.

“사랑해. 우리, 금요일 날 같이 신촌에 가자. 옛 추억을 되살려서.”

458. 2014. 2. 7. 금

젊음의 거리 신촌. 학창 시절의 추억이 떠오른다. 신촌은 내게 대학 시절 내내 친구들, 애인들과의 크고 작은 추억이 어려 있는 곳이다.

"형제갈비는 나 학교 다닐 때도 있었어."

"그러게요. 정말 오랜만에 와 봐요."

식당 내에는 학생들보다는 직장인들로 보이는 중년 남성들이 훨씬 많아 보인다. 사실, 주머니 사정이 넉넉하지 않은 학생들이 먹기에는 부담스러운 가격이었다. 심지어 미국산 소고기조차도.

"넌 미국산 먹니?"

"당연하죠, 왜 안 먹어요?"

"미국산 소고기를 꺼리는 사람들이 많잖아."

"웃긴 얘기예요. 술 담배는 만날 하면서 그깟 소고기 원산지 하나로 호들갑을 떨다니. 말 나온 김에 우리, 미국산으로 먹죠."

생갈비를 먹고 소주를 마시며 우리는 이야기꽃을 피웠다.

"그런 생각 안 들어? 한우와 수입산을 같이 파는 음식점에서 한우를 시키면 정말로 한우를 내어올까?"

"그럼 한우를 판다고 해 놓고 미국산을 내놓는다고요?"

"그럴 수 있잖아. 일반 사람들이 그 차이를 알겠어?"

"차이를 알긴 어렵겠지만 그런 양심 없는 짓을 하면 그 식당 문 닫아야겠죠. 어차피, 식당은 양심을 거는 업종이에요. 설마 먹을거리에 나쁜 짓을 하지는 않겠죠. 물론 그런 양심 없는 식당도 가끔 있긴 하겠지만."

결혼 생활도 양심을 거는 인생이다. 성실한 삶, 거짓 없는 삶, 최선을 다하는 삶. 한평생 인생의 삼 분의 이를 차지하는 길고 긴 결혼 생활에서

불륜 일기

어찌 양심을 배제하고 계속 살아갈 수 있을지 너무나도 막막하다.

"너랑 꼭 한번 신촌을 오고 싶었어. 젊었을 때 우린 여기서 많이 놀았을 것 같은데 어떻게 한 번도 마주치지 않았을 수가 있을까? 한 번쯤은 우연히 마주쳐서 서로에게 느낌이 꽂혔을 것도 같은데."

"어릴 적의 난 항상 남자와 함께 있었으니 그럴 일은 없었을 거예요."

"어련하시겠어요."

형제갈비를 나와 우리는 천천히 연대 앞을 향해 걷기 시작했다.

"거품 가 봤어? 나 갑자기 거기 가 보고 싶어."

"옛날에 많이 가 봤어요. 맥주랑 칵테일 팔던 바잖아요. 음악 무지 시끄럽고."

"그래. 그래도 그땐 좋다고 자주 가곤 했었지."

"우리, 한번 가 봐요. 아직 있을지도 몰라요."

놀랍게도 거품은 아직 그 자리에 그대로 있었다. 15년 만에 와 보는 술집.

"지하에도 있고 위에도 있어. 각각 거품1, 2라고 되어 있네."

"난 항상 위로 올라갔었어요. 당신은요?"

"나도 항상 위에서 먹었지."

그와 나란히 좁은 계단을 천천히 올라가며 옛날 기억을 곱씹어본다. 거품을 여자와 와 본 적은 한 번도 없었던 것 같다. 내 곁에는 항상 술을 사 주고, 유혹하고, 사랑한다고 읊어주는 남자들이 넘쳐났으니. 그들의 말과 행동이 모두 진실했으리란 생각은 하지 않는다. 단지 그들도, 나도 젊고 혈기 왕성했을 뿐.

교회가 한눈에 보이는 창가에 나란히 앉아 맥주를 시키고 함께 말없이 밖을 바라본다. 그리 높지 않은 4층임에도, 신촌의 전경이 그대로 내려다보이는 이곳은 옛날 그대로였다. 예전보다 음악 소리가 크지 않아 대화를 나누기에 불편하지 않을 정도인 것이 아주 좋았고, 의자나 테이블 같은 인테리어가 좀 더 고급스럽고 정갈해진 느낌을 풍겼다.

"어렸을 때 생각이 많이 나."

"저도요. 그땐 왜 그렇게 노는 게 좋았는지, 어떻게 해서든 건수를 만들어 남자를 만나고, 술을 마시려고 안달이었죠. 거품은 내게 그런 일상적인 놀이에 가장 적당한 장소였어요."

"지금도 노는 게 좋아?"

"아니, 지금은 나이가 들어서 그런지 노는 것도 싫고 술 마시는 것도 별로 재미없어요. 난 단지 당신하고 함께 있고 싶을 뿐이에요. 당신하고 최대한 많은 시간을 보내고 싶지만 사실 쉽지 않죠. 게다가 우린 둘 다 너무 바쁘고요. 대신 당신하고의 만남, 그 이후의 시간은 최대한 일과 가정에 집중해서 투자하려고 노력해요."

"좋은 생각이야."

그는 한참이나 말없이 맥주를 마셨다. 어렸을 때 친구들과 많이 마시던 코로나. 옛날에는 맛도 모른 채 괜히 멋스럽다며 레몬이나 라임을 병입구에 끼워 넣어서 마시기도 했었는데 둘러보니 지금은 그렇게 마시는 사람이 아무도 없다. 그것도 옛날 한때의 유행이었을 뿐이었나?

"아내 사업이 아주 어려워."

그가 갑자기 입을 열었다. 밖을 바라보고 있던 나는 고개를 돌려 그를 돌아보았다. 신촌 거리를 바쁘게 오고가는 행인들을 바라보며 조용히 맥주를 입으로 가져가는 그의 옆모습이 왠지 우울해 보인다.

"지난 십 년간, 와이프한테 대 준 돈이 7억 정도 돼. 그런데도 더 필요하대. 난 더 이상 능력이 안 되는데."

부인이 사업을 한다는 얘기는 몇 번 들은 적이 있었다. 그리고 최근 몇 년째 수익이 나지 않아 힘들어한다는 얘기도. 그리고 그 많은 재정적 부분을 그가 메워 주고 여러 번의 위기를 넘기게 해 주었다는 것도.

"어느 누구에게도 사업은 쉬운 게 아니죠. 계속 적자가 나고 더 이상 회생 불가능하면 지금이라도 접어 버리는 게 낫지 않을까요?"

"그런데 그게 말처럼 쉽지 않아."

그는 안주로 나온 구운 김을 마치 오징어처럼 잘근거리며 씹는다.

"무엇보다 아내는 일을 계속 하고 싶어 하고 이 사업을 절대 놓지 않으려고 해. 난 그녀의 마음을 알기에 결혼 생활 내내 지지해 주고 끊임없이 자금을 대 주었지. 그런데 이제 더 이상은 못 할 것 같아. 계속해서 이런 식이면 내 회사에도 적잖은 타격이 될 거야. 돈 들어가는 게 끝도 없어."

"사업을 왜 안 접는 건데요? 접을 마음이 아예 없는 거겠지."

"와이프는 일 안 하고는 못 살아. 예전에 딱 한 달 쉬더니 끝내 못 참고 다시 일을 시작하더라고."

"일 안 하고 절대 못 사는 사람이 세상에 어디 있는데요? 누구나 돈이 필요해서 어쩔 수 없이 일을 하는 거지. 끊임없이 큰돈이 들어가야 되는 그런 쓸데없는 일은 왜 계속 하는 건지 대체 이해가 안 가네요."

"난 그녀가 원하는 대로 해 주고 싶어. 그게 가정의 평화를 위해서 좋잖아."

듣다보니 괜히 화가 치밀어 올랐다. 아내 사업의 어려움과 끊임없는 재정적 도움, 그리고 자신의 힘든 상황을 애인에게 하소연하는 꼴이라니.

"그것도 당신 팔자예요. 당신은 평생 그렇게 밑 빠진 독에 물 붓기나 하고 살아요. 그런 얘기 듣는 것 별로 달갑지 않네요. 당신이 부인을 위해 평생 돈을 쏟아부어 주고 고생했단 얘기를 왜 내가 들어야 하는 거죠?"

"미안해. 내가 너무 힘들어서 말이 나와 버렸어. 자꾸 돈을 달라고 하는데 냉정하게 거절하기도 괴롭지만 진짜로 난 더 이상 돈이 없어."

"나한테 돈을 바라는 게 아니라면 그만 소리 집어치워요."

"오해하지 마, 내가 정신 나간 놈도 아니고 설마 너한테 돈을 바라겠니? 게다가 우리 회사가 문제 있는 것도 아니고 지금 와이프 일을 얘기하고 있는 건데."

"시끄러워요! 회사 다 처분해서 그 돈으로 사업 자금을 대 주든 적자를 메우든 당신 알아서 하라고요."

우린 잠시 동안 아무 말도 하지 않았다. 고민이라고, 힘들다고, 내게 털어놓는 그를 위로해 주진 못할망정 거칠게 쏘아 붙이는 내가 원망스럽기도 할 것이다. 하지만 내가 그 무슨 위로의 말과 조언을 해 줄 수 있단 말인가? 왜 내가 애인의 집안 사정, 사업 현황까지 속속들이 알고 걱정해 주어야 한단 말인가?

"당신은 부인을 굉장히 사랑하나 봐요. 끊임없이 돈을 대 주고 사업을 하게 지원해 주고."

"이건 사랑의 감정하고는 별개의 문제야. 가장으로서 가족이 하고자 하는 것을 원 없이 하게 해 주는 것도 나의 의무라고 생각해. 그렇기 때문에 난 내가 원하든 원하지 않든, 그녀가 하고픈 대로 내버려 두는 거야. 그렇게 해야만 가정이 평화로우니까."

내가 무슨 일을 하든 냉소적이고 비판적인 시선을 보내는 남편이 생각났다. 돈 몇 푼 되지 않는 학교 시간강사, 오히려 끊임없이 돈이 들어가야 하는 미술 작업, 취미로 하는 아마추어 연주 활동까지, 무슨 일을 해도 난 인정을 받기는커녕, 격려의 말 한마디 들은 적이 없었던 것 같다. 적어도 난 남편의 돈을 날린 적은 한 번도 없는데.

"회사에서 번 돈이 끊임없이 아내의 사업 자금으로 들어가고, 난 결혼 후 계속 그렇게 살아 왔어. 참 힘들고 불편한 나날들이었지."

"당신 팔자라니까요. 대신 당신은 애인도 만나고, 하고 싶은 거 하면서 마음대로 살잖아요. 그런데 그까짓 7억이 대수예요?"

"그럴까?"

그는 쓴웃음을 지으며 맥주를 천천히 들이켠다.

"내 삶이 만약 달랐더라면, 이렇게 살지 않았다면, 난 아마 바람을 안 피우지 않았을까?"

"헛소리예요!"

난 어이없다는 듯 크게 웃음을 터뜨렸다.

"당신이 결혼 후 아내에게 계속해서 적지 않은 돈을 대 주고, 평생을 끊임없이 괴롭고 힘든 삶을 살아온 것과는 별개로, 당신은 어떤 상황에서든 바람을 피웠을 거예요. 당신은 원래 그런 사람이니까요."

"내가 어떤 사람인데?"

"파렴치하고 양심 없는 남편."

459. 2014. 2. 10. 월

이른 점심을 끝내고 우리는 회사 지하 주차장 한구석에 세워둔 그의 차 안에서 섹스에 몰입하고 있었다. 함께 점심을 먹는 것만으로는 성이 차지 않을 때가 있다. 오늘도 일식집에서 규동과 라면을 먹고 인사를 하고 가려는 날, 그는 붙잡았다.

"오늘은 시간 여유가 있어. 하고 가."

시간만 된다면 난 그와 언제든 섹스하고 싶다. 하지만 사귄 지 일 년이 다 되어가도 아직은 내가 먼저 섹스를 요구할 용기가 나지 않는다. 섹스의 주도권은 항상 그가 지니고 있었다. 점심시간을 이용해 만날 때에는 시간적 여유가 있고 없음에 따라, 저녁에 만날 때는 그의 컨디션과 욕구에 따라, 항상 그가 원하는 때여야만 우린 섹스가 가능하다. 난 그보다 더 자주, 사실은 만날 때마다 반드시 하고 싶었다. 하지만 그는 그렇지 않다. 나를 사랑하는 것과는 별개로, 섹스를 항상 원하는 것은 아니었다. 오늘은 그가 먼저 내미는 손을 못 이기는 척 붙잡고, 그를 따라 지하 주차장으로 차를 이동한 후, 앞좌석을 최대한 앞으로 당겨서 생긴 널찍한 뒷좌석에서 서로를 부둥켜안고 탐닉하며 차 안을 정신없이 뒹군다.

난 항상 그의 무릎에 앉아 얼굴을 정면으로 바라보며 하는 것이 좋았다. 그는 내 허리를 꽉 붙잡고 거칠게 움직여댔다. 가끔 그의 성기가 내 배 속 깊은 곳까지 들어와 마구 휘저으며 출렁이는 느낌을 받으면 난 터질 듯한 비명을 가까스로 억누른다.

"왜, 이 자세가 좋니?"

그가 숨을 거칠게 몰아쉬며 몇 번이고 묻는다. 나 역시 몇 번이나 고개를 끄덕이며 두 팔과 두 다리로 그를 꽉 끌어안고 위아래로 끊임없이 움직였다.

그가 절정에 달했을 때는 항상 이마를 살짝 찌푸리며 낮은 신음 소리를 길게 내뱉는다. 난 그 순간 언제나 그의 얼굴을 바라보고, 그의 신음 소리를 듣고, 나의 외마디 비명 소리를 듣는다.

우리는 서로를 꼭 끌어안고 한동안 그렇게 가만히 있었다. 그가 아직도 내 안에서 꿈틀거리는 느낌이 그대로 전해졌다. 내가 다시금 조금씩 움직이기 시작하자 그가 나를 억누르려는 듯 강하게 붙잡으며 꼭 끌어안았다.

"움직이지 마, 이대로 있어. 지금 이대로."

잠시 후, 우리는 옷을 입고 뒷좌석에 나란히 앉아 있었다.

"난 당신 만날 때마다 섹스하고 싶어요."

"나도 그래. 하지만 너도 알다시피 점심땐 시간이 별로 없어. 직원들은 한 시간 만에 밥 먹고 자리로 돌아오는데 나만 두 시간이고 세 시간이고 자릴 비울 수는 없는 노릇이잖아."

"섹스하는 데 한 시간 두 시간 걸리는 거 아니잖아요. 솔직히 말하지만, 당신은 오래 하는 스타일도 아니고 기껏해야 십 분 십오 분 정도에요. 서로의 사랑을 확인하는 데 그 정도는 시간 내줄 수 있는 거 아니에요?"

"넌 섹스로 사랑을 확인하니?"

"아니, 꼭 그런 건 아니지만, 당신하고 하면 많이 사랑받고 있다는 느낌이 드는 건 사실이에요."

"넌 정말 남편하고 안 하는구나."

그는 왠지 안쓰럽다는 표정을 지으며 어린아이 달래듯 내 머리를 쓰다듬는다.

"안 한 지 7년도 넘었다고 말했잖아요. 그러는 당신은 나 만난 이후로 부인하고 했나요?"

"넌 벌써 그 질문을 여러 번 했었지. 맹세컨대, 단 한 번도 없어. 네가 절대 하지 말라고 했잖아."

"그랬었죠. 그럼 당신도 나 이외에는 성욕을 해결할 상대가 없잖아요. 나하고만 하고, 나한테만 그 모든 욕구를 다 쏟아부어요. 난 당신하고 하는 섹스가 너무 좋아요."

"너, 점점 육체적인 관계에만 빠져드는 것같이 보여."

"육체적인 관계에도, 라는 표현이 더 정확하겠죠. 그럼 우리 사이에서 그 부분을 빼놓고 말할 수 있나요? 난 당신하고 매일이라도 하고 싶은데."

"넌 날 만날 때 항상 섹스를 염두에 두고 오는 거니?"

"맞아요."

거짓말을 하고 싶진 않았다.

"하고 싶으면 언제든 요구해도 돼. 하지만 나라고 항상 할 수 있는 건 아니야. 예를 들어, 점심때 이렇게 너와 하고 나서 회사로 돌아가면, 오후 내내 졸리고 피로함이 느껴질 때가 많거든. 그러면 일에 지장을 받게 되는 거지. 특히 오후에 업무가 밀려 있을 땐, 섹스보다는 너와 밥 먹고 대화만 좀 나누다가 들어가고 싶을 때도 있어."

그는 내 어깨를 살짝 안으며 쾌활하게 말했다.

"나 역시 언제든 너와 섹스하고 싶고 사랑을 나누고 싶어. 하지만 네가 요구하는 모든 때에 내가 응해줄 수 없다는 것을 네가 이해해 주었으면 좋겠어. 그렇게 할 수 있지?"

"네, 그럴게요."

난 그럴 수 없다는 것을 물론 알고 있었다. 내 감정, 그리고 내 육체까지도 이제는 나의 제어를 완전히 벗어난, 심각한 통제 불능 상태라는 것을.

"너, 남대문시장 갈치조림 골목 안 가 봤다고 했지? 오늘은 거기 가자. 거기서 이른 저녁을 먹고 종로 쪽에 시장 조사차 나갈 일이 있어. 함께 오후 시간을 보내지 않을래?"

"네, 좋아요."

그와 맛있는 갈치조림을 먹을 생각에 즐거워하면서도 난 한편으로는 그와의 섹스를 생각하고 있었다. 남대문시장에서 가끔 쇼핑은 해 봤지만, 음식을 먹어본 적은 그리 많지 않았다. 심각한 길치인 탓에 넓은 시장 안에서 몇 번이나 헤매거나 길을 잃어버리기 일쑤였다. 오늘도 그와 함께 찾아간 갈치조림 골목 내의 희락식당을 다시 찾아올 수 있을지 모르겠다.

"내가 뼈를 발라 줄게."

난 그가 정성스럽게 발라내 준 갈치 살을 받아먹고 커다란 무를 입에 넣어주곤 했다.

"맛있니?"

"괜찮은데요."

"난 예전 같지 않은 것 같아. 옛날에 너무 맛있게 먹었던 기억이 있는데."

"배가 고프지 않아서 그럴 거예요. 아직 다섯 시도 안 됐잖아요."

시장이 찬이라고, 이른 저녁 식사는 배고픔이 따라오지 않다 보니 아주 만족스럽지는 않았다.

"그래도 당신이 여기 데리고 와 줘서 너무 고마워요. 항상 남대문시장 갈치조림이 궁금했거든요."

"어차피 다 양념 맛이지. 그래도 갈치가 오동통하고 부드러우면 꽤 맛있어."

"네, 맛있었어요."

"그럼 다행이고."

우리는 남대문시장을 나와 종각역 쪽으로 걸어가기 시작했다.

"오늘 우리가 가 볼 곳은 마이크 임팩트와 토즈 클럽이야. 나도 이와 비슷한 사업을 구상하고 있거든."

"정확히 어떤 사업인데요?"

"모임이나 세미나, 강연 같은 콘텐츠를 기획하고 장소를 제공하는 곳이야."

"흠, 당신이 관심을 가질 만하군요."

우리는 두 곳 모두 방문해 장소를 찬찬히 둘러보고 강연도 잠시 구경했다. 그는 담당자와 한참 동안 이야기를 나누기도 했다.

"토즈 클럽이 내가 생각하는 콘셉트에는 더 가까워. 문제는 돈이지. 어쨌든 오늘의 일과도 무사히 끝났어. 우리, 교보문고나 가 볼래?"

어렸을 때 부모님을 따라 교보문고를 여러 번 왔던 기억이 났다. 옛날에 비해 교보문고는 엄청나게 커졌다. 이제는 책뿐만 아니라 완구, 문구, 음반, 팬시용품 등 많은 상품들과 그것을 구매하려는 고객들로 엄청나게 붐빈다.

"나, 꿈이 있어요."

"뭔데?"

"언젠간 나도 책을 내고 싶어요."

"작가가 되고 싶다는 말이지? 넌 글 쓰는 데 소질이 있으니까 어렵지 않을 것 같은데?"

"내가 쓴 글이 교보문고 베스트셀러 코너 중앙에 떡 자리 잡고 차지하고 있으면 너무 행복할 것 같아요."

"그렇지, 뿌듯하겠다. 네가 책 내면 내가 제일 먼저 사 줄게."

"당신이야 내 책 하나쯤은 선물할 수 있어요. 속표지에 사인까지 멋지게 해서요."

"뭐라고 쓸 거야?"

불륜 일기

"존경하는 사장님께, 사랑과 감사의 마음을 담아."

"정말 영광입니다요."

그가 해맑게 웃는 모습을 보며 언젠가 그런 날이 오길 다시 한 번 바라본다. 내 이름으로 된 책이 교보문고에 전시되어 있는 너무도 행복한 상상.

그는 날 이끌고 문구 코너로 데리고 갔다.

"내가 여기 온 것은 네게 필통을 사 주기 위해서야. 예전에 네게 선물한 몽블랑 볼펜 있지? 그 볼펜을 넣을 가죽 필통을 사 줄게."

"정말요?"

"그럼. 비싼 볼펜을 싸구려 천 필통에 넣고 다닐 수는 없잖아."

그는 검은색의 크로스 소가죽 필통을 골라 주었다.

"이제 여기에 꼭 내가 사 준 볼펜을 넣고 다녀. 볼펜에 흠집도 안 날 테고 보기에도 멋져 보일 거야."

"자기야, 고마워요."

그는 싱긋 웃더니 낮은 목소리로 말했다.

"이런 데서는 공공연하게 자기야, 라고 말하지 않아도 돼."

교보문고를 나오니 이미 주위는 검게 어둠이 드리워져 있었다.

"술 한잔 하자. 어디로 갈래?"

"나, 광화문 쪽은 잘 몰라요."

"나도 그래. 세종문화회관 쪽에 자주 가던 회전초밥집이 하나 있긴 했는데."

"우리, 오늘 특이한 술 먹어 볼래요?"

"뭐?"

그가 걸음을 멈추고 날 바라보았다.

"칼바도스요."

"처음 들어 봐. 양주야?"

"사과 브랜디에요."

"그러고 보니 우리, 만나서 양주 먹은 적은 한 번도 없었구나. 그런데 갑자기 왜 그 술이 먹고 싶어?"

"그냥 먹고 싶어서요."

어릴 적 읽었던 책 중에 레마르크의 『개선문』이라는 소설이 있었다. 소설 속에서 가장 중요한 역할을 하는 주인공 셋은 바로 이들이다. 파리로 망명한 독일 외과 의사 라비크, 아름답지만 예민하고 감성적인 연인 조앙 마두, 그리고 그들이 항상 마시는 술 칼바도스. 작품 전체에 걸쳐 칼바도스는 끊임없이 등장한다. 비참한 망명자 신세인 라비크가 외로움과 고독을 달래며 홀로 마시기도 하고, 사랑하는 두 연인을 위로해 주고 언제나 함께해 주는 것도 바로 이 칼바도스다. 난 소설을 읽으며 칼바도스가 무척이나 궁금했다. 하지만 십오 년여 전, 칼바도스를 구하기는 그리 쉽지 않았다. 특급 호텔 바 여러 곳에 전화를 해 보아도 수요가 거의 없어서 판매하지 않는다는 답변뿐이었다. 하지만 유일하게 힐튼호텔 바에서 병으로 판매한다는 답변을 얻었고, 난 당시 사귀고 있었던 애인과 마치 소설 속 주인공처럼 분위기 있고 멋들어지게 칼바도스를 마셨다. 그러나 칼바도스는 굉장히 독한 술이었고, 한 병을 사이좋게 나눠 마신 우리는 심하게 취해 버리고 말았다. 그날의 기억이 거의 나지 않는다. 단지 코끝을 강하게 자극하던 짙은 사과 향만이 아직도 내 머릿속에 남아 있을 뿐.

"칼바도스는 제가 좋아하는 소설 『개선문』에 나오는 술이에요. 그런데 아마 흔하지 않을 거예요. 특급 호텔 바에나 있을걸요."

난 나도 모르게 힐튼호텔 쪽을 손가락으로 가리키며 말했다. 그러나 그는 아무것도 알아차리지 못한 채 무심히 대답했다.

"무슨 고급술이라고 그렇게 귀하다는 거야? 그냥 아무 술집에나 들어가면 다 있겠지."

그는 파이낸셜센터 지하 아케이드로 나를 데리고 갔다.

"여기에 친구들과 함께 와 본 바가 하나 있어. 거기 가면 아마 그 칼바도스라는 술이 있을 거야."

우리는 파이낸셜센터 지하를 두루 구경했다.

"부처스 컷. 저번 주 주말에 가족들과 이곳에 와서 저녁 먹었어. 꽤 비싸긴 하지만 맛있더라."

"당신은 왜 나는 이렇게 비싼 음식점엔 안 데려가는 거죠?"

화난 얼굴로 흘겨보는 날 바라보며 그가 씩 웃는다.

"다음엔 너와도 올게. 우린 원래 포장마차나 허름한 고깃집 이런 걸 더 좋아하잖아."

"쳇, 나도 고급 레스토랑이나 스테이크 이런 거 무지 좋아한다고요."

솔직히 나는 비싼 고급 음식점을 그다지 좋아하지 않는다. 허름하고 편안한 분위기의 자그마한 고깃집이나 포장마차가 좋아하는 사람과 맘 편하게 즐기면서 먹고 마시는 데에는 딱이다.

그가 가 봤다는 바에 가서 바텐더에게 물어보았다.

"칼바도스요?"

유리 글라스를 반짝반짝 윤이 나게 닦고 있던 바텐더의 눈이 병뚜껑만큼 둥그레졌다.

"사과 브랜디 말씀이시군요. 저희 가게에는 없어요. 그 술은 거의 찾는 사람이 없어 딴 데서도 별로 취급하지 않을 겁니다."

우린 말없이 밖으로 나와서 잠시 걸었다.

"근처에 힐튼호텔이 있으니 같이 가 봐요. 거긴 있을 것 같아요."

"왜, 힐튼에서 숙박하자고?"

그가 짓궂은 웃음을 띠며 허리를 살짝 끌어안는다.

"아니, 거기 괜찮은 바가 하나 있어요."

택시를 타고 힐튼호텔에 도착했다. 예전의 기억을 살려 지하로 내려가 오크룸 바에 가니 다시금 강한 칼바도스 향이 떠오르며 술 마시기 전임에도 이미 취할 것만 같다.

"너, 여기 와 봤지?"

"네."

"어떤 놈이랑?"

"나 좋아하던 놈하고요."

"그래서 여기서 칼바도스 먹고 위에 올라가서 하루 잤나?"

"술은 먹었지만 잠은 안 잤어요."

오크룸 바에는 역시 칼바도스가 있었다. 사실 칼바도스는 코냑 같은 포도 브랜디에 비해 고급술이 아니다. 돈 한 푼 없이 극적으로 목숨만 부지해 파리로 망명한 가난한 외과 의사 라비크가 마실 수 있는 유일한 독한 술이었을 것이다. 물론 지금 힐튼호텔 내 고급 바에서는 만만치 않은 가격을 자랑하고 있었지만.

나는 소설 속 라비크과 조앙 마두를 생각하며 칼바도스를 천천히 맛보았다. 조앙 마두는 새 애인의 총에 맞은 후, 사랑하는 라비크의 품속에서 숨을 거두게 되고, 라비크는 죽어가는 조앙에게 처음으로 진실한 사랑 고백을 한다.

"우리, 살아 있을 때 사랑한다는 말 많이 하고 살아요, 네?"

그와 눈이 마주치자 가슴이 떨려 미칠 것만 같다. 내가 사랑하는 사람. 내 소중한 애인.

"그래, 널 많이 사랑해."

그는 꽤 빠른 속도로 잔을 연거푸 비웠다.

"독한 술인데, 그렇게 빨리 마셔도 돼요? 어차피 나중에 또 오면 되니까 조금만 마시고 나머지는 키핑해요."

"난 별로 독한 거 모르겠는데? 그런데 이게 뭐가 맛있는 술이라는 거야?"

내가 봐도 맛난 술은 아니었다. 그래서 위스키나 코냑에 비해 많은 사람들이 찾지 않는 거겠지. 난 단지 옛날 기억, 내가 좋아했던 소설 속 추억을 되살려 다시 한 번 사과 향의 짙은 최면 속에 깊이 빠져들고 싶었을 뿐.

불륜 일기

그가 너무 급하게 술을 마셔대자, 도저히 내가 마실 수가 없었다. 예전 같은 기분도 나지 않았고, 무엇보다 칼바도스의 강한 향에 머리가 아파왔기에 첫 잔만 비우고는 물끄러미 그를 바라보며 조용히 앉아 있었다.

그가 점점 취기에 빠져드는 모습이 보인다.

"너, 내 곁에 언제까지나 있을 거지?"

"물론이죠. 당신이 날 사랑하는 한."

"아무리 생각해도 이해가 안 돼. 넌 날 왜 사랑하는 거야?"

"운명이에요. 난 그 운명에 순응하는 거고요."

"그렇군, 운명! 그런데 아쉽게 부부의 인연은 아니네."

"왜 꼭 부부의 인연만이 좋은 거라고 생각하죠? 우리가 부부였다면 오히려 악연이었을 거예요. 부부의 인연은 세상에서 가장 무서운 형벌을 받은 거예요. 생각해 봐요, 평생 이 사람을 위해 돈을 벌어다 줘야 되고, 밥을 차리고 수발해 주어야 하고, 좋으나 싫으나 매일 얼굴 봐야 하고, 게다가 만족하든, 만족하지 않든 억지로 잠자리를 해야 돼요. 이보다 더 끔찍한 형벌이 어디 있어요?"

"넌 정말 엉뚱해."

그가 마신 칼바도스 병이 점점 바닥을 드러내고 있었다.

"그래, 형벌. 사랑하지 않는 이와 평생 함께 사는 것은 감옥과도 같지. 우린 모두 무기징역 복역 중인가? 아, 그렇다고 내가 아내를 전혀 사랑하지 않는다는 건 아니야. 사랑이건, 아니건 그건 문제가 아니라는 거지. 사랑의 여부와 관계없이 평생 같이 살 거고, 늙어갈 거니까. 감옥 안에서 말이지."

"그래요, 당신이나 나나 현재의 상황을 깨고 싶은 마음은 전혀 없죠. 우린 지금 이대로도 너무 사랑하고 충분히 행복한데 억지로 악연의 고리를 만들 필요는 없겠죠."

"우리가 부부였다면 어땠을까?"

"당신 취하면 가끔 그 말 하더군요. 그런 건 아무 소용없는 말이에요.

바람에 실려 허공 속으로 금세 사라져 버리는 허무한 담배 연기처럼 실체가 없는 쓸데없는 소리라고요."

"그래, 맞다. 서로 사랑하는 사이로, 이렇게 함께 있는 것만 생각하자. 다른 것은 아무것도 생각하지 말고."

많이 취한 듯 그의 몸이 의자에서 점점 축 늘어진다.

"괜찮아요?"

"응, 아니…."

"일어나야겠어요. 당신이 너무 취하는 것 같아서 전 제대로 술을 먹어 보지도 못했네요."

호텔을 나와 택시를 타고 차를 세워 둔 회사 근처로 향했다. 그는 내 어깨에 머리를 기대고 내 손을 꼭 잡고 있었다.

"내가 널 많이 사랑하는 거 아니?"

"알아요."

"그런데 넌 왜 내게 자주 짜증을 부리고 신경질을 내는 거야?"

"그건 내 연애 스타일이에요. 전 사랑하는 사람에게 내 감정과 분노를 굉장히 직설적으로 표현하고 행동해요."

"이제 좀 그러지 마. 네가 그럴 때마다 난 괴롭고 힘들어."

대답 대신 내 어깨에 기댄 그의 얼굴을 가만히 쓰다듬어 주었다. 술에 취해 붉어진 얼굴이 뜨겁고 규칙적으로 내뱉는 숨결 역시 뜨겁다. 문득 그의 뜨거운 입술에 키스하고픈 충동이 일어났다.

회사 지하 주차장으로 돌아와 그를 차에 눕혔다. 그는 조수석에 길게 누워 눈을 반쯤 감고 축 늘어져 있었다.

"당신 술 좀 깨면 집에 데려다 줄게요."

그는 천근만근 무거운 듯 겨우 손을 뻗어 내 손을 잡는다.

"사랑해."

"저도요."

난 그의 얼굴을 붙잡고 거칠게 키스를 퍼부었다. 영어에서도 물고기처럼 취했다는 표현이 있는 것처럼, 마치 어항 밖 물고기처럼 축 늘어진 그의 몸은 온통 땀에 젖어 축축했고, 그의 입술에서는 강한 칼바도스 향이 났다. 짙은 감색 바지를 벗기고 난 그의 몸 위로 올라갔다. 두 눈을 꼭 감은 채 규칙적인 숨소리를 내며 길게 누워 있는 그의 몸은 온통 깊이 잠들어 있었다. 단 한 군데만 빼고. 혼자만의 즐거움. 혼자만의 쾌락. 처음으로 느껴보는 이상한 기분이었다. 잠들어 있는 그를 탐하는 나의 뻔뻔스러운 욕망의 극치.

"자기야, 자기야."

아무리 흔들어도 그는 좀처럼 깨어날 기미를 보이지 않는다.

"삼성동 아이파크라고 하셨죠? 제 기억에 분명한데, 몇 동이죠?"

이제 그는 코까지 가볍게 골고 있었다.

난 삼성동 아이파크로 차를 몰았다. 그의 거친 숨결과 더불어 차 안 가득 퍼지는 칼바도스의 지독한 사과 향이 참을 수 없어 창문을 활짝 열었다. 살이 에일 듯 차가운 2월의 밤바람이 완전히 열린 차 창문을 통해 그대로 들어왔으나, 그는 그래도 꼼짝하지 않았다.

"눈 좀 떠 볼래요? 당신 집 앞이에요."

그가 살며시 눈을 뜨며 몸을 간신히 일으킨다.

"네가 운전해서 여기까지 온 거니?"

"네, 당신 집 앞까지 안전하게 모셨어요."

"아, 그렇구나. 이거 미안해서 어쩌지?"

"얼른 들어가요. 내일 전화하고요."

"그래, 정말 미안하다."

그는 차에서 내리더니 휘적휘적 집 쪽을 향해 걸어간다.

빽빽하게 들어선 고층 아파트의 숲이 마치 빈틈없이 세워진 감옥같이 보인다. 평생을 갇혀 살아야 할 창살 없는 인생의 감옥.

461. **2014. 2. 14. 금**

"저번엔 당신 정말 많이 취했더군요."

"그러게. 그 칼바도스라는 술, 독하더라. 다음 날도 힘들어서 혼났잖아."

"독한 술이기도 하지만 그날 당신 많이 마셨어요. 혼자서 거의 한 병을 다 마신 셈이었거든요."

"그래도 기분 좋았어. 너랑 또 언제 그렇게 좋은 고급 바에 가서 분위기 잡으며 양주를 마셔 보겠니."

우리는 손을 잡고 서울대공원의 저녁 길을 산책하고 있었다. 아직 날씨가 제법 추워서인지 산책로에 사람이 하나도 없다. 너무나 많이 와 본 우리의 데이트 코스. 이제는 눈을 감고도 다닐 수 있을 것 같다.

"처음에 우리가 여길 함께 걸었을 때는 6월이었어. 여름을 나고 가을, 겨울을 지나 이제 봄이 오겠지. 올해 벚꽃을 꼭 여기서 함께 보자. 화려한 조명이나 구름 같은 인파는 없지만 내 생각엔 여의도보다 이곳 과천 벚꽃이 훨씬 더 멋져."

"빨리 봄이 왔으면 좋겠어요. 추운 겨울은 너무 싫어요."

그는 꼭 잡은 내 손을 자신의 호주머니에 집어넣었다.

"추위를 잘 타면서도 나와 오랜 시간 산책하는 거 보면 정말 대단해."

"몸은 춥지만 마음만은 따뜻한 거죠. 당신과 함께 있으면 이가 딱딱 부딪혀도 마음만은 따뜻해요."

잠시 후 우리는 어두운 주차장 구석진 곳에서 서로의 몸을 뜨겁게 불태우고 있었다. 그는 나와 섹스할 때 언제나 내 몸에 걸친 모든 옷가지를 없애 버린다. 추운 날씨, 몇 겹씩 입은 겨울옷들은 그에 의해 모조리 바닥으로 내팽개쳐지고, 난 순식간에 초라하고 가냘픈 맨몸이 되어 덜덜 떨리

불륜 일기

는 모습 그대로 그의 앞에 방치된다. 그는 차가운 날 온몸으로 따뜻하게 안아 주었다.

"춥니?"

"아니, 괜찮아요. 히터도 틀었으니 곧 훈훈해지겠죠."

그러나 오랜 시간 주차장에 세워져 있어 얼음처럼 싸늘해진 차는 쉽게 따뜻해지지 않고, 차디찬 겨울 밤바람을 쐬며 한 시간 넘게 산책한 나의 몸도 금세 따뜻해지진 않는다. 우린, 그냥 추위를 까맣게 잊을 뿐이다. 서로의 온기를 느끼며, 사랑을 확인하며, 그 열기와 흥분에 순식간에 불타오를 뿐.

"이제껏 만난 사람 중에 날 가장 사랑해요?"

난 그의 무릎에 앉은 채 그의 눈을 들여다보며 물었다.

"그렇다고 할 수 있지."

그는 부드러운 손길로 벌거벗은 내 몸을 쓰다듬으며 조용히 대답했다. 조금 전 열정적으로 치른 격렬한 섹스 그리고 내 몸 구석구석을 쓰다듬는 그의 손의 따스한 온기에 추위는 이제 전혀 느껴지지 않는다.

"아내보다도 날 더 사랑해요?"

"그래."

내가 그 말을 믿건 믿지 않건, 그렇게 대답해 준 그의 마음이 고마웠다. 비록 철저히 거짓말이라 할지라도.

"그러는 넌 어때? 남편보다도 날 더 사랑해?"

"음, 난 솔직히 두 사람을 향한 사랑의 성질이 완전히 다른 거 같아요. 남편과의 사랑은 플라토닉 러브라고 할 수 있어요. 이상적이고 관념론적인 사랑. 평생을 함께하고 최선을 다해 상대를 위해 주어야만 하죠. 물론 난 지금 그렇게 하고 있고, 앞으로도 그럴 생각이에요. 하지만 거기에 성적인 면은 철저히 배제되어 있어요. 남편과는 두근거리는 가슴 설렘도, 미칠 듯 끓어오르는 열정 그 어떤 것도 없어요. 처음부터 그런 거 하나

없이 결혼했다는 게 정말 이상한데, 난 그렇게 결혼했고요."

"그렇군. 그럼 난 어때? 나와는 에로틱 러브라는 건가?"

"그렇다고 대답할 수 있겠네요. 당신과는 말 그대로 육체적, 성적 사랑이죠. 우린 만날 때마다 섹스하고 서로를 항상 그리워하죠. 그런데 이 육체적 사랑이 또 완전히 정신적인 면과 분리되어 있다고는 생각하지 않아요. 육체는 결국 정신의 산물이라고 전 생각하거든요. 우리의 강한 성적인 끌림도 결국 그 시작은 서로에 대한 호감과 애정에서 출발했던 것이고, 우리의 육체적인 만남과 별개로 난 당신과 함께하는 모든 시간이 너무 소중하고 행복해요."

"그렇구나. 나도 그래. 그래서 내가 더 좋아, 남편이 더 좋아?"

"전 에로스적인 사랑이 사실은 더 사랑의 본질에 가깝다고 생각해요."

그는 환하게 웃으며 날 끌어안는다.

"날 더 사랑한다는 말이구나. 나도 사랑해."

아이러니하다. 사랑의 본질을 논하는 우리에게 각자 다른 배우자가 존재하고, 우리는 그 배우자와 평생 함께할 생각을 절대 버리지 않는다. 잠시 후면 우린 헤어져 각자의 배우자가 기다리는 집으로 돌아갈 것이다. 그러나 지금 이 순간은 진정한 사랑을 운운하고 거기에 도취된 기분을 만끽한다. 이것이 진실이다. 왜곡된 현실을 바로 보게 해 주는 진실. 우리는 비뚤어진 현실에 살고, 거기에 안주하면서도 이상만은 진실을 추구하고 싶어 한다. 그러나 과연 이것이 진실이라고 그 어느 누가 인정해 줄 수 있단 말인가?

플라톤에 따르면 인간의 강력한 힘을 두려워한 제우스가 번개를 던져 인간을 둘로 쪼개어 영원히 떨어져 지내게 만들었다고 한다. 그때부터 인간은 잃어버린 자신의 반쪽을 찾아 평생을 헤매는 험난한 여정을 시작하게 되었다. 그렇다면 어렵게 찾아 결혼에까지 이른 자신의 배우자가 바로 태초에 나에게서 떨어져 나간 분신인 것일까? 결코 그렇지는 않다. 그것은 신들의 왕 제우스의 의도에 절대적으로 반하는 것이기에. 제우스는 평생을 자신의 반쪽을 그리워하며 고통스러워하고 힘겨워하는 나약한 인간의 모습을 감상하길 분명히 원했을 테니.

"당신, 내 운명 같아요."

난 그의 손을 잡으며 조용히 속삭였다. 그토록 찾아 헤매던 원래의 나, 또 다른 나의 모습. 나의 분신을 눈앞에 두고도 결코 가질 수 없는 얄궂은 제우스의 장난.

"그래, 운명에 순응하고 살자. 감정에도, 욕구에도 순응하고."

A62. **2014. 2. 19. 수**

"**우리**, 오늘은 노래방 가 봐요. 한 번도 안 가 봤잖아요."

"그래? 그렇게 많이 만나고도 노래방을 한 번도 같이 안 갔었구나."

그와 나는 요즘 유행하는 최신 가요를 하나도 몰랐다. 80년대 노래를 함께 부르며 옛날 생각에 젖어드니 한창 연애하고 놀러 다니던 학창 시절이 생각났다.

내가 처음으로 노래방을 가본 것은 중학교 3학년 때였다. 호주로 유학 간 친구가 방학 때 들어와 함께 가봤던 노래방은 어린 내게 마냥 신기한 곳이었다. 그곳은 오백 원짜리 주화 하나당 노래 한 곡을 부를 수 있었던 것으로 기억이 난다. 우리는 밀키스를 하나씩 사 들고 방에 들어가 노래 한 곡을 부르고 잠시 수다를 떨다가 또 노래를 부르고 얘기를 나누곤 했었다. 그렇게 해서 약 한 시간 동안 고작 6, 7곡 정도를 부르고 나왔던 것으로 기억한다. 요즘은 생각할 수 없는 일이다. 정해진 시간 내에 줄기차게 노래를 불러대야 하니, 쉬는 시간도, 노래가 끊기는 법도 없다. 이쯤 되면 노래방이 여유와 휴식을 즐길 수 있는 공간이 아니라 쉼 없이 노래를 부르고 들어야 되는 피곤함으로 다가온다.

그러나 우리가 함께 있는 지금은 그렇지 않았다. 기계에서 반주는 여전히 흘러나오고 있었지만, 아까부터 우리는 노래는 전혀 안중에도 없이 서로의 입술을 애타게 찾고 거칠게 몸을 더듬으며 그렇게 정해진 시간을 마냥 흘려보내고 있었다. 난 그의 바지를 내리고 그는 내 치마를 올린 채, 난 그의 무릎 위에 올라앉았다. 나는 가쁜 숨을 내쉬며 그의 두꺼운 목을 양손으로 세게 움켜잡았다.

"당신, 노래방에서 해 본 적 있어요?"

"있어. 너는?"

"난 비디오방에서 해 봤죠."

"넌 역시 바람둥이야."

"당신만 할까?"

평소처럼 차와 모텔이 아닌, 새로운 곳에서의 섹스가 묘한 흥분감을 주며 거세게 내 기분을 자극한다.

"너, 다른 때보다 많이 흥분했어. 알아?"

그가 내 귀에 대고 속삭이는 말투조차 너무 섹시해서 미쳐 버릴 것만 같다.

"당신도 그래요."

노래방 기계에서는 반복되는 후렴구가 흘러나오고 있다. 메인 보컬이 없이 코러스로만 울려 퍼지는 노래가 왠지 우스꽝스럽다. 일정하게 반복되는 리듬에 맞춰, 우리의 몸도 리드미컬하게 움직이고, 머리 위에서 돌아가고 있는 형형색색의 불빛과 조명들도 리듬에 맞춰 우릴 비추어 준다.

"날 사랑한다고 말해 봐요."

"만날 얘기하잖아. 전화로도, 만나서도, 문자로도."

"날 가진 지금 또 얘기해 봐. 날 똑바로 바라보면서."

"사랑해. 아주 많이."

내 안에 있는 그가 거칠게 꿈틀거린다. 그런 그를 끝까지 움켜잡으려는 듯 나는 온 힘과 정신을 한곳에 집중하고 몰입했다. 두 사람이 가장 가깝게 있을 수 있는 거리. 사실은 한 치의 떨어짐도 없이 서로의 몸속 깊숙이 몰입해 들어가 있는 이 순간. 원래 한 몸이었던 인간이 제우스의 형벌에 의해 둘로 분리된 이야기가 다시 생각났다. 예전처럼 다시 한 몸으로 돌아가기 위해 그렇게 사랑하는 두 사람은 끊임없이 결합에 집착하는 것일까? 제우스의 불벼락으로 쪼개진 인간에게 그 상처는 배꼽이라는 조금은 우스꽝스럽고 결코 아름답지 않은, 그리고 영원히 지워지지 않는 흉터로 남게 되었다. 그리고 우리는 서로의 흉터를 맞댄 채 한동안 말없이 그렇게 꼭 끌어안고 있었다.

"너, 내가 나이가 들어서 성적 능력을 상실하면 어쩔 거야?"

"아직 오십도 안 되었는데 왜 그런 생각을 하죠?"

"요즘은 네가 섹스를 너무 좋아한다는 생각이 들어. 내가 지금처럼 섹스하지 못한다면 나중에 네가 날 떠날 것 같다는 생각을 해."

"당신이 늙으면 나도 늙겠죠. 그럼 섹스는 배제하고 편하게 술 마시고 얘기하고 정겹게 얼굴 보는 사이로 남으면 돼요."

"아니야, 넌 다른 놈을 찾아 떠날 거야. 나보다 잘하고 정력이 센 젊은 놈으로."

"그럴지도⋯. 하지만 지금 그런 걱정은 안 해도 돼요. 적어도 당신은 앞으로 20년 이상은 끄떡없어. 용불용설 알지? 성적 능력도 자꾸 써 주면 빨리 퇴화되지 않고 오래갈 거야. 무엇보다 당신은 항상 욕구가 충만한 내가 곁에 있어서 늙어서도 왕성한 성생활이 충분히 가능할 거예요."

"너한테 고마워해야 하는 건가?"

"그럼, 물론이죠. 단, 나한테만 그 능력을 써요. 부탁이야."

그가 크게 웃으며 안은 두 팔에 힘을 준다. 난 그의 귀에 입술을 대고 가볍게 속삭였다.

"봐, 지금도 다시 살아나고 있잖아. 느껴지지?"

난 한 손을 뻗어 노래방 기계의 리모컨을 잡고 아무 숫자나 마구 눌렀다.

"노래 서너 곡은 더 나올 거야. 물론 무슨 노래가 나올지는 나도 몰라요."

463. 2014. 2. 21. 금

그의 환한 얼굴이 멀리서도 눈에 띈다. 한 손에 커피를 들고 다른 한 손에 서류 가방을 들고 걸어오는 그의 모습은 영락없는 젠틀한 직장인의 모습이다. 내가 사랑하는 사람. 그에게서 중년 아저씨의 모습은 전혀 느껴지지 않는다. 내가 만나고 내가 아끼는 그의 모습은 나이를 가늠할 수 없는 외모를 지니고 있다. 난 그에게서 해맑은 소년의 모습도, 혈기 왕성한 청년의 모습도, 한 회사의 대표에 어울리는 중후한 리더의 모습도 모두 본다. 그 역시 그렇다. 때로는 날 아이처럼, 때로는 진지한 동료처럼, 또 어쩔 땐 편안한 친구처럼 대한다. 난 그의 모든 모습을 있는 그대로 받아들이고 그의 모든 면을 사랑하기를 언제나 꿈꾼다. 심지어 다른 이의 남편으로의 모습일지라도.

"오래 기다렸니?"

"아니요, 별로. 생각보다 일이 빨리 끝났네요."

"그러게. 항상 주어진 일을 무사히 마치고 나면 기분이 좋아. 게다가 일 끝내고 난 후의 데이트라니 더욱이 기분 째지지. 너 냉면 좋아하지? 우리 맛집 한번 가 볼래?"

"맛집 탐방이라면 언제라도 환영이죠. 출발!"

아직 오후 4시가 채 안 되었기에 우린 기분 좋게 외곽으로 향했다. 도심을 벗어난 지 얼마 안 되어 끝도 없이 이어진 국도가 우리 앞에 모습을 드러내고 금세 가슴 설레게 한다.

"평일에 외곽으로 나가면 정말 기분 좋아, 그렇지?"

"맞아요. 차도 하나도 없고 굽이굽이 이어진 국도는 너무 아름답고, 사랑하는 당신이 내 곁에 있고 정말 즐겁고 행복해요."

"그래, 인생의 즐거움, 행복이 또 뭐가 있겠니. 이렇게 짬을 내어 잠시라도 누려 보는 행복이 너무 소중하다는 생각이 들어."

이제 몇 시간 후면 다시 사라질 행복. 살면서 처음으로 시간이 멈추어 주었으면, 하는 생각을 그와 함께 지내는 요즘, 참 많이 하게 된다. 그리스인들은 일찍이 시간을 두 가지 개념으로 분류해서 보았는데, 첫 번째가 양적인 시간인 크로노스 타임, 그리고 두 번째가 질적인 시간인 카이로스 타임이었다. 크로노스는 우리가 흔히 생각하는 물리적, 객관적 시간, 즉 시곗바늘이 1분 1초가 단순히 흘러가는 일련의 연속적인 시간이고, 카이로스는 주관적, 심리적 시간 즉 존재의 의미를 느끼는 절대적인 시간을 말하는 것이다. 나와 비슷하게 그리스 신화나 문화에 깊은 관심을 가지고 있는 그는 우리가 함께하는 시간을 카이로스 타임에 자주 비유해서 이야기하곤 했다.

"카이로스에서는 1초가 1년보다 길 수도 있고, 1년이 1초보다 훨씬 짧을 수도 있어. 우리가 함께하는 단 몇 시간이 의미 없이 보낸 인생의 수십 년보다 훨씬 더 절대적인 영향력을 발휘할 수도 있지. 시간을 굳이 양적인 개념으로만 생각하지 말자. 지금 이 순간을 그 어떤 시간보다 소중하고 의미 있게 생각하면 되는 거야."

우리가 함께 보낸 지난 십 개월은 지금 돌이켜 보면 마치 찰나의 순간과도 같이 느껴진다. 하지만 실제 그 시간들 속의 모든 기억은 지금도 생생하고 그 느낌, 생각, 감정을 한 치의 오차도 없이 정확하게 떠올릴 수 있다.

온갖 상념과 추억에 휩싸여 말없이 창밖을 바라보고 있다 보니 어느새 양평까지 내려왔고, 우리는 옥천냉면 앞에 와 있었다.

"여기야. 아주 옛날에 한번 와 봤는데, 오늘 너랑 여기 와 보고 싶었지. 너 평양냉면 좋아하잖아."

우린 물냉면에 완자와 편육을 시키고 소주를 천천히 들이켜며 온전히 우리 둘만의 절대적 시간을 충분히 만끽했다. 창밖으로 어스름히 저녁놀이 지는 풍광을 바라보며 그와 마주 앉아 말없이 서로를 바라보는 이 순간은 우리에게 끝나지 않는 영원과도 같은 카이로스 타임 그 자체였다.

"행복해. 그동안 당신과 정말 많은 추억을 쌓았고, 소중한 기억들이 너무 많은데, 오늘 같이한 지금 이 순간 역시 또 하나의 잊지 못할 추억으로 가슴 깊이 새겨질 것 같아요."

"그래, 절대 잊지 말자. 그리고 앞으로도 이런 시간 자주 만들면 되지 뭐."

"서로가 바빠서 많은 걸 함께할 수는 없으니까…"

"그래도 우린 정말 많은 걸 같이했지? 돌이켜 보면 너와의 추억이 정말 많아. 14년을 함께 산 아내보다도 너와 최근에 함께한 추억들이 훨씬 많은 것 같은 건 단순한 착각일 뿐일까?"

"당신 말대로, 우리의 시간은 카이로스 타임이라서 그런가 봐요."

기억은 시간의 개념과 순서까지도 모조리 왜곡시킨다. 우리의 머릿속에는 우리 두 사람의 기억만이 크게 남아 수많은 다른 기억들을 저해하고, 왜곡 심지어 삭제시키고 있다. 그 모든 것이 전혀 의도되지 않은 채.

"저 불과 2년 전만 해도 평양냉면을 못 먹었었어요."

"진짜? 지금은 무지 좋아하잖아."

"사람들이 평양냉면, 평양냉면 하는데도 절대 이해를 못 했죠. 어렸을 때 부모님 따라 한 번 먹었는데 정말 밍밍하고 맛이 없다고 느꼈었거든요. 그 이후로 평양냉면은 쳐다보지도 않았어요."

"그런데 어쩌다가 먹게 된 거야?"

"제 생각에 처음엔, 한 이삼 년 전부터 갑작스레 일어난 평양냉면 열풍 때문에 호기심이 생겼던 게 제일 컸던 것 같아요. 신문이나 매스컴에도 평양냉면 맛집 리스트가 자주 등장하고, 식도락가 친구들이 평양냉면은 함흥냉면과는 비교할 수 없는 깊고 순수한 맛이 담겨 있다고 얘기해 주었어요. 그래서 꼭 다시 한 번 도전해 봐야지, 하고 생각하던 차에 저보다 나이가 훨씬 많으신 선배님의 추천으로 역시 평양냉면으로 유명한 맛집을 함께 가게 되었죠."

"거기가 어디였니?"

"우래옥이었어요. 우습게도, 어렸을 때 실패했던 바로 그 집이었지요. 선배님 말로는 절대 숟가락을 쓰지 말고, 그 무거운 냉면 사발을 들고 먼저 육수를 쭉 들이켜야 된다는 거예요. 그래서 시키는 대로 했는데, 이제껏 느껴본 적 없는 맛의 풍미가 느껴지면서, 함흥냉면의 달콤하고 감칠맛 나는 느낌과는 완전히 다른, 새로운 맛의 세계를 알게 된 거예요."

"그래서 이젠 함흥냉면은 안 먹니?"

"아뇨, 여전히 함흥냉면도 아주 좋아하지요. 하지만 평양냉면의 신세계에 푹 빠져들면서 그 맛에 완전히 반해 버린 거예요."

"그래, 평양냉면 맛집으로 유명한 곳이 꽤 있더라. 우리 함께 다 가 보자."

"정말 고마워요."

"내가 추천한 이곳은 어때?"

"이곳도 정말 맛있어요. 통통하고 부드러운 완자도 맛나고, 소주와 함께 먹는 시원한 냉면 맛도 죽이네요. 무엇보다, 당신과 함께여서 너무 좋아요. 당신은 어떤 식사를 해도 가장 맛나고 즐겁게 해 주는 최고의 찬이에요."

"날 반찬에 비유하다니, 기분이 썩 좋지는 않은데?"

"더할 수 없는 칭찬으로 생각하세요. 최고의 미각을 일깨워 주는 존재는 세상 누구에게도 가장 환영받아요."

"그런가?"

소주잔을 들고 환하게 웃는 그의 얼굴에 붉은 저녁 햇살이 아름답게 비치며 더욱 생기 있어 보이게 해 준다.

"당신 요즘 더 젊어 보이는 것 같아요."

"그래? 젊어 보이는 건 잘 모르겠고, 직원들이 사장님이 많이 부드러워지고 표정이 밝아졌다는 얘긴 많이 하곤 해."

"그게 내 덕분이라는 거죠?"

"그렇지, 널 만난 이후로 내가 힘들었던 마음을 추스르고 열심히 그리고 즐겁게 다시 일을 하게 되었으니까."

날 만나기 전, 그가 힘들었던 상황은 이미 예전에 들은 적이 있었기에 잘 알고 있었다. 옛날 애인. 아직도 그의 회사에 직원으로 남아 있는 그의 옛 연인.

"그 사람, 어떻게 만났어요? 내 말은, 옛날 애인 말이에요."

"교육팀장 말하는 거야?"

그는 아무렇지도 않게 완자를 씹어 넘기며 말한다. 무표정한 그의 얼굴만큼이나 그의 속마음도 덤덤하고 아무 동요가 없는지 정말 궁금했다.

"어떻게 만났는지는 이미 얘기했을 거야. 내가 회사를 차리기 전, 다니던 회사의 부하 직원이었지."

"그건 알아요. 그런데 어떻게 부하 직원하고 그렇게 친해질 수가 있었지? 아니, 연인 사이가 될 수 있었지?"

"내게 먼저 다가온 것은 그녀였어. 난 예전부터 일적으로 그녀를 많이 도와주었고, 내 직속 부하였기에 당연히 그래야 한다고 항상 생각했었지. 이성적인 관심은 애초에 조금도 없었어. 그녀가 어려워하거나 힘들어하는 일을 대신 처리해 주고, 해결해 줄 때마다 항상 밥을 사겠다, 술을 사겠다는 제의가 이어졌지. 물론, 난 거부하지 않았고, 그렇게 우린 둘이서 자주 만나고 많은 시간을 보내게 되었어. 둘 다 술을 좋아했기에 과음을 자주 하게 되고, 어쩌다 보니 잠자리까지 하게 된 거야. 그녀는 내게 말했지. 처음 본 순간부터 내게 푹 빠져 버렸다고. 내 얼굴을 처음 봤을 때 평생을 꿈꿔 왔던 이상형이 나타났다고 생각했었대."

십여 년 전의 그가 얼마나 매력적이고 여자들의 이목을 끌었을지 상상하기란 크게 어렵지 않았다. 지금도 난 그의 반듯한 이목구비와 하얗게 빛나는 피부를 보며 가슴이 설레기만 한다.

"그래서 사귀기 시작했어요?"

"사실, 난 가벼운 마음이었어. 지금도 그녀를 사랑했었다고 말하기는 솔직히 어려워. 하지만 이렇게 말해도 될까? 음, 난 결혼한 입장에서…"

"처녀가 먼저 접근하는 것을 거부할 이유가 전혀 없었단 말이죠?"

"그래, 맞아."

그는 순순히 머리를 끄덕이며 인정했다.

"그렇게 우리의 만남은 지속되다, 끊어지다, 만나다, 말다 하며 심각하지 않게 수년이 흘렀어. 물론 중간에 그녀가 사랑을 강요한 적도 있었고, 아내와 헤어질 것을 한때 요구한 적도 있었지. 그래도 난 단 한 번도 꿈쩍하지 않았어. 그녀를 만나는 사이에 아내와 아이도 생겼고, 가끔씩은 업소에 가서 여자를 만나기도 했었어. 우리의 만남이 사랑이라고 생각한 적이 한 번도 없었고, 그녀도 그 사실은 잘 알고 있었어."

"그렇게 오래 만난 여자를 어떻게 사랑하지 않을 수가 있을까?"

"글쎄, 당시의 나는 굉장히 냉철한 사람이었고, 가정과 일 그리고 여자를 철저히 분리했었어. 그 사람은 많은 시간을 함께 보내고 정기적으로 몸을 섞는 애인이었지만, 내 삶의 중요한 부분이 전혀 아니었어. 난 단 한 번도 그녀 때문에 가정을 포기한다는 생각은 해 본 적이 없었어. 심지어 아내와의 사이에 아이가 없었을 때에도."

예전에 잠시 옛 애인을 언급하며 비쳤던 괴로운 기색은 당시 내가 잘못 본 것이었을까? 그토록 궁금했던 이야기, 내가 듣고 싶었던 이야기를 술술 풀어내며 그의 얼굴은 그 어느 때보다도 덤덤하고 평온하다.

"우리가 급속도로 가까워진 건 매주 월요일 회사가 휴무를 하면서였어. 함께 월요일을 쉬면서 우린 여기저기 많이 놀러 다니기도 하고, 술도 같이 많이 마셨어. 섹스도 하고. 너도 알지? 평일 날 놀러간다는 게 얼마나 편하고 신나는 일인지."

불륜 일기

"알아요. 지금도 평일에 우린 이렇게 외곽으로 나와서 함께 시간을 보내고 있잖아요."

"그렇지. 사실 그녀와 함께한 시간들이 참 많은 건 맞아. 하지만 그 시간들만큼 사랑은 깊지 않았어. 사랑? 과연 내가 사랑을 알기나 했을까? 난 사랑이 뭔지도 몰랐던 생각 없는 남자였던 것 같아. 정말 사랑했다면, 아이가 생기기도 전이었는데 어렵지 않게 그녀에게 갔겠지. 하지만 난 단 한 순간도 그런 생각조차 해 본 적이 없었어. 난 단 한 번도 그녀에게 사랑한다는 말조차 해 주지 않았어. 그토록 말해 달라고 몇 번이나 애원했지만 그건 내게 거짓말이었기에."

그는 내게 사랑한다는 말을 백번도 넘게 했었다. 그 누군가가 그토록 듣고 싶어 했었던 한마디.

"사랑하지 않았다면서 왜 그렇게 힘들어했어요? 내가 당신 처음 봤을 즈음 그녀가 결혼을 했었고 당신은 많이 힘들어하고 있었어요."

"사랑하지 않았어도, 몇 년을 내 곁에 있었던 사람이 한순간 떠나고, 갑자기 혼자가 되어 버렸을 때 남겨진 상실감은 컸어. 사실, 우리 사이는 이미 오래전에 감정이 서서히 잦아들었고 거의 2년 전쯤부터는 완전히 정리가 되어 있기는 했었지. 그래도 난 그녀가 그렇게 갑자기 결혼하겠다고 할 줄은 몰랐어. 적어도 결혼은 쉽사리 하지 않고 내 곁에서 맴돌 거라 생각했었거든. 난 내 가정을 버릴 생각이 추호도 없었으면서도. 나 참 이기적이지?"

그렇다. 그의 진솔한 이야기 속 그의 모습은 너무나도 이기적이고 무섭기까지 하다.

"하지만 내가 그때 널 만났으면 어땠을까? 아이가 생기기 전에 널 만났다면 아마도 난 모든 걸 포기하고 바로 네게 달려갔을 거야. 널 가지려고 온갖 수단과 방법을 썼을 거야. 하지만 넌 내가 이제껏 만난 여자들과 다르게 기혼녀였어. 내가 모든 걸 다 포기해도 절대 널 가질 수 없지. 그것이 날 미치도록 괴롭게 만들어. 네가 남의 여자라는 사실, 그리고 나 역시 가정이 있다는 사실에서 우린 처음부터 실현 불가라는 진실을 안고 시작했지. 하지만 여기서 예상치 못하게 난 네게 너무나도 깊이 빠져 버렸어. 내게 사랑을 요구했던 네게 이젠 내가 매 순간 사랑을 말하고, 사랑을 끊임없이 갈구한다. 너 없으면 난 이제 어떻게 살 수 있을지 상상이 안 가."

이상한 일이다. 그의 말이 모두 진실처럼 들렸다. 시리도록 맑고 투명한 소주잔 너머의 그의 모습처럼, 그의 마음이 그대로 들여다보였다.

"당신이 사랑의 감정을 처음 느껴봤다는 말은 사실 믿겨져요. 나와 연애를 시작했을 당시, 행동과 말에서 사랑에 익숙하지 않고 몹시 두려워하는 느낌, 움츠리고 망설이는 감정의 흐름 등을 그대로 읽었거든요."

"그래, 네게도 사랑이라는 감정을 느끼고 표현하는 데 처음에는 무지 힘들었지. 이제는 너무나도 자연스러운 일상처럼 되어 버렸지만."

"이젠 나만 사랑해요. 가족은 가족이고, 애인으로서는 이제 나만을 사랑해 줘."

"그래, 약속할게."

나는 마지막 소주잔을 얼른 들이켜고 서둘러 일어났다.

"더 어두워지기 전에 일어나요. 서울 돌아가기 전에 길에 모텔이 눈에 띄면 바로 들어가요. 오늘은, 당신을 더 잘 알게 되고, 더 깊이 이해하게 된 날이야. 오늘이라면 당신을 더 온전히 받아들일 수 있을 것 같아요. 몸도 마음도.

A64. 2014. 2. 24. 월

"**폼페이**, 이 영화가 보고 싶었다고?"

"네, 책으로도 읽었고 옛날에 TV에서도 영화로 무지 재미있게 봤던 기억이 나거든요.

그는 나와 다르게 극장에서 영화 보는 것을 그렇게 좋아하지 않는다. 조금만 기다리면 TV에서 최신 영화를 얼마든지 볼 수 있는데 뭐하러 귀찮게 극장까지 나가야 되냐는 것이다. 하지만 난 집에 케이블 TV가 없다. 공중파 방송 채널 딱 몇 가지만 나오는 것이다. 어렸을 때, TV는 낮에는 듣기 싫은 잡음과 함께 하얗고 까만 점들만 점멸하는 빈 화면만 나오는 시간들이 끝도 없이 지루하게 흘러가다가, 저녁 6시쯤이 되어서야 비로소 방송이 시작되고는 했다. 지금은 어느 채널에서도 거의 24시간 방송이 나온다. 채널도 너무 많아서 도대체 뭘 봐야 할지, 어떤 방송을 선택해야 할지도 어렵기만 하다. 너무 많은 선택권과 권리가 주어져도 인간은 혼란스러워하고 사용하기 어려워한다. 난 너무 많은 채널과 과다한 방송의 홍수 속에서 오히려 TV가 싫어져 그냥 케이블 TV와의 단절을 택했다.

"전 DVD도 없고, 웬만해서 컴퓨터로 영화를 다운받아서 보지도 않아요. 보고 싶은 영화를 극장에서 그때 봐 버리지 않으면 기회가 오지 않는 거죠."

우린 용산 CGV에 가서 골드 클래스에 자리 잡았다.

"난 이런 자리 처음 앉아 봐. 여긴 일반 극장보다 티켓이 훨씬 비싸더라고."

연인 또는 친구와 함께 넉넉하고 편안하게 앉을 수 있을 만큼 크고 안락한 좌석이 극장 내 한정된 수로 띄엄띄엄 배치되어 있고, 의자는 몸을 푹 기대고 다리도 올릴 수 있는 긴 소파의 형태를 취하고 있다.

"저는 골드 클래스 몇 번 와 봤어요."

"아, 그러십니까?"

자리는 더없이 편안했지만, 영화는 그리 재미있지 않았다. 스토리라인은 부실했고, 화산 폭발이라는 거대한 재앙 앞에 절박한 사랑을 나누는 남녀 주인공은 별로 매력적이지 않았다.

지금이야 케이블 TV나 컴퓨터에서 언제든, 영화를 볼 수 있지만 어렸을 적, TV의 방송 채널과 시간이 훨씬 적었던 그때는 영화를 접하기가 쉽지 않았다. 그러나 주말이 되면 일주일을 기다리고 기다렸던 영화를 TV에서 하는 것이다. '토요명화', '주말의 명화' 등은 영화에 푹 빠지게 된 초등학교 고학년 시절부터 빼놓지 않고 챙겨 봤던 기억이 난다. 방송 로고가 나오며 흘러나오던 유명한 오프닝 음악도 모두 기억이 난다. 후에 알게 된 것인데, '주말의 명화' 음악은 영화 '대 탈주'의 메인 테마였고, '토요명화'는 로드리고의 아랑훼즈 기타 협주곡이었다. 아랑훼즈 협주곡을 처음 들었을 때, 난 제일 먼저 '토요명화'와 함께 어릴 적 추억을 한꺼번에 떠올렸으니.

"'주말의 명화'에서 방영했던 '폼페이 최후의 날'이라는 영화를 초등학교 때 봤었어요. 그 영화가 오늘 본 것보다 훨씬 재미있었던 기억이 나요."

"그건 옛날 영화겠지?"

"그럴 거예요. '주말의 명화'나 '토요명화'에서는 아주 오래된 옛날 영화만 만날 보여줬잖아요."

"맞아, 최신 영화를 TV에서 본다는 건 상상하지도 못할 일이었지."

현대사회에서는 뭐든 진행 속도가 빨라졌다. 극장 영화가 TV에서 금방 방송을 하고, 기계의 발달과 과학의 발전 속도도 예전과는 비교할 수 없이 빨라졌고, 업무와 주변 상황들뿐 아니라 인간관계의 진행 속도마저 이제는 너무 빠르다. SNS를 통해 금세 친구를 맺고, 이성을 만나서 연인이 되고, 만난 지 하루 만에도 섹스를 하고, 오래지 않아 이별을 하게 되고,

불륜 일기

또 새로운 만남을 갖고. 모든 것이 빨리 감기의 연속인 것만 같다. 우리도 그렇게 숨 가쁘게 정신없이 여기까지 달려왔을까 하는 생각이 문득 든다. 처음 만남과 서로가 사랑에 빠진 것이 초스피드였다면 이젠 더없이 느리게만 가고 싶은데.

A65. 2014. 3. 2. 일

"**삼각지**에 대구탕이 맛있다고 소문난 맛집들이 많아. 조금 맵긴 하겠지만 그래도 먹어 보자."

그와 나는 주말 오전, 맛집으로 소문난 한 대구탕 집에 함께 앉아 있었다. 자전거를 타고 강남에서 동부이촌동 회사에까지 출근한 그는 스포티한 옷차림에 장시간 운동으로 몸과 얼굴이 발갛게 상기되어 있어서인지 평소보다 더 젊어 보였다.

"당신, 오늘 젊은 청년 같아요."

"정말? 고마워. 날 좋게 봐 주는 사람은 너밖에 없을 거야."

역시 칭찬은 고래도 춤추게 만드는 듯, 그는 몸을 들썩이면서까지 크게 웃는다.

"와이프는 내가 뚱뚱하고 늙어서 같이 다니기 창피하다고 하던데."

"사실 부부 사이에 서로 칭찬을 해 주기는 쉽지 않죠. 그런 부부가 세상에 과연 몇이나 있을까요?"

나 역시 그랬다. 남편에게서 칭찬의 말을 들어본 지 너무 오래되었다. 누군가 나에게 예쁘다고 감탄해 주고, 매력적이라는 말을 들어본 건 너무나 오랜만이어서 굉장히 어색했다. 그러면서도 설레는 마음이 더 컸었다. 그는 나와 함께 찍은 사진을 보더니 '소녀 같다'며 감탄한 적이 있었다. 30대 후반인 내게 '소녀'라는 말은 전혀 어울리지 않았지만, 평소 남편에게서 만날 듣고 사는 '아줌마'라는 호칭보다 훨씬 기분 좋은 것은 사실이었다.

"넌 분명히 콩깍지가 씐 거야. 네게 요즘 하도 칭찬을 듣고 살아서, 정말 내가 그런지 궁금해져서 주위에 가끔 나 자신에 대해 물어보거든. 그러면 너만큼 좋은 얘기가 나오지 않더라고. 난 네가 말하는 것처럼 그렇게 젊고 멋지지도 않고, 인품이 훌륭하지도 않지. 아내는 늙고 추해진 나와 다니기 창피하다는 말까지 하고, 직원들은 내가 독하고 깐깐한, 일에 미친 사장으로만 생각하고 있더라고."

"당신 분명 철저한 면이 있긴 해요. 지금의 나도 당신 회사에 어느 정도 도움이 되니까 우리가 함께 일을 하지, 아마 내가 당신 기대에 못 미치면 바로 헌신짝처럼 버릴걸?"

"그럼 일 관계는 바로 청산하고 연인으로만 남는 거지 뭐."

교육팀장은 그와의 오랜 연인 관계를 청산하고 현재 직원으로서만 남아 있고, 난 연인으로서만 그의 곁을 지킨다…. 각자의 역할을 하는 두 여자의 운명이 참 아이러니하고 서글프게 느껴진다.

"그 여자는 정말 영리한 거예요. 연인 사이는 언제든 끝날 수 있어도, 일 관계는 생각처럼 쉽고 가볍게 끝내기 힘들다는 것을 누구보다 잘 알고 있는 거라고. 그 여자는 계속 그렇게 일 핑계로 당신 곁을 평생 맴돌 거잖아요?"

"또 그 얘기니? 왜 우리 사이에 자꾸 그 사람 얘기를 꺼내는 건지 난 정말 널 이해할 수가 없어. 이제 그만 좀 하자."

"당신이 그 여자를 계속 직원으로 곁에 두고 있는 한, 내 마음이 가라앉지 않을 거 같아."

"제발 다른 사람 얘기 좀 하지 말고, 그냥 널 사랑하는 내 마음만 바라보고, 내 말만 믿어. 너의 끝도 없는 의심과 추궁에 이젠 아주 머리가 아파."

빨갛게 끓어오르는 대구탕이 보기에도 맛나 보인다. 고춧가루가 둥둥 떠 있는 빨간 국물을 한 숟갈 떠먹으니 시원하면서도 매콤한 냄새가 입 안 가득 퍼지며 잔기침이 난다.

"맵긴 맵네요. 그래도 속이 확 풀리는 느낌이야."

"술 한잔 할까?"

"당신 마셔요. 난 운전해서 가야 하잖아. 음주 후 자전거도 바람직하진 않지만."

뜨겁고 매운 대구탕 국물과 알싸한 소주는 더할 나위 없이 잘 어울린다.

"나, 요즘 들어 당신 때문에 처음으로 낮술 먹게 된 거예요."

"그래? 예전에는 낮에 술 안 먹어봤나 보지?"

"낮에 술을 마실 일이 없었죠. 난 집에서도 술을 먹어본 적이 한 번도 없어요."

"왜? 남편하고는 술 안 마시니? 난 집에서 와이프랑 밥 먹으면서 자주 술 한잔 하는데."

내가 아닌, 아내와 나란히 앉아 술을 주고받으며 화기애애하게 이야기를 나누는 그의 모습을 떠올리자 나도 모르게 화가 났다.

"난, 애들 앞에서 술 먹는 건 아니라고 생각해요. 주위 친구들 보니까 자녀들 앞에서 아무렇지 않게 부부가 술판을 벌이고 취하고는 하던데, 그런 모습을 친숙하게 보고 자란 아이들이 결국 술을 일찍 접하고 다른 사람들보다 많이 마시게 된다는 생각이거든요."

"음, 그럴 수도 있겠네."

"친한 친구 하나가 집에서 매일 소주를 두세 병씩 마셔요. 그 친구 딸은 옆에서 소주잔에 물을 따라 마시며 '캬!' 하고 엄마 흉내를 그대로 내지요. 그런 아이들이 커서 엄마를 따라 과음, 폭주를 하게 될 가능성이 커요."

"매일 소주 두세 병이라, 그 정도면 알코올 중독 아니야?"

"제가 봐도 중증의 알코올 의존증이 맞는 것 같아요. 술을 마시지 않으면 좀처럼 잠들지 못하고 허전해서 불안할 정도라고 하니."

알코올 중독 부모가 있는 집안에서 알코올 중독 자녀가 나올 확률이 상당히 높다는 기사를 본 적이 있다. 어쩔 수 없는 일이다. 매일 노출되는 생활과 집안 분위기 속에 나쁜 환경까지 그대로 대물림되는 것이다.

가정 폭력에서 자녀들의 폭력이 재생산되고, 학교 폭력에까지 확대된다. 외도를 하는 부모의 아이들은 후에 외도를 하게 될까? 갑자기 내 아이들의 얼굴이 떠오르자 문득 소름 끼치며 나 자신이 혐오스러워진다.

"나, 그런 적 있었어요."

나는 안 마시겠다던 소주를 석 잔째 들이켜며 천천히 입을 열었다.

"예전에 당신을 만난 지 얼마 되지 않았을 때, 내가 외도를 한다는 사실에 죄책감이 정말 컸었어요. 그런데 이상하게, 남편에게 미안한 마음은 그렇게까지 크게 없었어요. 지금도 당신 만나면서 남편에 대한 생각은 최대한 하지 않으려고 해요. 정말 죽을 만큼 괴로웠던 건, 당신을 만나러 나올 때 떠오르는 아이들의 얼굴이었어요. 난, 내가 비록 지금 이렇게 살아도, 아이들만큼은 행복하게, 고통받지 않고 잘 살기를 진심으로 바라거든요. 내 딸들이 커서 결혼한 후에 나처럼 남편이 아닌 다른 남자를 만난다면? 상상이 가질 않아요. 우리 엄마도 내가 이런다는 사실을 꿈에도 모르겠죠. 그래서 처음에 당신 만나러 나올 때 아이들 얼굴이 자꾸 떠올라 몇 번이나 차를 돌리고 싶었던 순간도 수없이 많았어요."

그는 물끄러미 내 얼굴을 바라보며 아무 말 없이 듣고만 있었다.

"몇 번이나 돌이키고 싶었던 수많은 순간에 그래도 내 마음을 잡았던 건 '그래도 내겐 나만의 인생이 있다'는 생각이었어요. 남들이 보면 정말 손가락질하고 욕을 퍼부으며 온갖 비난을 쏟아낼 만큼 나쁘고 끔찍한 생각이겠지만, 내가 원하는 삶, 내가 원하는 사람과 함께 있고 싶고, 거기서 크나큰 행복감을 느끼고 싶었던 마음이 제일 컸던 것 같아요. 그 결과, 난 당신의 사랑을 받고 있고, 지금 너무 행복하죠. 하지만 동시에 죽을 만큼 괴로운 것도 사실이에요. 특히 아이들 생각하면"

그는 내 손에 들려 있던 반쯤 차 있는 소주잔을 가져가며 조용히 말한다.

"넌 지금도 너무 좋은 엄마이고, 네 역할을 충실히 잘하고 있다고 생각해. 우리의 관계는 세상 어디에도 알려지지만 않으면 되는 거야. 그걸로 끝인 거야. 네 아이들도, 네 남편도 그리고 내 가족도 절대 고통받거나 괴로워할 일은 없어."

내가 마시던 소주잔을 비워 버리고 그가 말을 이었다.

"우리의 만남과 사랑이 각자의 가정과 일에 더 좋은 영향을 끼칠 수도 있다고 생각하자. 난 네가 아니었다면 지금처럼 더 열심히 일에 몰두하지도 못했을 거고, 넌 날 만나기 전의 건조하고 팍팍한 삶의 연속에서 많이 지쳐 있었을 거야. 지금은 서로의 존재로 인해 위로받고 사랑하면서 더할 나위 없는 행복감을 느끼고 있잖아. 그럼 된 거 아니니?"

문득 두려워지면서 형언할 수 없는 공포가 온몸을 감싼다.

"언젠가 우리의 관계가 탄로 나면 어쩌죠?"

"그럴 일은 절대 없어. 난 결혼 생활 14년 동안 무려 십 년을 바람피웠어. 그런데도 한 번도 걸린 적 없었지."

갑자기 사레가 들리며 기침이 마구 터져 나왔다. 고춧가루가 듬뿍 들어간 대구탕은 너무 매웠고 칼칼했다.

"당신은 정말 뻔뻔한 사람이에요, 알아요?"

"그래, 나도 알고 있어. 그리고 널 미치도록 사랑하지."

온몸을 뒤틀고 헐떡거리면서까지 마른기침을 쏟아내는 내게 그가 물을 건네며 대답한다.

166. 2014. 3. 3. 월

"**나,** 당신한테 궁금한 것이 정말 많아졌어요."

"넌 뭐가 그렇게 궁금한 게 많은데?"

"당신의 과거에 대해서 요즘 부쩍 궁금해졌어요."

"넌 정말 욕심이 끝이 없어."

"맞아요. 처음엔 그냥 당신이 마냥 좋아서 시작했다가 이젠 당신에 대해 더 잘 알고 싶은 욕구가 마구 생겨나요. 당신의 과거는 어떠했는지, 지금 당신 가정에서의 삶은 어떠한지, 부인은 어떤 사람인지, 당신의 나에 대한 생각은 정확히 어떤 건지 다 묻고 알고 싶어요."

"뭐든 물어봐도 대답해 줄게. 거짓말은 하지 않을 거니까. 네게 거짓말할 이유도 없고."

그가 절대 거짓말을 하지 않는 사람이라는 건 잘 알고 있다. 그런 사람이 평생 외도하고 살아왔다는 사실이 너무 신기하고 이해가 되지 않는다.

용산 전쟁기념관 입구에 있는 산수옥에서 불고기 전골을 함께 먹으며 우린 이런저런 얘기를 나누었다. 그와의 진술한 대화를 통해 나는 참 많은 것을 알게 되었다. 그는 생각보다 돈 욕심이 없는 소박한 사람이라는 것, 회사를 잘 꾸리고 열심히 운영해 나가고 있으나, 크게 확장해서 더 큰 수익을 내는 것보다는 지금과 같은 안정된 상황을 잘 유지시키는 것을 더 중요하게 생각하고 있다는 것, 직원들에게 매우 철저하고 혹독하게 대하지만 실은 항상 걱정하고 속 깊은 마음 쓰씀이를 가진 인정 많은 사장이라는 것, 가족을 항상 아끼고 사랑하지만, 결혼 후 지금까지 아내에게서 타오르듯 열정적인 사랑은 단 한 번도 느껴본 적이 없었다는 것 그리고 지금 아내와의 결혼을 앞두고 잠시 한눈을 판 여자까지 포함해서 총 세

명의 여자와 외도를 한 경험이 있다는 것. 물론 수많은 업소 여자들과의 일회성 만남은 외도에 포함되지 않았다.

"당신은 알면 알수록 무서운 사람이에요."

"뭐가 무서운 건데? 결혼 후 끊임없이 바람을 피우는 거? 내가 하는 정도가 일반적이기까지는 아니겠지만, 실제 많은 기혼남들이 경험하는 경우일 것이라 생각해."

"내 남편도 과연 그럴까?"

"평범한 보통 남자라면 그럴 확률이 높긴 하지만, 물론 안 그런 사람도 있어. 네 상황을 내가 알 수는 없지."

"물론 나도 몰라요. 한 번도 의심해 본 적이 없었어요."

어쩌면 관심이 없었는지도 몰랐다. 현재의 내 애인에게 하는 행동들, 아침저녁으로 그의 스케줄을 확인하고, 누구를 만나는지 파악하고, 과음을 했는지, 음주음전을 하는지, 몇 시에 귀가하는지 - 물론 그 집은 다른 여자와 사는 집이었지만 - 매일 매 순간 체크하는 이러한 최근의 나의 일련의 행동들은 예전에는 상상조차 할 수 없는 일이었다. 남편은 남편일 뿐, 내가 속속들이 간섭하고 조정할 수 있는 상대가 아니었다. 남편이 몇 시에 귀가하는지도 모른 채, 저녁 일찍 잠자리에 들면 새벽에 그가 내 곁에 누워 있는 날들이 태반이었다. 일 이야기에 대해 간혹 물어보고 싶어도, 집에 와서는 조용히 쉬고 싶어 하는 남편의 성격 탓에 둘만의 별다른 대화도 크게 오가지 않는 침묵의 저녁 시간은 우리 집의 일상이었다. 사실 주말 역시 크게 다르지 않다. 평일엔 일하는 엄마로, 주말엔 아이들에게 몰입하는 좋은 엄마로 깜짝 변신하게 되면, 그 시간 역시 남편이 낄 자리는 어디에도 없다. 아이들하고만 이야기하고, 놀아주고, 함께 공부하고 많은 시간을 보내는 그 순간, 남편이라는 존재는 이미 내 머릿속에 존재하지도 않는다. 물론 그는 바로 건너편 안방 침대에 누워 TV를 보며 종일 내 곁에 있기는 하지만.

결혼 12년 차인 남자 동창이 한 말이 생각난다.

"난, 집에 가면 와이프가 말 거는 게 너무 싫어."

"왜?"

"입만 열면 돈 얘기뿐이니까."

"솔직히 부부 사이에 가장 많은 대화의 주제를 차지하고 있는 것은 경제적인 부분이긴 하지. 네가 이해해 주면 안 돼?"

"그래도 밥 먹을 때만이라도 마음 편하게 먹으면 안 되나? 꼭 밥 먹을 때 돈 얘기를 꺼내서 사람 불편하게 해."

동창의 말도 일리는 있지만, 그 부인의 입장도 같은 여자로 이해가 되지 않는 것은 아니었다. 저녁 먹는 시간, 그 외에 함께 이야기할 시간이 또 언제 있다는 말인가. 맞벌이 부부의 경우, 특히나 같이 있는 시간이 많지 않다. 상대를 불편하게 할지라도 저녁 식사 시간이 아니면 얼굴 맞대고 말할 시간조차 없는데, 또 언제 얘기를 꺼낸단 말인가. 그 주제가 돈, 돈, 돈이라고 해도 말이다.

나는 집에서 돈 얘기를 꺼낸 적이 없다. 각자 일을 하고, 수익의 배분이 어느 정도 확실한 지금 상황에서 크게 돈 얘기를 꺼낼 일도 없었다. 그럴지라도 남편의 일과 직장에서의 생활은 아내로서 분명 궁금한 부분들이 많다. 그러나 밖에서의 일에 대해 궁금증을 가지고, 캐묻는 것을 불편해하는 남편의 모습을 분명히 보게 된다. 그 부분에 대해서도 남자들은 대부분 같은 대답을 내놓았다. '일에 도움을 줄 것도 아니면서 뭘 그리 자세하게 알려고 하느냐'는 생각을 공통적으로 가지고 있었다. 그 이면에는 제발 좀 가장을 믿고 그냥 따라주었으면 하는 남자들의 책임감도 있었고, 여자들이 뭘 알고 나서냐, 하며 무시하는 의도도 분명히 내재되어 있었다. 많은 부부들이 그렇게 점점 더 입을 닫고, 대화를 잃어버리고 무미건조하게 살아가게 된다. 대화가 없고 관심이 없으니 머릿속에서도 그 존재가 더욱더 희미해지는 것이다.

요즘의 난 주말에도 끊임없이 애인을 생각하게 된다. 좀처럼 얼굴 볼 수 없는 주말 오후, 그는 집에서 뭘 하고 있을지, 가족과 어떤 시간을 보내고 있을지, 아내와 어떤 이야기를 나누고 있을지 너무 궁금하고 불현듯 참을 수 없는 질투가 일기도 한다. 그는 주말에는 집에서 편히 쉬고 싶어하는 아내를 대신해 하나뿐인 딸과 많은 시간을 보내고, 함께 놀아주는 다정하고 자상한 아빠 노릇을 주말마다 훌륭히 해내고 있었다. 또 그는 아내와 딸 그렇게 셋이서 자주 외식을 하러 나간다고 말했다. 지난 주말, 남편과 아이들과 함께 외출해서 이탈리안 레스토랑의 테이블에 앉아 즐겁게 식사를 하던 나는, 지금의 우리 가족과 별반 다를 바 없는 행복한 일상을 보내고 있을 그의 모습을 상상하며 문득 목이 메고 우울해지고 말았다.

"결혼 후 바람피웠던 상대들에 대해 다 말해 줘요. 세 번의 외도 경험이 있었다고 하니까 내가 네 번째 여자구나."

"내가 사랑하는 첫 번째 여자지, 넌."

"나 기분 좋으라고 한 말이라면 별로 효과 없었어요."

"기분 좋으라고 한 말이 아니라 그냥 사실 그대로를 얘기한 것뿐이야."

난 그가 첫 번째 남자였다. 결혼 후 만난 첫 남자. 그리고 송두리째 마음을 빼앗겨 버린 치명적인 매력의 나쁜 남자.

"대학 졸업 후 처음 다닌 직장에서 지금의 아내를 만났어. 그녀는 나를 추종하고 따라다니는 여러 여자들 중의 한 명이었지. 믿을지 모르겠지만, 학교에서도, 직장에서도 난 여자들에게 항상 인기가 많았어. 첫 직장에서 일할 때는, 다른 부서의 여직원들까지 날 보러 올 정도였다니까."

난 어이없다는 듯 얼굴을 찌푸리며 혀를 찼지만, 솔직히 그의 말에 의심이 가지는 않았다. 환한 웃음과 선한 눈매, 거침없는 언변을 지닌 유쾌한 성격의 그를 싫어할 여자가 과연 몇이나 있을까?

"당시 젊고 예뻤던 아내는 오랫동안 나를 변함없이 좋아해 주었고, 나 역시 그런 그녀가 싫지 않았지. 사내 연애를 시작한 지 얼마 안 되어 우린 깊은 관계가 되었고, 젊은 나이에 결혼을 생각하게 되었어. 그렇게 결혼을 약속하고 날짜까지 잡아 놓은 내 앞에 굉장히 카리스마 넘치고 적극적인 성격의 한 여자가 나타났어."

그는 그녀의 이름까지 이야기해 주었다. 난 그의 아내의 이름도 알고, 현재 직원으로 있는 신입 직원 교육팀장의 이름도 안다. 그리고 이제 그의 첫 번째 외도 상대의 이름도 알게 되었다.

"그 여자는 회사에 입사하고 나서 얼마 지나지 않아 많은 동료들의 인기와 추종을 한 몸에 받고 모임도 주도하는 이른바 '여왕벌' 같은 존재가 되었어. 알고 보니 집안도 굉장하고 학벌도 좋은 데다 본인 자체가 말 그대로 여왕벌의 카리스마와 존재감을 지니고 있는 여자였던 것 같아."

"예뻤나요?"

"글쎄, 아름다운 얼굴이라 말하긴 어렵지만, 나름 매력이 있고 자신감이 항상 넘쳤으며 정말 도도한 여자였다는 기억이 나. 분명 괜찮은 여성이긴 했지만 난 결혼을 불과 한 달 남짓 앞두고 있는 입장에서 그녀에게 관심이나 가졌겠어? 그런데 어느 날 그 여자가 주말에 밖에서 만나자고 제의하더군."

"그래서 만났어요?"

"지금도 기억나. 강남역에 있는 교보문고에서 함께 책을 사고 골라 달라더군. 전혀 의심하지 않고 별 뜻 없이 만났고 그녀와 함께 교보문고에서 즐거운 시간을 보냈지."

"책만 사고 끝이었어?"

"물론 아니지. 교보문고에서 한참을 책을 사고 토론하고 그렇게 건전한 시간만 보냈다면 얼마나 바람직하겠어? 하지만 남녀 사이와 만남은 그렇게 간단한 게 아니란 거 너도 알잖아? 함께 술을 마시자고 날 끌었고, 근처 술집에서 우린 술을 마셨지. 한참을 그렇게 술을 마시다가 그녀가 날 똑바로 바라보며 말하더군. '오늘 너랑 꼭 자고 싶다.'고."

"참, 14년 전인데도 그렇게 먼저 적극적으로 대시하고 구애하는 신여성이 있었다니, 과연 여왕벌이라 할 만하네."

"그러게 말이야. 성격 하나는 정말 대찼지. 난 한 달 후면 결혼할 거라고, 그렇기 때문에 너와 사귈 마음은 전혀 없으며, 그냥 이건 일회성 만남이다, 그래도 상관없느냐고 물었어. 그런데 그녀는 자긴 상관하지 않는다며 정말로 원해서 하는 일이고 오래전부터 나와 꼭 잠을 자고 싶었다는 거야."

"흠, 그렇게까지 나오는데 거절할 수 있는 남자는 세상에 흔치 않겠다."

"그래, 나도 결국 평범한, 아니, 뻔뻔스러운 남자일 수밖에 없었나 봐. 우린 그 길로 모텔에 가서 섹스를 했고, 그 후에도 두어 번 더 관계를 가졌지. 그런데 거기서 문제가 생긴 거야."

"어떤 문제일지 훤히 짐작이 가네그려."

"그녀는 나와의 몇 번의 만남 후 갑자기 태도가 돌변했어. 결혼을 취소하라, 그러지 않으면 우리의 만남을 직장은 물론이고 가족 모두에게 폭로하겠다, 난 너와 당장 결혼하고 싶다, 이러면서 갑자기 협박을 하는 거야."

"협박이라, 갑자기 당신에게 사랑을 느꼈나 보지."

지독한 사랑. 그 깊이를 알 수 없는 지독하고 치명적인 사랑은 숨이 막힐 듯 목을 죄어 오고 형언할 수 없는 공포마저 느끼게 할 것이다.

"사랑일까? 난 그녀의 집착이고 소유욕이라고 생각해. 그녀는 남부럽지 않은 집안에서 태어나 모든 걸 다 가졌고, 하물며 동료, 친구들마저 줄줄이 거느리고 다닌 여왕벌이었어. 그런 애가 딱 하나 갖지 못한 게 바로 나였던 거지. 유혹해서 잠까지 잤으면 자기한테 와줄 줄 알았는데 난 그러지 않았거든. 그냥 하룻밤 상대로만 취급받았다는 생각에 자존심 상하고 화가 나 미칠 지경이었던 거야. 그래서 어떻게든 자기 앞에 굴복시키고 싶었던 생각이었던 거지."

불륜 일기

"섹스 한번 했다가 제대로 걸렸네요."

"그 여자는 우리 집에 찾아와 부모님까지 만났어. 난 그 여자가 들고 온 엄청나게 크고 무거운 백합 꽃다발이 아직도 기억나. 머리가 아플 만큼 지독했던 그 꽃향기가 지금도 잊히질 않아. 그건 악몽이었어. 하얀 백합 그리고 서늘하게 웃고 있던 그 여자 얼굴."

"무슨 공포 영화네."

"난 얼마나 끔찍했겠니. 당시 그 여자와 두어 번 좋은 감정으로 만났던 건 사실이야. 오랫동안 아내가 나를 따라다니고 짝사랑해 준 결과로 결혼까지 하게 되긴 했지만, 내가 진심으로 원해서 하는 결혼은 아니었거든. 지방에서 올라와 서울에서 자취하고 있던 아내의 집을 내가 몇 번 오가다가 어쩌다 깊은 관계가 되어 버렸고, 그랬었기에 책임감으로 추진했던 결혼이었어. 그런 와중에 내가 좋다고, 나와 자고 싶다고 적극적으로 다가오는 또 다른 매력적인 여자에게 잠시 끌린 건 사실이었지. 그런데 그런 좋았던 감정, 즐거웠던 추억마저 한 번에 무너뜨리는 그 여자의 돌발적인 행동에 이후 난 너무 힘들었어."

"첫 번째 외도에서 된통 혼났네요."

"그러게. 그녀는 우리 부모님 앞에서 임신했다고까지 거짓말을 했어. 물론 말도 안 되는 거짓말이었지. 얼마 못 가 들통나긴 했지만, 난 이번엔 그녀의 가족들까지 만나야 했어."

"그 여자 가족들까지? 정말 무섭다."

"그 여자 엄마와 언니들까지 줄줄이 와서 나를 둘러싸고 비난하며 몰아세우는데 정말 괴롭고 짜증날 지경이었어. 하지만 난 그 와중에도 당당하게 말했지. 분명히 그녀가 원해서 한 관계였고, 내가 결혼을 앞둔 입장이라는 건 물론 분명히 다 알고 있었다."

"그렇게 말하긴 했어도 당신 책임을 피하긴 어려웠겠네."

"그렇지. 이유야 어쨌든 난 결혼을 앞두고 외도를 한 거였으니까."

"첫 번째로 했던 외도의 결과가 참 혹독했네요. 나중에 결론은 어떻게 났어요? 잘 마무리됐으니까 지금의 아내와 결혼한 거였겠죠?"

"그런데 참 신기한 건, 우리 부모님이 날 크게 질타하지 않는다는 거였어. 정말 아이러니한 게 뭔지 알아? 그 여자가 내 아내보다 훨씬 집안도 좋고 학벌도 훌륭하니 은근히 그 여자와 이어졌으면 하는 속내를 비치시는 거야. 웃기지?"

"아들을 기왕이면 좋은 집안으로 장가보내고 싶은 건 당연한 부모 마음이죠. 게다가 그렇게까지 내 아들 좋다고 죽자 사자 덤비는데."

"난 그 죽자고 덤비는 사랑이 너무 끔찍했어. 난 그녀의 사랑과 집착에서 살기까지 느꼈다니까."

사랑에 살기가 담겨 있다. 상대를 죽이는 살기. 그것은 이미 사랑이 아닐지도 모른다. 여왕벌과 교미를 끝낸 수벌은 탈진해서 여왕벌의 등에서 떨어짐과 동시에 생식기가 떨어져 나간다. 여왕벌의 압력에 간혹 몸이 터져 버리며 죽음에 이르기도 한다. 그 여자는 남자의 인생쯤은 한순간에 철저히 망가뜨려 버릴 수도 있는 무시무시한 여왕벌의 존재 그 자체였다.

"부모님은 날 앉혀 두고 말했어. 지금이라도 파혼하고 그 여자와 결혼하지 않겠느냐고. 난 단호히 거부했지. 이미 정신병자 수준으로 길길이 날뛰는 그녀는 내게 끔찍하고 혐오스러운 존재일 뿐이었으니까."

"결혼 전, 아내는 이 사실을 알았나요?"

"물론. 나와 아내를 불러서 우리 아버지가 이 모든 사실을 다 이야기했어. 우리 아버지는 그때까지도 어쩌면 그 여자에 대한 미련을 버리지 않았는지도 몰라. 그런데 놀라운 건 그 모든 사실을 듣고도 눈 하나 깜짝하지 않고 결혼을 강행하겠다고 하는 아내의 태도였어."

"흠, 불과 결혼을 한 달 앞두고 다른 여자와 잤는데도 결혼을 하겠다고?"

"그래, 표정 변화 하나 없이 묻지도 따지지도 않고 그냥 예정대로 결혼하겠다고 대답하더라고. 당시 날 너무 사랑해서 그랬던 것일까?"

"제가 보기엔, 아내의 집착과 소유욕 역시 보통이 아닌 것 같아요. 당신에 대한 사랑, 그런 것보다도 내 남자를 빼앗기기 싫은 거지. 한 남자를 둘러싼 두 여자의 경쟁, 거기서 정말로 이기는 건 남자를 쟁취하는 쪽이니까, 결국 자기가 승리한다고 생각한 거지. 정말 사랑했다면, 나라면 절대 결혼 안 할 것 같아. 이미 결혼 전 신뢰가 완전히 깨져 버렸으니까."

"어쨌든 난 그렇게 우여곡절 끝에 결혼을 했고, 그 이후로도 아내는 거기에 대해 두 번 다시 캐묻지 않았어. 그런데 결혼한 지 얼마 안 되어 그 여자한테서 편지가 온 거야."

"뭐야, 혈서라도 쓴 거예요?"

"혈서까진 아니었는데 그 내용 역시 너무나 소름 끼쳤어. 난 그 편지를 읽고 그녀가 진정한 정신병자였구나, 라는 걸 다시 한 번 깨달았지.

"뭐라고 썼는데?"

"난 영원히 너만을 사랑할 것이고, 결국 너의 아내가 되지 못한다면 영원한 너의 정부가 되겠다."

"하하하하!"

웃음밖에 나오지 않았다. 여왕벌의 최후의 발악. 정말 안쓰럽고 웃음이 터져 나올 만큼 어이가 없다.

"바람 피워도 추궁 한 번 안 하고 눈감아 주는 착한 아내에 카리스마 넘치는 여왕벌 정부까지, 좋네요. 그냥 제의를 받아들이고 곁에 두지 그랬어."

그도 나를 따라 어이없는 웃음을 터뜨렸다.

"정부? 웃기시네. 걘 그러고 바로 결혼했어. 그것도 자기 집안에 어울리는 엄청난 집안의 남자와. 걔네 집은 대대로 명망 있는 정계, 법조계 집안이야. 그녀 남편 역시 현재 이름 대면 다 알 만한 정치인이고."

"정말 웃긴 세상이다, 그치? 당신이 그녀와 결혼했다면 지금쯤 당신도 유명한 정치인이 되어있지 않았을까?

"그럴지도. 하지만 내가 걔랑 결혼했다면 널 만날 엄두조차 못 냈어. 걔 성격에 내가 만약 바람이라도 피우면 아주 사지를 찢어 죽여 버릴걸? 우리 둘 다 야산에 쥐도 새도 모르게 암매장당했을지도 모른다고."

"그 여자가 그렇게도 원했던 당신의 정부가 지금 나네?"

"무슨 소리야. 넌 내 정부가 아니야. 넌 사랑스러운 내 애인이라고."

한없이 부드러운 애정의 눈길을 가득 안고 그가 날 안으며 말한다.

"명망 있는 집안의 사위, 여왕벌 아내, 이런 것보다 난 현재의 내가 좋아. 지금의 널 만날 수 있었잖아. 사랑하는 네가 내 곁에 있고."

불륜 일기

A67. **2014. 3. 6. 목**

과천에 있는 한성이라는 칼국수 집은 수육과 어복쟁반으로
도 유명한 음식점이다.

"난 예전 직장 다닐 때 여기 자주 왔었고, 지체 높은 분들을 모시고 여
기서 식사도 많이 했었지."

그는 자신이 다녔던 곳, 젊은 시절 가 봤던 곳에 나를 데리고 가는 것
을 무척 좋아한다. 나도 그의 이야기를 들으며 그의 추억의 장소에 동참
하는 것이 너무 즐겁고 행복하다. 내가 알지 못하는 그의 과거, 그의 옛
시절을 조금이나마 나누어 가지는 느낌이다. 젊은 시절에 그를 알았더라
면 얼마나 좋았을까? 그는 젊었을 때 날 만났더라면 첫눈에 반해 한참을
따라다니다 결혼에 성공했을 것이라고 말한다. 나도 지금처럼 그와 정신
없이 사랑에 빠졌을 것만 같다. 그는 나와 결혼했어도 바람을 피웠을까?

어복쟁반은 둥글넓적한 큰 쟁반에 편육과 채소를 넣고 육수를 부어 끓
여서 먹는 북한 음식이다. 나도 많이 먹어 보지는 못했지만, 최근 맛을 들
인 평양냉면과 함께 가끔 먹으러 다녔는데 이곳 식당 역시 어복쟁반이
맛있다고 해서 주문을 했다. 쟁반 가득 넘치도록 담긴 고기와 채소가 보
기만 해도 배부르고 군침이 돈다.

우린 식당 내 구석진 방에 자리 잡은 채 미닫이문을 굳게 닫고, 나란히
앉아 소주잔을 기울이며 이야기를 나누고 서로의 몸을 쓰다듬으며 스킨
십도 마음껏 즐겼다. 한번 주문하면 더 시키지 않는 이상, 미닫이문을 벌
컥 열고 사람이 들어올 걱정도 없으니 우린 거침이 없었다. 그는 최근 들
어 살이 조금 찐 듯했다. 작년 4월, 그를 처음 만났을 때는 핸섬하고 날렵
한 느낌이었으나, 일 년여가 흐른 지금의 그는 한층 후덕하고 살집이 오른

인상을 주었다. 난 그의 배를 쓰다듬었다.

"당신 요즘 몇 킬로그램이에요?"

"글쎄, 한 80킬로그램 나가지 않을까 싶은데."

그의 아내와 똑같이 그를 뚱뚱하고 둔한 아저씨라고 욕하고 싶지는 않았다. 난 그가 살이 쪄도 좋고, 머리가 허옇고 숱이 하나도 없다 해도 좋다. 난 그의 몸매를 보지 않고 연하고 예쁜 갈색 눈만을 바라본다. 날 바라보며 항상 웃음을 가득 담고 있는 선해 보이는 아름다운 갈색 눈. 뚱뚱한 애인이 싫으면 안 만나면 그만이고, 늙고 못생긴 아저씨가 싫으면 대신 젊고 잘생긴 애인을 만나면 그만이다. 하지만 난 젊고 잘생긴 애인보다도 내 곁에 있는 그가 훨씬 더 멋지고 섹시하게 보이며, 오직 그만을 원한다.

어복쟁반에 담긴 고기는 맛있었지만, 양이 무척 많았다. 먹어도 먹어도 끝이 없는 어복쟁반 속 편육처럼, 이상하게 오늘은 끝도 없이 마음 깊은 곳에서부터 불같은 성욕이 인다.

"나, 오늘 하고 싶어."

밥 먹다 말고 그의 귀에 대고 몇 번이나 속삭였다. 그런데 오늘따라 그의 반응이 영 시원치 않았다. 최근에 밀려드는 일련의 프로젝트와 과도한 업무들로 그는 요새 부쩍 피곤해 보인다.

"이것만 먹고 나가요. 너무 배불러."

이미 밥과 술을 충분히 먹기도 했지만, 그를 서둘러 끌고 나온 데는 또 다른 이유가 있었다. 오늘 난, 그를 만난 이후로 전례 없이 강한 성욕을 느꼈다. 내 곁에 바싹 붙어 앉아 내 허리를 쓰다듬으며 밥을 먹는 그의 옆모습을 식사 내내 바라보며 난 아까부터 한 가지 생각만을 하고 있었다.

서울대공원 주차장 한구석에 세워둔 한적하고 어두운 차로 돌아오자마자 난 서둘러 그의 입술을 찾고 거칠게 몸을 더듬으며 참았던 욕구를 분출했다.

"잠깐, 잠깐만."

그가 내 어깨를 잡으며 가볍게 떼어 놓았다.

"오늘은 내가 너무 피곤하고 그럴 기분이 아닌데 다음에 하면 안 될까?"

난 아직도 욕구에 취해 있는 멍한 눈으로 그를 바라보았다. 빨갛게 달아오른 내 두 뺨과 심하게 방망이질하는 심장 고동 소리만이 어렴풋이 느껴질 뿐, 여전히 머릿속에는 한 가지 생각뿐이었다.

"나도 널 만난 이후로 이런 적이 처음인데, 오늘은 정말 하고 싶지 않아. 그냥 키스만 좀 하고 오늘은 이만 헤어지자."

그는 나를 가볍게 안고 입술에 살며시 키스해 주었다. 내가 너무나도 좋아하는 그의 부드러운 입술. 촉촉이 젖은 그의 입술에서는 체취, 결코 불쾌하지 않은 특유의 입 냄새, 알싸한 소주 향, 조금은 느끼한 고기 냄새까지 모두 섞어서 났다. 난 그의 입술을 강하게 흡입하며 그를 거칠게 밀면서 셔츠 단추를 풀었다.

"잠깐만. 이러지 말아 봐."

다시 그가 날 제지하며 몸을 일으켰다.

"네가 어떻게 받아들일지 모르겠지만, 이상하게 오늘은 섹스하고 싶지 않아. 그냥 가볍게 스킨십만 하고 헤어지자니까."

초점을 잃고 멍하니 바라보던 내 눈에 차츰 생기가 돌며 서서히 분노가 일었다.

"왜? 왜 하면 안 돼? 당신이 원하면 꼭 해야 되면서 내가 원할 때 하면 안 되는 거야?"

"물론 네가 원할 때 당연히 하지. 그런데 오늘은 내가 너무 피곤해. 빨리 집에 가서 씻고 자고 싶은 생각뿐이야. 너무 힘들어서 생각이 전혀 안 나."

"어떻게 날 앞에 두고 원하지 않을 수 있지? 지금도 이렇게 흥분했으면서."

난 그의 아랫도리를 가리키며 화난 목소리를 내뱉었다.

"이해할지 모르겠지만, 꼭 발기가 되었다고 섹스를 하고 싶은 건 아니야. 난 오늘 하루 종일 너무 많은 일들로 힘들었고, 할 수만 있다면 너와의 약속을 취소하고 집에 일찍 들어가고 싶었어. 하지만 너도 만나야 하니까, 피곤한 것보다 널 보고 싶은 마음이 더 컸으니까, 이렇게 널 보러 왔고 밥도 함께 맛있게 먹었지. 너와 먹는 밥, 너와 마시는 술은 항상 내게 즐겁고 행복한 일상이야. 그런데 지금 섹스는 정말 하고 싶지 않아. 오늘은 그냥 가서 빨리 자고 싶어."

나와의 섹스를 원하지 않는다…. 그에게서 처음 듣는 말이었다. 그는 날 만난 이래로 한 번도 원하지 않았던 적이 없었고, 우린 거의 만날 때마다 사랑을 나누었다. 난 섹스를 원했을 때도, 원하지 않았을 때도 있었지만, 항상 그의 요구에 응해 왔고, 그때마다 매우 만족스러운 관계를 가질 수 있었다. 그도 나와 같은 기분일 거라고 언제나 생각했었는데, 오늘 그의 말은 너무나 의외였다.

"난 이해할 수 없어. 당신은 나와의 섹스를 너무나도 좋아하고 언제나 미치도록 원한다고 생각했는데."

"물론 그렇지. 지금도 마음은 하고 싶어. 하지만 몸이 따르지 않을 것 같아. 너도 알잖아, 피곤하면 모든 게 다 하기 싫어지고 의욕이 없어지는 거."

물론 누구보다 잘 알고 있었다. 7년 전에 이미 끊어진 남편과 나의 부부 관계. 일에 지쳐, 의욕이 없어서, 힘들고 피곤한 일상의 반복에 서로가 잠자리를 거부하고, 그렇게 서서히 멀어지다 이제는 완전히 없어진 부부 관계. 요즘은 한 침대에서 자는 것조차 어색하고, 가끔씩 의도하지 않게 몸이 닿는 것에도 깜짝깜짝 놀란다. 왜 이렇게 된 것일까? 뭐가 문제일까? 처음 시작이 문제였다. 여러 이유와 핑계를 대가며 관계를 피하기 시작한 그 시작점부터 우린 그렇게 멀어지고 남남이 되어 버린 것이다.

"안 돼요. 섹스를 피하기 시작하면 앞으로 계속 그렇게 돼요. 난 오늘 너무나 원하고 오늘 꼭 당신과 해야겠어요."

그 말은 진심이었다. 난 그 어느 때보다도 강한 성욕이 일었고, 이미 섹스를 시작하기 전부터 강한 심적 오르가즘을 느꼈다. 골반에서부터 짜릿한 진동이 느껴지며 가벼운 경련이 일어났고, 팬티 아래에서는 이미 흥건히 흘러내려 속옷이 완전히 축축해진 게 느껴질 정도였다.

난 그의 벨트를 풀고 바지 지퍼를 서둘러 내렸다. 고개를 숙이고 그의 아랫도리에 얼굴을 가까이 가져가려는 그때, 그가 내 이름을 조용히 불렀다. 그 순간 난 가슴속에 시리도록 찬 기운이 내려앉는 것을 느끼며 멈출 수밖에 없었다. 평소와는 다른, 그의 조용하고도 위압감이 들 정도로 낮게 깔린 목소리였다. 그는 이제껏 날 책망하거나 훈계하려 든 적이 한 번도 없었다. 하지만 만약 그런 때가 온다면 바로 이 목소리로 날 몸서리치게 만들 것만 같았다. 난 몸을 떨며 그를 올려다보았다. 그는 조용히 내 어깨를 안아 일으켰고 흐트러진 옷매무새를 단정히 했다. 난 눈물이 가득 찬 두 눈으로 그를 흘겨보았다.

"뭐든, 네가 하고 싶은 대로만, 어린아이처럼 떼 부리고 강요하지 말도록 해."

그는 언제나 날 보며 마치 어린아이 같다고 말해왔다. 어린아이처럼 순수하다고, 어린아이처럼 때 묻지 않았다고, 어린아이처럼 마냥 착하다고, 어린아이처럼 욕심을 부리고 떼 부린다는 말을 항상 해 왔다. 이 순간, 난 또다시 자기 고집을 피우며 마음대로 행동한 나쁜 어린아이가 되었다. 자존심이 상하고 미치도록 부끄럽고 화가 났다. 사랑하는 애인의 욕구 하나 이해하고 받아주지 못하는 그의 이기심에 참을 수 없는 분노가 일었다. 나는 그 길로 그의 차에서 뛰쳐나와, 불과 몇 미터 근처에 세워져 있던 내 차에 올라탄 다음 굉음을 내며 출발했다. 미친 듯이 액셀러레이터를 밟으며 집으로 오기까지 불과 20분이 채 걸리지 않았다. 그 짧은 시간 동안 정말로 많은 생각을 했다.

나는 섹스에 중독이 되었을까? 내가 이렇게까지 욕구를 내보이고 원했음에도 거부당한 것은 내 평생 처음 있는 일이었다. 어렸을 적부터 내 주위에는 나와 자고 싶어 하는 수많은 남자들로 우글거렸다. 그들에게 난 절대로 빈틈을 보이지 않았다. 남자들은 나와 자려면 많은 데이트 시간을 보내야 했고, 수없이 여러 번 식사를 해야 했고, 영화를 좋아하는 내게 여러 편의 영화를 보여 주어야 했다. 많은 선물 공세를 받기도 했었다. 액세서리를 특히 좋아하는 내게 남자들은 반지, 팔찌, 목걸이를 앞다투어 사 주었고, 그들의 값비싼 선물과 시간 투자는 내게 남자들의 사랑을 확인하는 척도가 되었다. 그렇게 많은 경제적, 시간적 노력을 아낌없이 투자한 그들에게는 나와의 잠자리라는 큰 보상이 주어졌다. 물론 그 만남은 오래가지 않았다. 어렸을 적에는 섹스에 크게 관심도 없었고, 섹스는 사랑의 도구도, 척도도 아무것도 아니었다. 그냥, 남자들이 원하니까 어쩔 수 없이 하는 행위, 아니 그들의 노력을 가상히 여겨 내가 특별히 내리는 상이었다고 보면 맞는 말이겠다. 도대체 섹스가 왜 좋은 거지? 한 번도 내가 원해서 한 적이 없었다. 아니, 솔직히 말해서 섹스가 좋았던 적이 한 번도 없었다. 도대체 섹스를 왜 하는 걸까? 남자들은 나와의 섹스를 위해 많은 것을 쏟아부었다. 그리고 난 그 특권을 마음껏 누리면서 그들을 마음대로 농락했다.

하지만 지금은 내가 원한다. 난 그와 미치도록 섹스하고 싶고, 그와의 섹스에 깊이 빠져 버렸다. 우리의 만남에서 섹스가 빠진 날은 뭔가 허전했고, 내 평생 이렇게 누군가와 섹스를 많이 해 본 것도 처음 있는 일이었다. 아마도 난 태어나서 그와 만나기 전에 해 본 섹스의 총 회수보다도 훨씬 많은 섹스를 그와 한 것 같다. 그러면서 점점 중독되었다. 그에게 그리고 섹스 자체에.

그에게서 전화가 온다. 여러 번 울리는 전화 소리를 애써 무시하며 미친 듯이 차를 몰았다. 부끄러움. 창피함. 민망함. 짓밟힌 자존심. 거부당

346   불륜 일기

한 자의 수치로 내 마음속은 만신창이가 되었다. 나 자신이 이해가 되지 않는다. 난 어느새 이렇게 섹스에 연연하는 형편없는 여자가 되었을까. 세 번째로 그에게서 전화가 오고, 난 전화를 받았다.

"왜 그렇게 위험하게 차를 몰고 가는 거야. 굉음을 내며 차가 급출발을 하는데 너무 놀랐어."

"우리, 이제 그만 만나요."

"뭐?"

"난 당신이 좋았던 게 아니야. 난 섹스에 중독되어 있었어. 7년 넘게 관계 한 번 없이 살다가 나이가 들어 뒤늦게 당신을 만나 섹스의 즐거움을 맛봤고, 거기에 깊숙이 빠져 있었던 거야. 난 당신을 사랑한 게 아니었어."

"갑자기 그게 무슨 소리야. 날 사랑한 게 아니면 단지 육체적인 만남이었다는 거야?"

"그래, 맞아."

뭐가 맞는지는 나도 몰랐다.

"날 만나고 좋아하는 이유 중에 육체적인 부분이 분명히 있다는 건 나도 알고 있었어. 네가 너무 즐거워하고 만족해하는 것이 보였거든. 섹스의 즐거움에 하루하루 빠져드는 것이 분명히 느껴졌거든. 하지만 그것만이 다는 아니라고 생각했는데, 그렇지 않아?"

"그게 다야."

"아니야, 그렇지 않아. 우린 분명히 말도 잘 통하고 함께 있으면 즐거워. 너와 대화를 나누고, 산책을 하고, 함께 밥을 먹고 술을 마시는 건 내 인생에서 가장 큰 즐거움 중의 하나고, 넌 내 일에, 내 삶에 끊임없이 영감을 주고 행복감을 느끼게 해. 널 생각하기만 해도 난 크나큰 행복감에 마음이 충만해져. 너도 그렇다고 생각했는데, 아니란 말이니?"

"난 섹스 때문에 당신 만났어. 그리고 오늘 거부하는 당신에게서 더 이상 이 만남 지속할 필요가 없다는 생각이 들었어요. 이만 끊을게요."

난 대답을 기다리지 않고 먼저 전화를 끊었다. 눈물이 흘러내리며 분노가 치밀었다. 사랑하는 사람을 만나 너무도 행복하고 삶의 기쁨조차 느꼈다고 생각했는데, 고작 내가 이런 모습으로 전락하고 말았다니. 그깟 섹스 하나에 목매는 모습을 보이고 말았다니. 관계 한 번 안 했다고 이별을 통보하는 뻔뻔하고 어리석은 내 모습이라니. 난 정말 섹스에 중독되었고, 섹스 없이 살 수 없는 처지가 되었을까? 난 정말 섹스 하나 때문에 그를 만났던 것일까?

집에 도착해서 침대로 몸을 던지고 한참을 소리 죽여 울었다. 남편은 일찍 귀가한 모양인지 이미 깊은 잠에 빠져 있었다. 내겐 더 이상 남자로 느껴지지 않는 남편. 내겐 절대로 섹스의 즐거움과 쾌락의 기쁨을 선사해 줄 수 없는 남편. 그래서 더욱 남처럼 느껴지고 점점 더 멀게만 느껴지는 남편.

그래, 난 어쩌면 어떤 핑계를 대서라도 이 잘못된 만남을 끝내고 싶었는지도 몰랐다. 난 그를 알게 된 이후로, 매일 그를 만나고 싶고, 그가 보고 싶고, 그와 사랑을 나누고 싶고 동시에 매일 그와의 만남을 끝내고 싶었다. 사랑의 기쁨, 섹스의 즐거움만큼 죄책감과 고통이 큰 것은 사실이었다. 그래, 정말 잘한 일이다. 섹스에서는 금방 빠져나올 수 있을 것이다. 결혼 후 7년을 넘게 안 하고 살아왔는데, 젊었을 때도 섹스에 단 한 번도 몰입하지 않았는데, 최근 일 년 동안 빠져 있었다고 해서 그게 그리 대수란 말인가. 별문제 없이 다 잊어버리고 다시 예전으로 아무렇지도 않게 돌아갈 수 있을 것이다.

그런데 그가 갑자기 너무 보고 싶어졌다. 그에게 심한 말을 던지고 상처 준 것이 후회가 되었다. 온갖 가시 돋친 말로 그에게 할 말 못 할 말 몽땅 퍼부은 나 자신이 너무 한심하고 혐오스러웠다. 지금이라도 당장 전화하고 싶었다. 진심이 아니었다고, 정말로 당신을 사랑한다고, 섹스는 우리 만남에서 중요한 것이 아니었다고, 육체적인 만남이 아닌, 정말로 좋아

불륜 일기

하고 사랑해서 함께한 만남이었다고, 당신을 만나며 해 온 모든 말과 행동은 정말 진심이었다고…

하지만 난 다시 연락하지 않았다. 그 순간 나는 정말로 그와 정리할 생각을 굳게 했었던 것 같다. 이때가 아니면 어떻게 또 끝낼 수가 있겠는가. 계속 만나고, 사랑하고, 얼굴 보면서 어떻게 사랑하는 이와 이별을 할 수 있겠는가.

애써 마음을 가라앉히고 씻고 잠자리에 들었다. 침대에 눕자 그동안의 온갖 기억과 추억이 밀려온다. 그와 보낸 많은 시간들, 그토록 행복하고 즐거웠던 지난 일들이 마치 영화처럼 눈앞을 스쳐 지나가며 내 마음을 아프게 했다. 눈물을 흘리며 그렇게 베갯잇을 적시고 있을 때, 새벽이 한참 지나 그에게서 문자가 왔다.

'네 마음이 식은 거라면 어쩔 수 없는 거지만, 그냥 화가 나서 홧김에 하는 이별 통보라면 다시 생각해 줄 순 없겠니?'

난 휴대폰을 쥐고 벌떡 일어났다. 또다시 터져 나오는 눈물을 마구 닦으며 그의 문자를 보고 또 들여다보았다.

'우리의 만남이 단순히 그런 사이가 아니란 걸 너도, 나도 분명히 알아. 서로 사랑하잖아. 지금 이 순간도 미칠 듯이 보고 싶어 하고 있잖아. 너도 그렇지?'

난 문자를 보냈다.

'당신이 너무 보고 싶어요.'

'사랑해.'

'나도 사랑해요.'

'다음부터는 이런 일로 우리 싸우지 말자. 싸우면서 살기엔 시간이 너무 짧고, 인생은 한순간이야. 난 너와 좋은 추억, 행복한 기억들만 쌓아가며 그렇게 잘 지냈으면 좋겠어. 물론 지금의 이 다툼도 먼 훗날엔 가볍게 미소 지을 수 있는 하나의 추억이 되겠지?'

'난, 당신이 나와의 섹스를 거부해서 너무 충격이었어요.'

'미안해, 내가 너무 피곤하고 졸려서 제정신이 아니었나 봐. 다음부터는 내가 거부해도 그냥 날 덮쳐 버려. 넌 내게 그렇게 해도 돼.'

인간의 3대 욕구, 식욕, 수면욕, 성욕 중에 가장 앞서는 것은 무엇일까? 단연코 수면욕이다. 아무리 배가 고파도, 섹스가 하고 싶어도 잠이 쏟아진다면 아무것도 할 수가 없다. 단지 눈을 감고 정신없이 잠에 빠져들고 싶을 뿐인 것이다. 다음으로는 식욕이다. 배가 고프면 아무리 아름다운 여자가 앞에 있어도 섹스하고 싶은 생각이 들지 않는다. 마지막으로 성욕이다. 충분히 수면을 취하고, 배가 불러야 그제야 사랑을 나누고, 사랑을 추구하고 싶은 생각이 드는 것이다. 난 섹스에 중독되었을까? 그 어떤 욕구보다도 내겐 성욕이 더 앞설까? 확실한 한 가지는 난 그와의 사랑에 철저히 중독되었다는 사실이다. 그렇게 만남을 끝내고 싶어도 사랑이라는 이유 하에 절대 헤어지지 못하는 것처럼.

468. 2014. 3. 8. 토

　며칠 전 다툼의 원인이 되었던 섹스가 오늘은 그의 회사 옆 한 모텔 내 침대 위에서 한창이다. 그는 지난번의 미안함에 마치 내게 사죄라도 하듯 열심히 사랑을 불태우고, 많은 시간을 들여 애무를 하고, 여러 번의 절정을 선사해줌으로써 나의 분노를 그렇게 눈 녹듯 사라지게 만들었다.

　궁합이 좋은 부부는 아무리 싸우고 성격이 맞지 않아도 절대 헤어지지 못한다는 말이 있다. 많은 다툼과 불화, 서로에 대한 미움이 단 한 번의 부부 관계로 사라져 버리게 한다는 말이다. 바로 전날 죽자고 싸웠던 부부가 다음 날 아침, 너무 좋아 죽는 모습도 가끔 본다. 아침 반찬이 달라진다는 말도 간혹 나온다. 밤새 남편이 아내에게 열심히 봉사를 한 대가다.

　"항상 얘기하는 거지만, 우리가 부부였다면 만날 싸우다가도 다음 날 아침이면 헤헤거리고 좋아서 붙어 다녔을 거예요."

　"넌 내게 최고의 아내였겠지. 난 매일 저녁 네가 보고 싶어 한시라도 빨리 퇴근했을 거고, 평생 바람피우지 않고 너만 바라보고 살았을 것 같아."

　설사 거짓말이라 해도 기분 좋은 말이었다. 아니, 이 순간 그는 거짓말을 하고 있지 않았다. 나를 바라보며 정말로 진심을 담아 이야기하고 있었다. 물론 결혼해서 그것을 지키는 것은 또 다른 문제였겠지만.

　"당신은 어쩌다 아내와 잠자리를 안 하게 되었어요? 날 만나기 훨씬 전부터 거의 부부 관계가 없었다고 했었죠?"

　"너처럼 7년간 단 한 번도 안 한 수준은 아니었지만 일 년에 고작 두세 번? 그마저도 널 만났을 즈음엔 안 한 지 꽤 오래됐었고, 우리도 거의 섹스리스 부부였어."

"왜 그렇게 된 거예요? 당신은 섹스를 이렇게 좋아하는데."

"일단 와이프는 너처럼 섹스에 관심이 있는 여자가 아니야. 결혼해서 신혼 초에도 그리 자주 하지는 않았지. 그런데 언제부턴가 아예 흥미를 잃고 적극적이지 않은 정도가 아닌, 잠자리를 거부하는 듯한 느낌마저 주더라고. 아내와의 섹스가 당기지는 않아도, 그래도 너무 욕구가 쌓일 때는 불현듯 성욕이 일어나서 간혹 아내를 덮칠 때도 있었어. 하지만 그마저도 언제나 반응이 좋지 않았고, 나 역시 하고 나서의 기분이 유쾌하지만은 않은 거지. 음, 뭐라고 말할 수 있을까? 구차함? 그래, 와이프와 잠자리를 하기 위해 구걸해야만 하는 상황이 구차하게까지 느껴진다고 말하면 정답이겠구나."

구차함. 자신의 아내에게까지도 섹스를 구걸해야 하는 구차함. 난 오히려 이렇게 내가 그에게 연연하고 미칠 듯이 섹스를 원하고 구걸하는데.

"세상에 섹스에 관심 없는 여자는 없어. 당신 아내는 당신과의 섹스에 관심이 없을 뿐이야."

난 내가 생각해도 깜짝 놀랄 정도로 속에 있는 말을 다 해 버리는 성격이다. 그 말이 설사 상대에게 깊이 상처가 되는 말이라고 해도. 하지만 난 항상 진실만을 얘기한다. 적어도 내가 맞다고, 옳다고 생각하는.

"그럴지도 모르지. 모든 여자들이 섹스를 좋아한다고 하면, 와이프 역시 나와의 섹스가 싫을 뿐이겠네."

"왜 당신에게 욕구를 느끼지 않는 걸까? 아내에게 다른 남자가 있을 수도 있다는 생각은 안 해 봤어요?"

그는 거울 앞에 서서 머리를 빗다 순간 멈추고선 나를 가만히 바라본다. 거울을 통해 뒤에 앉아 있는 나를 한동안 들여다보면서 그는 진정한 악녀의 모습을 발견했을까? 나 역시 거울 속의 그를 똑바로 바라보았다. 그의 아내마저 한순간에 나쁜 여자로 만들어 버린 내 말을 듣고 그가 어떤 심적 동요를 일으킬지 무척 궁금하면서도 순간 약간의 후회마저 들었다. 하지만 전혀 내색하지 않은 채, 단지 그의 표정을 읽으려 애썼으나 평소와 다름없이 살짝 미소를 머금은 채 그는 이내 거울 속으로 다시 시선을 돌렸다.

"아내에게 남자가 있는지 없는지는 내게 관심사가 아니야."

그 역시 나를 능가하는 정말 나쁜 남자였다. 우린 그렇게 기 싸움을 하고 있었고, 서로의 뻔뻔스러움에 치를 떨면서도, 서로의 거침없는 성격을 분명히 알고 있으면서도, 서로에게 너무나 깊이 빠져 있어 좀처럼 헤어날 줄을 몰랐다.

"그래요, 당신이 떳떳하지 않은 이상 아내에게 애인이 있다 해도 절대 뭐라 할 순 없죠. 혹 애인이 있다고 해도 눈감아 주세요. 그래야 우리도 계속 만날 수 있을 거 아니에요?"

"그러는 넌? 남편에게 여자가 있을 것 같아?"

"음, 난 요즘 그런 생각까지 해요. 남편에게 애인이 하나 있으면 좋겠다는 생각이요."

"의외네. 왜 그런 생각까지 하는 거지?"

"내가 부인으로서 역할은 하고 있어도, 한 여자로서 줄 수 있는 에로스적인 사랑을 주지 못하잖아요. 당신이 내게 위로받고, 영감을 얻고, 행복감을 만끽하는 것처럼, 남편에게도 그런 존재가 있었으면 좋겠어요. 난 벌써 괜찮은 여자까지 점찍어 놨어요. 남편과 같이 일하는 한 이혼녀가 있는데 정말 천사같이 착하거든요. 남편을 잘 따르고 제게도 항상 살갑게 대해요. 남편에게 애인이 생긴다면 그 여자가 정말 괜찮겠다는 생각을 했었어요."

"가끔씩 느끼는 거지만, 넌 정말 특이한 애야. 널 이해하기가 힘들어."

"하지만 날 사랑하잖아요."

"그렇지, 널 이해하려 들지 않고, 바꾸려고도 하지 않아. 너의 그런 이상한 면까지도 난 모두 다 사랑해. 내게 오직 관심사는 네게 나 말고 다른 남자가 있느냐, 이것뿐이야."

난 여전히 거울 앞에 선 그의 뒤로 걸어가 뒤에서 몸을 밀착시키며 가볍게 끌어안았다.

"당신 말고 다른 남자가 있을 리가 없지. 아무리 천하의 나쁜 악녀라도 난 한 번에 한 남자만 만나."

"그런데 그 남자가 언제 바뀔지 모르는 거잖아?"

"당신이 싫어지면 언제든 얘기할게. 그러면 두말없이 물러나 줘."

"알겠어."

그는 뒤돌아서서 나를 꼭 끌어안으며 입을 맞춘다. 좀 전에 양치질을 한 그의 입에서 상쾌한 치약 냄새가 난다.

우리는 숙대 앞 국대 떡볶이로 가서 점심을 먹었다. 그는 어린아이 같은 내가 좋아하는 음식 역시 떡볶이, 라면, 햄버거, 자장면, 이런 음식이라는 것이 너무 우습다고 항상 말한다.

"넌 입맛도 역시 초딩이야. 오늘도 고작 먹고 싶은 게 떡볶이라니."

"난 떡볶이가 세상에서 제일 맛있어. 왜 집에서 만들면 이 맛이 절대 나지 않는 걸까?"

"그건 말이야, 미원을 아낌없이 퍼부어 봐."

"맞아, 미원. 어떤 음식이든 감칠맛이 확 들게 만드는 초강력 마법 재료 미원. 그거 알아요? 냉면 육수 만들려면 맹물에 미원 한 국자 푹 떠서 넣고 휘휘 저으면 된다던데."

"바보 아니니? 미원 하나로 어떻게 육수를 만들어? 넌 생각하는 것도 역시 초딩이야."

"물론 고기 육수로 만드는 건 알고 있어요. 하지만 싸구려 분식점에서는 다 그렇게 한다던데."

"네가 나중에 분식점 차리면 그렇게 한번 해 봐. 손님이 오나 안 오나."

국대 떡볶이에는 미원이 들어갔는지 안 들어갔는지 모르겠지만, 빨간

고추장 국물이 너무 맵지도 않고 참 맛있었다. 그 역시 떡볶이 국물을 마치 국 들이켜듯 계속해서 떠먹는 모습이 영락없는 어린아이 같다. 난 그런 아이 같은 모습이 마냥 사랑스럽기만 해서 떡볶이를 먹다가도 한참을 그를 바라보고 또 바라보고는 했다.

"당신은 날 만나서 얼마나 행복해요?"

"널 알게 된 건 내 인생에서 정말 큰 행운이지. 난 요즘 일에서도, 일상생활에서도 너로 인해 정말 많은 도움을 얻고 있어. 삶의 원천이라는 말 많이 하잖아? 요즘의 네 존재가 내게 그러해."

"역사적으로 많은 예술가, 문학가, 철학자들이 엄청나게 외도를 해 왔고, 그들의 연애, 사랑은 그들의 삶과 작품에 큰 영향을 주었어요. 한 여자에게만 만족할 수 없는 자유로운 영혼과 열정적인 사랑은 예술, 문학과 떼어 놓으려야 떼어 놓고 생각할 수가 없죠. 그 대가로 수많은 위인들이 매독으로 사망하긴 했지만."

항생제가 발명되기 전에는 치사율이 매우 높은 질병으로, 수많은 자유로운 영혼들의 목숨을 빼앗아가 버린 매독은 쾌락이 선물한 잔인한 형벌이었다.

"후대 사람들이 감상하고 즐기는 위대한 작품들 중 상당수는 외도의 산물이라는 건가? 우리의 외도는 또 어떤 위대한 산물을 낳게 될는지…"

"당신의 회사가 번창하고, 내 예술 활동에 영감을 주겠죠. 난 요즘 작업할 때 극도의 감정을 담아서 표현하게 돼요. 어쩔 땐 감정이 벅차올라 그림 그리면서 눈물을 흘리기도 한다니까요."

"난 네가 왜 그렇게 눈물이 많은지 모르겠어. 예술을 하는 사람은 원래 그렇게 감정적이고 눈물이 많아?"

"예술인이라서가 아니라 여자라서 그렇다는 게 사실 정답이에요. 여자들은 정말 눈물이 많아요. 정말 슬퍼서 울 때도 많지만 '난 지금 이렇게 슬프고 괴롭다'는 걸 보여 주기 위해서도 많이 울거든요. 남자들은 남들이 안 보는 데서 혼자 몰래 운다면, 여자들은 혼자일 때보다 훨씬 더 많이, 자주, 남 앞에서, 정확히 말하자면 연인 앞에서 눈물을 흘리지요."

"여자들은 참 가증스럽구나."

"그렇다고 애인 앞에서 흘리는 눈물이 거짓이라는 건 아니에요. 연기자도 아니고, 어떻게 눈물을 가짜로 만들어요? 저도 항상 진심으로 울었어요, 당신 앞에서."

"그래, 그럼 넌 왜 그렇게 나 때문에 자주 울고 힘들어하는 거지?"

"당신을 너무 사랑하고 언제나 소유하고 싶지만, 평생토록 당신을 가질 수 없죠. 당신의 몸도 마음도 다 내 것인 동시에 절대로 내 것이 아니에요. 당신 만나서 너무 행복하고 만족스럽지만 동시에 괴로운 마음 역시 너무나 커요. 소유욕, 질투, 죄책감, 불안감, 두려움 이런 수없이 많은 복잡한 감정들이 한데 뒤엉켜 나 자신을 너무 힘들게 해요. 그 힘든 심정과 괴로움이 당신한테 그대로 나타나고 고통의 눈물로 표현되는 거예요."

"날 만나서 그토록 괴롭고 힘들다면 이 만남을 계속할 이유가 없잖아?"

"그러면 당신은 나와 헤어질 수 있나요?"

"아니, 헤어질 수 없어."

그는 잠시 말을 멈추었다가 다시 이었다.

"사실 잘 모르겠어. 몇 년의 세월이 흐른다면 또 몰라도, 지금은 너와의 이별이 상상이 가지 않아. 너 없이 살 수 있을까? 물론 살 수는 있겠지만 참 힘들고 괴로울 것 같아. 당장은 이별을 말하지 말고 우리 이렇게 즐겁고 행복하게, 서로 잘 지내면 안 될까? 어쨌든 우리가 만남으로 해서 괴로움보다 기쁨이 더 큰 것은 사실이잖아."

"그래서 아직도 이렇게 그만두지를 못하고 있죠."

우리는 서로의 감정과 기분만을 이야기하고 있었다. 그 속에 거짓과 가식은 전혀 없었다. 하지만 우리가 처음부터 잊고 있었던 것이 있었다. 도덕과 윤리. 사회적인 법규와 질서 하에 인위적으로 만들어 놓은 규율의 위반. 그러나 난 규율과 법규보다 나의 감정이 더 중요했고, 사회보다는 개인이 중요했다. 지금이라도 난 진정으로 나만을 위해 살고 싶다. 진실로 나의 행복을 제일 먼저 추구하고 싶다. 그 앞에 다른 이들의 존재는 보이지 않았다. 그도 나와 같은 생각을 하고 있을까.

오랜만에 그와 하는 과천 산책이다. 겨울의 기운이 채 가시지 않은 3월의 초저녁은 아직도 쌀쌀하기만 하고, 사랑하는 이와의 시간은 더없이 따뜻하고 정겹기만 하다.

"당신의 두 번째 외도 상대에 대해 이야기해 봐요."

"넌 정말 집요하구나. 내 과거를 몽땅 다 알아야 되겠다는 말이지?"

"적어도 결혼 후 바람피운 여자들에 대해서는요. 어쨌든 저도 지금 당신과 외도를 하는 입장에서 다른 여자들과는 어땠는지, 그들도, 당신도, 어떤 마음이었고 행동이었는지 정말 궁금해요. 첫 번째와 세 번째에 대한 이야기는 이미 들었으니 두 번째 이야기를 할 차례예요."

"내가 이렇게 과거 여자들의 이야기를 해 줘도 되는지 모르겠어. 물론, 넌 그들이 누군지 모르고, 나도, 너도, 그들과 앞으로도 만날 일은 절대 없기에 그렇게 거리낄 것은 없다만, 그래도 한때 좋은 감정을 가지고 만난 사람들인데 이렇게 얘기해도 되는지 모르겠다."

하지만 난 세 번째 여자는 분명히 알고 있었다. 현재까지도 그의 직장에 몸담고 있는 가장 최근에 만났던 예전 애인.

"내가 원하잖아. 제발 얘기해 줘."

"과천에서 직장 생활을 하고 있을 때였어. 내가 갓 서른에 접어들었을 때였구나. 대학을 갓 졸업한 여자애가 회사에 입사를 했지."

"막 대학 졸업했다면 이십 대 초반이었겠네."

"전문대 졸업해서 당시 스물한 살이었으니 완전 어린애였지."

"저런, 아무것도 모르는 순진한 여자애를 꼬이다니."

"아니야, 내 말 들어 봐."

그는 역시 그녀의 이름도 알려 주었다. 눈이 크고 귀여운 인상이 호감 가는 아이였다. 학교를 졸업하고 이제 막 사회에 발을 디딘 이십 대 초반의 풋풋한 여대생. 나도 그런 시절이 있었지만, 그때는 마치 세상을 다 알 것만 같다. 학교 다니면서 연애도 할 만큼 해 봤고, 공부도 착실하게 하고, 열심히 앞만 보고 살아왔으니, 이젠 나 혼자 사회를 상대해 홀로서기를 해도 다 잘할 것만 같고 순조로이 될 것만 같은, 자신만만하고 철없는 그 시절이다.

"그 아이는 처음 봤을 때부터 내게 호감을 가지고 나를 잘 따랐으며 언제나 친밀감 있게 행동했었지. 나 역시 착하고 예쁜 어린 후배에게 호감을 느끼긴 했지만 절대 나쁜 생각을 하진 않았어. 생각해 봐, 난 이미 결혼한 데다 그 애와는 열 살 가까이 차이가 나는데 여자로 생각이 들기나 했겠니?"

"처음엔 그랬는데, 어쩌다 둘이 사귀게 된 거예요?"

"지금 생각해 보면, 역시 먼저 호감이 있었던 쪽은 그녀였던 것 같아. 난 결혼한 지 4년 차였고, 그동안 가끔씩 업소에 가서 직업여성들을 만나기는 했지만, 애인을 사귄 적은 한 번도 없었어. 첫 번째 외도 상대는 결혼하기 전에 만났던 거니까 엄밀히 말해 바람을 피운 것은 아니었지. 나 역시 내가 유부남으로서 애인을 사귀고, 누군가와 지속적으로 만나고 그러리라고는 꿈에도 생각하지 못했어."

그렇다. 결혼을 하면서 내가 앞으로 외도를 하겠다, 미리 생각하거나 결심하는 사람은 없을 것이다. 나 역시 살면서 내게 이런 일이 생기리라고 짐작이나 했을까? 난 무심하고 냉랭한 남편이라도 그 하나만 보고 내가 행복하다고, 만족스럽다고 착각하면서 평생을 잘 살 줄만 알았는데.

"처음 회사에 입사해 일을 배우게 되면, 많이 서투르고 수많은 시행착오를 겪게 되지. 그 과정에서 직장 선배들이 적지 않은 도움을 주고 그러면서 서로 많이 친밀해지게 되는 경우가 많아. 아마 직장 내에서 바람피우는 많은 남자들이 대부분 그렇게 시작되는 경우가 많을 거야. 회사에서 안정된 지위와 권력을 지닌 남자와 좀 더 불안정한 위치에서 그의 도움을 필요로 하는 젊은 여자와의 관계. 사실 나도 직장 생활을 오래 했지만, 그렇게 시작해 내연 관계가 되는 경우를 많이 봐 왔어."

"당신도 직장에서 여자를 만나 두 명이나 사귄 거잖아요."

"그래, 나도 그런 경우였지. 그러고 보니 결혼도 나의 첫 직장에서 만나서 했구나. 그런데 와이프는 나보다 어리긴 했지만, 오히려 직장 선배였지."

그의 결혼 스토리는 나도 이미 알고 있는 부분이었다.

"대부분의 남자들은 자신의 힘과 권력을 이용해 젊은 여자들을 유혹하고 차지하지만, 난 한 번도 그러진 않았어. 믿을지 모르겠지만, 난 항상 여자들이 먼저 다가왔지. 내가 먼저 여자에게 다가간 건 정말 내 평생 네가 처음이야. 예전에도 얘기했었지만, 먼저 다가가기엔 항상 용기가 부족했고, 내가 좋다고 다가오는 여자를 거절하기엔 마음이 약했어."

더 늦기 전에 자기가 진정으로 마음에 드는 여자에게 먼저 다가가고 싶었다는 그 말은 내가 그를 처음 만났을 때부터 들었던 말이었다. 어쩌면, 난 그 말에 모든 걸 내려놓고 그와 사랑에 빠져서 여기까지 왔는지도 모른다. 나를 좋아해 주는 사람, 나를 사랑해 주는 감정, 그러한 느낌과 거기서 얻는 행복은 모든 여자들의 로망이다. 설사 결혼을 했고, 나이를 먹고, 백발이 성성한 할머니라 할지라도.

"서로 도와가며 일도 열심히 하고 부서 내 회식도 자주 하고 술자리도 갖고 그렇게 즐겁게 직장 생활을 하던 어느 날, 저녁을 먹고 우린 방향이 같다는 이유로 택시를 함께 타게 되었어."

"어떤 상황이 펼쳐질지 벌써 상상이 되네그려."

"마치 영화 같은 장면이었어. 택시가 코너를 돌면서 급회전을 해서 기우뚱했는데 순간 그녀 몸이 내게 닿으며 손이 겹쳐진 거야."

"어우, 너무 오글거려서 내가 다 민망할 지경이네."

그는 왠지 얼굴에 생기가 돌며 무척 즐거워 보였다. 벌써 십 년도 지난 젊은 시절을 이야기하며 그는 몸도 마음도 그때로 돌아간 것같이 보

불륜 일기

인다. 마치 자신이 로맨스 영화의 주인공이라도 된 것 같은 착각에 빠져든 것일까?

"두 사람의 손이 겹쳐졌는데 아무도 손을 빼려 하지 않았지. 우린 그 상태로 서로 가만히 있었고, 한참 후 어느새 손을 맞잡고 있었어."

"이건 완전 영화 연인의 한 장면인데요."

영화 '연인'을 보면 어린 소녀와 중국인 대부호 청년은 자동차 안에 나란히 앉은 채, 서로의 손이 닿게 되며 그렇게 감정의 교류가 일어나고 이내 서로를 간절히 원하게 된다. 진정한 연애는 바로 서로의 신체가 닿는 점에서부터 출발한다. 그중에서도 가장 민감하고 직접적인 감정을 전달해 주는 부위가 손이다. 손을 맞잡는다는 것은 서로의 마음이 통했다는 것을 직접적으로 의미한다. 그 마음이 고마움이든, 존경이든, 단순한 호감이든 아니면 불현듯 일어나는 사랑의 감정이든.

그와 내가 처음 손을 잡은 날은 그리 로맨틱하지 않았다. 우린 어둡고 좁은 일본식 주점에서 술을 마셨고 그는 상당히 취한 상태였다. 그는 술잔을 든 채, 종종 말없이 나를 뚫어져라 바라보곤 했다. 상대방의 눈을 깊숙이 들여다보는 시선 역시 신체 접촉의 연장성과도 같다. 그의 눈빛은 강렬하면서도 몽롱했고, 내 폐부까지 깊숙이 들여다보며 샅샅이 훑는 듯한 기분이 들었다. 나는 그때 이미 그가 날 간절히 원한다는 사실을 분명히 알고 있었던 것 같다. 손 한번 잡지 않은 상태에서 우린 그렇게 서로를 바라보고 또 바라보았고, 서로의 몸과 마음을 남김없이 훑고 뜨겁게 어루만졌다.

"당신이 처음 내 손을 잡았던 때가 기억나요. 술을 마신 후 밖으로 나와서 갑자기 내 손을 덥석 붙잡았고 전 매몰차게 뿌리쳤었지요."

"그랬었지. 그땐 난 정말 상심했었어. 술집에서 함께 있었을 때 서로를 바라보며 분명히 우린 서로 마음이 통했고, 너도 나와 같은 감정을 느꼈을 거라고 생각했었는데, 네가 너무 강하게 거부하면서 손을 뿌리치니까 적잖이 당황하면서 절망감마저 느꼈던 거지."

"마음으로는 당신을 원하면서도 몸으로는 이래선 안 된다는 걸 알았기 때문에 그랬을 거예요. 하지만 결국은 내 마음이 가는 대로 하게 되었죠. 그 일 이후로 당신을 또 만났으니까요."

"그래, 비 오는 날이었지? 그날은 내가 네게 키스를 하려다가 또 거절당했지."

"맞아요. 당신이 자주 간다는 그 벤치에서였죠. 하지만 헤어지기 직전에 결국 우린 키스를 하게 되었고요."

"모든 건, 결국 그렇게 스킨십에서 시작되는 것 같아. 그날 그 여자애와 함께 탔던 택시에서도 그랬어. 둘 다 손이 닿았음에도 어느 누구도 빼지 않았던 손, 그리고 결국 그렇게 시작된 만남. 택시에서 내리자 그녀는 자기가 사는 원룸이라고 손짓을 하며 커피 한잔 마시고 가라고 권유했지."

"물론 커피만 먹고 갈 생각은 아니었겠지요."

"글쎄, 그때까지도 난 내 생각을 잘 몰랐나 봐. 그냥 조금은 불안한 마음으로 엉거주춤 그녀를 따라 들어갔어. 하지만 솔직히 한밤중에 젊은 여자 혼자 사는 자취방에 따라 들어가며 정말 아무 생각도 하지 않는 남자는 이 세상에 단 한 명도 없겠지."

"물론 그날 둘은 섹스를 했겠지요."

"그래, 거기서 난 그녀와 잠자리를 했고, 그 이후로 우리의 만남은 시작되었어. 직장 내에서 함께 일을 하고, 업무가 끝나면 아무도 모르게 단둘이 만나고 그녀의 자취방으로 향하는 일이 반복되었지. 휴일 날, 아내와 심하게 다투고 나와서 그 애 집을 찾아가 종일 TV를 보고 밥을 먹고 섹스도 하고 그런 날들도 많았어. 업무를 보다가도 욕구가 미칠 듯이 일어날 때는 회사 내 창고나 체육관 탈의실에 들어가서 격렬한 섹스를 하기도 했다. 지금 생각하면 부끄럽기도 하고 내가 왜 그랬나 싶기도 해. 그땐 젊어서 그랬는지 막무가내였고 눈에 보이는 것도 없었어. 섹스가 하고 싶으면 반드시 해야 했지. 어쩌면 그 애한테 너무 미안해. 내 성욕을 채

우려고 그녀를 만난 것은 사실이니까."

"미안해하지 마. 그 여자도 똑같이 즐기려고, 철저히 성욕을 채우기 위해 당신을 만났을 거야."

그는 희미하게 미소 지으며 날 내려다보았다. 과천의 달빛 아래 어렴풋이 반사된 그의 모습이 참 거대하고 위압감 있어 보인다. 그는 진정한 악녀의 모습을 한 자신의 애인을 바라보고 또 바라보았다.

"그 애와의 만남은 2년 가까이 지속되었어. 한 직장 내에서 매일 얼굴보고, 업무도 도와가면서 잘해 나가고, 직장 내 동료들과도 다 같이 잘 어울리며 남몰래 둘이 또 만나고, 그렇게 평화롭게 지내던 어느 날, 그녀가 갑자기 돌발적인 행동을 해서 나를 놀라게 한 적이 있었지."

"뭔데요? 이번에도 부모님을 찾아갔나요?"

"그건 아니고 내 와이프한테 이메일을 보낸 거야."

"당신 아내의 이메일 주소를 어떻게 알았을까요?"

"그건 나도 모르겠어. 하루는 아내가 이상한 편지가 왔다며 내게 보여주었지."

"어떤 내용이었나요?"

"거기엔 짧은 몇 마디 문장뿐이었어. '당신 남편의 실체에 대해 알고 있나요? 당신의 남편은 지금 당신을 철저히 기만하는 행동을 하고 있어요. 지금이라도 똑바로 현실을 직시하길 바랍니다. 당신을 잘 아는 어떤 이로부터.'"

"흠, 좀 애매모호한 표현이기는 하지만 충분히 추측할 수 있는 내용이네요."

"그렇지? 그런데 이상한 건 이번에도 아내는 대수롭지 않게 넘어갔어. 어떤 정신 나간 사람이 쓴 이상한 스팸메일 같은 거라고 치부해 버리더라고."

생각할수록 그의 아내의 행동은 납득이 되지 않는 점이 많다. 결혼 전 외도를 한 사실을 알고도 혼인을 강행한 부분에서부터 남편의 외도 사실을 암시하는 내용의 편지까지 대수롭지 않게 넘어가 버리는 행동이라니. 아내는 과연 그를 사랑하기나 하는 걸까? 아니면 너무 사랑해서 그의 모든 잘못과 나쁜 행동들을 전부 다 눈감아 주려고 작정한 것일까?

"그 여자애는 왜 그런 행동을 했을까요?"

"난 그 애가 날 정말로 좋아했었다고 생각해. 물론 내 감정은 그게 아니었고. 오랜 기간 지속적으로 만나고 관계를 맺긴 했지만 내 마음까지 잡을 수는 없으니까 화가 나서 홧김에 돌발적인 행동을 했던 거라고 난 이해를 했어."

"그리고 둘은 끝났나요?"

"아니, 그 애는 자신의 잘못을 빌었고 아내는 그렇게 넘어갔고 난 그 애를 용서하고 그 이후에도 여전히 만났지."

"정말 이상한 세 사람이네요."

그의 주위에는 정신병자 같은 여자들이 참 많다. 한 달 후면 결혼할 남자를 꼬여서 잠자리를 가진 뒤 그걸 빌미로 협박을 하는 첫 번째 여자, 유부남 애인의 마음을 가질 수 없다고 해서 아내에게 편지까지 보내는 두 번째 여자, 애인 관계가 끝났음에도 여전히 옛 연인의 회사에서 직장생활을 천연덕스럽게 하고 있는 세 번째 여자, 그리고 이 모든 사실을 알고 있으면서도 전부 눈감아 주는 이상한 아내, 그리고 남편과 아이가 있음에도 역시 유부남인 그에게 빠져 사랑을 고백하고 사랑을 갈구하는, 세상에서 가장 멍청하고 사이코 같은 나 자신.

"하루는 그 애가 퇴근하고 선을 보러 나간다고 한 날이 있었어. 유부남인 나만 만나고 결혼도 안 하고 살 수는 없으니까. 예쁘게 차려입고 곱게 화장한 모습으로 남자를 만나러 간다고 말하는 그녀를 끌고, 난 회사 내 창고 으슥한 곳으로 가서 미친 듯이 섹스를 했지. 가장 후회되고 지금 생각해도 부끄러운, 바보 같은 짓이었어."

"여자에겐 아주 불쾌했을 수도 있었겠네요."

"그 아이는 그 어느 때보다 더 강렬한 반응을 보이며 내게 집착하고 격렬한 섹스를 나누었어. 그게 마지막이었지. 그 애는 선에서 만난 남자와 곧 결혼을 했고, 남편을 따라 미국으로 떠났어."

"깔끔한 마무리네요."

"난 결혼 후 두 명의 애인을 만났었고 그들이 결혼까지 하는 모습을 지켜봤었다. 두 명 결혼식에도 모두 참석했고, 진심으로 그들의 행복을 빌며 그렇게 좋은 마음으로 떠나보냈어."

"고이 키워서 시집보낸다, 이건가요? 온갖 섹스 스킬과 희열, 쾌락을 다 전수해 주고? 참 대단한 성인군자 납셨네."

"넌 이해할지 모르겠지만, 그들에 대한 내 감정이 분명 사랑이 아니었을지라도, 난 그들에게 항상 미안한 마음과 함께 고마운 마음이 남아 있는 건 사실이야."

"뭐가 그렇게 고마운 건데요?"

그는 가끔 옛 연인들을 언급하며 고마움이 크다는 말을 하곤 했다. 난 그의 말이 도무지 이해가 가지 않았다.

"결혼까지 한 나를 처녀인 그들이 진정으로 좋아해 줬다는 것, 그리고 내가 외롭고 힘들고 여자를 필요로 했을 때 내 곁에 변함없이 있어 줬다는 것, 많은 시간이 흘렀어도 가끔 돌이켜 보면 어렴풋이 미소 지을 수 있는 좋은 추억과 행복한 기억을 선사해 줬다는 것."

난 왠지 모를 질투심과 분노에 휩싸여 어이가 없다는 듯이 신경질적인 웃음을 터뜨렸다.

"그들이 당신을 진짜 사랑해서 그렇게 오랜 시간 만났을 것 같아? 그들 역시 당신과 다르지 않아. 유부남 애인 만나면서 단순히 즐겁고 재미있었을 뿐이라고. 성욕을 채우기 위해 그들 역시 당신을 이용한 것이라고는 생각 안 해?"

"설사 그렇다 해도 난 상관없어. 그런데 넌 왜 항상 그렇게 다른 여자들에 대해 나쁘게 얘기하지? 나에 대한 감정이 너만 사랑이고, 그들은 사랑이 아니라는 거야?"

"그럼, 당신은 분명히 그들을 사랑하지 않았다고 확신하면서 그녀들이 당신을 사랑했다고 어떻게 말할 수 있지? 내 감정은 그렇지 않았지만, 그들은 날 분명 사랑했다, 이렇게 생각하면 왠지 모르게 속이 편해?"

"그건 아니야."

"당신 날 사랑한다고 만날 얘기하잖아. 그녀들은 분명히 사랑이 아니었다고. 나와 그녀들의 차이가 뭐지?"

"넌…"

그는 잠시 말을 멈추고 한숨을 내쉬었다.

"내가 이렇게 누군가의 생각을 자주 하고 문득문득 떠올리는 건 처음 있는 일이야. 그동안 내게 여자는 섹스 상대, 또는 함께 즐겁게 시간을 보내고 즐길 수 있는 상대 그 이상도 그 이하도 아니었어. 하지만 넌 달라. 넌 내게 하루 중 많은 시간을 생각나게 하고 그리워하게 하는 최초의 여자야. 좀처럼 여자의 요구를 들어주지 않고, 내 이기심에 내 마음대로 했던 행동들도 당신 만나면서 많이 달라졌어. 알잖아, 네가 내게 마구 독설을 내뱉고 상처를 줘도 난 항상 네 곁에 이렇게 있잖아."

그가 만난 과거의 연인들은 나처럼 나쁜 여자가 아니었을 것이다. 어쩌다가 사랑에 빠진 상대가 운 나쁘게도 결혼한 남자였을 뿐. 그리고 그 남자의 사랑을 받지 못해 불행했던 것일 뿐. 그들은 이제 각자의 배우자를 만나서 행복하게 잘 살고 있겠지. 그렇다면 난?

"넌 내가 만났던 여자들하고 정말 달라. 무엇보다 넌 이미 결혼한 여자지. 내가 살면서 유부녀를 만나고 사랑하게 될 줄은 꿈에도 몰랐어. 내가 좋다는 처녀들을 만나면서도 어차피 그 만남이 끝이 있다는 사실은 처음부터 알고 시작했지. 그들이 언젠가는 다른 남자를 만나 나를 미련 없이 떠날 거라는 걸 알고 있었어. 하지만 넌? 넌 내가 처음 만났을 때부터 남편이 있는 기혼녀였어. 이걸 어쩌면 좋지? 넌 이미 처음부터 돌아갈 데가 있었으면서도 동시에 날 떠나서 갈 데가 없어. 우린 동등한 입장이야. 너한테 미안하지는 않아. 단지 널 많이 사랑하고, 정말 마음 아프고 괴롭지만, 너와 언제까지나 함께하고 싶은 마음뿐이야."

그의 마음은 나와 완전히 같았다. 나 역시 그에게 미안하지 않다. 단지 사랑할 뿐. 그리고 언제까지나 그를 놓아주고 싶지 않을 뿐. 하지만 우린 그렇게 많은 얘기를 나누고 다시금 각자의 집으로 향해 아쉬운 이별을 고해야만 한다.

"이젠 네게 더 이상 과거 이야기를 하지 않겠어. 네가 궁금해하고 간절히 듣기를 원해서 했던 이야기들이 우리의 발목을 잡고 다툼의 원인이 되는 걸 원치 않아. 그냥 사이좋게, 서로 많이 사랑하면서 지금처럼 문제없이 잘 지내면 안 될까? 넌 내게 아주 소중한 사람이고, 우리의 만남, 이렇게 함께 보내는 소중한 시간들은 세월이 흐르고 우리가 나이를 한참 먹고 난 후에도 행복하고 소중한 추억으로 남아 있을 거야. 너와는 후회 없이, 한 치 부끄러움도 없이 좋은 기억들만 갖고 가고 싶어. 그래서 지금처럼 진정으로 사랑하고, 또 내 감정을 절대 속이지 않으려고 하는 것뿐이야."

"나도 내 감정을 속이려고 하지 않아요. 난 세상에 태어나서 이토록 내 감정이 이끄는 대로 더 이상 진솔하게 행동해 본 적이 없어. 지금 이 순간, 후회 없이 사랑에 충실하고 싶은 마음뿐이고."

"나 역시 그래. 그래서 이렇게 사랑을 말하고 표현하잖아. 네게만. 태어나 정말 처음으로."

"당신을 이토록 사랑하고, 앞으로도 사랑할 사람은 이 세상에 나 하나뿐일 거예요."

"나도 알아."

희미한 달빛 아래 내 곁에 선 그가 왠지 멀어 보인다.

그를 만난 지도 일 년이 다 되어 간다. 그동안 나는 정말 많은 것이 변했다. 결혼한 사람이 외도를 하는 일이 세상에서 가장 끔찍하고 혐오스러운 것이라 생각했던 내가 외도를 하는 주체가 되어 버렸다. 다른 여자의 남편인 그를 진심으로 사랑하게 되어 자나 깨나 그의 생각을 하고, 그 없이는 살아가기조차 힘든 삶이 되어 버렸다. 섹스의 즐거움과 쾌락의 기쁨에 깊이 빠져 그를 만날 때마다 섹스를 요구하고, 그 형언할 수 없는 행복의 극치를 맛보게 되었다. 나의 변화된 모습을 주위 사람들이 조금씩 알아차리는 것 같다. 내가 어떤 행동을 하는지는 몰라도 나의 분위기와 성격이 많이 달라졌다는 이야기들을 하곤 한다. 내 변화를 모르는 사람은 세상에 단 한 사람, 바로 남편일 뿐이다.

"나 요즘, 유혹을 많이 받아요."

난 자랑삼아 그에게 떠보듯이 말해 보았다.

"무슨 말이야?"

"사실, 요새 들어 갑자기 남자들이 내게 관심을 보여요."

그 말은 거짓이 아니었다. 동창들, 어릴 적 친구들이 요사이 내게 부쩍 관심을 가지고 연락을 자주 하고, 심지어는 대놓고 접근을 하는 친구들도 많아졌다. 얼마 전에는 학교의 주임 교수가 술을 마시자고 제의를 해왔다. 그 교수를 4년째 알고 지내왔지만, 함께 술자리를 하자는 말은 처음이었다. 결혼을 한 이후, 유혹을 받았던 적이 전혀 없지는 않았다. 하지만 근래 들어 갑자기 그 빈도수가 크게 증가했다. 그것도 그를 만나고 연애하는 근 일 년 동안.

30대 후반이 되어 친구들도 권태기에 접어들었다. 그중엔 부인을 전혀 사랑하지 않는다는 친구도 있고, 틈날 때마다 성매매 업소에 간다는 친구도 있고, 아내와 자녀들을 유학 보내고 아주 오랜 기간 기러기 아빠 생활을 하는 친구도 있었다. 그중 어느 누구도 자신의 외로움을 굳이 숨기려 들지 않았다. 아니, 자신의 외로움과 고독을 무기 삼아 오히려 적극적으로 나서는 이들이 많았다. 아내에게서 채워지지 않는 허전함, 섹스에서의 불만족, 중년의 외로움이 나를 사랑해 주고, 내가 사랑할 수 있는 애인에 대한 참을 수 없는 갈망을 만든다. 많은 이들이 단지 성적인 욕구에서만이 아니라 감정적으로 위로받고 안식을 찾을 수 있는 애인을 만들고자하는 바람이 크다. 결혼한 지 십여 년이 되어서, 또 내가 막상 그 입장이되고 나서, 이제야 결혼의 실태와 엄청나게 행해지는 외도의 현실을 직시하고는 난 놀랄 수밖에 없었다. 왜 이렇게 많은 기혼자들이 외로워하고배우자가 아닌 다른 상대에게서 사랑을 갈구하는가? 정말로 이러한 현실이 비일비재하고 일반적이기까지 한 것인가?

"며칠 전에도 나, 아는 동생한테서 사귀자는 얘길 들었어요."

"그 동생이라는 놈은 결혼했고?"

"기러기 아빠예요. 아내와 딸은 뉴욕에 있고요."

"완전 미친놈이네. 돈 벌어서 열심히 가족한테나 보내 주지, 어디서 바람이나 피울 생각을 하고."

자신이 하면 로맨스, 남이 하면 천하의 나쁜 불륜이라고, 그가 다른 사람을 맹렬히 비난하는 모습이 사뭇 우습고 재미있기만 하다. 자신이 그런입장인 처지에, 다른 사람을 감히 욕할 수 있을까? 아니, 내가 어떤 인간이든지 간에 불륜을 하는 모든 타인은 마음껏 욕해도 된다. 세상의 모든불륜 남녀는 죽일 만큼 나쁘기에. 욕하고 비난하지 않는 사람은 이 순간더 이상하게 보일 수 있기에. 나 역시 남편과 함께 '사랑과 전쟁'을 보면서일부러 더 흥분하며 욕을 하고 마음껏 비웃는 것처럼.

"예전부터 알고 지낸 친한 동생한테 사귀자는 말을 들으니 기분이 이상

하더군요."

"너 지금 자랑하는 거니?"

그렇다. 난 애인의 마음을 떠보기 위해, 그의 질투심을 유발하기 위해 은근히 자랑삼아 이야기하고 있었다.

'누나, 예전부터 누나한테 마음이 있었어. 나 만나면 안 돼?'

나보다 어린 멋지고 매력적인 남자에게서 듣는 직설적인 구애의 말은 낭만적이기까지 했다. 순간 마음이 설렌 것도 사실이었다.

'나 말고도 많은 남자들이 널 많이 좋아하는 거 알고 있니?'

20여 년을 알고 지낸 허물없는 친구가 갑작스레 하는 말에 적잖이 당황하면서도 난 그 순간을 은근히 즐기며 친구에게 당당하게 거절을 표했다. 마치 교미 상대를 선택하고 결정 내릴 수 있는 무한 권한을 지닌 암컷처럼. 동물의 세계에서는 암컷이 교미 상대를 선택하고 고를 수 있는 일이 매우 흔하다. 수컷들은 오직 암컷에게 선택받기 위해 화려한 몸놀림을 선보이고, 예쁘게 치장을 하고, 고운 목소리로 밤낮없이 울어댄다. 인간의 세계에서 그 중심에 지금 내가 있는 기분이다. 물론 난 이미 교미 상대가 있기에 더 이상의 수컷은 필요로 하지 않았지만.

난 눈에 띌 정도로 매우 아름답거나, 예쁜 얼굴은 아니라고 생각한다. 날씬하고 호리호리한 몸매가 나이답지 않게 젊어 보이는 요인으로 작용하기는 했다. 아마도 난 외모보다도 다른 많은 면으로 남자들의 주목을 받아온 것으로 생각한다. 섹시함은 의지다, 라는 말이 다시금 생각난다. 아름다움, 섹시함, 매력, 귀여움, 이런 것을 좌우하는 것은 단지 외모의 문제가 아니라 본인의 의지라는 것이다. 비싼 옷, 값진 향수, 화려한 보석, 명품 백, 이런 것들이 남자들에게는 전혀 어필하지 않는다는 것을 나는 이미 오래전에 분명히 간파했었다. 난 남자들 앞에서 매력적으로 보이기 위해 항상 노력해 왔었다. 내가 뛰어나게 아름답지 않기에, 더욱 아름답게 보이기 위해 내 의지를 아낌없이 분출했다고 하는 말이 맞겠다.

여자의 강력한 무기인 섹시함은 섹스를 하고자 하는 강렬한 의지의 산물이다. 난 요근래 나의 애인을 만나고 사랑에 깊이 빠지고 뒤늦게 성에 눈뜨고 섹스의 무한한 즐거움을 비로소 알게 되었다. 그런 내게 열정적인 사랑의 기운, 섹스에 대한 의지와 욕망의 아우라가 온몸으로 전해지며 다른 이에게 거부할 수 없는 섹시함으로 강렬하게 어필하는 것이다. 그렇기에 난 번식기에 접어든 암컷처럼 교미의 기운을 풍기며 어디를 가나, 일에서건 모임에서건 많은 남성들의 관심과 시선을 끌게 되었다.

"난 네가 딴 놈에게 갈까 봐 불안해. 날 버리고 언제든 떠날 것 같아."

"지금은 당신을 많이 사랑하니까 그럴 일은 없어요. 당신은 이미 날 차지한 수컷이잖아요."

"이번 번식기가 끝나고 또 다른 번식기가 시작되면 다른 수컷을 찾아 떠나겠지."

"당신과 나는 짐승이 아니잖아. 우린 지금처럼 계속 서로 사랑하고 서로만을 원할 거야."

인간을 제외한 동물의 세계에서 단 하나의 배우자만을 바라보고 살아가는 경우는 거의 없다고 해도 무방하다. 4천여 종이 넘는 포유류의 세계에서 일부일처제를 유지하고 살아가는 종이 채 십여 종밖에 되지 않는다는 학계의 연구 조사가 이를 뒷받침한다. 인간은 다른 동물들과 달리 원칙적으로 일부일처제를 유지하고 평생을 단 한 명의 배우자와 함께 살아간다. 하지만 실제로 그럴까? 사회의 규율과 법규 아래 통제되어있는 상태에서 더욱더 자신의 배우자가 아닌, 낯선 이성과의 관계에 목말라 있지는 않을까?

실제로 많은 남성들이 바람을 피우는 현실에서, 외도는 남성에게 일반적이고 쉬운 일처럼 보이지만 사실 외도는 여자에게 더 쉬운 일이다. 남성이 처음 본 여자에게 섹스를 요구하면 이뤄질 확률이 극히 희박하지만, 여성이 처음 본 남자에게 섹스를 요구한다면? 아마도 성공률이 매우 높을 것이다. 많은 남자들은 아름답고 현명한, 가정에 충실한 아내를 두고도 그보다도 훨씬 못한, 낯선 여자의 성적 요구에 선뜻 응할 확률이 높다.

외도는 마음만 먹으면 여자에게 훨씬 쉬운 일이다. 그리고 외도는 또 다른 외도를 낳는다. 현재 남편을 두고도, 사랑하는 애인을 두고도, 마음만 먹으면 언제든 또 다른 남자를 만날 수 있는 건 나 역시 마찬가지다. 일에서 만난 사람이건, 어릴 적 친구이건, 그러한 가능성은 내게 항상 열려 있는 듯이 보이며, 마음만 먹으면 당장이라도 실현 가능한 듯이 보인다.

인간 사회에 오랫동안 통념과 순리처럼 여겨져 온 일부일처제는 사실 인간 근원의 본능에 위배되는 부자연스럽고 억지스러운 제도일지도 모른다. 본능적으로 남성은 자신의 씨를 더 많은 이성에게 뿌리도록, 그리고 여성은 더 강한 씨를 받아들여 우월한 유전자를 지닌 2세를 잉태하고자 하는 욕구가 내재되어 있다. 포유류를 상대로 조사한 학계 연구에서도, 실제로 일부일처제로 알려진 몇 안 되는 종에서 DNA 검사 결과, 혼외 자식의 경우는 흔하게 발견되었다.

사회의 패러다임은 끊임없이 변화한다. 여성의 혼전 순결이 필수 요소처럼 여겨지고, 혼전 임신을 죄악시하던 시대가 분명히 있었다. 혈통과 지위를 중시하는 집안의 딸이 비밀리에 연애를 하거나 임신이라도 하게 되면 가족에 의해, 특히 아버지나 오빠 같은 철저히 남성 위주의 가족들에 의해, 집안에 수치를 안긴 대가로 끔찍하게 살인을 당하게 되고, 그러한 가족에 의한 명예살인이 법으로도 처벌받지 않는 이해할 수 없는 현실이 아직도 이슬람권 몇몇 나라에서는 버젓이 행해지고 있다. 남성의 강간에 대해서는 관대하면서도 여성의 순결과 연애에 대해서는 너무나도 혹독한, 명백한 이중 잣대를 보이는 국가도 참 많다. 패러다임은 시대에 따라, 지역에 따라 크고 작은 차이를 보이며 계속 변화할 것이다.

외도에 대한 사회의 패러다임도 결국엔 바뀌게 되는 때가 올까? 아주 오랜 시간이 흐를지라도 그것이 바뀌기는 좀처럼 쉽지 않아 보인다. 무엇

불륜 일기

보다 외도는 인간의 최소 사회집단, 즉 가족이라는 근간을 송두리째 흔드는 위험한 행위이다. 하지만 난 언젠가는 외도, 불륜에 대한 패러다임도 분명히 변화가 있을 것이라고 생각한다. 패러다임, 법규, 질서, 사회 이 모든 것을 논하기에 앞서 너무나도 많은 불륜이 이 사회에서 벌어지고 있는 것이 사실이니까. 나와 그 역시 그 안에 있다. 주위의 얼마나 많은 내 이웃, 내 친구, 내 동료들이 나와 같은 현실에 있을지 갑자기 궁금해지기 시작한다.

"네가 매력적인 건 알겠는데, 넌 내 애인이고 나만 사귀는 거야. 오랜 친구라도, 허물없는 동료라도, 조금은 자제하고 너무 자주 만나거나 친밀하게 지내지 말도록 해."

외도를 하는 주체로서 또 다른 외도를 금하고 다른 이와의 만남을 경계한다.

"알겠어요. 당신 말고 남자들은 일적으로라도 되도록 안 만나도록 할게요. 늦은 시간 얼굴 보거나 술자리도 최대한 피할 테니 걱정 말아요."

인간에게는 동물과 달리 번식기가 없다. 특정한 때만 교미를 하지도 않는다. 일 년 열두 달 매일 성욕이 일 수도 그 반대일 수도 있다. 번식을 위해 꼭 교미해야 하는 동물과 달리 인간은 원치 않으면 섹스하지 않으면 그만이다. 날 사랑해주는 다정한 애인을 비롯해 교미의 기회를 호시탐탐 노리는 수많은 수컷들이 내 주위에 존재한다. 또 지금이라도 모든 것을 버리고 예전처럼 철저한 외로움과 고독의 시간으로 돌아갈 수도 있다. 완전히 다른 문양을 지닌 두 면을 가진 한 장의 카드. 난 그 카드의 어느 쪽을 위로 올려놓을 것인가.

A71. **2014. 3. 21. 금**

"**역시** 섹스와 환상의 궁합은 치맥이라니까."

한바탕 격렬한 섹스를 끝낸 후, 치킨과 맥주를 즐기며 우린 모텔 방 안 침대에서 마음껏 뒹굴고 있었다. 평소엔 상상도 못 할 침대에서의 식사. 집에서라면 아이들이 침대에 과자 부스러기 한 조각 흘리기만 해도 질색을 하고 잔소리를 해댔을 것이다. 하지만 이곳에서는 눈처럼 하얀 침대 시트에 치킨 기름이 묻고 맥주가 튀었어도 우린 전혀 아랑곳하지 않았다.

"난 항상 침대에서 마음껏 음식을 먹고 종일 뒹굴거리는 걸 꿈꿨어요. 한 번쯤은 꼭 해 보고 싶었던 거거든요."

"그래서 이렇게 누워서 '시체 놀이' 하고 있으니 좋아?"

"정말 천국이에요."

그는 완전히 벌거벗은 채 드러누워 입만 떡 벌리고 있는 내게 닭고기를 찢어 넣어 주고, 맥주를 한 모금 머금고 입에 부어 주기까지 한다. 난 그의 입술과 혀를 거세게 흡입하며 꿀꺽꿀꺽 맛있게 맥주를 넘겼다.

"꿀맛이에요. 무슨 사막에서 며칠 아무것도 못 먹고 못 마시다 가슴까지 시원한 오아시스 샘물이라도 들이켜는 기분인데요."

"이렇게 먹으니까 더 맛있는 것 같아?"

그는 몇 번이고 맥주를 입에 넣어 준다. 나는 마치 세상에서 가장 귀한 약수를 받아 마시는 것처럼 그의 목을 꼭 끌어안고 한 방울도 남김없이 받아먹으며 그의 입술, 혀, 잇몸, 치아 구석구석을 훑고, 흡입하고, 음미했다.

"가끔 생각하는 건데 이런 모텔 방에 CCTV가 있다는 생각 안 해 봤어요?"

불륜 일기

"한 번도 안 해 봤어. 모텔에 그런 게 있으면 말이 안 되지 않나?"

"나 사실 얼마 전 너무 보고 싶은 영화가 있어서 불법 영화 사이트를 검색하다가 제목을 잘못 입력했는데 갑자기 음란 동영상들 목록이 막 뜨는 거예요."

"이른바 야동이라고 하지. 남자들은 안 보는 사람이 거의 없다고 보면 돼."

"맞아요, 야동. 전 그런 거 한 번도 본 적 없는데 제목만 보고도 깜짝 놀랐어요."

"어떤 제목이었는데?"

"신사동 장미여관 섹스 동영상, 여의도 한강시민공원 벤치 섹스 동영상, 이대 09학번 김 모 양 섹스 동영상, 이런 식으로 제목이 너무 구체적이고 적나라한 거예요."

사람들은 작위적인 연출과 설정에 점점 더 싫증을 내고 무감각해진다. 한마디로, 포르노 영화보다도 실제 상황이 더 자극적이고 쾌감이 온다는 것이다. 그것도 내가 아는 장소, 주변인, 친숙한 환경이라면 더욱더.

"그것조차도 연출이 아닐까? 예를 들면 장미여관이나 시민공원에 일부러 남녀 에로 배우들을 데리고 와서 찍었다거나 해서 말이지."

"그럴 수도 있겠지만 이대 무슨 과, 몇 학번에 이름까지 다 나온 여자애 섹스 동영상은 정말 충격이었어요. 그게 진짜라면 그 애는 너무 불쌍하잖아요."

그뿐이 아니었다. 무슨 학습지 어디 지국의 방문 교사 섹스 동영상에서부터 무슨 고등학교 수학 교사의 섹스 동영상까지, 구체적인 직장명과 실명까지 나온 음란 자료들은 한마디로 충격이었다. 물론 그 내용은 보지 못했지만, 제목이 너무 구체적이고 적나라해서 과연 실제일지, 그의 말대로 그조차도 설정일지 궁금했다. 나와 그도 회사 대표와 화가의 불륜이라는 제목으로 나도 모르는 사이에 음란 사이트에서 동영상이 돌지도 모른다고 생각하니 갑자기 소름이 끼치며 걱정이 밀려왔다.

"음, 우리 다음부턴 반드시 불을 끄고 하자."

그는 벌떡 일어나 스텐드의 작은 조명만 남기고 방 안의 불을 모두 꺼버렸다.

"이미 홀딱 벗은 채 흉측하게 치킨과 맥주를 뜯고 마시는 우리 모습이 다 녹화되었을 수도 있어요."

"그럼 이렇게 제목이 뜨지 않을까? 모텔 치맥 남녀."

그와 나는 환한 불빛 아래서 섹스하는 것을 좋아한다. 서로의 표정을 하나도 놓치지 않고, 서로의 몸을 마음껏 보고 느끼고 탐닉하며, 눈부시게 환한 조명 아래 나누는 모든 몸짓은 우리에겐 그 자체로 영화이고 예술이었다.

잠시 후, 우린 비좁은 욕조 안에 함께 들어가 있었다.

"이렇게 작은 욕조 안에 우리 두 사람이 같이 들어갈 수 있다는 게 너무 신기하지 않니?"

"난 몸집이 작고 유연하잖아요. 당신, 나 말고는 이런 거 하기 어려울걸."

그의 앞에 앉아 바싹 기댄 채, 그의 두 다리를 내 허리에 감싸 안고 우린 최대한 몸을 밀착시킨 채 뜨거운 욕조 안에 한동안 그대로 있었다. 그의 성기가 내 엉덩이에 닿는 것이 느껴졌다. 지금은 마치 물을 머금은 해면처럼 더없이 말랑말랑하고 부드럽기만 하다. 몸을 돌리고 그의 것을 살며시 어루만지니 내 손 안에서 마치 아기들이 갖고 노는 부드러운 실리콘 장난감처럼 이리저리 움직인다.

"나, 당신 것이 너무 좋아요. 지금은 이렇게 작고 귀엽다가도 흥분하면 아플 정도로 힘차게 돌진하잖아요."

"내 것을 만지며 귀엽다고 하는 사람은 네가 처음이다. 일단 내 것을 이렇게 자세히 보는 여자가 한 명도 없었는데."

"그래요? 하긴 나도 이렇게 남자 성기를 오랜 시간 들여다보고 많이 만

저보기는 당신이 처음이에요. 사실 똑바로 쳐다보기도 민망하고 만지기조차 거북했거든요. 그런데 당신 것은 봐도 봐도 사랑스러워요."

난 그와 섹스를 나누며 남녀 성관계에서 궁합이라는 것이 어떤 것인지 확실히 알게 되었다. 완벽한 궁합. 그의 것이 내 안으로 들어올 때, 한 치의 오차도 없이 딱 들어맞으며 자궁의 끝 벽에까지 닿는 느낌이 분명히 난다. 더 이상 남은 공간 하나 없이 꽉 차게 삽입해 거대한 절벽에 맞닥뜨려졌을 때 그의 것은 완전히 내 안에 들어와 있는 것이다. 거기에는 남는 공간도, 부족한 공간도 전혀 없었다. 진실로 완전한 합이 되는 순간이었다.

"난 솔직히 성기가 큰 사람도, 작은 사람도 만나 봤어요."

"난 어떤 쪽이야?"

"당신은 크지도 작지도 않아요. 내게 딱 맞아요."

흔히 섹스에서 남자 성기의 크기는 중요하지 않다고 하지만, 내 경우에는 분명히 중요하게 작용했다. 너무 크면 고통스러웠고 너무 작으면 느낌이 오지 않았다. 남자들은 성기가 크면 곧바로 섹스의 만족도와 직결된다고 생각하지만, 그 역시 사실은 아니었다. 나와 합이 맞는 적당한 크기가 가장 중요한 관건이었다. 성기가 유난히 컸던 옛날 남자 친구와의 섹스에서 나는 단 한 번도 만족하지 못했고, 그와의 섹스는 언제나 고통이자 두려움이었다. 그 결과 나는 그와의 섹스를 자연스럽게 피하게 되었고, 어쩌다 하게 되더라도 하기 전의 걱정과 하고 난 후의 후회만이 가득했다. 또, 성기가 너무 작은 상대에게서는 아무것도 느낄 수가 없었다. 예의상 느끼는 척, 흥분되는 척, 의도적으로 반응을 했으나 그 모든 것은 거짓이었고 연기였다. 나와 잠자리를 한 남자들은 나의 수없이 많은 거짓 오르가즘과 연기를 알아챘을까? 그렇더라도 상관없다. 지금에 와서 난 충분히 느끼고 절정에 달할 수 있으니까. 내게 꼭 맞는 크기와 정도, 지속 시간, 만족도를 분명히 찾아냈으니까.

"넌 나와 하면서 한 번도 연기한 적 없어?"

"그동안 많은 남자들을 만나면서 연기한 것과 당신하고는 확실히 달라요. 솔직히 당신과는 한 번도 거짓 오르가즘을 연기하지는 않았어요."

"그럼, 넌 나와 할 때 그 섬세한 반응과 희열이 모두 자연스러운 거라는 거지? 날 미치게 하는 그 신음 소리와 비명도?"

"음, 이렇게 설명하면 좀 더 확실한 비유가 될까요? 놀이공원에 가면 롤러코스터를 타잖아요. 롤러코스터를 타면 너무 즐겁고 자극적이죠. 절로 비명 소리가 나오고 미친 듯이 신이 나잖아요. 하지만 소리 한 번 안 지르고 롤러코스터를 탈 수도 있어요. 입 꼭 다물고 눈만 부릅뜨고 주위를 둘러보며 처음부터 끝까지 비명 한 번 안 지르고 타도 되는 거죠. 하지만 마음껏 소리치고 비명을 내지르며, 그 쾌감과 자극을 충분히 즐기며 타는 것이 훨씬 더 즐겁고 신이 나는 건 사실이에요. 그렇기 때문에 모두들 롤러코스터를 탈 때 소리를 지르는 거지요. 제가 당신과 섹스를 할 때도 마찬가지예요."

그의 것이 내 손 안에서 점점 커지는 것이 느껴졌다. 나의 섬세한 손놀림에 가감 없이 그대로 솔직하게 반응하는 것이, 세상에서 엄마 말을 제일 잘 듣는 아이를 다루는 기분이다.

"당신과 섹스할 때 나오는 신음 소리, 비명은 마치 롤러코스터를 탈 때 지르는 소리와도 같아요. 그건 절대로 가식이 아니고 거짓이 아니지요. 물론 꾹 참을 수도 있지만 절대 참고 싶지도 않은 거예요."

"궁금한 게 있어. 넌 오럴섹스를 좋아하고 내게 항상 해 주잖아. 그런데 그걸 하면서 넌 어떤 기분이야? 네가 충분히 즐기며 하는 것처럼 보이는데, 그 역시 연기야? 아니면 너 스스로도 쾌감을 느끼는 거야?"

"아마도 이 세상 어떤 여자도 남자에게 오럴섹스를 해 주면서 스스로 쾌감을 느끼는 여자는 없을 거예요."

"그럼 단지 내가 좋아하니까 해 주는 거니? 넌 좋지 않은데도?"

아니, 그렇진 않았다. 그에게 하는 오럴섹스가 싫었던 적은 한 번도 없었다. 역시 내게는 처음 있는 일이었다. 억지로 내 입에 자신의 성기를 집어넣으며 강요했던 수많은 남자들에게 얼마나 치를 떨어 왔던가. 로맨틱한 감정으로 키스를 하려는 내 얼굴을 계속 밑으로 끌어내리며 강압적인 태도를 취했던 옛날 애인들이 갑자기 생각나자 문득 오한이 느껴졌다.

"나, 당신에게 오럴 하는 것이 좋아요. 정말이에요."

거짓말이 아니었다. 이제는 내가 그의 것을 오럴해 주며 내가 느끼고, 내가 자극받는 것을 분명히 알 수 있기 때문이다. 점점 커져 가는 그의 분신을 입안에서 느끼며, 나 스스로 흥분되는 일은 내겐 처음 있는 경험이었다. 그는 내게 억지로 강요한 적이 한 번도 없었다. 오히려 처음부터 내가 먼저 해 주길 원했고, 언제나 자발적인 행위였으며, 지금도 내가 더 오럴섹스에 적극적이다. 내 얼굴을 들어 올리며 키스하려는 그를 제지하며, 아랫도리에 집착해 매달려 있는 내 모습은 예전에는 상상도 할 수 없는 일이었다.

"이 나이 들어서까지 하기 싫은 일, 억지로 시키는 일 절대 하고 싶지 않아요. 당신과의 만남, 섹스 그리고 오럴까지 이 모든 것은 내가 전부 원해서 하는 일이고, 그 안에서 무한한 기쁨과 즐거움을 이제는 스스로 느껴요."

나는 무릎을 꿇고 수건으로 그의 몸 구석구석을 닦아 주었다. 튼실한 허벅지와 쭉 뻗은 다리, 탄탄한 엉덩이, 한없이 벌어진 넓은 어깨와 곧게 펴진 등까지. 그의 몸은 아직도 욕조 안의 뜨거운 기운이 그대로 남아 따뜻하기만 했다. 나는 입안 가득 퍼지는 온기를 느끼며 이내 그의 것을 입속 가득히 가볍게 베어 물었다.

어느덧 3월도 거의 지나간 이른 봄의 저녁은 아직도 쌀쌀하지만, 과천 서울대공원의 산책길에 줄지어 선 벚꽃나무에는 꽃봉오리들이 자그맣게 올라오고 있었다.

"다음 달이면 벚꽃이 만개하겠지. 과천의 벚꽃길을 꼭 네게 보여주고 싶어. 여의도 벚꽃축제만큼 화려하거나 잘 꾸며 놓지는 않았지만, 이곳이 훨씬 자연스럽고 풍부한 아름다움이 있다고 난 생각해."

"다음 달이면 우리가 만난 지도 일 년이 돼요."

"벌써 그렇게 되었구나. 만난 지 일 년을 기념하며, 언제나 둘이서만 걷던 길을 끝없이 줄지어 선 아름다운 벚꽃들과 함께하겠네."

낭만적이다. 남자와 함께 벚꽃을 구경하고 감상적인 기분에 젖어본 적이 여태껏 없는 것 같다. 나이가 들수록 자연이 좋아지고, 소박한 아름다움에 끌린다는 말이 내게도 들어맞는 것 같다. 어렸을 때는 벚꽃놀이에 관심이나 있었던가? 해마다 가을이면 단풍을 즐기러 줄지어 산행을 떠나는 중년들을 절대 이해 못 했던 시절이 내게도 있었다. 이제는 봄을 알리는 화려한 벚꽃, 여름의 짙푸른 녹음, 울긋불긋 눈부신 가을 단풍, 온 세상을 포근히 감싸는 겨울밤 흰 눈, 그 어느 것 하나 놓치지 않고 모두 느끼고 보고 즐기고, 가슴 깊이 간직하고 싶다. 지금처럼, 그와 함께.

"우리가 사계절을 함께 보냈네요. 봄에 만나서 다시 봄이 되었으니 말이죠."

"그래, 우리가 처음 만났을 때 넌 아직도 이른 봄의 추위를 느끼는 듯 꽤 따뜻해 보이는 스웨터를 입고 배낭을 멘 채 단화를 신은, 마치 아이 같은 모습으로 내게 다가왔지. 널 처음 봤을 때부터 사랑을 느꼈다고 말하기는 어렵지만, 분명히 어떤 단순한 이성 이상의 감정을 느꼈고, 네게 강하게 끌렸어. 저 여자, 꼭 갖고 싶다, 고 표현하면 너무 적나라한가?"

"처음 만난 날은 당신의 그런 생각을 전혀 알아차리지 못했어요. 당신은 단지 내게 기분 좋은 친밀감과 호감을 지니고 내내 정중하고 아주 예의 바르게 행동했었지요. 그 결과 저도 당신에게 좋은 첫인상을 느꼈고, 분명 호감을 가졌었거든요. 만나고 난 후에도 계속 생각이 나고, 당신 떠올리면 기분 좋은 미소가 절로 지어질 정도로 말이죠."

"물론 처음 만났을 때부터 네게 내 감정을 드러낼 수는 없었지. 이후 가끔씩 연락을 주고받고, 몇 번을 만나고 하면서 내 마음을 점점 표현하게 되었던 것 같아. 무엇보다 너도 나와 같은 느낌을 가지고 있다고 생각했거든."

"맞아요. 당신을 만날수록 당신 생각에서 헤어날 수 없었어요. 당신과 사귀기 전부터 난 마치 순간순간 환영을 보듯 우리가 지금처럼 함께 있는 이미지를 떠올리고, 그 짜릿한 상상에 나 혼자 화들짝 놀라곤 했어요."

"정확히 어떤 이미지였어?"

"당신과 키스하는 상상이요."

나도 모르게 얼굴이 붉어졌다. 나 스스로 그와 사귀기 전부터 그와의 만남을 꿈꾸고 있었다고 고백한 셈이었다. 그와의 두 번의 만남 이후, 하루에도 몇 번씩 그가 갑작스레 사랑을 고백하고, 키스를 하는 상상의 장면이 자꾸 머릿속에 맴돌았다. 몇 번이나 똑같은 영상을 반복 재생하는 것처럼, 같은 이미지가 자꾸 떠오르고, 난 그러한 머릿속 상상조차 괴로워하며 밀려오는 죄책감에 내 마음에서 멀리 쫓아 버리려 애를 썼다. 상상은 언제나 키스에서 끝이 났다. 상상조차 그 이상으로는 절대로 진행되지 못했다. 그 이상의 스킨십, 애무 그리고 섹스 이 모든 것은 내 마음속에서도 절대적 금기였다. 그리고 한 달이 넘게 그의 소식을 못 들으며 이모든 것이 마치 한낮 꿈처럼 사라져 버릴 줄로만 알았는데, 5월의 어느 날, 다시 그에게서 연락이 왔고, 난 그를 만나 그렇게 우린 사랑을 시작했다. 어쩌면, 난 간절히 원하던 꿈을 이루었는지도 모른다.

"너도 처음부터 나와 같은 생각을 했었다는 말이구나. 사실 난, 너도 분명히 내게 감정을 가지고 있을 거라고 생각했었어. 언젠간 널 내 여자로 만들 수 있을 거라는 확신이 있었지. 하지만 어떻게 다가가야 할지, 먼저 표현해야 할지를 잘 몰랐지. 그렇게 고민하고, 망설이다 한참의 시간이 흘렀고, 난 이번이 마지막이라는 생각으로 네게 연락을 했었어."

"그때 제가 나가지 않았더라면 우린 지금처럼 만나지 못했겠네요."

"그렇지, 그날 만약 네가 날 만나러 나오지 않았더라면 거기서 난 완전히 마음을 접었을 거야."

"수없이 많은 갈등과 고민, 괴로움이 있었어요. 그건 지금도 그래요. 어쨌든 우린 잘못된 만남인 건 맞으니까. 이건 평생 우리가 안고 가야 할 무거운 짐이기도 하구요."

"날 만난 걸 후회하니?"

그는 따뜻해 보이는 갈색 눈에 애정을 가득 담고 한동안 말없이 내려다보았다. 지금도 그의 눈을 바라보며 난 참을 수 없는 설렘을 느낀다. 변함없는 웃음을 지닌 저 아름다운 눈, 그 눈으로 언제까지나 나만을 바라보게 할 수는 없는 것일까.

"후회하지는 않아요. 당신을 만나지 않았더라면 지금 같은 괴로움도 없었겠지만, 지금 같은 무한한 행복도 없었겠죠. 아이러니하게도 난 요즘 당신을 통해서만 행복을 느껴요."

"네겐 든든한 남편과 보석 같은 아이들이 있잖아. 그들의 존재가 네게 행복을 주지 않니?"

"가족들은 그 자체로 내게 행복을 안겨 준다기보다, 내가 그들을 행복하게 해 주어야 한다는 생각이 강했어요. 너무 소중하고 사랑스러운 아이들, 그들은 내게 책임감과 의무부터 먼저 떠올리게 만들지요. 난 그들

불륜 일기

의 인생을 끝까지 책임지고, 평생을 행복하게 해 주어야 할 의무가 있어요. 난 꼭 그렇게 할 거구요. 그 안에서 무한한 보람과 기쁨을 느끼지만, 그 일이 바로 나 자신의 궁극의 행복이라는 생각은 들지 않았어요. 자식의 성공한 인생을 지켜보며 먼 훗날 죽을 때 좀 더 편하게 눈을 감을 수는 있겠죠. 태어나 처음으로 나만을 위한 행복을 추구한 건 바로 당신을 만나면서부터였던 것 같아요. 난 당신을 만나며 어느 누구의 것도 아닌, 오직 나만을 위한 즐거움, 기쁨, 행복 그리고 쾌락까지 모두 가질 수 있었어요. 난 당신을 통해서만 오직 나만의 인생을 살 수 있어요."

"그래, 난 요즘 너로 인해 나의 존재 가치를 느껴. 한 사람을 사랑하고, 그 사람에게서 사랑받으며, 기뻐하고 행복해하는 네 모습을 보면서, 내 인생에서 존재의 가치를 다시금 자각하게 되니까."

"이상하죠? 열렬히 사랑을 하고, 서로를 애타게 그리워하고 함께 있기를 그토록 원하면서도 우린 현실을 바꿀 생각이 전혀 없으니."

"그래, 너도 이미 알겠지만, 난 내 가정을 깨고 네게로 갈 생각은 추호도 없어. 물론, 마음으로는 몇 번이나 상상하고, 가슴 깊이 원하는 것도 사실이지만, 나나 네가 결국 지키고 있어야 할 곳은 각자의 가정이라는 엄연한 사실에는 우리 둘 다 동의할 수밖에 없을 거야. 내 아이도, 네 아이들도 좋은 엄마 아빠 밑에서 너무나도 잘 자라고 있으니."

"나 역시 당신과 똑같은 생각을 언제나 하고 살지만 실제로 말로 들으니 너무 상처가 되는데요."

바꿀 수 없는 현실, 가질 수 없는 사랑. 내가 끝까지 책임져야 할 사랑하는 가족과 내가 평생을 함께하고픈 사랑하는 남자를 내 인생에서 둘 다 지니고 가고 싶은 마음은 언제나 변함없다. 과연 이것이 언제까지 가능한 일일까? 과연 난 언제까지 이러한 숨 막히는 이중생활을 계속할 수 있을까?

그의 앞에서는 더없이 진솔하고 열정적으로 사랑에 목숨 거는 순수한 애인이자, 때로는 사악하고 치명적인 악녀로, 반면에 집에서는 한없이 착하고 상냥한 아내이자, 자상하면서도 때로 엄하게 훈육하는 엄마의 역할을 동시에 해내고 있는 내가 궁극적으로 귀결해야 할 곳은 진실로 어딘지 도무지 알 수가 없다. 양쪽으로 난 갈림길에서 굳이 선택을 하라면 결국 난 가족의 품으로 안착할 길로 접어들겠지. 하지만 그 길 끝에서도 사랑하는 그를 만날 수는 없을까? 단 하나뿐인 내 인생에서 사랑과 가족 모두를 가질 수는 없을까? 어째서 외도는 가정을 해체시키는 반인륜적인 범죄이자 극악무도한 행위일 수밖에 없을까?

"우린 서로 사랑하잖아. 사랑하는 사람과 함께하고 싶어 하는 것은 극히 자연스러운 행위이고 그렇게 나쁘게만 볼 일도 아니야. 불륜보다 더 나쁜 것은 들키는 것이지. 그러지 않기 위해서 우린 서로의 선을 넘어서도 안 되고, 절대 상대 영역을 침범해서도 안 돼. 각자의 가정에 피해를 줘서도 안 되고, 우리의 만남에서 우리 두 사람만을 생각해야지 다른 사람을 개입시키는 일은 금지라는 거지."

불륜보다 더 나쁜 일은 들키는 것이다. 하지만 이 세상 어느 누구도 들키지 않고 언제까지나 이 거대한 비밀을 유지할 수 있을까? 스스로 발각되고 싶어서 모든 일이 만천하에 드러나는 사람이 과연 몇이나 있을까?

"전, 우리의 관계가 탄로 났을 때 그 결과가 어떻게 될지 너무 두려워요."

"두려워하지 말고, 언제나 경계를 잃지 말고 평정심을 유지하면 되는 거야. 여자는 이성보다 감성이 지배하는 존재라 변화가 생기면 주위 사람들이 하나둘 눈치챌 정도로 감정적으로 행동한다고 생각해. 넌 그러지 않길 바라. 넌 날 만나기 이전의 삶처럼, 그렇게 똑같이 살면 돼. 여전히 남편에게도 잘하고, 아이들에게도 훌륭한 엄마 역할을 계속해 나가고, 네 주위에, 신상에 어떤 변화도 없는 듯이 그렇게 똑같이 살아가는 거야. 나 역시 그래. 비록 내 마음속은 항상 너로 가득 차 있지만, 내 행동은 언제나처럼 변함이 없지. 주중에는 열심히 일하고 돈 버는 가장이자, 주말에는 가족과 함께 많은 시간을 보내주는 좋은 아빠로서의 역할에 최대한 충실하려고 노력하지."

　마음과 행동의 괴리. 온전히 그를 향한 마음을 숨기고 내 본연의 역할에 지극히 충실해야만 한다. 아직까지는 나도 그럭저럭 잘 해내고 있다. 사랑과 현실의 경계를 확실히 구분 짓고, 그 양쪽을 넘나들며, 내 솔직한 감정도, 내 소중한 가정도 잘 지켜왔다. 하지만 언제까지나 이렇게 잘해 낼 수 있을까. 일 년여를 위태롭게 걸어온 나의 혼란, 불안감, 두려움, 죄책감 등이 마치 며칠 이내로 터져 버릴 것 같은 벚꽃 몽우리처럼 내 마음 곳곳에 끝도 없이 흩뿌려져 있다. 순식간에 터져버릴 눈부시게 하얀 꽃망울, 그리고 이내 바람에 흩날리며 쓸쓸히 지는 수많은 벚꽃 잎의 장렬한 최후가 벌써부터 내 마음속에 그려진다.

473. 2014. 3. 31. 월

3월의 마지막 날, 드디어 가지마다 눈부시게 하얗고 우아한 자태로 올라온 벚꽃을 볼 수 있었다. 우리는 점심시간을 이용해 전쟁기념관 옆 용산 미군 부대 담벼락 길을 거닐었다. 평범한 여느 연인들처럼 손을 마주 잡고, 간간이 위를 올려다보며 머리 위에서 봄바람에 살랑거리며 춤을 추는 아름다운 벚꽃들을 감상하면서 잠깐이지만 여유로운 산책 시간을 만끽했다.

"미군 부대 안의 벚꽃은 이상하게 다른 곳보다 키도 크고 꽃잎도 무척 탐스럽네요. 왜 그런 걸까요?"

"글쎄, 미국 물을 먹어서 그런가?

"미군 부대 안의 영지는 토양도 기름진가 봐요."

미군 부대 내 벚꽃은 다른 곳에 난 벚꽃에 비해 확연히 차이가 났다. 그 큰 키에 흐드러지게 만발한 거대한 벚꽃 잎을 주렁주렁 매달고 담벼락 바깥으로 줄지어 가지를 길게 뻗어 내리고 있었다. 같은 서울 내에 있어도, 불과 2미터 남짓한 돌담으로 둘러싸인 용산 미군 부대는 마치 딴 나라 세상인 것 같다. 그 안에서 일어나는 어떤 일도, 어떤 풍경도 우린 볼 수가 없고, 그 폐쇄된 공간 속 세계를 단지 상상만 할 뿐이다. 그 딴 세상에서 온 희한한 벚꽃을 감상하며 우리는 천천히 함께 거닐었다.

"다음 주엔 꼭 과천에 가자. 그때쯤 가장 아름다운 벚꽃을 볼 수 있을 거야. 물론 이 정도는 아니겠지. 난 우리나라에서 이렇게 튼실한 벚꽃은 처음 봤어. 정말 대단한데."

"저긴 우리나라가 아니에요. 미국이지. 바로 옆 담벼락 너머는 딴 나라라고."

"맞아, 역시 양키라 그런지 꽃도 거대하네."

그는 잠시 옛 추억에라도 잠긴 듯 한동안 말이 없었다.

"또 무슨 생각해? 옛날 여자 친구랑 벚꽃이라도 본 기억 떠올려요?"

"일본 도쿄에 있는 황궁에 가 봤어?"

"아니, 일본은 가 본 적 있지만, 황궁엔 안 가 봤어요."

"십여 년 전, 일본에 출장차 갔다가 도쿄에 있는 황궁을 가게 되었지. 4월의 온 세상을 새하얗게 덮으면서 눈처럼 흩날리며 지는 황궁의 벚꽃은 태어나 처음 보는 장관이었어. 끝없이 쏟아지는 벚꽃 비를 맞으며 그 안에 쓸쓸히 홀로 서 있는데 왠지 울컥하면서 눈물이 날 것만 같았어. 마치 그곳이 세상의 끝인 것만 같았지. 지금 이 순간 죽어도 여한이 없겠구나, 이런 생각마저 들었어. 일본 사무라이들이 벚꽃 아래서 할복하며 명예로운 죽음을 택한다고 하잖아. 이해할 수 없는 그들의 행동마저 순간 공감이 갈 정도였어. 그때의 장관을 난 평생 잊지 못할 것 같아. 언젠가, 너와 함께 여행을 갈 수 있다면 황궁의 벚꽃을 꼭 함께 보고 싶어. 그 장렬한 최후를."

벚꽃은 지기 직전, 가장 아름답고 화려하게 최고의 절정을 뽐내며 그 위용을 만천하에 드러낸다. 하지만 바로 내일이면 땅으로 떨어져 모두 소멸해 버릴 운명인 것이다. 사랑도 마찬가지다. 끝이 있는 사랑, 영원하지 못할 짧은 생명력의 사랑이기에 더 안타깝고 애달프게 활활 불태우는 것이다.

"우리가 함께 황궁의 벚꽃을 볼 날이 과연 올까요?"

"글쎄, 우리가 오래오래 만나고 지금처럼 서로 사랑한다면 언젠가는 그런 날도 오지 않을까? 난 젊었을 때, 일로, 여가로, 여행을 많이 다녔지. 세상의 온갖 곳을 다녀 보았고 구경도 해 보았어. 그 잊을 수 없는 아름다움, 강렬한 인상 등을 언젠가는 네게 보여 주고 얘기해 주고 싶어."

가슴속 깊은 소망, 간절한 바람을 뒤로하고 우리는 황궁의 벚꽃이 아닝, 미군의 벚꽃을 감상한다. 그의 머리 바로 위까지 뻗어 내려온 탐스러운 벚꽃 가지가 그의 환한 얼굴 위에서 눈부시게 반짝인다. 나는 손을 뻗어 그 큰 꽃송이를 살며시 어루만졌다.

"자세히 보면 사실 그리 예쁜 꽃이 아니에요. 한 송이 한 송이 따로 보면 너무나도 평범한 그냥 하얀색 꽃일 뿐이지요. 그런데 이렇게 한꺼번에 무리를 이루면서 세상에서 가장 화려하고 아름다운 자태를 지니게 되는 것이 너무 신기해요."

"끝없이 펼쳐진 탐스러운 양키 벚꽃보다도 난 네가 훨씬 예쁘고 아름다워."

그는 깍지 낀 손에 힘을 주며 싱긋 웃었다. 난 아무 말 없이 수줍게 고개를 숙이며 쑥스러운 미소를 지었다. 웃을 때마다 깊숙이 패는 그의 사랑스러운 보조개에 입 맞추고 싶었다.

끝도 없이 늘어선 벚꽃 길은 어느새 끝이 나고, 우린 또 쓸쓸히 이별을 고해야 했다.

"전 오늘 당신과 또 하나의 잊을 수 없는 추억을 만들었어요. 이젠 매년 봄, 벚꽃을 볼 때마다 당신 생각이 또 나겠지요. 매년 3월이 되면 당신 생각에 너무나도 그립고 그리워 사무칠 거예요. 벚꽃을 떠올리기만 해도 눈물 날 거구요."

"매년 벚꽃을 함께 볼 텐데 뭘 그렇게 말해. 넌 이상하게 항상 이별을 염두에 두고 있는 것처럼 언제나 얘기해. 내년에도, 내후년에도 우린 여기 와서 손을 잡고 벚꽃 길을 산책할 거야. 다음 주엔 과천에도 같이 갈 거고."

"그래요, 그리고 일본에도 갈 거구요."

"그렇지! 그렇게 말해야지. 좋은 일, 행복한 일들만 꿈꾸고 그렇게 긍정적으로 생각하자고."

"우리가 몇 년이나 볼 수 있을까요?"

불륜 일기

그의 옅은 갈색 눈 속에 하얗게 어우러져 비쳐 보이는 벚꽃을 난 들여다보고 또 들여다보았다.

"글쎄, 지금처럼이라면 아마 평생이라도 볼 수 있지 않을까?"

"내가 늙고 추해져도 날 만날 거예요?"

"나도 같이 늙어가고 함께 추해지는 거니까 상관없어."

"남자들은 이십 대 여자만 여자로 보인대. 십 대의 어린 남자들도 이십 대의 성숙한 여인을 갈망하지, 삼사십 대가 되어서도 이십 대 여성만을 원하지, 그건 노인이 되어서도 변하지 않는대요."

"많은 남자들이 젊은 여자를 좋아하지. 늙고 나이 든 여자는 여자로 보이지 않는 건 사실이야. 여자에게 정점에 올라 있는 때가 이십 대이고, 그렇기에 어떤 연령대의 남자들이라도 이십 대 여자를 원하고 갈망하지. 하지만 난 여자를 원하는 것이 아니라 널 원하는 거잖아. 넌 오십 대가 되었든, 육십 대가 되었든, 내가 사랑하고 함께 하고픈 사람이야. 우린 같이 늙어가고, 서로의 든든한 친구이자 가장 소중한 사람으로서 언제까지나 함께할 수 있을 거야."

"우리가 섹스를 언제까지 할 수 있을까요?"

"글쎄, 육십 대 중반? 그때가 되어 보지 않고는 알 수가 없지. 우리가 늙어서 언제부턴가 섹스가 불가능하면 그렇게 섹스를 배제한 사랑으로 계속 함께하면 되는 거야."

그는 언제나 내게 희망적인 말만 해 준다. 그와 만나는 일 년여 동안 항상 불안해하고, 두려워하고, 괴로워하는 것은 내 쪽이었다. 그는 나의 괴로움과 슬픔, 두려움, 죄책감에 공감은 해 줄지언정, 절대 동참하지는 않는다.

"당신은 날 만나면서 그 어떤 걱정도 하지 않는 것 같아요."

"걱정을 왜 해? 난 자신 있어. 누구에게도 들키지 않고, 언제까지나 너와 행복하게 함께할 자신이 있다고."

"난 자신 없어. 지난 일 년을 당신과 함께 지내 온 것도 내겐 기적이야. 게다가…."

난 그와 깍지 끼고 있던 손을 살며시 풀었다.

"우린 예전과 달리 점점 더 조심성이 없어지고 있어요. 밖에서는 절대 스킨십을 하지 않고, 가까이 붙어 걷기조차 않던 우리가 이젠 대로에서 손을 잡고 어깨를 감싸거나 하죠. 당신은 길거리에서 내게 갑작스레 키스한 적도 있고요."

"그래, 조심해서 나쁠 건 없지. 더 주의하도록 할게."

"그래도…."

난 갑자기 그의 허리에 팔을 둘러 감싸 안았다.

"흐드러지게 핀 벚꽃 아래에서 사랑하는 사람과 입 맞추고 싶어. 한 번쯤은 이런 거 꼭 해 보고 싶었거든. 키스해 줘요."

그가 내 어깨를 감싸며 웃는다.

"꼭 해야만 해? 누가 보면 어쩌려고?"

"지금 우릴 보는 건 머리 위에서 내려다보고 있는 양키 벚꽃들뿐이야. 몇몇 양키들이 감시한다고 해서 별문제가 되는 건 아니잖아."

옅은 갈색 눈을 빛내며 그의 얼굴이 천천히 다가왔다. 그의 부드러운 입술에서 희미한 벚꽃 향이 나는 것만 같다.

A74. 2014. 4. 5. 토

그를 만난 지 꼭 일 년이 되는 날이다. 우린 작년 4월 5일 처음 만나 서로에게 호감을 가지고, 사랑에 빠지고, 그렇게 일 년을 만났다. 지난 일 년은 나의 38년 인생에서 가장 변화가 많았고, 그 걷잡을 수 없는 새로운 삶에 정신없이 지내 온 나날이었다. 그 안에서 난 끝이 없는 슬픔과 고통을 맛보았고, 죽을 만큼 괴로운 죄책감의 엄청난 무게도 견뎌내야 했다. 하지만 동시에 세상 그 어떤 것과도 바꿀 수 없는 무한한 행복감을 느낄 수 있었고, 나 자신보다도 소중한 사랑하는 이를 얻었다.

"우리가 함께한 지 벌써 일 년이나 지났다니 믿어지지가 않아요."

"고작 일 년이야. 우린 함께할 날이 앞으로 더 많잖아."

"나, 당신에게 너무 고마워요. 변함없이 날 사랑해 주고 내 곁에 있어 줘서."

"나야말로 너무 고마워. 세상에 태어나서 이렇게 사랑받아 본 적이 내 인생에서 처음인 것 같아. 네가 아니면 누가 날 또 이렇게 사랑해 줄까? 넌 항상 날 보고 싶어 하고 그리워하고 목소리 듣고 싶어 하지. 일은 잘하는지, 운전은 조심히 하고 다니는지, 매일 집에는 잘 들어갔는지 기다리고 걱정해 주지. 우린 서로 다른 사람과 각자 다른 가정 안에서 살고 있지만, 서로의 삶 속에, 서로의 마음속에 깊이 들어와서 그 누구보다 가장 중요한 역할을 하고 있어. 누군가 내게 이렇게까지 몰입해 준 적이 한 번도 없는 것 같아."

비록 다른 배우자와 살고 있는 우리지만 매일 아침 눈뜨면 가장 먼저 서로의 생각을 하고, 하루 중 많은 시간을 안부를 묻고, 점심은 잘 먹었는지, 퇴근은 잘 했는지 궁금해하며 확인하고, 자기 전에 나누는 애정이 넘치는 밤 인사 문자까지, 우리는 따로 살고 있어도 마치 내내 함께 살고 있는 것 같다. 그의 모든 삶 속에 내가 들어가 있고, 또 내 삶 전부를 그가 차지하고 있는 기분이다. 그것이 날 행복하게 해 준다. 난 그를 절대 가질 수 없으면서도 그를 완전히 가졌다. 그는 종종 자신을 허수아비라고 말하며 날 지푸라기에 비유한다. 내가 없으면 자신은 텅 비어 버리는 존재와도 같다고. 난 그의 머리부터 발끝까지 내 존재로 꽉 채우고 있는 느낌이다.

그의 회사 5층 세미나실에서 우린 처음 그랬던 때와 다름없이, 격렬하고도 열정적으로 사랑을 나눈다. 난 줄지어 늘어선 오피스 책상과 의자들 사이에서 힘없이 비틀거리고, 그는 그런 날 한시도 놓치지 않은 채 맹렬히 파고들었다. 그를 만난 이후로 한 번도 자른 적 없는 긴 머리가 헐벗은 어깨와 등 위로 아무렇게나 늘어지고, 가늘고 연약한 허리는 그의 거대한 손아귀 안에서 아프도록 세게 붙잡힌 채 이리저리 놀아난다. 길고 날카로운 발톱으로 연약한 동물을 낚아챈 거대한 독수리처럼, 그는 그렇게 자신의 먹잇감을 마음껏 다루었다. 가끔씩 등과 어깨를 가볍게 물리는 걸 느끼며, 난 고통보다는 참을 수 없는 쾌락에 비명을 내지르고 온몸을 미친 듯이 떨었다. 그는 그렇게 날 가지고, 폭행하고, 사납고 잔인하게 농락했다.

절정의 시간이 끝나고 한바탕 폭풍우가 몰아치고 난 후는 그 어느 때보다 고요하고 평안한 시간이 다가온다. 세상에서 가장 나쁜 남자는 모든 걸 가지고, 이내 모든 걸 내려놓고 세상에서 가장 순수한 남자가 된다. 막 사정을 끝낸 남자는 그 어떤 욕구도 눈곱만큼도 없는, 세상에서 가장 순수하고 착한 남자이다. 그토록 가지고 싶었던 유일한 장난감을 막 손에 넣어 세상 부러울 것 없이 너무나도 착해진 욕심쟁이 천덕꾸러기 어린아이처럼.

짐승에서 아이로 바뀐 그가 더없이 순수하고 천진한 표정으로 내게 조

불륜 일기

심조심 옷을 입혀 주고 내 얼굴을 물끄러미 들여다보았다.

"괜찮아?"

마치 맹수의 먹잇감처럼 사납고 무자비하게 다뤄진 내 몸이 괜찮으냐는 것일까, 오늘의 격렬했던 섹스가 괜찮으냐는 것일까? 물론 그 어느 쪽도 똑같은 대답이 나오게 되지만 말이다.

"당신, 그런데 이빨 자국은 내지 않게 조심해요. 저번엔 가슴에 붉게 멍자국이 나서 집에서 옷 갈아입기도 불편했다고요."

"네가 옷 갈아입는 걸 남편이 보니?"

그렇지는 않았다. 남편 앞에서 옷을 갈아입거나 속옷 차림을 드러내지 않은 적이 한참 되었다. 샤워를 하는 중에 어쩌다 남편이 화장실에 들어와도 내 몸을 보거나 시선을 준 적이 한 번도 없다. 어쩌면, 내 몸 전체에 처참한 멍 자국이 온통 도배가 되어 있다 해도 남편은 절대 알아차리지 못할 것이다. 내 몸에 난 애인의 이빨 자국은 내 마음속에 새겨진 커다란 죄악의 낙인이었다. 평생 용서받지 못할 죄로 인해 영원히 새겨질, 시뻘건 불에 달궈진 채 고통스럽게 찍혀진 낙인. 그 무서운 표식은 내 심장에 깊숙이 남겨졌지만, 가슴에 난 멍 자국은 사흘 정도 지나자 어느덧 식별이 불가능할 정도로 희미해졌다.

"당신에게 주고 싶었어요."

난 그에게 넥타이와 커프스 버튼을 선물했다. 반짝이는 여러 개의 커프스 버튼을 내려다보며 그는 마음이 복잡한 듯, 알 수 없는 표정을 짓는다.

"이렇게 많이 받으면 미안하잖아. 난 이런 거 받지 않아도 되는데."

"난 항상 선물은 받는 것보다 주는 것이 백만 배는 더 행복하다고 생각했어요. 내가 이것들을 당신에게 주는 이유는 단지 나의 사랑과 고마움을 표현하기 위해서라기보다는, 이것들이 있어야 할 곳이 당신이라는 생각이 들어서예요. 당신에게는 고급스럽고 우아한 명품이 어울려요. 딱 보는 순간 당신을 떠올렸어요."

그는 커프스를 하나하나 들어보며 아이처럼 좋아했다. 그런 그를 바라보는 것이 내게는 행복이고, 기쁨이었다. 언제까지나 그의 웃는 모습을 볼 수만 있다면 난 그 어떤 일도 할 수 있겠다는 생각마저 들었다. 수십 수백 개의 낙인이 찍힌다 해도.

"난 당신을 위해서라면 살인만 빼고는 무슨 짓이든 다 할 수 있을 것 같아요."

"날 위해서 가정을 버릴 수 있어?"

그가 살며시 안으며 내 귀에 가볍게 속삭였다.

난 대답 없이 눈물만 글썽였다.

"난 그 대답을 이미 알고 있지. 넌 절대 가정을 버릴 수 없어. 나 역시 마찬가지고. 사랑하는 가족들을 버리는 행동은 바로 너 스스로 가족에게 살인을 저지르는 일이라고 생각하니까."

"당신과 사랑에 빠지면서 난 이미 살인을 저질렀어요. 날 한없이 믿어 주는 남편에게, 귀엽고 사랑스러운 아이들에게 아내와 엄마라는 존재를 없애버린 거나 마찬가지잖아요."

"무슨 소리야. 넌 지금도 좋은 아내이자 엄마야. 네가 그 자리를 저버린 적이 한 번이라도 있어? 넌 언제나 일도 열심히 하고, 아이들도 잘 돌보는 수퍼맘이었지. 거기서 연애를 한다는, 한 가지 역할만 더 늘어난 것뿐이야. 나 역시 그래. 우린 전혀 새로운 삶을 사는 것이 아니야. 언제나 그래 왔던 것처럼 열심히 살아온 우리 인생에 역할 한 가지가 더 늘어난 것뿐이라고. 사랑하는 사람과 열렬히 사랑하기. 돈 벌기나 살림하기보다는 훨씬 즐겁고 행복한 역할이잖아. 사랑하고, 사랑받고, 서로에게 힘이 되어 주고, 삶의 존재 가치를 느끼게 해 주고, 인생을 살맛나게 해 주고, 이보다 더 좋은 역할이 있을까? 네가 남보다 조금 더 바쁘게 사는 것뿐이라고 생각해. 너무 복잡하게 받아들이지 마."

그는 우리 관계를 깰 생각도, 각자의 자리를 깰 생각도 없다. 단지 역할

불륜 일기

이 하나 더 늘어난 것일 뿐. 사랑하는 연인의 역할.

왜 남편에게는 사랑하는 연인 역할을 할 수 없는지 곰곰 생각해 본다. 난 정말 남편을 조금도 사랑하지 않는 것일까? 아니면 이기적이고 냉정한 남편에게 그 역할을 하기가 너무 싫은 것일까? 남편이 벌어다 주는 생활비, 육아 비용은 지난 십 년간 사랑스럽고 착한 아내이자 훌륭한 엄마, 성실한 며느리를 연기하는 나의 출연료에 불과한 것일까.

내가 진정으로 남편을 사랑한 적이 한 번이라도 있었는지 돌이켜보았다. 살면서 순간순간 사랑을 느꼈던 적도 가끔은 있었을 것 같다. 지금 나의 애인에게 바라는 것처럼 자주 연락해 주고, 나와 시간을 함께 보내주었으면 하고 바랐던 적도 분명히 있었다. 하지만 세월이 흐르고, 서로에게 무감각해지고, 대화를 잃어가고, 조금씩 마음의 문을 닫으면서 나의 역할과 지위에서 감정과 애정이라는 부분은 스스로 소멸되어 갔다. 그리고 그 모든 것과는 동떨어진 무미건조한 삶을 살고 있었던 어느 날, 나는 다시금 사랑을 알게 되었고, 뒤늦게 미친 듯이 타올랐다. 이루어질 수 없는 사랑이기에 더 절실했고 애달프게 느껴졌다. 이번에는 세상에서 가장 저주받을 나쁜 악녀이자 서글픈 운명을 안고 살아가는 비련의 여주인공을 연기하고 있다. 가장 완벽하게, 절정에 올라 전심으로 연기하는 내게 이번에는 출연료가 없다. 하지만 난 대신 사랑하는 사람을 가질 수 있었다. 그의 마음을 온전히 차지한 채, 그를 마음껏 부릴 수가 있었다. 그는 아주 무리한 요구가 아닌 이상, 내가 원하는 것은 대부분 들어주었다. 그 역시 살인만 아니면 날 위해 뭐든 해 줄 수 있을 것만 같다.

"아주 오랜 세월이 흘러 자식들이 장성하고, 결혼까지 해서 떠나보내면 우리가 이루어질 수 있을까요?"

"황혼이혼 말이지?"

나이보다 젊어 보이는 그의 환한 얼굴에서 노인의 모습을 상상하기는 쉽지가 않다. 하지만 그도 분명 주름살이 생기고 얼굴이 처질 것이며 검

버섯이 돋아날 것이다. 언제나 나의 마음을 설레게 하는 그의 매력적인 보조개는 칠십 대에도 남아 있을까?

"글쎄, 난 황혼이혼 이런 건 정말 의미가 없다고 생각해. 젊었을 때 조금이라도 더 내가 살고 싶은 삶을 살아 보고자, 어렵게 현실을 바꾸는 것이지, 나이가 들어서 이제 인생을 마무리하는 단계에서 그런 변화가 뭐가 의미가 있을까. 난 나이가 들어도 지금의 나와 별로 달라지는 게 없을 것 같아. 가정에서 나의 역할이나 행동도 크게 달라질 것 같지 않고, 지금의 너에 대한 감정도 변함없이 유지되면서 그렇게 죽 이어질 것 같아. 난 근본적으로 행동이든 마음이든 변화가 별로 없는 사람이라고 생각해. 실제로 내 삶이 항상 그랬었고."

"그럼 우린 칠십 대에도 불륜을 하고 있겠네요. 지난 일 년간 저지른 죄를 우리가 앞으로 최소 30년은 더 지으며 살아야 한다는 말이잖아요."

"불륜이라… 틀린 말은 아니지만 그렇다고 우리에게 적당한 말도 아니야. 우린 앞으로 30년 이상 사랑하고, 아껴주며 함께할 거야."

사랑하는 그의 얼굴을 앞으로 몇 년이나 더 볼 수 있을까. 그의 말대로 우린 앞으로 30년 이상 함께할 수도, 당장 내일이라도 못 볼 수 있다. 한 치 앞을 모르는 것이 바로 사람 인생인 것이다.

"네가 나보다 먼저 죽으면 내가 세상을 떠나는 네 곁에 있어 줄게. 물론 가족이 네 임종을 지키겠지만, 잠깐이라도 네 마지막 길을 함께해 주고 싶어. 30년 이상 된 아주 오랜 친구라고 말하면 가족들도 그 정도는 허락해 주지 않을까?"

"난 당신보다 오래 살 거니 그럴 일은 절대 없어요."

"하하, 맞아. 넌 나보다 젊고 운동도 열심히 하고 과음도 안 하니 나보다 오래 살겠다. 그럼 내가 죽을 때 내 곁에 있어 줘."

"나한테 유산 남겨 주면 그렇게 할게."

"너한테 줄 유산이 어디 있어? 너한텐 내 마음 전부를 이미 주었잖아."

불륜 일기

"그런 눈에 보이지도 않고 실체도 없는 마음, 사랑 이런 거보다 만질 수 있고 당장 사용 가능한 현금, 보석 이런 걸 원해."

"넌 역시 악녀야."

그는 날 허리가 끊어져라 세게 끌어안으며 자신의 사장 책상 위에 눕힌다. 목덜미와 가슴을 파고드는 그의 뜨거운 입술을 느끼며 양팔로 그의 목을 꼭 끌어안고, 난 모든 것을 체념한 채 스르르 두 눈을 감았다.

"일 년 동안 악녀의 손아귀에 놀아난 기분이 어때요?"

"아주 짜릿해."

아무도 없는 사무실 안, 흥분이 고조되는 순간에 격렬한 몸짓과 눈빛 속에 흘러나오는 신음 소리조차 너무 짜릿하다.

"우리 잘 지내자. 그리고 언제까지나 사랑하자."

"사랑해요, 자기야. 평생 당신 곁에 있을게요."

"그래, 평생. 언제까지나 영원히."

작가의 말

불륜(不倫).

'사람으로서 지켜야 할 도리에서 벗어남'을 뜻하는 말이다.

엄연히 불법으로 행하는 일이든, 주위의 비난을 받을 정도의 크지 않은 과오를 범하든, 도리에서 벗어난 행동은 이 사회에서 수없이 많이 일어난다. 하지만 그 많은 도리에서 벗어난 행동들을 지칭해 모두 불륜이라고 하지는 않는다. 한강 둔치에 세워둔 자전거를 훔쳐 타고 달아난다 해도 불륜이라고 하지 않으며, 마트에서 연로한 계산원에게 폭언을 퍼붓고 공개적으로 모욕을 주어도 불륜이라고 하지 않는다. 둘 다 분명 사람으로서 지켜야 할 도리에서 한참 어긋난 행동인데도 말이다. 어째서 사람들은 기혼 남녀의 만남과 외도를 대상으로만 불륜이라고 지칭하는가? 과연 외도는 그 어떤 범죄보다도 인간의 도리에서 벗어난 행위인 것인가?

'어그러진 인륜', '도덕에서 벗어남'이라는 의미를 지니고 있는 불륜은 그 자체로서 법의 잣대를 들이댈 수 없는 위치에 엄연히 존재한다는 점을 내포하고 있다. 그렇기 때문에 도덕을 문제 삼고, 도리를 운운하는 것이다. 2015년 2월에는 현행법으로 존재하던 간통죄가 폐지되면서 '간통'이라는 단어 자체가 무의미해졌다. 그러나 여전히 불륜은 사회악이고 가정 파괴 요인이다. 법은 폐지되었어도 대중은 더욱 날카롭고 부정적으로 불륜을 바라본다.

소설은 주인공인 '나'의 일기 형식으로 되어 있으며, 만남에서 정확히 1년이 되는 시점까지를 섬세한 심리묘사와 감정 표현을 가감 없이 드러낸 고백의 필체로 이루어져 있다. 두 사람이 실제 만난 날의 대화와 경험만을 일기의 내용으로 담았으므로, 두 사람 외의 인물은 소설 속에 한 번도 등장하지 않는다. 각자의 배우자와 회사 동료, 친구 등 주변 인물들은 둘의 대화 속에 간접적으로 등장할 뿐이며, 소설은 처음부터 끝까지 두 사람만의 이야기로 전개된다. 그만큼 더욱 편협하고, 자기중심적이며, 객관적이지 못한 시선으로 그들만의 상황을 바라보고 이야기한다.

외도에 깊이 빠져, 결코 세상을 직시하지 못하는 그들이 한없이 어리석은 주체로 가련하게 보일 수도 있다. 사회가 결코 인정할 수 없는 외도라는 굴레 안의 두 사람이지만, 그들의 사랑은 어느 평범한 연인들과 다를 바가 없다. 사랑한다는 말을 듣고 싶어 하고, 만나지 않으면 보고 싶고 그리워하며, 섹스 문제로 다투기도 하고, 서로의 배우자에 대해, 심지어 과거의 연인에 대해서까지 질투하기도 한다. 그들 역시 진정한 사랑이라고 말하지 않을 수 없다. 단지 그 어느 누구에게도 용서받지 못할 관계라는 것. 그렇게 가슴 아프게, 진솔하게, 때로는 감성적이고 로맨틱하게, 때로는 비판적이고 냉소적으로, 이 소설에서는 두 사람의 사랑 이야기를 그리고 있다.

그렇다고 이 소설은 불륜을 미화하거나 조장하는 내용을 담고 있는 것인가? 결코 그렇지는 않다. 소설 속 '나'와 '그'는 내일 당장 이별을 하고 바람직하게 각자의 가정으로 돌아갈 수도, 의도치 않게 처참하고 잔인한 최후를 맞이할 수도, 아니면 정말로 둘의 바람대로 언제까지나 '들키지 않고' 오래오래 함께할 수도 있다. 소설 속 잘못된 만남을 군이 파국으로 끌어내어 단죄를 하는 것은 작가의 역할이 아니다. 외도를 소재로 한 이야기에서 그 어떤 교훈이나 참된 메시지를 얻는다는 것 역시 어불성설이다. 단지 끔찍하고도 역겨운 현실, 외도와 불륜, 이러한 일들이 결코 소설이나 상상 속에서만 존재하는 일들이 아님을, 실제로 너무나 많은 일들이 지금 이 순간도 우리 주위에서 빈번히 일어나고 있음은 부정할 수 없는 현실이라는 말을 꼭 하고 싶었다. 그리고 분명히 잘못되었지만, 그들 역시 사랑을 하는 외롭고 나약한 인간에 불과하다는 너무나도 당연한 사실을.

소설 속 '나'는 바로 이 책을 읽는 나 자신일 수도, 내가 꿈꿔 왔던 내 안의 다른 인물일 수도, 세상에서 가장 더럽고 불결하다고 느껴지는 추악한 인물의 한 이미지일 수도 있다. 어느 쪽이건 그녀의 마음속 깊이 들어가 그 진실한 이야기를 들어보고, 숨겨진 내면을 들여다보는 것은 흥미로운 일이다. 거기에 도덕성, 양심, 법규 이런 잣대를 굳이 들이대는 일은 지금 필요치 않다.

기혼 남녀는 어째서 외도에 빠지는가? 그들의 심리는 어떠한가? 불륜과 사랑의 접점은 과연 존재할 수 있는 것인가? 외도는 결국 사회를 병폐하게 만들고 가정을 해체시키는 주범이 될 수밖에 없는 것인가? 평소 우리가 호기심을 품고 있던 가장 낯설고도 익숙한 이야기, 가장 추악하면서도 궁금증을 자아내는 이야기를 담아낸 소설이다. 이에 대한 해답을 찾고 결론을 내리는 것은 물론 독자의 몫이다.